MAYA FREIBERGER

Am Himmel drei Sterne

atb aufbau taschenbuch

MAYA FREIBERGER ist das Pseudonym des Autors Christian Zeitmann. Als Maya Freiberger schreibt er gemeinsam mit seiner Frau zeitgenössische Romane. Er wurde 1975 im Rheinland geboren, wo er auch heute lebt und arbeitet. Er glaubt daran, dass Geschichten nicht erfunden werden, sondern Realität sind und man sie nur entdecken muss.

Selma und ihre Schwester Irma wachsen behütet in Siebenbürgen auf. Bei einem Tanzabend verliebt sich Selma in den jungen Soldaten Johann, aber die beiden werden getrennt, als man ihn an die russische Front beordert. Nach dem Krieg erlebt Selma die Besatzung durch die Russen mit all ihren Schrecken. Der verzweifelte Versuch ihres Vaters, seine Töchter zu verstecken, misslingt, und die beiden werden zusammen mit anderen jungen Deutschen nach Russland in ein Arbeitslager transportiert. Als Irma schwer erkrankt, wagt Selma ein Risiko, das sie ihr Leben kosten könnte – für ihre Schwester und für die Hoffnung, Johann wiederzusehen.

MAYA FREIBERGER

Am Himmel *drei* Sterne

ROMAN

aufbau taschenbuch

Diese Geschichte beruht auf wahren Begebenheiten.

MIX
Papier aus verantwortungsvollen Quellen
FSC® C083411
FSC
www.fsc.org

ISBN 978-3-7466-3652-8

Aufbau Taschenbuch ist eine Marke
der Aufbau Verlag GmbH & Co. KG

1. Auflage 2020

Umschlaggestaltung www.buerosued.de, München
unter Verwendung eines Bildes von

Gesetzt in der Minion Pro durch Greiner & Reichel, Köln
Druck und Binden CPI books GmbH, Leck, Germany
Printed in Germany

www.aufbau-verlag.de

Für Johanna und Frieda

Die Hoffnung ist der Regenbogen
über dem herabstürzenden Bach des Lebens.
Friedrich Nietzsche

PROLOG

Hamburg
2001

Die Schatten an der Decke hatten keine festen Konturen. Jede Form war wie eine vorsintflutliche Amöbe. Sie zerfloss und bildete etwas Neues. Aus dunklen Linien formten sich Gesichter. Gesichter, die ihr einen Schauder über den Rücken jagten und ihr einen Seufzer entlockten. Irgendwann wurden die Gesichter und die Erinnerungen, die mit ihnen einhergingen, so drängend, dass Selma König die Bettdecke zur Seite schlug und all ihren Mut zusammennahm. Die Kälte der Bodendielen nahm sie nur beiläufig wahr. Ihre nackten Füße suchten sich trittsicher ihren Weg durch das Halbdunkel ihres Schlafzimmers. Die Rollläden waren zur Hälfte heruntergelassen. Selma mochte es nicht, in absoluter Finsternis zu schlafen. Von ihrem Bett aus musste stets der Himmel zu sehen sein. Das Fenster war gekippt, und durch den offenen Spalt drang eine empfindliche Kälte herein, die sich in jedem Winkel des Raumes ausgebreitet hatte. Das dünne Nachthemd schützte ihre alten Knochen nur bedingt, aber sie war ganz andere Kälte gewohnt. Was ihr dagegen Unbehagen verursachte, war das leise Pfeifen des Herbstwindes, der durch den Spalt drang. Es war lediglich ein Geräusch, aber es versetzte ihren schlaftrunkenen Verstand viele Jahre in die Vergangenheit zurück.

Längst stand sie nicht mehr im Nachthemd in ihrem

Schlafzimmer und starrte auf den großen Ahorn vor dem Fenster, der seine letzten Blätter verlor. Sie war an einem anderen Ort, in einem jungen Körper.

Sie spürte die wachsende Angst in ihrem Herzen, das Gefühl von Verlust und unbändiger Sehnsucht. Sie sah sich um in dem Raum, der kein Schlafzimmer mehr war. Er war zu einem dunklen Ort geworden, der ihre Ängste und Sorgen schürte.

Da waren sie wieder, die Gesichter. Bekannte wie fremde. Alle blickten Hilfe suchend und verzweifelt in ihre Richtung. Sie musste handeln.

Das Pfeifen des Windes dröhnte in ihren Ohren. Die Kälte kroch ihr unter den dünnen Stoff des Nachthemdes, und ein weiterer unliebsamer Begleiter gesellte sich zu ihren Empfindungen: Hunger.

Ihre Decke. Sie sah sie auf der Pritsche liegen und griff danach. Es bereitete ihr einige Mühe, sie in den Spalt zwischen Fensterrahmen und Wand zu schieben, doch sie war wieder jung und ihr Wille zu überleben stark.

Da begann der Boden unter ihren Füßen zu wanken, und sie musste sich an der Wand abstützen. Das Pfeifen des Windes war abgelöst worden von einem fürchterlichen Fauchen und Quietschen. Sie schloss für einen Moment die Augen und konzentrierte sich auf ihr Gleichgewicht, bis es vorbei war. Die Geräusche, das Ziehen und Zerren an ihrem Körper. Für Augenblicke herrschte Stille. Ihre Hand löste sich zögerlich von der Wand. Das raue Holz rieb wie Schmirgelpapier über ihre Haut. Ein kleiner Splitter bohrte sich in ihren Handballen.

Schwer atmend blickte sie nach rechts. Die Tür stand offen! Jemand musste sie geöffnet haben. Sie sah zurück in die

Gesichter, in die Verzweiflung darin. Sie wollte etwas sagen, aber ihre Stimme versagte.

Sie musste fort. Die Tür stand offen, und niemand konnte sagen, wie lang noch. Sie würde die Gelegenheit nutzen. Sie war jung und wollte leben. Also lief sie los.

Es ging nicht so schnell wie erhofft. Die Kälte hatte ihre Knochen bereits erreicht, und sie spürte die Müdigkeit darin. Hinter der Tür umfing sie eine Dunkelheit, die sich mit nichts vergleichen ließ. Mit ausgebreiteten Armen tastete sie sich vorwärts, bis sie auf eine weitere Tür stieß. Sie drückte die Klinke und öffnete sie.

Ein kalter, feuchter Luftstrom erfasste ihr erhitztes Gesicht und zerzauste ihr Haar. Regen peitschte ihr entgegen, und die Kälte ließ sie zurücktaumeln. Sie sah auf ihre blassen, weißen Beine hinab und das bisschen Stoff, das ihren dünnen Leib umfing.

Dann lief sie los. Ihre Fußsohlen erzeugten matschende Geräusche auf dem durchnässten Rasen. Der Wind blies ihr entgegen und ließ sie zittern, aber sie stemmte sich dagegen und entfernte sich langsam von dem Ort der Angst und Hoffnungslosigkeit. Sie hatte keinen Plan, wohin sie lief, aber sie musste fort von diesem Ort. Irgendwohin, wo das Leben noch einen Platz für sie hatte.

Ihre Zähne schlugen aufeinander, und ihre Waden krampften. Ihre Füße waren bereits taub vor Kälte. Ihre Tränen vermischten sich mit dem Regen. Kurz hielt sie inne, um zu Luft zu kommen. Ihr Atem ging rasselnd. Da sah sie ihn. Ihren Verfolger. Natürlich war er da. Niemand würde sie einfach entkommen lassen. Sie ballte beide Fäuste und lief weiter durch die triste graue Kältewand, die der Regen vor ihr errichtet hatte. Rufe wurden in ihrem Rücken laut.

Neuerliche Schwärze umfing sie und schränkte ihr Sichtfeld stetig ein.

Sie hatte keine Kraft mehr. Ein Ziehen, ein Reißen, dann gaben ihre Beine einfach nach. Die Knie gruben sich in den aufgeweichten Boden. Feiner Nebel hüllte sie ein und nahm ihr das letzte bisschen Sicht.

Und da waren sie wieder, die Rufe. Schritte. Schwere Schritte. Sie wollte sich wieder aufrichten, aber sie war am Ende ihrer Kräfte. Sie schluchzte aufgrund ihrer Machtlosigkeit. Sie hatte es versucht.

Jemand fasste sie unter beiden Achseln. »Selma, du meine Güte!« Es war eine männliche Stimme. Eine vertraute Stimme. Aber wie war das möglich? »Was um Gottes Willen tust du hier draußen? Du wirst dir eine Lungenentzündung holen.«

»Ich muss …«, stammelte sie. »Bitte lassen Sie mich. Ich kann nicht dorthin zurück. Bitte …« Sie spürte die Wärme, die von seinem Körper ausging. »Helfen Sie mir! Bitte.«

»Ich helfe dir«, war die Antwort.

Ein Mantel wurde über ihre durchnässten Schultern gelegt. Sie zitterte und machte sich in den Armen ihres Verfolgers so klein wie möglich. Das Gefühl der Schwäche übermannte sie, und sie weinte haltlos.

»Komm, ich bringe dich ins Haus, und dann setzen wir dich in eine warme Badewanne.«

Eine Badewanne? Selma traute ihren Ohren kaum.

Aber ihr Helfer, den sie die ganze Zeit über nicht einmal gewagt hatte anzusehen, hielt Wort. Sie verspürte keinerlei Scham, als er ihr das Nachthemd vom Leib streifte und ihr half, sich in das warme Wasser zu setzen. Zuerst schmerzte die Wärme, dann erfüllte sie sie mit Behaglichkeit und

Dankbarkeit. Langsam klärte sich ihr Blick, und sie konnte ihrem Retter in die Augen sehen.

»Bernhard, was tust du hier?«, fragte sie.

»Ich konnte nicht schlafen und sah von meinem Schlafzimmerfenster aus, wie du hinausgelaufen bist.«

»Ich … ich glaube, ich habe geträumt. Es war so real.« Selma besah sich ihre faltigen Hände, die sie langsam aus dem Wasser hob. Altersfleckige Hände. Ein Ring funkelte im faden Licht der Neonröhre über dem Frisierspiegel.

»Soll ich Karoline benachrichtigen?«

Karoline. Natürlich. »Nein, das würde sie nur beunruhigen.«

»Bist du sicher?« Bernhard war groß und kräftig. Der Hocker, auf dem er saß, sah verloren unter ihm aus. Sein dunkelblondes Haar war nass und sein Oberhemd ebenfalls. Er war Rettungssanitäter und einer der wenigen Nachbarn, mit denen sie einen guten Kontakt pflegte.

»Nein, das bin ich in der Tat nicht.«

»Das dachte ich mir.« Bernhard nickte. »Ich versuche, sie zu erreichen.«

Kurze Zeit später kam er zurück. »Sie macht sich gleich auf den Weg.« Er holte ein Handtuch und legte es auf den Hocker. »Ich hoffe, es stört dich nicht, dass ich …«

»Auf keinen Fall.« Selma schenkte ihm ein dankbares Lächeln. Scham hielt sie in diesem Moment für unangebracht.

»Du solltest vielleicht mit Karoline in ein Krankenhaus fahren. Wegen einer möglichen Unterkühlung.«

»Vielleicht.« Sie senkte den Kopf. »Gute Nacht, Bernhard. Und danke noch einmal.« Plötzlich wollte sie ihn schnell wieder loswerden. Allein sein. Mit sich und den Dämonen ihrer drängenden Erinnerung.

Bernhard sah sie besorgt an, dann verließ er wortlos den Raum.

Keine zehn Minuten später stand eine Frau in den frühen Fünfzigern vor ihrer Badewanne. Ihr Haar war notdürftig zusammengesteckt, und sie machte einen müden und vor allem sorgenvollen Eindruck. »Mama, was ist hier los? Bernhard hat …«

»Setz dich. Mir geht es gut.«

»Was ist nur passiert?« Karoline setzte sich auf den Hocker. Sie war unübersehbar die jüngere Ausgabe von Selma. Die gleichen hohen Wangenknochen, das Grübchen am Kinn, die markanten Lachfalten und die großen haselnussbraunen Augen.

»Ich habe geträumt oder besser gesagt geschlafwandelt.« Selma zeigte auf das Handtuch, das Karoline jetzt auf ihrem Schoß liegen hatte. »Hilfst du mir?«

Karoline wickelte sie in das Handbuch ein, nachdem sie etwas ungelenk aus der Wanne gestiegen war.

Zehn Minuten später saß Selma im Wohnzimmer, eine Wolldecke um den Körper geschlungen, einen heißen Tee in der Hand. Karoline hatte ihr gegenüber Platz genommen.

»Deine Bettdecke war zwischen das gekippte Schlafzimmerfenster geschoben. Ich nehme an, das warst du?«

»Muss wohl so sein.« Selma zuckte die Schultern.

»Magst du mir von deinem Traum erzählen? Du warst wieder in diesem Zug, nicht wahr?«

»Ich nehme es an. Aber so intensiv habe ich es noch nie durchlebt. Es war so real.«

»So real, dass du im Nachthemd bei drei Grad und strömendem Regen hinausgerannt bist. Gott sei Dank war Bernhard zur Stelle.«

»Gott sei Dank.« Selma nahm einen Schluck aus ihrer Tasse.

»Ist es nicht langsam an der Zeit, dass du mir die ganze Geschichte erzählst?« Karoline sah sie erwartungsvoll an.

»Die ganze Geschichte ist lang. Bei Gelegenheit.«

»Nein, ich will sie jetzt hören.«

»Jetzt?« Selma lachte. »Noch heute Nacht?«

»Warum nicht? Ich kann sowieso nicht mehr schlafen.«

»Das meiste kennst du doch schon.« Selma klammerte sich an ihre Teetasse, damit Karoline das Zittern ihrer Hände nicht sah.

»Bitte, Mama.«

»Du bist ebenso unnachgiebig, wie dein Vater es war.« Sie schüttelte tadelnd den Kopf.

»Nein, das habe ich von dir. Papa war nicht so stur wie du.«

»Also gut, die Bahnfahrt …«

»Nein, nicht die Bahnfahrt.« Karoline hob eine Hand. »Ich will die Geschichte von Anfang an hören. Ich möchte diesen Mann kennenlernen, der …«

»Diesen Mann?«, unterbrach sie Selma. »Meine Geschichte fängt nicht mit einem Mann an. Vielmehr fängt sie mit einem Kleid an.« Sie stellte die Tasse auf den Tisch. Ihre Hände hatten sich beruhigt, und eine angenehme Wärme erfüllte ihren Körper. Sie war nun bereit, noch einmal zu jenem Sommer 1942 zurückzukehren, als ihr Leben eine schicksalhafte Wende erfuhr.

TEIL 1

1942 – 1946

1

Burgthal, Siebenbürgen (Rumänien)
1942

»Du musst allein hingehen.«

Selma lag auf ihrem Bett. »Ganz sicher nicht.«

Irma streckte ihr das Fieberthermometer entgegen, das sie sich gerade aus dem Mund genommen hatte. »Sieh selbst. Achtunddreißig Komma neun Grad. Das ist Fieber. Ich kann nicht hingehen.«

»Aber …«

»Du musst! Und du wirst dieses Kleid tragen.« Irma sah zu dem sandfarbenen Kleid hinüber, das am Kleiderschrank hing. »Es hat mich so viel Mühe gekostet.«

»Dein Kleid?« Selma schüttelte entschlossen den Kopf. »Nein, das wäre nicht richtig.«

»Doch. Nur weil ich eine kränkliche junge Frau bin, musst du nicht auf deinen Spaß verzichten«, widersprach Irma. »Außerdem habe ich es für diesen Abend genäht. Es muss getragen werden.«

»Ach du mit deinem Aberglauben. Ich bin doch keine Märchenprinzessin.«

»Wenn du das Kleid trägst, schon. Und ich möchte, dass du heute Abend alle Männer verrückt machst.« Irma legte das Thermometer weg. Ihre Nase war eine Spur zu groß und die Zahl ihrer Sommersprossen beachtlich, aber mit ihrem roten Haar und den grünen Augen hatte sie ihren ganz eigenen Charme. Selma mit ihrem dunklen Teint hatte nicht viel Ähnlichkeit mit ihrer zwei Jahre jüngeren Schwester.

»In Ordnung. Aber du musst schnell wieder gesund werden, und dann gehen wir nächsten Monat zusammen.« Selma schälte sich aus dem Bett und machte sich daran, das Kleid anzuziehen. Sie war erstaunt, wie gut es passte. Die Schwestern hatten nahezu die gleiche Figur, wenn sie sich sonst auch nicht ähnlich sahen.

»Was habe ich gesagt? Es war von Anfang an für dich bestimmt.«

»Jetzt redest du Unsinn.«

»Mal ehrlich, wie hoch war die Wahrscheinlichkeit, dass ich wieder krank werde?« Irma war häufig krank, ganz im Gegenteil zu Selma.

»Ich werde nicht lange bleiben. Und wenn ich zurück bin, unterhalten wir uns weiter. Versprochen.«

»Du wirst Spaß haben und nicht hier mit mir herumliegen und dich langweilen.«

Selma sah in den Spiegel. Das Kleid stand ihr ausgesprochen gut. Einen Moment lang dachte sie tatsächlich, dass Irma es für sie genäht hätte. Sie kniete vor dem Bett ihrer Schwester nieder und verpasste ihr einen dicken Kuss auf die Stirn. »Hab dich lieb, und jetzt werde schnell wieder gesund.«

»Und du amüsiere dich. Wehe, wenn nicht!« Irma hob tadelnd den Zeigefinger.

Selma lief die hölzerne Treppe hinunter und sah auf die große Wanduhr im Esszimmer über Vaters geliebtem Reichsempfänger. Sie war spät dran. Kurz überlegte sie, eine Strickjacke über das ärmellose Kleid zu ziehen, entschied sich dann aber dagegen.

Ihr Vater saß in der Küche und studierte die Tageszeitung. Manchmal vergaß sie, dass Wilhelm Benning als Bürgermeister des Dorfes ein angesehener Mann war. Zu Hause war er ein unauffälliger, bescheidener und vor allem liebevoller Vater.

»Mach dir keine Sorgen, wenn es später wird. Ich bin mit Gisela auf dem Dorfplatz.«

Ihr Vater sah sie über den Rand der Zeitung hinweg fragend an.

»Du weißt schon. Das Fest«, fügte sie hinzu.

»Ach, das Fest.« Er nickte verstehend. »Und Irma, wie geht es ihr?«

»Sie hat Fieber, aber wollte unbedingt, dass ich allein gehe. Das Kleid ist von ihr.«

»Es steht dir phantastisch. Du wirst dich sicher irgendwann revanchieren.«

»Das werde ich ganz bestimmt. Aber jetzt muss ich los.« Selma drückte die Zeitung nach unten und verpasste ihrem Vater einen Schmatzer auf die stopplige Wange.

»Viel Spaß«, hörte sie noch, dann war sie bereits durch die Tür.

Gisela wartete eine Straße weiter im Schatten eines Hauseingangs. »Wo zum Teufel bleibst du bloß?« Ihre Freundin zog die Stirn in Falten. »Ist das nicht …?«

»Irmas Kleid, ja. Sie wollte, dass ich es trage, weil sie …«

»Die Ärmste. Sie kränkelt wieder?« Gisela machte ein mitfühlendes Gesicht und hakte sich unter. »Dann bringst du ihr eben einen Mann mit nach Hause. Und jetzt los, ansonsten sind die Besten bereits vergeben.«

Selma kannte Gisela bereits seit dem Kindergarten. Sie war wie eine zweite Schwester. Mit ihren schmalen Lippen, der kleinen spitzen Nase und ihrer allzu zierlichen Figur war sie nicht unbedingt ein Männerschwarm, aber das machte sie durch ihren liebenswerten Charakter mehr als wett. Sie hatte das Herz am rechten Fleck, und Selma hätte der Freundin ihr Leben anvertraut.

Es war nicht weit bis zum Schulgebäude. Aus der Ferne war bereits die Musikkapelle zu vernehmen. Als sie in Sichtweite kamen, sahen sie die bunten Wimpel, und um die Tanzfläche herum waren Heuballen aufgeschichtet worden. Die Kapelle saß etwas erhöht und spielte einen Walzer, als sie das Schulgelände betraten. Selma entgingen nicht die interessierten Blicke, die man ihnen zuwarf. Sie kamen nicht weit, als sie den ersten bekannten Gesichtern begegneten.

»Komm, lass uns was zu trinken holen, bevor nichts mehr da ist.«

Es herrschte ein buntes Treiben, und Selma genoss ihre erste Bowle. Ihre Blicke streiften die Anwesenden. Es war kaum zu übersehen, dass viele der Soldaten gekommen waren. Für sie waren das Dorfleben und die fröhlichen Abende mit Musik und Tanz wie eine Insel der Glückseligkeit. Auf dem Weg von einer Front zur nächsten schöpften sie neuen Mut und neue Kraft. Nicht selten ließen die Männer ihre Herzen zurück.

»Siehst du den da drüben?« Gisela stieß sie an. Ein Spritzer Bowle landete auf dem Boden.

»Pass doch auf.« Selma folgte ihrem Blick. »Wen meinst du?«

»Na den dort drüben. Der gutaussehende Kerl mit dem markanten Kinn. Er schiebt gerade eine Hand in die Hosentasche.«

»Und?«

Gisela stieß sie an. »Komm schon. Der gehört dir. Ich finde, er sieht umwerfend aus.«

»Wenn du meinst.« Selma zuckte die Schultern. Sie tat gleichgültig, ertappte sich jedoch dabei, wie sie immer wieder verstohlen zu dem schlanken, hoch gewachsenen Soldaten hinüberblickte. Er trug seine dunkle Tuchhose in den hohen Stiefeln. Die Feldbluse spannte sich über seine muskulöse Brust. Er hielt einen Bierkrug in der Hand und schien die Menge ebenso zu beobachten wie sie. Auf den ersten Blick gehörte er zu einem der niedrigeren Dienstgrade. Vielleicht ein Frischling, überlegte Selma.

Für einen Augenblick schienen sich ihre Blicke zu begegnen, doch sie mochte sich täuschen. Schnell sah sie zurück zu Gisela, die bereits mit dem zweiten Glas Bowle beschäftigt war.

»Erwischt!« Gisela prostete ihr zu.

»Wobei?« Selma tat unschuldig.

»Er gefällt dir. Ganz eindeutig.«

»Nein. Du hast ihn zuerst gesehen!« Selma leerte ihr Glas und verlangte ebenfalls ein neues.

»Na gut, wie du meinst.« Gisela ließ sie stehen, bahnte sich einen Weg zwischen den Umstehenden hindurch und ging quer über die Tanzfläche, direkt auf den Soldaten zu. Selma wollte sie zurückhalten, aber Gisela entkam ihr wie ein Fisch im Wasser. Eine Weile beobachtete sie ihre Freundin, die gleich mehrere der jungen Männer auf die Tanzfläche zog. Sie stellten sich zu einer Polka auf. Gisela winkte und grinste über beide Wangen.

»Na warte, du kleines Biest«, murmelte Selma. Sie hätte sich dazugesellen können, aber sie wollte sich nicht von Gisela drängen lassen.

Zwei junge Frauen aus der Nachbarschaft standen unweit von ihr. Ohne Vorwarnung schob sich Selma dazwischen. »Was gibt es Neues?«

»Das wird sich bald herausstellen.« Die Worte kamen von Luise Banthem, die ein keckes Gesicht aufsetzte. Sie war einen Kopf kleiner als Selma und hatte den Ruf, bei der Auswahl von Männern nicht besonders wählerisch zu sein. Die junge Frau neben ihr kannte Selma nicht.

»Wo ist Martin?«, fragte Selma und meinte Luises Freund.

»Martin? Wer ist Martin?« Luise lachte und prostete ihr zu.

»Ich hätte euch auf der Tanzfläche erwartet.« Selma zuckte die Schultern und hielt nach Gisela Ausschau. Doch die Tanzfläche war bereits wieder leer und von ihrer Freundin keine Spur. Sie zog die Stirn kraus.

Luise stellte ihr Glas ab. »Wollt ihr nun Spaß haben oder weiterhin dumm herumstehen?« Ihre Miene war herausfordernd.

»Was hast du vor?« Selma war skeptisch.

»Kommt mit.« Ohne auf eine Reaktion zu warten, lief Luise los.

Selma hob die Augenbrauen, warf einen letzten Blick in Richtung Tanzfläche, dann folgte sie Luise mit der Fremden im Schlepptau. Sie entfernten sich von der Tanzfläche, und schon bald konnte Selma die Armeelaster und zweisitzigen Motorräder sehen, mit denen die Soldaten von der Kaserne hergekommen waren.

»Da vorne, der dritte Laster.« Luise deutete geradeaus.

Selma sah Licht durch die Plane schimmern, dahinter undeutlich einige Schatten. Die andere Frau blieb stehen. »Wir sollten besser hierbleiben«, sagte sie.

Selma sah ihr an, dass Luises Unternehmungslust eine Nummer zu groß für sie war.

»Wer weiß, was die in diesem Lkw treiben.«

»Dann eben nicht.« Selma ließ sie kurzerhand stehen und folgte Luise. Sie wollte keinen Rückzieher mehr machen. Außerdem hatte sie das Gefühl, irgendwo zwischen den Wagen Gisela zu finden.

Es war dunkler zwischen den Lkws und Motorrädern. Das Licht der Tanzfläche reichte kaum bis dorthin. Plötzlich fühlte sich Selma unwohl und war versucht, doch zurückzukehren.

Einen Moment blieb sie im Schatten eines Lkws stehen, um sich zu orientieren. Bis sie Giselas Lachen hörte. Das hätte sie unter Hunderten erkannt. Sie gab sich einen Ruck und lief zu dem Armeelaster, aus dem das Lachen erklungen war. Es war der, in dem das Licht brannte.

»Da sieh mal einer an«, wurde sie begrüßt. Gisela saß im hinteren Teil des Wagens zwischen zwei Soldaten. Luise ließ sich gerade ein Glas Schnaps einschenken, den die Männer offensichtlich aus ihren eigenen Beständen mitgebracht hatten.

Selma erkannte den jungen Soldaten, den sie und Gisela über die Tanzfläche hinweg beobachtet hatten. Er warf ihr einen interessierten Blick zu und reichte ihr seine Hand, damit sie zu ihnen auf die Ladefläche klettern konnte.

»Johann.« Er lächelte charmant, und der Duft seines Rasierwassers wehte in ihre Richtung.

»Selma.« Sie erwiderte sein Lächeln.

»Möchten Sie einen?« Er zeigte ihr die Flasche, deren Aufschrift sie nicht lesen konnte. Von der Decke der Ladefläche baumelte eine einfache Lampe, die nur spärliches

Licht spendete. Gisela zwinkerte ihr geheimnisvoll zu und widmete sich gleich darauf wieder einem anderen Soldaten, der sie mit seinen Blicken geradezu verschlang.

Selma war nicht sicher, ob sie nicht besser fortgeblieben wäre, aber Johann ließ ihr keine Zeit, lange darüber zu grübeln. »Einen müssen Sie probieren. Ist selbst gebrannt.«

»Einen.« Sie nickte. Er hielt ihr ein Glas hin und schenkte ein.

»Nicht lange zögern. Einfach runter damit.«

Sie tat es. Das Brennen in ihrer Kehle brachte sie zum Husten. »Übles Zeug.«

»Aber es erzeugt ein wohliges Gefühl im Magen und später im Kopf.«

»Sie meinen, es macht einen betrunken.«

»Nein, Sie dürfen nicht zu viel nehmen. In Ihrem Fall würde ich es bei einem, höchstens zweien belassen.« Er zwinkerte ihr zu.

»Wenn Sie das sagen. Ich …« Weiter kam Selma nicht, weil einer der Soldaten in seine Hosentasche griff und eine Mundharmonika hervorholte. Er legte sogleich los, und seine Kameraden stimmten lauthals ein Lied an.

Selma suchte Giselas Blick, die eingestimmt hatte und dabei in die Hände klatschte.

»Geben Sie mir noch einen.« Selma stieß Johann mit dem Ellbogen an. Sie musste fast schreien, damit er sie verstand.

Er schürzte anerkennend die Lippen und füllte das Glas erneut. Nun zeigte der Alkohol Wirkung, und es gelang Selma ebenfalls, in den Gesang einzustimmen. Luise hakte sich unter, und sie begannen von links nach rechts zu schaukeln, bis alle mitmachten und der Lkw ins Schwanken geriet.

Johann hatte sich bei Selma untergehakt, und sie spürte seine muskulösen Arme. Sein guter Geruch wollte ihr nicht mehr aus der Nase gehen. Nach dem dritten Lied benötigten alle eine Pause.

Johann kletterte an Selma vorbei und sprang mit einem Satz von der Ladefläche. »Haben Sie Lust, ein Stück zu gehen?«

Wie um sich zu vergewissern, dass Gisela und Luise in guter Gesellschaft waren, sah sie zu den Freundinnen hinüber. Beide hatten gerötete Wangen und sicherlich nicht nur zwei Schnäpse getrunken. Selma entschied, die nächste Schnapsrunde nicht abzuwarten.

Sie hielt Johann ihre Hand hin. Doch statt sie zu ergreifen, fasste er sie an der Taille und hob sie kurzerhand hinunter. Ihre Nasenspitzen kamen sich dabei bedrohlich nahe, und ihre Blicke begegneten sich. Selma wurde rot, was er aufgrund der Dunkelheit glücklicherweise nicht sehen konnte.

»Nur ein paar Schritte. Da drin kann man sich gar nicht unterhalten«, sagte er und vergrub seine Hände in den Hosentaschen.

»Sie möchten sich also unterhalten?« Selma grinste verschmitzt.

»Ich würde Sie gerne kennenlernen.« Er setzte sich in Bewegung, auf den Rand des Dorfplatzes zu. Dorthin, wo noch etwas Licht war und sie ihn gut sehen konnte.

»Was wollen Sie über mich wissen?« Selma ging neben ihm und atmete tief ein. Es war eine herrliche Nacht, die Luft klar und frisch.

»Ist es Ihnen unangenehm mit mir allein?«

»Nein, sollte es?«

»Keineswegs. Ich bin ein anständiger Kerl.«

»Ich muss gestehen, dass ich zum ersten Mal mit einem fremden Mann durch die Nacht laufe.«

»Irgendwann ist immer das erste Mal.«

»Zu welcher Einheit gehören Sie?«

»Wir sind auf dem Gelände des alten Bergwerks stationiert. Meine Kompanie hat vor zwei Wochen Quartier bezogen. Ich bin für den Nachschub zuständig. Co-Pilot an Bord einer Transportmaschine, eine Junkers Ju 90.«

Selma verzog überfordert das Gesicht.

»Wir nennen sie auch ›die große Dessauer‹«, fügte Johann schnell hinzu, als ihm klar wurde, dass er ihr bereits zu technisch geworden war. »Das heißt, Waffen, Munition und Lebensmittel für die Front. Da ist man manchmal Wochen vor Ort, bevor wir angefordert werden. Wenn die Russen endlich einknicken würden, müsste ich gar nicht mehr los.«

»Ich verstehe. Und, haben Sie ein Mädchen? Ich meine, da wo Sie herkommen?«

Johann lachte. »Alles klar. Sie wollen gleich die Grenzen abstecken. Nein, ich habe kein Mädchen, wo ich herkomme.«

»Wo kommen Sie denn her?«

»Eigentlich wollte ich doch Sie ausfragen.« Er zwinkerte mit einem Auge in ihre Richtung. »Also gut, ich komme aus Stuttgart. Ich wollte eigentlich Kfz-Mechaniker werden. Doch kurz vor der Gesellenprüfung wurde ich eingezogen. Der Krieg hat mir einen Strich durch die Rechnung gemacht.«

»Waren Sie schon in einem Kampfeinsatz?«

»Nein, bisher nicht. Ich habe lediglich die Grundausbildung, den Flugschein und zahlreiche Manöverflüge absolviert. Für meine Eltern war es ein großer Schock, als meine

Kompanie ausrücken sollte. Ich konnte meine Mutter nur mit dem Gedanken trösten, dass ich der Nachschubkompanie angehöre. Das heißt, ich bin zunächst ortsgebunden. Solange ich nicht in die Kolonne versetzt werde, könnte ich Glück haben und mir hier den Nacken bräunen lassen, während ich an den Maschinen herumschraube.«

»Hört sich an, als wären Sie ein echter Glücksvogel.« Auf unbestimmte Weise begann sie seine Nähe zu genießen. Er besaß eine sonore Stimme, die eine beruhigende Wirkung auf sie hatte.

»Das wird sich noch zeigen. Stalin ist ein harter Knochen. Wenn wir ihn in die Knie zwingen, werde ich vielleicht schon nächstes Jahr mit dem Meisterbrief beginnen können. Obwohl ich sagen muss, dass die Fliegerei es mir inzwischen angetan hat.«

»Sie scheinen mir ein echter Optimist zu sein. Aber ich glaube kaum, dass der Krieg so schnell ein Ende finden wird.«

»Wir werden sehen. Man sollte die Hoffnung niemals aufgeben. Und jetzt sind Sie dran.«

»Wir wohnen gleich gegenüber am Dorfplatz, das große Haus mit den giftgrünen Fensterläden. Mein Vater ist der Bürgermeister.«

Johann hob die Brauen. »Die Tochter des Bürgermeisters. So hübsch und eine angesehene Persönlichkeit dazu.«

»Ich bin nur die Tochter. Von angesehen kann nicht die Rede sein. Ich arbeite als Kindergärtnerin.«

»Ich wusste gleich, dass Sie gut mit Menschen umgehen können.«

»Wie meinen Sie das?« Selma war sich noch nicht ganz sicher, ob Johann sie hochnehmen wollte.

»Sie haben diese gewisse Ausstrahlung.«

»Welche Ausstrahlung?«

»Eine besondere. Wenn ich ein Kind hätte, Ihnen würde ich es ganz bestimmt sofort anvertrauen.«

»Sie sind ein geübter Schmeichler. Wissen Sie das?« Selma war stehen geblieben. Über ihnen war der Mond aufgegangen, und sie begann zu frösteln. Sie verschränkte ihre nackten Arme.

»Ist Ihnen kalt?«

»Ein wenig. Vielleicht sollten wir zurückgehen.«

»Oder ich sorge dafür, dass Ihnen warm wird. Eine Jacke habe ich leider nicht dabei.«

Selma sah sich um. »Am besten bringen Sie mich zurück zum Lkw.«

»Ich habe eine bessere Idee.« Mit diesen Worten schlang er seine Arme um ihren Körper und zog sie an seine Brust. Für einen Augenblick versteifte sie sich, dann ließ sie es geschehen.

»Sicherlich denken Sie jetzt, ich wäre eines der Mädchen, die leicht zu haben sind.« Sie musste irgendetwas sagen.

»Ich weiß, dass Sie das nicht sind«, sagte er, und sie spürte die Vibration seiner Stimme an ihrer Brust. »Und ich würde eine fremde Dame unter normalen Umständen niemals in den Arm nehmen. Wenn ihr auch noch so kalt ist.«

Sein Körper strahlte eine enorme Wärme aus. »Unter normalen Umständen? Und welche Umstände sind das hier?«

»Na, besondere.« Johann hielt sie immer noch umklammert.

»Bitte lassen Sie mich wieder los.«

Johann entließ sie aus seiner Umarmung. »Verzeihen Sie mir. Das war eindeutig zu aufdringlich.«

»War es, aber ich verzeihe Ihnen. Tanzen Sie?«

»Nicht meine Stärke, aber wie könnte ich Ihnen einen Wunsch abschlagen?«

Sie ließ sich von ihm zur Tanzfläche führen. Die Kapelle spielte einen Foxtrott. Johann zögerte nicht lange und legte seine Hand an ihre Taille. Seine erneute Nähe kam ihr, trotz der Tatsache, dass sie ihn kaum kannte, erstaunlich vertraut vor.

Er führte ausgesprochen gut, stellte Selma gleich nach den ersten Schritten fest. Ihre Blicke begegneten sich. Sie wollte zur Seite schauen, aber seine braunen Augen hielten sie gefangen.

»Das Kleid steht Ihnen übrigens ausgesprochen gut. Sie sehen hinreißend darin aus.«

»Danke. Es ist selbst genäht.« Sie musste plötzlich an Irma denken und war versucht, sich nach dem Tanz von Johann zu verabschieden. »Es gehört meiner Schwester, aber sie ist krank geworden. Sie wollte, dass ich es trage.«

»Sehr selbstlos.«

»Ja, so ist sie.«

»Sie haben ein schlechtes Gewissen, nicht wahr?«

»Jetzt haben Sie mich durchschaut.«

»Schenken Sie mir noch einen Tanz, dann bringe ich Sie nach Hause.«

»Sie wollen mir beweisen, dass auch Sie selbstlos sein können.«

»Jetzt haben Sie mich durchschaut.« Johann lächelte. Dann wirbelte er sie herum und bekam seinen zweiten Tanz.

Das Tanzen hatte sie von innen heraus gewärmt. Sie sah in Richtung der Lkws. Gisela und Luise waren sicherlich noch dort.

»Sie müssen das nicht tun«, sagte Selma.

»Ich werde Sie ganz bestimmt nicht allein nach Hause gehen lassen.« Johann hielt ihr seinen Arm hin, damit sie sich unterhaken konnte.

Die Nacht war lau, und es roch herrlich nach Holunder. Selma holte tief Luft. Als sie am Dorfplatz angelangt waren, blieb sie stehen.

»Dort drüben.« Sie zeigte auf ihr Elternhaus. »Sie können mich jetzt getrost entlassen.«

»Es hat mich außerordentlich gefreut.« Johann hatte die Hände in den Hosentaschen vergraben und wirkte plötzlich nervös.

»Mich ebenfalls. Sie sind ein besserer Tänzer, als Sie zugeben mögen. Danke dafür.«

»Hätten Sie Lust, das irgendwann zu wiederholen?«

»Meinen Sie, das wäre eine gute Idee?« fragte Selma vorsichtig. Der Aufenthalt der Soldaten war meist nur ein kurzes Intermezzo. Johann gefiel ihr. Er war charmant, ein Kavalier und sah zudem gut aus. Genau aus diesem Grund wollte sie schnell eine Grenze ziehen.

»Bestellen Sie Ihrer Schwester einen lieben Gruß von mir.« Johann stand unmittelbar vor ihr.

»Ich wünsche Ihnen eine gute Nacht.«

»Das wünsche ich Ihnen auch, Selma.«

Sie empfand den Abschied als zu förmlich. Zu unpassend. Genaugenommen fragte sie sich mit einem Mal, warum sie unbedingt nach Hause wollte, wo Irma sie doch ermutigt hatte, die Nacht in vollen Zügen zu genießen. Ein Augenblick des Zögerns, der Unsicherheit. Genau diesen Augenblick nutzte Johann, und sie spürte plötzlich seine Lippen auf den ihren. Ein kurzer Kuss. Ein flüchtiger Moment.

Aber für Selma war klar, dass es nicht bei diesem Moment bleiben würde.

Sie sprachen kein Wort mehr, gingen einfach auseinander. Er blieb im Licht der Straßenlaterne stehen und sah einen Augenblick verträumt zu ihr herüber, bis sie sich einen Ruck gab und endlich loslief.

Sie blieb erst stehen, als sie hinter der Hausecke seinen Blicken entschwunden war. Mit klopfendem Herzen schloss sie die Augen und lehnte sich an die Hauswand. Schlaf würde sie in dieser Nacht ganz sicher keinen mehr finden.

2

Burgthal, Siebenbürgen (Rumänien)
1942

»Hören wir heute Abend nicht die Musiksendung?« Irma machte ein enttäuschtes Gesicht.

Wilhelm Benning hob den Zeigefinger zum Mund. Er stand vor dem Volksempfänger, den er sich vor einem Jahr aus München hatte schicken lassen. Niemand außer ihm durfte die schwarzen Knöpfe drücken oder an der Frequenzweiche drehen. Der Empfänger war sein Heiligtum.

Selma hatte wohlweislich den Mund gehalten. Immer wenn der Vater mit dieser angespannten Miene vor dem alten Wohnzimmerschrank stand, lief eine politische Sendung, und er wünschte keine Störung. Sie setzte sich neben Irma und sah ihrer Mutter zu, die Tafelbesteck polierte. Es ging nicht zum ersten Mal um die inzwischen unglaubwürdigen Durchhalteparolen der deutschen Propaganda zum Russlandfeldzug. Selma hörte nur mit einem Ohr zu. Sie hatte einen anstrengenden Tag im Kindergarten verbracht und war ebenso enttäuscht, nicht der Musiksendung lauschen zu dürfen, die jeden Mittwochabend um sieben auf dem Empfänger lief.

Irma ging ihrer Mutter zur Hand, und nach einer Weile half auch Selma mit. Unbemerkt wechselte ihr Vater die Frequenz und suchte einen rumänischen Lokalsender. Selma hing ihren Gedanken nach, und es dauerte eine Weile, bis sie es registrierte. Doch schon bald stellte ihr Vater das Radio ganz ab.

»Jetzt hast du uns allen die Sendung kaputtgemacht, Wilhelm.« Martha Benning legte ein frisch poliertes Messer zur Seite.

»Die Sendung könnt ihr jede Woche hören, aber das hier war sehr wichtig.« Ihr Vater setzte sich zu ihnen an den Tisch.

»Das sagst du jedes Mal.« Ihre Mutter nahm eine Gabel zur Hand und polierte weiter.

»Weil ihr nicht zuhört.« Wilhelm Benning seufzte. »Es kommt, wie es kommen musste. Die Zeiten ändern sich. Auch für uns.«

»Was meinst du, Papa?« Selma war hellhörig geworden.

»Hitler macht unserer rumänischen Regierung Versprechen, die er nicht halten kann. Antonescu hat schon vor einiger Zeit begonnen, Soldaten aus den Kriegsgebieten abzuziehen. Das wird sich weiter fortsetzen. Es gibt bereits Aufstockungen in den hiesigen Kasernen. Und damit meine ich keineswegs die deutschen Kasernen. Da ist etwas im Gange. Wenn ihr mich fragt, bereitet sich die Regierung auf eine Kehrtwende vor.«

»Du meinst, wenn Hitlers Bemühungen, Stalin in die Enge zu treiben, scheitern?« fragte Selma.

»Ganz genau. Denn danach sieht es aus«, fuhr ihr Vater fort, dankbar, Gehör gefunden zu haben. »Die Meldungen von der Front werden von Monat zu Monat düsterer. Die Nachschubwege sind teilweise unpassierbar. Die Verpflegung erreicht die Soldaten meist gar nicht mehr. Ich möchte nicht wissen, wie viele von ihnen auf sich allein gestellt sind. Antonescu tut, was jedes Staatsoberhaupt, das halbwegs bei

Verstand ist, tun sollte: Er rettet, was zu retten ist. Auch wenn das bedeutet, sich von den Deutschen abzuwenden.«

»Und was bedeutet das für uns?« fragte Irma, die nun auch den Ernst der Lage erkannt hatte.

»Das weiß nur der liebe Himmel, mein gutes Kind. Aber die Zeiten werden rauer. Besonders für uns. Denn wenn das so weitergeht, werden wir Deutschen hier nicht mehr in Ruhe leben können. Seit achthundert Jahren sind die Deutschen nun schon hier. Vielleicht ist es bald vorbei damit.«

»Sag nicht so was, Wilhelm.« Martha Benning machte ein betroffenes Gesicht.

Selma musste unwillkürlich an Johann denken. »Was wird aus den deutschen Soldaten, die hier bereits stationiert sind?«

»Wenn ihr mich fragt, wird Hitler einen letzten verzweifelten Versuch unternehmen, Stalingrad mit einer Großoffensive zu nehmen«, erklärte ihr Vater. »Was bleibt ihm auch anderes übrig? Er sieht seine Felle davonschwimmen. Und das wiederum bedeutet, er wird Mann und Maus nach Russland schicken.«

Selma wurde es plötzlich zu warm in der Stube. Sie erhob sich und ging zur Tür. »Ich mag nicht mehr über den Krieg sprechen. Ich werde ein wenig Luft schnappen.«

Bevor sie jemand davon abhalten konnte, war sie durch die Tür und ging hinunter in den Garten. Die Äpfel an den Bäumen waren noch klein und grün. Gedankenverloren hob sie einen auf und drehte ihn in der Hand. Sie war wütend auf den Staatsführer, auf Hitler und auf sich selbst. Auf sich selbst vielleicht sogar am allermeisten, denn sie hatte Gefühle zugelassen. Nun war ihr Herz voller Kummer, weil sie sich schon bald von Johann verabschieden müssen würde. Sie spürte die Tränen in ihre Augen steigen.

»Was hast du denn, mein Kind?« Ihr Vater war hinter sie getreten.

Selma wagte es nicht, sich zu ihm herumzudrehen. »Es ist … ach, ich weiß auch nicht. Vielleicht ist es nur die Angst vor dem, was kommen mag. Sag mir, Papa, wie wahrscheinlich ist es, dass die nahe Zukunft alles verändern wird?« Nun drehte sie sich doch zu ihm herum. Glücklicherweise nahm er sie in den Arm, und sie vergrub ihr Gesicht dankbar an seiner Schulter, ohne dass er ihre Tränen sah.

»Die Zukunft ist immer ungewiss«, hörte sie ihn sagen. »Aber die Zeichen stehen nicht gut, muss ich leider sagen. Ich bin kein erfahrener General und kenne die Situation vor Ort nicht. Aber wenn du mich fragst, ist es nur eine Frage der Zeit, bis die Russen an unserer Grenze stehen.«

»Und wenn wir gehen? Alles hinter uns lassen und irgendwo neu anfangen?« Selmas Stimme hörte sich dumpf an, als sie sprach. Ihre Tränen benetzten das Hemd des Vaters.

»Wie soll das gehen? Ich habe eine verantwortungsvolle Stelle. Es geht uns gut. Wo sollten wir hin? Wir können das Land nicht einfach verlassen. So wie es augenblicklich aussieht, bleibt uns nur abzuwarten und das Beste zu hoffen.«

Selma sah vor sich, wie ihre heile Welt sich in Luft auflöste. Ihr gutes Leben in dem großen Haus, ohne sich Sorgen über die Zukunft machen zu müssen. All das würde sich möglicherweise schon in Kürze ändern. Doch das war noch lange nicht alles, was sie beschäftigte.

Wilhelm Benning fasste sie an den Schultern. »Warum weinst du? Sag mir, was bedrückt dich wirklich?«

»Ich brauche deinen Rat«, sagte Selma. »Angenommen ich hätte jemanden kennengelernt, an den ich mein Herz zu verlieren drohe. Soll ich die Gefühle zulassen oder ihn ziehen lassen?«

Ihr Vater lächelte milde und ließ seine Arme sinken. »Das ist es also. Das Herz geht nun mal seine eigenen Wege. Das kann man nicht beeinflussen.« Er räusperte sich.

»Was soll ich also tun?«, fragte Selma voller Verzweiflung.

»Das Schicksal entscheiden lassen.«

»Das ist nicht die Antwort, die ich mir erhofft hatte.«

»Eine bessere kann ich dir leider nicht geben.« Ihr Vater machte ein hilfloses Gesicht. »Ein deutscher Soldat also? Ist er hier in der Nähe stationiert?«

»Er gehört der Nachschubkompanie an.«

»Nachschub, mmh. Das wird ihn kaum davor bewahren, früher oder später ausrücken zu müssen.« Wilhelm Benning presste die Lippen aufeinander. »Es tut mir unendlich leid, meine Kinder in solch schweren Zeiten sehen zu müssen. Als ich in deinem Alter war, lagen die Dinge noch einfacher, wenn auch der Erste Weltkrieg seine Spuren hinterlassen hatte.« Er presste die Lippen aufeinander. »Ich glaube, es ist das Beste, du genießt die gemeinsame Zeit mit ihm. Wie lange sie auch immer währt.«

»Du hast nichts dagegen, wenn ich mit ihm zusammen bin?«, fragte Selma verwundert.

»Es freut mich, dass du mich fragst, aber ich sehe doch, dass es längst zu spät ist, dich von irgendetwas abhalten zu wollen.« Er schenkte ihr ein liebevolles Lächeln. »Und nun geh zurück in die Stube, bevor deine Mutter sich noch Sorgen macht. Ich werde es für mich behalten, versprochen.«

»Danke, Tati.« So hatte sie ihn als kleines Mädchen stets

genannt. Es war rumänisch für Papa. Sie beugte sich vor, gab ihm einen Kuss auf die Wange und ging zurück ins Haus, um ihrer Mutter und Irma bei dem restlichen Besteck zur Hand zu gehen.

~

»Was bedrückt dich?« Johann kitzelte sie mit einem Strohhalm, indem er behutsam über die weiche Stelle in ihrem Nacken strich.

Sie lagen auf dem Heuboden einer Scheune, die zu einem Gehöft am Rande des Dorfes gehörte. Da die Scheune abbruchreif war, der Bauer jedoch weder Zeit noch Mühe investieren wollte, war sie zu ihrem Treffpunkt geworden. Sooft Johann es einrichten konnte, kamen sie hierher und genossen die gemeinsamen Stunden.

»Ich habe gestern von dem Marschbefehl gehört. Wann wolltest du es mir sagen?«, fragte sie. »Die Stimmung kippt. Hitler ist nicht mehr glaubwürdig genug für Antonescu. Es kommt also, wie es kommen musste.« Traurig senkte sie den Blick. »Ich kann nicht sagen, wann genau es so weit ist. Vielleicht …«

»Bitte.« Ihre Stimme war unnachgiebig.

»In zwei Wochen rücken alle deutschen Soldaten aus der Umgebung ab. Außerdem werden alle Transportmaschinen an der Ostfront benötigt. Die Nachschubwege werden nach und nach von den Russen gekappt.«

Das Gefühl des kitzelnden Strohhalms war verschwunden. Selma lauschte seinem Atem, der plötzlich stockte.

»Warum hast du nichts gesagt?« Sie wagte nicht, sich zu ihm umzudrehen, weil sie sich vor einer Lüge fürchtete.

»Es hätte alles zerstört«, hörte sie ihn sagen.

»Alles zerstört?« Mit einem Ruck rollte Selma nun doch herum und sah Johann direkt in die Augen. »Du hast niemals an die Zukunft gedacht. Für dich gab es nur das Hier und Jetzt.«

»Für dich nicht?«, fragte er erstaunt. »War es nicht das, was wir beide wollten? Wie könnten wir in dieser Zeit an die Zukunft denken?« Johann knickte den Halm in seiner Hand mit Daumen und Zeigefinger. »Warum muss man immerzu an die Zukunft denken?«

»Ich hätte gern über eine Zukunft mit dir nachgedacht«, gab Selma zu.

»Aber du hast es nicht. Weil du genauso viel Angst vor ihr hast wie ich.«

»Ich könnte auf dich warten.«

»Es könnte Monate oder gar Jahre dauern, bis ich zurückkehre.«

»Ich wäre bereit dazu.« Sie berührte seinen Unterarm.

»Siehst du, genau das wollte ich vermeiden. Endlose Gespräche über Dinge, die sich nun mal nicht ändern lassen. Warum können wir nicht einfach die Zeit genießen, die uns bleibt?«

»Würdest du nicht auf mich warten wollen?« Ihre Hand zitterte leicht.

Er spürte dies und ergriff sie. Zärtlich küsste er ihre zierlichen Finger. »Ich würde nichts lieber wollen. Ich würde dich mit nach Stuttgart nehmen. Im Haus meiner Eltern wäre genügend Platz für uns und eine ganze Kinderschar.«

»Sei nicht albern«, sagte sie, auch wenn seine Worte sie besänftigten.

»Ich meine es ernst. Aber ich wusste, dass der Marschbefehl eines Tages kommen würde.«

»Also dachtest du dir: Ein paar Monate Spaß mit einem Mädchen können nicht schaden, bevor ich an die Front gehe und mich erschießen lasse.«

Grimmig runzelte er die Stirn. »Warum sagst du das? Ich weiß, wie wenig du es so meinst.«

Selma rollte zurück auf den Rücken und starrte durch ein Loch in der Decke. Das Sonnenlicht fiel wie eine dünne Säule auf den Heuboden. Sie war verzweifelt und spürte, wie ungerecht sie sich gegenüber Johann verhielt, aber sie konnte nicht aus ihrer Haut. »Ich hatte Angst davor. Und nun weiß ich, dass diese Angst begründet war.«

»Angst wovor?«

»Mich zu verlieben.« Jetzt war es raus, und sie war selbst überrascht, wie beiläufig sie die Liebeserklärung ausgesprochen hatte.

Wohl ebenso überrascht wie er, denn er antwortete nicht sogleich. Kurz darauf spürte sie seine Lippen auf ihrem Mund. Sie küssten sich lange und leidenschaftlich.

Für eine Weile vergaß sie alles um sich herum und lebte nur für diesen Sonntagnachmittag.

Als sie sich voneinander lösten, stürmten die Sorgen und Ängste umso vehementer auf sie ein und schnürten ihre Brust zusammen.

»Ich weiß nicht, wie ich es überstehen soll, wenn du fort bist. Ich werde kein einziges Mal mehr tanzen gehen.«

»Doch, versprich es mir.«

»Nur wenn du mir versprichst, zu mir zurückzukommen.«

»Das kann ich nicht.« Er schlug die Augen nieder.

»Siehst du? Aber ich werde hier auf dich warten, und wenn es noch so lange dauert, bis du zurückkehrst.«

»Ich liebe dich. Von ganzem Herzen. Darum werde ich alles tun, um zu dir zurückzukehren.«

»Das hört sich gut an, Herr Fröhling.« Sie berührte seine Nasenspitze und versuchte, sich selbst Mut zu machen. Das dumpfe Gefühl in ihrem Magen ließ sich jedoch nicht vertreiben. »Wirst du mir schreiben?«

»Natürlich, wann immer ich kann.«

»Unsere gemeinsame Zeit, was war das für dich?« Sie spielte gedankenverloren mit einer Schleife ihres Kleides.

»Der Grund, mich nicht vom Himmel schießen zu lassen.«

»Ich verlange von dir, nicht den Helden zu spielen. Denn die sterben meist zuerst.«

»Ich, ein Held? Ich bitte dich. Das Wort Hasenfuß stammt von mir.«

»Das ist gut. Sei bitte der größte Feigling von allen.« Sie streichelte seine stoppelige Wange.

»Ich werde mir alle Mühe geben. Versprochen.«

~

»Nach deiner Rückkehr wird sie bestimmt nicht mehr stehen«, sagte Selma wehmütig, als Johann den Riegel eine Woche später zum letzten Mal vor das Scheunentor schob.

»Wenn ich zurückkehre, werden wir kein geheimes Versteck mehr benötigen.«

»Was macht dich da so sicher?«, fragte sie neckisch.

»Ich werde mich wohl kaum mit meiner Frau auf einen Heuboden zurückziehen.«

»Mit deiner Frau? Aber wer würde dich denn heiraten wollen?«

»Die Liste der Anwärterinnen reißt leider nicht ab. Ich komme kaum mit dem Durchstreichen nach.« Johann rüttelte an dem Tor, dann nahm er Selma an der Hand, und sie gingen zurück in Richtung der Kaserne.

»Seit wann bist du so ein schrecklicher Aufschneider, Herr Fröhling?«

»Vielleicht liegt das an dir? Ich fühle mich so gut, dass ich Bäume ausreißen könnte.«

Sie spürte den Druck seiner Hand und gab sich nach außen unbeschwert und glücklich. Am liebsten hätte sie an Ort und Stelle ihren Tränen freien Lauf gelassen, aber sie wollte es Johann nicht unnötig schwer machen. Der Tag seiner Abreise stand unmittelbar bevor. Es kam ihr vor, als erwache sie aus einem wunderbaren Traum. Voller Ernüchterung über die Realität.

»Wirst du da sein, wenn wir starten?«

»Ich werde dafür zwei Nachmittage bis sechs arbeiten und den Putzdienst übernehmen müssen. Ich hoffe, du weißt das zu schätzen.«

»Wie konntest du nur dieses Opfer erbringen?«, fragte er in gespielter Bestürzung.

Es war der letzte schöne Tag, bevor eine Regenfront von Osten heranziehen sollte. Dorthin, wo Johann am nächsten Morgen fliegen würde. Das Wetter schien ihm einen Vorgeschmack bieten zu wollen auf das, was ihn erwarten würde. Die Schwalben über ihren Köpfen flogen bereits tief, und die Luft war an diesem Tag besonders schweißtreibend. Selma konnte die Tränen, so sehr sie sich auch bemühte, nicht mehr zurückhalten. Sie wischte sie sich aus dem Augenwinkel, aber es half nichts. Es strömten nur noch mehr nach, bis bald ihr ganzes Gesicht feucht war. Johann sah es und blieb stehen.

»Oh, Johann.« Sie bettete ihren Kopf an seine Brust und ließ den Tränen freien Lauf. Sie kam sich vor wie ein kleines Kind. Dabei hatte sie ihren Kummer bisher so erfolgreich unterdrücken können.

»Bitte weine nicht«, sagte er. »Du solltest mich vielmehr mit deinem schönen Lächeln verabschieden.«

»Das hebe ich mir für morgen früh auf.« Es kostete sie einige Mühe, dem sanften Druck nachzugeben, mit dem er ihr Kinn anhob. »Ganz sicher«, bekräftigte sie.

»Ich werde wiederkommen. Und dann bleiben wir für immer zusammen. Betrachte es als eine Geschäftsreise.«

»Wenn ich das nur könnte.« Sie trocknete die Tränen mit einem Taschentuch, das sie aus ihrem Rocksaum klaubte.

»Du kannst.« Er küsste sie. Anschließend liefen sie schweigsam weiter, bis sie die Kaserne erreicht hatten.

»Ich …«, setzte Johann an, doch Selmas Zeigefinger auf seinen Lippen brachte ihn zum Verstummen.

»Heb dir die Worte für deine Rückkehr auf.« Sie stellte sich auf die Zehenspitzen und gab ihm einen langen und leidenschaftlichen Kuss. »Der muss halten, bis du zu mir zurückkommst.«

Er sah sie an und schien sich dabei ihr Gesicht noch einmal ganz genau einprägen zu wollen. Sie versuchte sich an einem Lächeln.

Eine letzte Berührung. Ein letzter Blick. Dann wandte er sich um und ging. Sie wusste nicht, ob er sich noch einmal herumgedreht hatte, denn sie rannte einfach drauflos. Der Schmerz drohte ihre Brust zu sprengen, und das Pochen hinter ihrer Stirn nahm ihr die Sicht. Blindlings stolperte sie weiter den Feldweg entlang, bis sie vollkommen erschöpft am Haus ihrer Eltern ankam.

Die Sonne war inzwischen von den Wolken verdeckt. Als sie nun dastand und sich schwer atmend an der Hauswand abstützte, vermischten sich die ersten Regentropfen mit ihren Tränen.

Erst sehr viel später stellte sie sich die Frage, was länger angehalten hatte: ihre Tränen oder der nicht enden wollende Regen, der in den nächsten Tagen alles fortzuspülen schien. Nur den Schmerz konnte er nicht mitnehmen. Der blieb hartnäckig in ihrem Herzen zurück.

3

Burgthal, Siebenbürgen (Rumänien)
1943

Sie starrte den braunen Umschlag mit den hellen Flecken ungläubig an. Manche Wünsche gingen eben doch in Erfüllung. Da hatte sie es geschafft, zwei Tage am Stück nicht unentwegt an Johann zu denken, und prompt kam Post von der Front.

Ihre Mutter blieb neugierig hinter ihr stehen. Erst als sie Selmas Zögern bemerkte, widmete sie sich wieder ihrem Weißkohl. Selma öffnete den Brief und faltete ihn mit bebender Brust auseinander. Er war tatsächlich von Johann.

Meine liebe Selma,
es geht mir den Umständen entsprechend gut.

Sie atmete so erleichtert aus, dass ihre Mutter besorgt zu ihr herübersah.

Wir fliegen nun seit einigen Wochen eine Ost-West-Route und bringen Versorgungsmaterial für die sechste Armee von einem Sammellager nahe dem Kaukasus zu einem Flugplatz keine zwanzig Kilometer vor Stalingrad.
Das Wetter am Tag meiner Abreise war leider nur ein milder Vorgeschmack auf das, was mich hier drüben erwartete. Inzwischen habe ich gelernt, mit dem Regen und der

Kälte, die Anfang Oktober über Nacht zu kommen schien, umzugehen. Von der Stadt ist nicht viel übrig, aber wir haben immerhin ein Dach über dem Kopf – wenn ich nicht gerade im Flugzeug sitze. Leider habe ich keine Ahnung, wie lange die Rote Armee uns noch unbehelligt einfliegen lässt. Die Gerüchte von einer Gegenoffensive werden lauter. General Paulus scheint jedoch ein fähiger Mann zu sein, und wenn die sechste Armee nur lange genug durchhält, bin ich zum Weihnachtsfest schon zurück.
Ich vermisse dich jeden Tag, an dem Gott die Sonne über diesem trostlosen Fleck Erde aufgehen lässt. Habe ich mich anfangs noch davor gefürchtet, dein Gesicht könnte in meiner Erinnerung verblassen, so ist jede deiner Berührungen noch so präsent, als wären wir erst gestern zusammen gewesen.
Richte deiner Familie viele Grüße aus!
In Liebe, Dein Johann

Selma versuchte, zwischen den Zeilen zu lesen. Wollte Johann ihr Mut machen, weil seine Heimkehr, an die sie sich so sehr klammerte, noch lange nicht stattfinden würde?

Der Herbst zog quälend und mit zunehmend ernüchternden Meldungen von der Front vorüber. Der ersehnte zweite Brief von Johann kam nicht. Beinahe war Selma versucht zu glauben, er wollte sie tatsächlich zum Weihnachtsfest überraschen und noch vor dem 24. Dezember vor der Tür stehen. In all den Nächten, die sie bangend und hoffend in ihrer Kammer verbrachte, malte sie sich seine Rückkehr aus. Irma tröstete sie unermüdlich, befeuerte ihre Hoffnungen und machte ihr Mut.

Weihnachten kam, es wurden Geschenke getauscht, und

die Familie genoss die gemeinsame Zeit. Nur Selma war mit ihren Gedanken an einem anderen Ort. Sie hatte in den letzten Wochen, so oft es ging, Radio gehört oder die Zeitungen durchstöbert, um Neuigkeiten aus Russland zu erfahren. So ging auch der Neujahrstag ereignislos vorüber. An diesem Tag blieb das Radio aus, und es wurde ausnahmsweise nicht über den Krieg gesprochen.

~

Selma erinnerte sich später noch gut an die Meise, die eines Morgens auf ihrer Fensterbank saß und mit dem Schnabel gegen die Scheibe klopfte, als wollte sie ihr etwas mitteilen. Inzwischen neigte sich der Februar seinem Ende zu, und das erste Tauwasser tropfte von den Dachrinnen. Selmas Stimmung erfuhr an diesem Morgen zum ersten Mal einen spürbaren Aufschwung. Sie konnte es sich selbst nicht erklären, wo sie doch seit Monaten nichts mehr von Johann gehört und inzwischen erfahren hatte, dass die sechste Armee kapituliert hatte. Es mochte an dem Tauwetter liegen oder gar an der Begrüßung durch den kleinen Vogel. Viel später erst wertete sie es als Zeichen.

Mit neuem Elan ging sie in die Küche, blieb stehen und starrte den braunen Umschlag an, der auf der Anrichte lag. Die Post kam gewöhnlich am Nachmittag, doch in diesem Winter war alles anders. Sie stürmte vorwärts und riss ihn an sich. Verwundert kniff sie die Augen zusammen, weil sie die Handschrift nicht erkannte. Aber er war an sie adressiert, und so zögerte sie nicht, den Brief mit fliegendem Herzen zu öffnen.

Sehr geehrte Frau Benning,
mein Kalender zeigt den 10. Januar 1943. Ich schreibe Ihnen diesen Brief, weil mich Johann im Falle des Falles darum bat.

Selma schluckte hart, als sie den ersten Satz las.

Mein Name ist Ludwig Erhart, und ich diene mit Johann in der Luftflotte. Ich schreibe diesen letzten Brief, bevor die sechste Armee womöglich die endgültige Kapitulation bekannt geben wird. Wir wurden beim Anflug auf Stalingrad abgeschossen, konnten jedoch notlanden. Johann selbst wurde schwer verwundet und befindet sich im Feldlazarett der sechsten Armee. Wenn alles gutgeht und wir eine Atempause von der Belagerung erhalten, wird er in Kürze mit weiteren Verwundeten ausgeflogen.
Er gab mir den Auftrag, diesen Brief zu schreiben, im vollen Bewusstsein. Er ist schwach, aber wird es schaffen. Davon bin ich überzeugt. Ich soll Ihnen ausrichten, dass er noch lebt, weil er zu Ihnen zurückkehren will.
Leben Sie wohl!
Gezeichnet, Ludwig Erhart.

Die Tränen kamen von ganz allein. Und sie kamen sintflutartig. All die Tränen, die vor Monaten bereits versiegt waren, strömten nun haltlos über ihre Wangen. Ihr einziger Gedanke war, dass Johann lebte. Verletzt, aber er lebte. Und er würde bald zurückkommen. Sie konnte ihr Glück kaum fassen.

~

Das Glück währte jedoch nicht lange, denn die Monate vergingen ereignislos, und die ersehnte Nachricht von Johann blieb aus. Der lange harte Winter brachte viel Zeit für trübe Gedanken. Erst der Frühling heiterte Selma wieder auf, und er zeigte sich in all seiner Pracht. Die Knospen der Bäume entschieden sich an einem Freitag im April, die warme Jahreszeit willkommen zu heißen.

Das letzte Lebenszeichen von Johann lag abgegriffen auf ihrem Nachtschrank. Sie hatte es wieder und wieder gelesen, um ihr Herz zu zwingen, Johann nicht aufzugeben. Sie hatte jeder noch so kleinen hoffnungsvollen Nachricht aus dem Radio etwas Gutes abgewonnen. Sie wusste inzwischen, dass das Schicksal der Männer, die Stalingrad nicht mehr verlassen hatten, ungewiss war. Berichte von unzähligen Kriegsgefangenen, die in Lagern festgehalten wurden, drangen täglich an ihre Ohren.

Selma unternahm eines Tages im Frühling einen ausgedehnten Spaziergang und dankte Gott nicht zum ersten Mal, dass der Krieg sie und ihre Familie bisher verschont hatte. Das Schicksal der Soldaten kam ihr in solchen Momenten wie ein Opfer vor, das die Männer erbracht hatten, damit sie in Frieden leben konnten.

Am frühen Abend kam Gisela, die einen selbstgebackenen Kuchen mitbrachte. Sie deckten den Tisch im Garten, und während Gisela den Kuchen anschnitt, erzählte sie von ihrem Bestreben, sich als Malerin einen Namen zu machen.

»Ist das dein Ernst?«, fragte Selma, die die häufig wechselnden Pläne ihrer Freundin nur zu gut kannte.

»Warum nicht? Ich denke, durchaus ein gewisses Talent zu besitzen.« Gisela legte ihnen beiden ein Stück des Streuselkuchens auf den Teller.

»Aber du wirst wohl keinen Leu damit verdienen.«

»Was spielt das für eine Rolle?« Gisela zuckte die Schultern und nahm ein Stück Kuchen auf ihre Gabel. »Bald wird sich sowieso alles ändern.«

»Wie meinst du das?«

»Liest du denn keine Zeitung oder hörst ab und an mal Radio?«

»Doch schon, aber diese ewig gleiche Propaganda, das Hochhalten der Moral und dann die immer wieder neuen Hiobsbotschaften … Du weißt, warum ich nur noch mit einem Ohr zuhöre«, gab sie sich gleichgültig, obwohl das Gegenteil der Fall war.

»Aber trotzdem schadet es nicht. So wüsstest du zum Beispiel, dass die Ostfront langsam zusammenbricht. Die Russen rücken immer näher an unsere Grenzen vor.«

»Ist es nicht ein ständiges Vor und Zurück?« Selma wollte halbwegs uninteressiert klingen, aber sie konnte die leise Furcht in ihrer Stimme nicht unterdrücken.

»Der Fall von Stalingrad hat die Wende eingeleitet. Das sagt Vater zumindest.« Gisela trank einen Schluck Kaffee.

»Ich dachte, wir plaudern über schönere Dinge als immer diesen blöden Krieg. Gibt es denn nur noch dieses eine Thema?« Giselas Worte ließen den Schmerz wieder aufflammen, und sie wollte lieber abgelenkt werden.

»Bald wird er uns mehr betreffen denn je. Es gibt nicht mehr viele Befürworter unter den Rumänen, den Achsenmächten die Treue zu schwören.«

»Und was soll das bedeuten?«

»Na hör mal, so naiv kannst du nicht sein.« Gisela machte ein empörtes Gesicht. »Wenn die Russen erst einmarschieren, wird das alles ändern.«

»Würdest du bitte damit aufhören?« Selma merkte, wie ihre anfänglich gute Laune zu kippen drohte.

Gisela nickte. »Meinetwegen. Verschließe ruhig die Augen vor der Realität.«

»Ich habe der Realität lange Monate ins Gesicht gesehen. Jeden Abend, als ich zu Bett ging, und jeden Morgen, als ich aufstand.«

»Trauerst du Johann immer noch nach?«

»Er wird zurückkommen. Das weiß ich.«

»Deinen Optimismus möchte ich haben.«

»Was für eine tolle Freundin du doch bist.« Selma konnte Giselas bisweilen unsensible Art nicht ausstehen.

»Lass uns das Thema wechseln«, erwiderte diese nun. »Du hast ja recht. An so einem schönen Tag sollte man nicht über eine düstere Zukunft sprechen.«

Doch es war zu spät. Selma hörte nur noch halbherzig zu. Als die Dämmerung anbrach und Gisela ging, wünschte sie, ihre Freundin hätte sie gar nicht erst besucht.

~

Ihre Besorgnis wuchs, als die Gerüchte von immer neuen Seiten auf sie einstürmten. Inzwischen war die Kriegswende überall Hauptgesprächsthema, und sie konnte sich dem nicht mehr entziehen.

In den folgenden Wochen wurden die Nachrichten von der Front immer bedrohlicher. Mit Sorge beobachtete sie, wie die ersten Familien in der Nachbarschaft anfingen zu hamstern und sich auf das, was noch kommen mochte, vorzubereiten suchten.

Es war ein Abend im August, als ihr Vater nicht wie gewohnt mit einem entspannten Lächeln von der Arbeit heimkehrte. Auch Irma machte ein verdrießliches Gesicht, was Selma nicht gleich zu deuten wusste.

»Wir müssen reden.« Wilhelm Benning nahm sich nicht einmal die Zeit, Hut und Jackett abzulegen. So wie er war, setzte er sich an den Esstisch, und seine drei Frauen, wie er sie stets liebevoll nannte, scharten sich um ihn.

»Ich habe schlechte Nachrichten. Irma kennt sie bereits«, begann er. Sie arbeitete stundenweise in seinem Büro als Sekretärin. Gerade so viel, wie es ihre angeschlagene Gesundheit zuließ. »Mein Freund Gaspar, der rumänische Offizier, war bei mir im Büro. Vor drei Tagen hat die russische Großoffensive unsere Landesgrenze erreicht. Heute Morgen kam die Meldung, dass König Mihai sich erfolgreich gegen Antonescu durchgesetzt hat. Antonescu befindet sich bereits in Haft.«

»König Mihai? Ein Staatsstreich?« Selma konnte es nicht glauben. »Aber wie ist das möglich, er ...?«

»Er erhielt Hilfe von einer Gruppe von Oppositionspolitkern. Es ging wohl alles sehr schnell. Alle Sender berichten bereits darüber.«

Martha Benning schlug die Hände vor den Mund. »Wir sollten ebenfalls das Radio anmachen.« Sie wollte gerade den Knopf drücken, als ihr Mann sie zurückhielt.

»Warte. Ihr solltet euch nicht von den ständig wechselnden Berichterstattungen beunruhigen lassen. Wir müssen Ruhe bewahren und den Morgen abwarten.«

»Warum, was meinst du?« Selma sah ihren Vater irritiert an.

»Habt ihr eine Vorstellung, was der Staatsstreich bedeutet?« Nun lag eine Spur Verzweiflung in Wilhelm Bennings

Augen, und das machte Selma erst richtig Angst. So kannte sie ihren Vater nicht.

»Du meinst, Rumänien wendet sich von Hitler ab?«, fragte ihre Mutter.

»Mihai hat sofort damit begonnen, die monarchische Verfassung von 1923 in Teilen wieder in Kraft zu setzen, die ihm die Macht gibt, das Parlament zu steuern und Neuwahlen anzusetzen. Antonescu hat keinerlei Staatsgewalt mehr. Das wiederum bedeutet, Mihai wird sich den Alliierten zuwenden.«

»Aber ...« Martha Benning schnappte nach Luft und nahm sich einen Stuhl.

Selma sah zu ihrer Schwester hinüber. Sie war blass und begegnete Selmas Blick ängstlich.

»Wie wird es jetzt weitergehen?«, fragte Selma.

Wilhelm Benning seufzte und nahm seinen Hut vom Kopf. »Die Zeiten ändern sich. Ganz besonders für uns Siebenbürgen-Sachsen, so viel ist wohl sicher.«

~

Eine Woche später fuhr Selma aus dem Schlaf hoch. Ein lauter Knall hatte sie geweckt. Sie schob die Decke beiseite und schlich barfuß zum Fenster hinüber. Es folgte ein weiterer Knall, der sie zusammenzucken ließ. Das waren eindeutig Gewehrschüsse. Ohne zu zögern streifte sie ihre Schuhe über, nahm ihren Morgenmantel vom Haken und ging zu Irmas Bett hinüber, die noch immer tief und fest schlief. »Wach auf! Da draußen stimmt etwas nicht.«

Irma schlug die Augen auf. Erschrocken starrte sie ihre Schwester an. »Was ist passiert?«

»Keine Ahnung. Es wird geschossen.«

»Ach du meine Güte. Schnell, wir müssen die Eltern wecken.« Irma sprang förmlich aus ihrem Bett.

Eine Minute später standen sie vor dem Zimmer ihrer Eltern. Ihr Vater war bereits wach. »Ihr bleibt hier bei eurer Mutter. Ich sehe nach, was los ist.«

»Nein, Wilhelm, du solltest auch im Haus bleiben.« Martha Bennings Stimme war eindringlich.

»Ich bin sofort zurück.« Er hob beruhigend die Hand. »Ich muss wissen, was da vor sich geht.«

Bevor noch eine der drei Frauen ein Wort sagen konnte, war er schon durch die Tür. Die nächsten Minuten bestanden aus betretenem Schweigen. Mutter und Töchter hockten eng zusammengerückt auf der Bettkante, während draußen weitere Schüsse fielen. Mal waren sie ferner, mal näher. Vereinzeltes Mündungsfeuer war vor dem dunklen Nachthimmel bis hinauf zu ihrem Fenster zu sehen.

Dann hörten sie die Haustür. Schritte erklangen. Irma wimmerte leise. Sie presste sich eng an ihre Mutter. Selmas Hand krallte sich in das Betttuch, und sie schloss die Augen. Niemals hatte sie mehr Angst empfunden als in diesem Moment.

»Es sind die Russen.« Die Stimme ihres Vaters erklang aus dem Halbdunkel des Flures.

»Gott sei Dank, du bist zurück.« Martha Benning stieß einen tiefen Seufzer aus. »Die Russen? Bist du sicher?«

»Ganz sicher. Ich hörte sie rufen.« Wilhelm Benning setzte sich auf einen Stuhl an der Wand. Sein Nachtrock lugte unter dem Mantel hervor. Er hatte sich in aller Aufregung nicht einmal richtig angezogen.

»Sie ziehen durch die Straßen und schießen in die Luft«, erklärte ihr Vater.

»Aber was tun die hier?«, fragte Irma mit zitternder Stimme.

»Der Widerstand ist längst zusammengebrochen. Nun strömen sie ins Landesinnere. Wie es scheint, haben sie auch Burgthal für sich entdeckt. Ich möchte, dass ihr euch irgendwo im Haus versteckt. Nur ihr beide.« Damit meinte er Selma und Irma. »Wenn sie herkommen, sollen sie denken, ich lebe mit eurer Mutter allein. Dann werden sie schon wieder gehen.«

»Und wenn sie uns sehen?«, fragte Selma, obwohl sie die Antwort bereits kannte.

»Ich will kein Risiko eingehen. Niemand weiß, wie weit die russischen Soldaten in ihrem wilden Eroberungsrausch gehen würden. Versteht ihr das?«

»Das tun wir, Papa.« Selma senkte den Kopf und sprach ein stilles Gebet. Anschließend taten sie, was ihr Vater verlangte. Sie versteckten sich im Wandschrank. Etwas, das sie zum letzten Mal im Alter von neun Jahren getan hatten.

Es roch nach Mottenkugeln und alter Holzbeize. Selma schloss die Augen und nahm Irma in den Arm. Die Luft im Schrank wurde schnell dünner, und nach einer Weile begann Selma fürchterlich zu schwitzen. Irma tastete nach ihrer Hand. Sie war heiß. »In meinem Kopf hämmert es, und ich habe fürchterliche Bauchschmerzen.«

Selma legte ihre Hand auf Irmas Stirn. »Oh nein, du hast wieder Fieber. Das ist sicherlich die Aufregung.« Sie nahm Irma noch fester in den Arm und strich ihr das schweißnasse Haar aus der Stirn.

»Bleibst du bei mir, was auch immer geschieht?« Irmas Stimme war schwach.

»Natürlich werde ich das. Immer. Versprochen.« Sie streichelte Irmas Kopf. Der Schweiß rann ihren eigenen Rücken hinab, da von Irmas Körper eine ungeheure Wärme ausging. Trotzdem wagte sie es nicht, die Schranktür einen Spalt weit zu öffnen. Sie versuchte, möglichst flach zu atmen. Irgendwo in der Nähe fiel ein einzelner Schuss. Ein Schrei ertönte, der in ein jammervolles Klagen überging. Selma hätte sich am liebsten die Ohren zugehalten.

Sie erinnerte sich an ihre Kindheit. Wie sie neben Irmas Bett gesessen und ihr stundenlang erfundene Geschichten erzählt hatte, während ihre Schwester fieberte, bis sie irgendwann eingeschlafen war. Besonders lebendig war ihr der Besuch des Doktors im Gedächtnis geblieben, als er Irma abgehorcht hatte. »Das macht mir Sorgen«, hatte er damals mit alarmierender Stimme gesagt, während ihre Eltern rechts und links an Irmas Bett saßen. Selma hatte die Szene vom Fußende des Bettes sehr gut im Blick gehabt, und auch sie hatte aufgehorcht. »Ihre Tochter zeigt die typischen Symptome einer Immunabwehrreaktion«, erklärte der Doktor. »Daher das Fieber. Ich würde auf eine Entzündung tippen, aber diese wiederum kann ich nicht diagnostizieren. Wir können uns demnach zunächst nur auf die Bekämpfung der Ursachen beschränken. Das Fieber.«

»Und was genau bedeutet das nun?« Ihre Mutter schaute fragend drein.

»Regelmäßige Bettruhe, keine Überanstrengung. Sie müssen Ihre Tochter wie ein zartes Pflänzchen betrachten, das viel Zuwendung benötigt.« Der Doktor sah wohlwollend in die Runde. »Nicht allen Menschen ist eine starke

Konstitution geschenkt, doch mit der Hilfe einer liebenden Familie werden auch diese Pflänzchen widerstandsfähig.«

Ein weiterer Schuss fiel und holte Selma zurück in die Gegenwart, dann war es für Sekunden still. Kurz darauf ertönten laute Rufe. Ein Poltern. Selma zuckte zusammen. »Irma …«, flüsterte sie. Aber ihre Schwester antwortete nicht. Sie spürte Irmas gleichmäßigen Atem auf ihrem Unterarm. Sie war eingeschlafen.

So saß Selma in der Dunkelheit und sandte ein Gebet gen Himmel. Ihr Leben hatte sich in wenigen Wochen so sehr verändert, und plötzlich konnte sie nicht mehr an die Zukunft denken, nur noch an das Hier und Jetzt. An diese Nacht, die sie überstehen mussten. Mit klopfendem Herzen dachte sie an ihre Eltern, die irgendwo im Haus waren und die Russen im Zweifelsfall davon abhalten würden, ihre Töchter im Schrank zu finden, es zumindest versuchen. Selma war so sehr in Sorge um ihre Eltern, dass es schmerzte. Irma schlief weiterhin, und sie beneidete sie darum. Das Fieber hatte sie erschöpft.

Stimmen waren zu hören. Selma konnte kein Wort verstehen, obwohl sie laut und drängend waren. Erneut ein Poltern. Ein Stuhl wurde verschoben. Am liebsten wäre Selma hinausgestürmt, um zu sehen, was dort unten im Haus geschah. Waren die Russen bereits in ihr Haus eingedrungen? Bedrohten sie die Eltern? Was war, wenn sie Mutter oder Vater mit sich nahmen? Selma mochte keinen weiteren Gedanken daran verschwenden. Erneut kehrte Stille im Haus ein, nur unterbrochen von weiteren gelegentlichen Schüssen vor dem Fenster.

Selma begann leise, kaum hörbar zu summen. Ihr Lieblingslied aus Kindheitstagen, das sie noch von ihrer Großmutter kannte. Sie fühlte sich ein wenig geborgener und sicherer.

Irgendwann war es still um sie herum, und sie döste weg, bis sie erschrocken auffuhr. Mit der Fußspitze stieß sie die Tür ein Stück weit auf und blinzelte in das Licht eines neuen Tages, das durch die Vorhänge zu ihnen hereinschien. Sie mussten Stunden in dem Schrank zugebracht haben. Frische Luft strömte herein, und sie gab einen tiefen Seufzer von sich. Behutsam schob sie Irma von sich und bettete ihren Kopf an die rückwärtige Schrankwand.

Als sie gerade einen Fuß auf den Boden des Zimmers setzte, erklangen Schritte. Selma erschrak und wollte schnell zurück in den Schrank klettern, als ihr Vater hereinkam. Er hielt ein Glas Wasser in der Hand und sah im faden Licht des neuen Morgens unendlich müde aus.

»Sie sind fort. Fürs Erste«, sagte er.

Selma stolperte vorwärts und fiel ihm um den Hals. »Tati, oh Tati. Ich dachte schon …«

»Alles wird gut.« Wilhelm Benning nahm ihr Gesicht zwischen seine Hände. »Wir werden das hier überstehen. Versprochen.«

»Selma …?«

Sie fuhr herum und sah Irma, die wie ein Gespenst aus dem Schrank kroch. »Was ist passiert?«, fragte sie schlaftrunken.

»Alles ist gut. Sie sind fort«, antwortete Selma. Aber dass sie wiederkommen würden, daran bestand kein Zweifel.

4

Burgthal, Siebenbürgen (Rumänien)
1944

Die Tage wie eine Gefangene im eigenen Haus verbringen zu müssen, fiel Selma schwer. Kurz nach ihrem nächtlichen Erlebnis fragte sie ihren Vater, der missmutig vor einer Scheibe Brot saß: »Wie wird es weitergehen?«

»Das kann zum jetzigen Zeitpunkt noch niemand sagen«, antwortete er. »Jetzt wo Radescu zum neuen Premierminister gewählt wurde, müssen wir abwarten, wie er mit den Russen übereinkommt. Doch sie werden uns gegenüber nicht allzu freundlich gesinnt sein. Ihr solltet euch also in den nächsten Tagen bedeckt halten. Zur Arbeit wird augenblicklich ohnehin niemand erscheinen.«

»Und was ist mit dir?«

»Ich bin der Bürgermeister. Bisher lässt man mich meine Arbeit machen. Was man so Arbeit nennt. Die meisten von ihnen sind ungehobelt und respektlos, aber nicht erniedrigend. Die Frage ist nur, wie lange sie sich noch zurückhalten. Auch für sie werden die Nahrungsmittel knapper. Viel schlimmer ist jedoch der Mangel an Beschäftigung. Sie werden sich also Beschäftigung suchen und wenn diese nur darin besteht, uns zu drangsalieren.«

Selma fühlte sich bald wie auf einer Insel. Abgeschnitten von der Umwelt. Nach zwei Wochen kam jedoch soweit Entwarnung von ihrem Vater, dass sie wieder vor die

Tür durften. Aber nur zu zweit und nie länger als eine Stunde.

»Sollen wir es wagen?«, fragte Irma am Frühstückstisch. Sie war an diesem Morgen blasser als sonst. Ihr fehlte die frische Luft. Fieber hatte sie keines mehr, aber ihr Vater hatte darauf bestanden, dass sie nicht mit ihm zur Arbeit kommen solle.

Selma sah sie an und kam sich selbst wie ein kleiner Vogel vor, den man seit Wochen nicht mehr aus seinem Käfig gelassen hatte. »Fühlst du dich stark genug?«, fragte sie sicherheitshalber.

»Mach mich nicht kränker, als ich bin.«

Als sie zum ersten Mal nach so langer Zeit auf die Straße traten, schien die gewohnte Umgebung irgendwie verändert. Selbst die Vögel zwitscherten weniger ausgelassen als sonst. Selma und Irma liefen eng beieinander. Sie wollten bis zu ihrem Eissalon laufen, wo sie bisher immer die gute Schokoladencreme bekommen hatten. Doch schon aus der Ferne bestätigte sich ihre Befürchtung. Der Laden lag wie ausgestorben da. Erst als sie näher kamen, sahen sie die eingeschlagene Fensterscheibe. Gezackte Glassplitter lagen glitzernd wie Tränen auf der Straße.

»Warum immer alles zerstört werden muss«, murmelte Irma enttäuscht.

»Genugtuung. Langeweile.« Selma zuckte die Schultern. »Es gibt wohl viele Gründe dafür. Komm, wir sollten umkehren, bevor wir noch einem von denen in die Arme laufen.«

Plötzlich ertönte wildes Hufgetrappel. Selma packte Irma an der Schulter und zog sie in die Nische eines Hauseingangs. Gerade noch rechtzeitig, denn Sekunden später preschten drei Reiter an ihnen vorbei. Es waren eindeutig Russen, wie Selma an ihren Rufen erkannte. Sie ritten ohne Sättel und trieben den Tieren ihre Hacken brutal in die Flanken.

»Das war knapp«, zischte Selma. Sie blieben mit klopfendem Herzen stehen und warteten, bis die Luft wieder rein war. »Wir gehen zurück nach Hause. Der Ausflug war eine schlechte Idee.«

Irma nickte und folgte Selma mit hängenden Schultern.

Vor ihrem Haus wunderte sich Selma, dass die Tür nicht verschlossen war. Eine dunkle Vorahnung kroch in ihre Eingeweide.

»Hier stimmt was nicht.« Instinktiv stellte sie sich schützend vor Irma, die sie erschrocken anstarrte.

»Wir waren doch nicht lange fort«, flüsterte Irma.

Selma zuckte die Schultern und trat in den Flur. Sofort nahm sie den herben Männergeruch wahr, der in der Luft lag. Ihre Sorge wuchs. Bevor sie etwas zu Irma sagen konnte, drangen fremde Stimmen aus der Küche zu ihnen.

Selma zögerte nicht länger. Sie konnten ihre Mutter nicht länger allein lassen. Also packte sie Irma an der Hand und ging voraus. Erschrocken stolperte sie rückwärts, als sie zwei Männer am Küchentisch sitzen sah. Die beiden saßen da, als wären sie in ihrem eigenen Haus. Einer der beiden, er hatte abstehende Ohren und eine hässliche Zahnlücke, lachte sehr laut und verstummte sogleich, als er die Schwestern sah.

Ihre Mutter stand wie angewurzelt da, als sie ihre Töchter erblickte. Die beiden Wassergläser in ihrer Hand drohten ihr beinahe aus der Hand zu fallen. Sie hatte offensichtlich gehofft, Selma und Irma würden erst zurückkommen, wenn die Soldaten wieder fort waren.

Selma erwog für Sekundenbruchteile, sich einfach umzudrehen und zusammen mit Irma wegzulaufen, aber sie wagte es nicht, ihre Mutter mit den beiden Soldaten allein zu lassen.

Der Größere sagte etwas auf Russisch. Es war der mit dem deutlich weniger angsteinflößenden Gesicht. Selma verstand kein Wort.

»Das sind meine Töchter, Selma und Irma«, versuchte es ihre Mutter auf Deutsch, um die Situation gleich zu entschärfen. »Sie können Sie nicht verstehen.«

Der mit der Zahnlücke gaffte neugierig. Der Größere hingegen erhob sich und deutete eine Verbeugung an. »Es freut mich, Ihre Bekanntschaft zu machen«, sagte er ebenfalls in gebrochenem Deutsch.

Selma versuchte sich an einem Lächeln. Irma murmelte ein »Guten Tag.«

»Versteht ihr Russisch?«, fragte der Größere und setzte sich wieder auf den Stuhl.

»Nein.« Selma schüttelte den Kopf. Nun grinste auch der mit der Zahnlücke.

»Ich bin Nikolaj, und das ist mein Kamerad Bela.« Bela, der mit der Zahnlücke, besah sich noch immer abwechselnd Selma und Irma.

»Freut uns ebenfalls.« Diesmal wagte sich Irma vor.

»Wie alt seid ihr?« fragte Nikolaj.

Selma sah zu ihrer Mutter hinüber und bemerkte deren gequältes Gesicht. Sie schien zu befürchten, dass die Situation bald eskalieren würde. Ein rascher Blick zur Wanduhr bestätigte ihr, dass ihr Vater erst in ein paar Stunden heimkehren würde. Sie waren auf sich allein gestellt. »Ich bin dreiundzwanzig, und meine Schwester ist einundzwanzig.«

»Ein gutes Alter.« Nikolaj schnalzte mit der Zunge.

Angestrengt dachte Selma über einen Ausweg nach. »Sind Sie aus einem bestimmten Grund hier?«, fragte sie vorsichtig.

»Wir hörten, dass in diesem Haus zwei hübsche Damen wohnen, und dachten uns, denen statten wir doch gleich einen Besuch ab.« Nikolaj sah zu Bela hinüber. »Nicht wahr, alter Freund?«

»Möchten Sie noch etwas trinken?«, fragte ihre Mutter, bevor Bela antworten konnte.

»Habt ihr Wodka im Haus«? Nikolajs Augen leuchteten auf. Er hielt sich weiterhin an sein gebrochenes Deutsch, das er offensichtlich besser beherrschte als sein Kamerad.

»Leider nein.«

Polternd fiel Nikolajs Faust auf die Tischplatte. Irma zuckte fürchterlich zusammen. »So ein Ärger aber auch. Warum habt ihr Deutschen nie etwas von diesem feinen Tropfen in euren Schränken?«

»Können wir Ihnen sonst etwas anbieten?«

»Ich wüsste da etwas, ja.« Zum ersten Mal meldete sich Bela zu Wort.

»Lass das!« Nikolaj sah ihn ernst an. »Du machst den Damen Angst.« Er ließ seine Blicke durch den Raum schweifen. »Euch scheint es recht gut zu gehen hier. Was könnt ihr mir als kleines Mitbringsel anbieten? Wenn ich nach Hause komme, brauche ich ein Andenken.«

»Ein Andenken?«, wiederholte Selma unsicher.

Mit einem Ruck erhob sich Nikolaj, so dass sein Stuhl gegen die Wand in seinem Rücken stieß. »Du unterhältst dich noch ein wenig mit den beiden Damen hier, während ich mich mit … Selma, richtig? … ein wenig im Haus umsehe.«

Selmas Knie wurden weich, und sie warf einen verzweifelten Blick in die Richtung ihrer Mutter.

»Vielleicht sollte ich mit Ihnen gehen, und meine Töchter bleiben hier?«, versuchte es ihre Mutter.

Nikolaj schürzte die Lippen. »Selma begleitet mich«, sagte er bestimmt.

Damit war alles gesagt. Er fasste Selma am Ellbogen und ging mit ihr in das Nebenzimmer, wo das Radio stand und die Familie die Mahlzeiten einnahm. Das Radio nahm sofort seine ganze Aufmerksamkeit in Anspruch. Wie ein kleiner Junge drückte er auf alle Knöpfe, schaltete durch die Sender und drehte mal lauter, mal leiser. Dann erlosch sein Grinsen plötzlich. »Weiter. Was gibt es noch zu sehen?«

Selma führte ihn in ihre Schlafkammer. Die Betten waren von der Magd sauber hergerichtet worden. Durch das geöffnete Fenster drang eine leichte Brise und kühlte ihre erhitzten Wangen.

»Sehr schön. Die Betten sehen gemütlich aus. Schläfst du hier?« Nikolaj sah sie lüstern an.

»Ja, dort.« Selma zeigte auf ihr Bett.

Das Grinsen kehrte zurück auf Nikolajs Gesicht. Er machte zwei Schritte und ließ sich auf die Matratze fallen. Das Bett ächzte unter seinem Gewicht. Selma stand am Fußende und meinte, man müsste ihr Herz schlagen hören, so fest klopfte es gegen ihre Brust.

»Setz dich zu mir.« Nikolaj setzte sich aufrecht hin und sah erwartungsvoll zu Selma auf. Zögerlich stellte sie ein Bein vor das andere. Sie war sicher, dass sie laut schreien würde, wenn Nikolaj sie berührte. Trotzdem nahm sie allen Mut zusammen und leistete seiner Aufforderung Folge.

Ein herber Geruch ging von ihm aus. Sie fühlte sich entsetzlich klein und verletzlich neben ihm. Nun fielen ihr auch seine großen Hände auf, die einen Kinderkopf sicherlich mühelos umfassen konnten. Ihre Mundhöhle war trocken, und sie war geneigt, die Augen zu schließen, um ihn nicht länger ansehen zu müssen.

»Du bist eine schöne Frau.«

Sie biss sich auf die Zunge, um den Schrei zu unterdrücken, als er mit zwei Fingern seitlich über ihren Hals strich.

»Sollten wir nicht auch noch in die anderen Zimmer gehen?«, fragte sie. »Sicherlich lässt sich noch ein hübsches Souvenir für Sie finden.« Ihre Stimme zitterte vor Angst, und er musste es merken. Mit jedem Wort sank ihr Mut, und sie spürte, wie ihre Blase drückte.

»Warum? Es gefällt mir hier auf deinem Bett sehr gut«, entgegnete Nikolaj, und sie roch den leisen Hauch von Alkohol in seinem Atem. »Du könnest mein Souvenir sein.« Seine Finger fuhren eine Spur tiefer bis zu ihrem Kragen.

Sie begann im Geiste bis zehn zu zählen, dann würde sie schreien. Egal, was dann passierte. Sie hatte das Gefühl, jeden Moment wie brüchiges Glas zerspringen zu müssen.

»Was haben wir denn da?« Als Nikolaj plötzlich von ihr abließ, war sie gerade bei acht angekommen. Sie folgte seinem Blick und sah auf der Kommode die Ziehharmonika, die sie von ihrem Vater zum zwölften Geburtstag geschenkt bekommen hatte. Sie hielt sie wie einen kostbaren Schatz in Ehren.

»Spielst du sie?«, fragte Nikolaj, und seine Stimme hatte sich verändert. Er war nun voll und ganz von dem Instrument abgelenkt. Schwungvoll stand er auf und griff sie sich mit beiden Händen. »Spielst du sie?«, wiederholte er die Frage.

Sie brauchte einige Sekunden, um aus ihrer Starre zu erwachen, und nickte.

»Gut! Dann spiel mir etwas Fröhliches.« Er streckte Selma die Ziehharmonika entgegen.

Sie sah ihn nur verständnislos an.

»Na los! Oder verstehst du mich plötzlich nicht mehr?« In seinem Blick erkannte sie Ungeduld.

»Etwas Fröhliches also?« Sie fuhr sich mit der Zunge über die trockenen Lippen und nahm das Instrument schnell auf ihren Schoß. Das kühle Material fühlte sich wie ein Schutzschild an, den sie vor sich aufbaute. Sie war nie dankbarer für das Geschenk ihres Vaters gewesen.

Es dauerte etwas, bis sich ihre vor Angst steifen Finger etwas entspannten, dann räusperte sie sich. »Das Lied heißt ›Wo die hohen Berge stehen‹.«

Nikolaj nickte. »Nur zu. Fang schon an.«

Die ersten Akkorde waren noch etwas holprig, doch schnell schon wurde die Melodie immer flüssiger. Nikolaj begleitete ihr Spiel wie ein Dirigent, indem er den Klängen mit den Fingern folgte. Es schien ihm zu gefallen. Von Akkord zu Akkord löste sich ihre Anspannung, und ihr Mut kehrte zurück.

Als das Lied zu Ende war, wagte sie es kaum, in Nikolajs Richtung zu sehen. Sie zuckte zusammen, als er beherzt klatschte. »Gut. Sehr gut!« Mit einem Ruck stand er vom Bett auf. Sein Interesse an Selma schien vorerst verflogen. »Ich nehme sie.« Ohne ein weiteres Wort entriss er ihr die Ziehharmonika und stapfte aus dem Zimmer.

Selma blieb wie erstarrt auf der Bettkante sitzen, bis ihr bewusst wurde, dass der Russe soeben ihr Lieblingsinstrument gestohlen hatte. Noch dazu ein Geschenk ihres Vaters.

Entsetzt stieß sie sich vom Bett ab und rannte hinaus. In der Küche angekommen, hörte sie gerade noch die Haustür. Ihre Mutter und Irma saßen am Tisch und blickten sie entgeistert an.

»Er hat meine Ziehharmonika genommen.« Selma wollte in ihrer grenzenlosen Wut den Männern nach.

»Wirst du wohl hierbleiben!« Nie zuvor hatte sich ihre Mutter so schnell bewegt, als sie Selma am Handgelenk packte und zurückhielt. »Lass sie bloß gehen. Besser das Instrument als dich!«

»Der andere hat Vaters Jagdgewehre und das Radio mitgenommen«, sagte Irma.

Traurig setzte sich Selma auf einen der Stühle. Der Verlust ihres liebgewonnenen Instruments wog schwer, aber sie waren unbeschadet davongekommen. Fürs Erste zumindest. Das war alles, was zählte. Für kurze Zeit herrschte Stille in der Küche, bis sie wieder etwas sagte.

»So sind Sie also, die Russen, nehmen, was Ihnen nicht gehört.«

»Vielleicht wollen sie den Deutschen nur heimzahlen, was ihnen selbst wiederfahren ist«, entgegnete Irma.

5

Burgthal, Siebenbürgen (Rumänien)
1944

Seit jenem unliebsamen Besuch ging ihr Vater später zur Arbeit und kam früher als sonst zurück. Irma begleitete ihn stets, jedoch nicht, ohne zuvor Selma zum Kindergarten gebracht zu haben. Das alltägliche Leben nahm bis zu einem gewissen Grad wieder gewohnte Züge an. An manchen Tagen vergaß Selma sogar, dass sie sich in einem Besatzungszustand befanden.

Selma hörte von Beschlagnahmungen in der Nachbarschaft. Die Russen beanspruchten den Wohnraum kurzerhand für sich. An mehreren Tagen in der Woche konnte sie am Fenster zusehen, wie Vieh und Korn abtransportiert wurden. Sie beobachtete die großen Lkws, die alles nach Osten in Richtung der Front brachten. Die Nahrung wurde knapper, doch noch mussten sie keinen Hunger leiden. In regelmäßigen Abständen erhielten sie von entfernten Verwandten spärliche Nachrichten aus Berlin. Die Lage spitzte sich auch in der deutschen Hauptstadt zu. Die Arbeit im Kindergarten lenkte Selma gut ab. Sie erfreute sich an der Unbekümmertheit der Kinder und ihrer fröhlichen Ausgelassenheit.

Bevor sie abends das Licht löschte, war es zu ihrem Ritual geworden, Johanns letzten und einzigen persönlichen Brief zu lesen. Die Buchstaben auf dem Papier waren inzwischen nur noch schwer leserlich. Trotzdem ließen ihn die Worte sehr real werden. Ihre brennende Sehnsucht und die tiefe Trauer waren zu einem dumpfen chronischen Schmerz geworden, mit dem es sich leben ließ. Den Gedanken, Johann könnte längst tot sein, ließ sie jedoch niemals zu. So weit war sie noch lange nicht. Sie stellte Nachforschungen an, konnte seinen Namen unter den Listen der Gefallenen jedoch nicht finden.

Im Spätsommer erhielt sie am Samstagnachmittag Besuch von Gisela, und wie gewohnt war ihre Freundin besser als jedes Radio und jede Zeitung, wenn es um Gerüchte und Neuigkeiten ging. Die erhielt sie von ihrem Cousin, der beim Nachrichtendienst arbeitete. Leider waren es in den letzten Monaten nie gute gewesen. Deswegen befürchtete Selma das Schlimmste, als sie bei einer Tasse Tee im Garten saßen und Gisela eine mehr als bekümmerte Miene machte.

»Raus mit der Sprache«, sagte Selma. »Was ist es diesmal?«

Gisela zog die Stirn kraus. »Na hör mal, du tust ja gerade so, als ob ich für die schlechten Nachrichten verantwortlich wäre.«

»Unsinn. Und nun erzähl schon!«

»Glaubtest du wirklich, die Russen würden uns Sachsen dauerhaft in Ruhe lassen? Wir sind ihre Feinde. Auch wenn wir das manchmal vergessen.« Giselas Mundwinkel zuckten, als sie sprach. Selma nahm einen Schluck Tee, um ihre Nervosität zu überspielen, und wartete, bis Gisela endlich mit der Sprache herausrückte. Ihre Freundin schien ihr die Neuigkeiten möglichst schonend beibringen zu wollen.

»Sie wollen uns nach Russland schaffen«, sagte Gisela ruhig.

»Wie bitte? Was hast du gesagt?« Selma musste gleich noch einen Schluck Tee nehmen. Ihre Hand zitterte, als sie die Tasse wieder abstellte.

»Noch sind es nur Gerüchte, aber sie mehren sich. Frauen und Männer zwischen achtzehn und vierzig Jahren sollen nach Russland geschafft werden, um beim Wiederaufbau zu helfen.« Gisela ließ ihre Worte sacken, bevor sie weitersprach. »Sie wollen uns das aufbauen lassen, was unsere eigenen Landsleute zerstört haben.«

Selma brauchte einen Moment, um ihre zitternde Hand unter Kontrolle zu bringen. Sie hatte mit wilden Gerüchten und wüsten Behauptungen gerechnet, aber damit nicht. Als sie Gisela ansah, erkannte sie die Furcht in ihren Augen.

»Das ist … das ist …«

»Schlimm. Ja, ganz genau.« Gisela legte ihre Hand auf Selmas noch immer zitternde. »Aber noch sind es nur Gerüchte. Vielleicht …«

»Aber wenn nicht? Was sollen wir nur tun?« Selma zog ihre Hand schnell zurück.

»Ich weiß es nicht«, musste Gisela zugeben.

»Wir müssen fort. Bevor es zu spät ist.« Selma stand auf.

»Warte. Beruhige dich erst einmal.« Giselas Stimme bekam einen beschwörenden Unterton. »Wir sollten in den nächsten Tagen Augen und Ohren offenhalten. Dein Vater wird unter Umständen noch mehr wissen.«

Natürlich wusste Selmas Vater mehr, immerhin war er Bürgermeister. Doch leider war er dazu übergegangen, nicht jede Neuigkeit nach Hause zu tragen, weil er die Familie nicht beunruhigen wollte.

»Wie wahrscheinlich ist es, dass sie so etwas mit uns

tun?«, fragte Selma ihn am Abend nach Giselas Offenbarungen. Sie sah zu, wie er seine Schuhe polierte.

»Denen ist alles zuzutrauen. Aber sie würden es nicht ohne Ankündigung tun. Also bleibt uns etwas Zeit.«

»Zeit?« Selmas Stimme schnappte beinahe über. »Was meinst du damit? Zeit wofür?«

»Euch zu verstecken.«

»Es wird also so kommen?« Selma traute ihren Ohren nicht. Sie war überzeugt gewesen, ihr Vater würde die Gerüchte wie eine Seifenblase zerplatzen lassen.

»Ich habe bereits alles in die Wege geleitet. Für dich und deine Schwester.«

»Was meinst du?«

»Ich werde meine Töchter niemals hergeben. Wenn es zum Äußersten kommt, müsst ihr euch in Sicherheit bringen.«

»Aber Papa …« Selma setzte sich neben ihren Vater und lehnte ihren Kopf an seine Schulter. »Können sie uns nicht einfach in Ruhe lassen? Wir haben denen doch nichts getan.«

»Wir sind Deutsche, und das wird uns von Tag zu Tag mehr zum Verhängnis, befürchte ich.«

~

Die Gerüchte einer Verschleppung schienen sich zunächst nicht zu bewahrheiten. Selma betete inzwischen zweimal am Tag, und das schien zu helfen. Ein weiterer Sommer verstrich, in dem sie kein Lebenszeichen mehr von Johann erhielt, die Russen sie jedoch in Ruhe ließen. Hitler musste Verlust über Verlust hinnehmen, und damit stieg die Laune der Besatzer. Die Wintermonate kamen, und Selma erlebte ein verhaltenes Weihnachtsfest, an dem sie zumindest alle gesund waren.

Anschließend brach ein neues Jahr an, und damit endete für Selma die Jugend. Ein eisiger Windzug begleitete Gaspar, den befreundeten rumänischen Offizier, Mitte Januar, als er bei den Bennings über die Schwelle trat und sich mit seinen schweren, lehmverkrusteten Stiefeln in die Stube setzte. Wilhelm Benning bot ihm einen Schnaps an. Das tat er nicht häufig, weil es seine letzte Flasche war, die er gut versteckt hielt. Also musste Gaspars Besuch wichtig sein. Selma stand in ihrer Kammer, die Tür einen Spalt geöffnet, um zu lauschen. Irma lag hinter ihr und war in ein Buch vertieft.

»Es muss morgen Abend geschehen«, hörte Selma Gaspar sagen. »Ich bringe sie nach Altdorf. In meinem Haus sind die Mädchen vorerst sicher.«

»Ganz bestimmt?« Es war die Stimme ihres Vaters.

»Eine andere Möglichkeit gibt es nicht. Es ist unsere einzige Chance.«

»Einverstanden. Morgen Abend also.«

Selmas Gedanken wirbelten durcheinander. »Wir müssen Gisela mitnehmen.« Sie sah über die Schulter zu Irma.

»Wohin?«, fragte ihre Schwester, ohne aufzusehen.

»Die Russen wollen uns holen kommen.«

Das Buch rutschte Irma vor Schreck aus der Hand. »Ich wusste, dass unser Glück nicht ewig anhalten kann«, sagte sie leise.

Selma schloss die Zimmertür und kniete sich vor Irmas Bett. »Sie können dich nicht einfach mitnehmen. Du bist krank, und sie würden keine kranken Menschen mitnehmen.«

»So krank bin ich nicht.« Irma schüttelte resigniert den Kopf. »Anfällig ja, aber das werden sie kaum gelten lassen.«

»Genau deswegen war Papas Ansinnen richtig«, sagte Selma. »Los, pack deine Sachen!«

Am nächsten Abend kam Gisela zu ihnen. Selma hatte sie informiert und ihren Vater überredet, bei Gaspar ein gutes Wort für ihre Freundin einzulegen. Als Gaspar auftauchte, brachte er drei Militärmäntel mit. Selma war ihm unendlich dankbar.

Vor dem Haus stand ein alter Pferdewagen. Nach einem kurzen Abschied von den Eltern stiegen sie gemeinsam hinten auf den Wagen auf und hüllten sich tief in ihre Mäntel, die ihnen ein gutes Stück zu weit waren.

Die Dunkelheit wurde ihr Komplize. Obwohl die Fahrt in Selmas Augen eine halbe Ewigkeit anzudauern schien, kamen sie unbeschadet im vier Kilometer entfernten Altdorf an. »Ihr seid bei mir sicher, niemand wird in meinem Haus nach euch suchen.« Gaspar war ein untersetzter Mann mit einem Leberfleck auf der rechten Wange. Er hatte gutmütige Augen, und Selma glaubte ihm. Ihr Vater vertraute ihm, so tat sie es ebenfalls.

Die Kammer, in die Gaspar sie brachte, lag direkt unter dem Dach. Sie war spärlich eingerichtet und zugig, doch das war Selma gleichgültig. Sie legten sich zu dritt auf das einzige Bett und versuchten schweigsam, ein wenig Schlaf zu finden. Schatten flogen über die schräge Decke der Kammer, und Selma lauschte dem Atem ihrer Schwester und der Freundin. Sie war dankbar und ängstlich zugleich.

Als der Schlaf sie endlich abholen wollte, zuckte sie durch den schrillen Ton einer Trillerpfeife zusammen. Irma und

Gisela schliefen offenbar tief, denn sie lagen noch immer ruhig da und rührten sich nicht. Selma erhob sich vorsichtig und ging hinüber zum einzigen Fenster der Kammer. Es ließ sich einen Spalt öffnen. Die kalte Nachtluft brachte sie zum Frösteln. Der Lärm vor dem Haus nahm zu. Inzwischen waren bellende Hunde zu hören. Stimmen drangen an ihr Ohr. Sie meinte Namen zu hören, die monoton heruntergeleiert wurden. Es waren rumänische, aber auch russische Worte zu hören. Selma wurde augenblicklich klar, was unten vor dem Haus geschah: Die jungen Frauen und Männer sollten abgeholt werden.

Inzwischen waren auch Irma und Selma wach. Sie drängten sich neben Selma ans Fenster. Gemeinsam lauschten sie den Rufen der Soldaten, dem Kindergeschrei und einzelnen verzweifelten Rufen Erwachsener, als die ersten Familien auseinandergerissen wurden. Kurz darauf waren Pferdehufe wie ein Donnergrollen zu vernehmen. Jedes Geräusch bohrte sich wie ein Dolch in Selmas Kopf. Irgendwann presste sie die Hände auf die Ohren und schlich allein zurück zum Bett.

~

Hatte sie noch gehofft, am nächsten Morgen würde wieder Ruhe einkehren, schien das Elend nur noch zugenommen zu haben. Gaspar selbst kam herauf zu ihnen und brachte eine Kanne Milch und ein wenig Brot mit Butter. Seinem Gesichtsausdruck war zu entnehmen, dass er nicht mit so einem schnellen Vorgehen der Besatzer gerechnet hatte. Einzig seine Verbindungen hatten sie vor einer nächtlichen Überraschung bewahrt. Plötzlich machte sich Selma große Sorgen um ihre Eltern.

»Es wird nicht lange gutgehen«, sagte Gaspar. »Früher oder später kommen sie auch in mein Haus. Heute Abend muss ich euch zurückbringen nach Burgthal. Das versteht ihr doch, oder?« Er sah traurig und hilflos aus. »Ich habe die Situation offenbar unterschätzt. Ich kann dieses Risiko für mich und meine Familie nicht eingehen, wenn sie herausfinden, dass ich euch Unterschlupf gewähre.«

Irma tastete nach Selmas Hand. Gisela seufzte nur, als hätte sie den Ausgang ihrer Flucht bereits vorausgeahnt.

Noch am gleichen Abend wurden sie zurück nach Burgthal gefahren. Ihr Vater empfing sie bereits und machte keinen Hehl daraus, dass sie keinesfalls zu Hause bleiben durften. Zwischenzeitlich hatte er nach einer neuen Möglichkeit gesucht, wo er sie verstecken konnte. Frau Banthem, die Mutter ihrer Freundin Luise, war bereit zu helfen. Sie besaß eine Scheune, zu der ihr Vater sie noch in der gleichen Nacht begleitete. Luise kam kurz nach ihrer Ankunft zu ihnen. Selma hatte sie kaum gesehen seit jenem Tanzabend, auf dem sie Johann kennengelernt hatte. Das Schicksal war nicht behutsam mit Luise umgegangen. Aus dem flüchtigen Vergnügen einer Nacht war ein Kind entstanden, dessen Vater ebenso wie Johann längst irgendwo in den Weiten Russlands verschollen war.

Luise umarmte sie alle drei und stellte ein Tablett mit Essen ab. »Ich bin froh, dass wir helfen können.«

»Und wir sind dankbar dafür«, sagte Selma. »Aber was ist mit dir?«

»Ich habe den kleinen Sebastian. Wo soll ich mit einem Säugling hin?« Luise hatte sich verändert. Sie war schmal geworden, und das wilde Feuer in ihren Augen war erloschen.

»Und wenn sie dich auch mitnehmen wollen?«, fragte Gisela, die sich ein Stück Käse in den Mund steckte.

»Das werden sie nicht. Sie verschonen Frauen mit kleinen Kindern.«

»Wenigstens so viel Anstand besitzen sie also«, sagte Irma.

»Verhaltet euch ruhig, falls sie hierherkommen. Ihr könnt so lange bleiben, wie die Vorräte reichen.« Luise versuchte sich an einem aufmunternden Lächeln.

Selma ergriff ihre Hand und drückte sie. »Wir wissen zu schätzen, dass du und deine Mutter damit ein großes Risiko eingehen.«

»Das machen wir gerne. Wir sind doch alle wie eine große Familie.« Luise erhob sich. »Wir sehen uns morgen früh. Versucht ein paar Stunden Schlaf zu finden.«

War der Raum in Gaspars Haus schon nicht gerade warm gewesen, folgte eine Nacht, die sie zittern ließ. Am nächsten Morgen kam Luise wie versprochen und brachte ihnen einen dampfenden Kaffee, der sie wärmte.

»Ich habe gehört, dass sie strukturiert vorgehen. Demnach müssten sie noch heute hier vorbeikommen«, erklärte Luise. »Ich werde längere Zeit nicht kommen können, aber wir werden ihnen nichts von euch sagen.«

»Wie lange wird das noch so weitergehen?«, fragte Irma, der die kalte Nacht mehr zugesetzt hatte als Selma und Gisela.

»Höchstens ein, zwei Tage. Ich weiß es nicht«, entgegnete Luise.

Die Frage, wie lange sie in der Scheune noch ausharren mussten, erübrigte sich bereits am späten Vormittag. Gisela hatte einen Dachziegel zur Seite geschoben, und so gelang es ihnen, aus ihrem Versteck heraus in den Hof der Banthems zu spähen. Gisela wich plötzlich erschrocken zurück und hockte sich neben Selma und Irma. »Sie kommen«, zischte sie.

Selma schoss in die Höhe und sah durch das Loch in den Hof. Zwei russische und zwei rumänische Soldaten standen bereits vor der Haustür der Banthems. Es dauerte nicht lange, und die alte Frau Banthem erschien an der Tür. Neben ihr stand Luise mit dem kleinen Sebastian auf dem Arm.

Bis zu ihnen herauf war kein Wort zu verstehen. Luises Mutter baute sich wie ein Schutzschild vor ihrer Tochter und dem kleinen Enkel auf. Ihre Stimme schien lauter als die der Männer zu sein.

Selma bewunderte ihren Mut, bezweifelte jedoch gleichzeitig, dass die Männer sich davon beeindrucken lassen würden. Und genau so war es. Einer der Soldaten griff an seinen Gürtel und beförderte einen Knüppel hervor, den er drohend erhob. Selma schluckte. Luises Mutter war tatsächlich zu weit gegangen.

Der kleine Sebastian reagierte mit seinem kindlichen Instinkt für Gefahren und fing an zu schreien. Luise versuchte, ihn zu beruhigen, aber das war ein hoffnungsloses Unterfangen. Ein letzter Vorstoß von Luises Mutter, und dann geschah es. Der Soldat mit dem Knüppel holte aus und versetzte Frau Banthem einen Schlag. Sie taumelte zurück, und Luise stimmte in das Geschrei des kleinen Sebastian ein.

Währenddessen wurde Selma am Ärmel gezogen. Es war Irma. »Was um Himmels willen ist da unten los?«

Selma reagierte nicht. Stattdessen starrte sie auf das Geschehen.

Frau Banthem war in die Knie gegangen und hielt ihre Hand seitlich an den Kopf gepresst. Blut rann neben ihrem Ohr den Hals hinab. Ihr Widerstand war gebrochen. Ohne zu zögern griff sich einer der anderen Soldaten das Kind von Luises Arm. Der Kleine brüllte aus voller Kehle. Luise versuchte verzweifelt, Sebastian vom Arm des Soldaten zu zerren. Das brachte auch ihr einen Schlag mit dem Knüppel ein. Sie knickte ein. Die Soldaten brüllten etwas, dann ging alles schnell.

Während der Soldat den kleinen Jungen der benommenen Großmutter in den Arm drückte, zog ein anderer Luise auf die Beine und drückte sie an sich. Er führte sie zu dem großen Militär-Lkw, der in der Straßenauffahrt geparkt war. Kurz darauf war Luise im Inneren verschwunden.

Frau Banthem hielt den kleinen Sebastian im Arm und war kaum in der Lage, aufrecht zu sitzen. Der Kleine schrie weiterhin aus Leibeskräften. Plötzlich schlug Frau Banthem einen flehentlichen Ton an, der die Soldaten aber nicht mehr umstimmen konnte. Die Entscheidung war gefallen.

Kurz darauf blieb die schluchzende Frau Banthem mit dem schreienden Kind wie ein Häufchen Elend auf ihrem Pflanzstreifen zurück. Der Lkw mit Luise verschwand unter dröhnendem Brummen aus ihrem Sichtfeld.

Selma ging in die Knie. Ihr Herz schlug schmerzhaft gegen ihre Rippen, und sie spürte eine leise Übelkeit in sich aufsteigen. »Sie haben sie einfach mitgenommen«, flüsterte sie. »Luise hat sich geirrt.«

~

Gisela konnte nicht lange die Füße still halten. Sie lief nach unten und brachte Frau Banthem zusammen mit Sebastian ins Haus. Selma war nach wie vor wie gelähmt und blieb neben Irma auf dem Heuboden sitzen. Sie dachte über ihre und vor allem Luises Situation nach.

»Der kleine Sebastian ist im Dezember ein Jahr alt geworden«, sagte Irma. »Ein Monat später, und Luise hätte womöglich bleiben können. Es gab Gerüchte, dass sie bei Einjährigen die Grenze gezogen haben. Aber wer konnte ahnen, dass …«

»Ich kann das nicht tun.« Selma sah sie an.

»Was meinst du?«, fragte Irma.

»Ich muss mich stellen, zusammen mit Gisela. Früher oder später werden sie uns finden. Wie könnten wir ruhigen Gewissens hier oben hocken, während sie Luise mitgenommen haben? Was wird erst passieren, wenn sie herausfinden, dass ihre Mutter uns Unterschlupf gewährt?«

»Du willst dich stellen? Und was ist mit mir?«, fragte Irma.

»Du bleibst schön im Verborgenen. Ich werde allein mit Gisela gehen.«

»Das kommt überhaupt nicht in Frage!«, fuhr Irma auf.

»Ich werde nicht zulassen, dass sie dich mitnehmen«, widersprach Selma. »Du würdest das nicht überstehen.«

Irma nahm Selmas Kopf zwischen ihre Hände. »Jetzt hör mir mal genau zu, liebes Schwesterlein. Wir werden das zusammen durchstehen. Ich kann stark sein, wenn es sein muss. Außerdem hast du mir versprochen, bei mir zu bleiben.«

Selma beschloss, nicht mit Irma zu streiten. Nicht in diesem Moment. Sie fühlte sich nicht in der Verfassung dafür.

»Lass uns nach Gisela und Frau Banthem sehen. Dann machen wir uns auf den Weg.«

Sie kamen gemeinsam mit Gisela eine Stunde später am Haus ihrer Eltern an. Sie hatten Frau Banthem versorgt und ihr gut zugeredet. Mehr hatten sie nicht tun können.

Ihr Vater empfing sie bereits. »Ihr steht auf der Liste. Morgen frühen kommen sie.«

»Ich werde mit Gisela gehen. Irma bleibt bei euch.« Selma sagte es, als wäre dies bereits beschlossene Sache.

»Wie sollen wir das anstellen? Sie steht namentlich auf der Liste.« Ihr Vater klang verzweifelt.

»Du wirst etwas tun müssen«, erwiderte Selma. »Lass deine Beziehungen spielen. Irma ist nicht in der Verfassung. Für was auch immer es ist, was sie mit uns vorhaben. Erinnere dich nur an unseren Ausflug in die Berge. Das Haus war zugig und kalt. Es hat nicht lange gedauert, und Irma hat wieder einen Fieberschub bekommen. Wie soll es erst auf solch einer langen Reise sein?«

»Ihr redet über mich, als wäre ich gar nicht hier.« Irma schob Selma beiseite. »Wir hatten das bereits besprochen. Ich gehe mit.«

Wilhelm Benning seufzte. »Ich weiß nicht weiter. Sicher hat Selma recht, dass …«

»Ihr dürft mich nicht behandeln, als wäre ich aus Zucker«, unterbrach ihn Irma. »Es ist meine Entscheidung. Selma und Gisela brauchen mich, und ich brauche sie.«

»Ihr könntet euch im alten Bergwerk verstecken«, brachte sich Gisela ein.

»Früher oder später finden sie uns, und dann wird es noch schlimmer.« Selma wusste keinen Ausweg, und sie sorgte sich um Irma.

Am Abend ging Gisela nach Hause zu ihren Eltern. Es war bereits Mitternacht, als Wilhelm Benning seine Schnapsflasche hervorholte und seinen drei Frauen ein Glas einschenkte.

»Woher haben die unsere Namen?«, fragte Selma.

»Ich bin der Bürgermeister in diesem Dorf. Glaubst du, ich könnte zwei Töchter verheimlichen?« Wilhelm Benning kippte seinen Schnaps in einem Zug hinunter.

Selma gab noch nicht auf. »Es wäre fahrlässig, Irma mitzunehmen. Wir …«

»Lass es gut sein, Schwesterlein.« Irma seufzte. »Du kannst dich dagegen stemmen, wie du willst, aber ich werde dich nicht allein gehen lassen.«

Fortan schwieg Selma, und schon bald saßen alle vier eng zusammen und lagen sich in den Armen. »Je nach dem, was sie mit uns vorhaben, werde ich eine Nachricht im Garten vergraben«, erklärte ihr Vater. »Damit ihr wisst, wohin sie uns bringen.« Darauf schwiegen alle. Die Worte ihres Vaters hatten zu ernüchternd geklungen.

Um zwei Uhr saßen sie noch immer in der Stube, die ohne das große Radio leer wirkte. Es wurde für Selma in jener Nacht zum Sinnbild für ihre eigene innere Leere, ihre Abgeschiedenheit von der Außenwelt. Es fühlte sich an, als ob die Welt sie vergessen hätte. Ungefähr so muss sich Johann in Russland fühlen, überlegte sie.

»Wir werden euch jeden Tag schreiben, wie es uns geht«, versuchte Irma, die Stimmung zu lockern. »Die Arbeit wird nicht einfach sein, aber sie werden uns schon gut behandeln, solange wir ihnen Folge leisten.«

Selma wollte etwas entgegnen, aber sie schluckte ihre Worte hinunter. Sie unterhielten sich in dieser Nacht über vieles, was Selma nachher nicht mehr im Gedächtnis blieb. Jede gemeinsame Minute, die verstrich, war kostbar, und sie genossen einzig das Beisammensein. Gegen Morgen schliefen Irma mit dem Kopf auf dem Schoß ihrer Mutter und Selma mit dem Kopf in ihrer Armbeuge ein.

Kurz darauf weckte sie ein lautes Klopfen. Sogleich war ihr Vater bei ihnen. »Sie sind da.«

Selma richtete sich schlaftrunken auf und blinzelte den drei Männern entgegen, die im Türrahmen standen. Augenblicklich war sie hellwach, als sie Nikolaj und Bela erkannte. Der Dritte trug eine rumänische Uniform. Er war jung und schien einzig der guten Ordnung halber dabei zu sein.

»So schnell sieht man sich wieder.« Nikolaj grinste.

Wilhelm Benning machte ein fragendes Gesicht.

»Nichts, Papa. Alles ist in Ordnung.« Selma wollte Ärger vermeiden. Sie hatten ihrem Vater verschwiegen, wie Nikolaj ihr Tage zuvor nahe gekommen war, um weiteres Unheil zu vermeiden, wenn erst sein väterlicher Stolz verletzt war.

»Deine Gewehre schießen gut, Väterchen«, erklärte Nikolaj stattdessen.

»Sie haben …« Ihr Vater machte ein wütendes Gesicht, aber Bela trat ihm sofort entgegen. Er sagte ein einzelnes russisches Wort. Es klang bedrohlich genug, um ihren Vater verstummen zu lassen.

»Sind die Damen zur Abfahrt bereit?« Nikolaj musterte Selma und Irma abwechselnd.

»Sie ist krank. Sie wird nicht lange arbeiten können.« Selma versuchte es ein letztes Mal.

»Krank?« Nikolaj trat vor und packte Irma grob am Kinn.

Sofort wurde er von Wilhelm Benning am Arm gezogen. Bela zögerte nicht lange und hieb ihrem Vater eine Faust in den Magen. Stöhnend ging er zu Boden.

»Das war nicht nötig«, sagte Selma zähneknirschend und beobachtete ihre Mutter, die ihrem Vater zu Hilfe eilte.

Nikolaj ließ sich nicht aus der Ruhe bringen. Er drehte Irmas Kopf wie ein Pferdehändler langsam hin und her. Dann ließ er sie wieder los. Irma wich erschrocken zurück.

»Nicht krank. Kann gut arbeiten.«

»Ich bitte Sie. Sie müssen mir glauben.« Selma sah Nikolaj flehentlich an.

»Du willst, dass sie hierbleibt? Das wird dich etwas kosten.« Nikolaj sah in Richtung der Treppe. »Lass uns nach oben gehen. Vielleicht vergesse ich anschließend, dass du eine Schwester hast.«

Selmas Mut sank. Sie biss sich auf die Lippen. Die Vorstellung, sich dem Russen hinzugeben, erzeugte in ihr Ekel und Furcht im gleichen Maße. Vielleicht würde es schnell vorübergehen, wenn sie sich nur nicht wehrte. Die Erinnerung daran würde irgendwann vielleicht verblassen. Sie sah zu Irma hinüber. Wie sie dastand, blass, zerbrechlich und sie aus entsetzten Augen anstarrte. Plötzlich war Selma fest entschlossen, ihre Schwester, soweit es ihr möglich war, zu beschützen. Auch wenn das ihre Unschuld kosten mochte … »Ich …«

»Nein!« Irma sprang vor Selma und stieß sie zurück. »Niemals. Ich komme mit.«

»Schade. Aber aufgeschoben ist ja nicht aufgehoben. Nicht wahr?« Nikolaj stieß Bela an, der zwar kein Wort verstanden hatte, aber trotzdem seine Zahnlücke zeigte.

Der rumänische Soldat war die ganze Zeit über im Hintergrund geblieben. Er wagte es nicht einzugreifen. Nun trat er vor. »Würden die Damen mir ihre Sachen geben?«

Selma half ihrer Mutter dabei, den Vater aufzurichten. Er verzog das Gesicht und stöhnte. »Gebt sie ihm. Je kooperativer ihr euch zeigt, desto leichter wird es.« Sein Kampfgeist war offenbar erloschen.

Selma nickte und gab dem jungen Mann Irmas und ihre Habseligkeiten. Die letzten Stunden, bevor sie eingeschlafen waren, hatten ihre Eltern damit verbracht, ihnen jeweils einen Rucksack und einen kleinen Koffer zu packen. Vorausschauend hatten sie Lebensmittel, fiebersenkende Medikamente, auf die insbesondere Irma angewiesen war, und ein paar warme Kleidungsstücke verstaut. Anschließend holte ihre Mutter noch einen Sack, der mit Steppdecken, ihren Pelzjacken und jeweils einem Paar warmer Stiefel gefüllt war.

Selma musste an Johanns Brief denken, in dem er von der Kälte berichtet hatte. Die Mühe, das recht schwere Gepäck zu schleppen, würde sich irgendwann auszahlen. Es hatte in jenem Winter noch nicht begonnen zu schneien, doch dass der Schnee sie weiter östlich erwarten würde, war so sicher wie das Amen in der Kirche.

Dann kam der endgültige Abschied. Selma nahm zuerst ihre Mutter in den Arm, dann ihren Vater. »Pass auf Irma und dich selbst auf«, flüsterte er. »Gib ihnen keinen Grund, wütend zu sein. Männer wie er gehen immer auf dieselbe Art und Weise damit um.« Ihr Vater sah zu Nikolaj hinüber, der gelangweilt dastand und wartete, dass sie endlich fahren konnten. »Gott schütze euch.«

Der Abschied von ihrer Mutter blieb stumm, weil die Tränen ihre Worte hinwegspülten. Dafür war die Umarmung umso inniger, bis die Mutter sie endlich freigab.

Nachdem Irma sich ebenfalls verabschiedet hatte, folgten sie dem jungen Soldaten nach draußen zu dem Lkw, der bereits auf sie wartete. Er sah genauso aus wie der, mit dem bereits Luise abgeholt worden war.

Das Letzte, was Selma von ihrer Mutter sah, waren die rotgeränderten Augen und die gefalteten Hände, als sie ein Stoßgebet gen Himmel sandte. Sie warf ihr eine Kusshand zu und stieg hinter Irma auf die Ladefläche. Einerseits war sie erleichtert, um Nikolajs Angebot herumgekommen zu sein, andererseits fragte sie sich, ob sie genügend Kraft und vor allem Mut besitzen würde, um auf ihre Schwester aufzupassen.

~

Sie trafen Gisela an der Burgthaler Schule, wo ein Sammelplatz eingerichtet worden war. Bela hatte die Fahrt über schweigsam neben ihnen gesessen. Nikolaj war neben den rumänischen Soldaten, der gefahren war, ins Führerhaus geklettert. Selma war nicht sicher, welche Gesellschaft sie vorgezogen hätte. Bela hatte sie die ganze Zeit über lüstern gemustert und zu allem Übel auf halber Strecke eine Zigarette angezündet, die er in einem Stiefelsaum versteckt hatte.

Selma und Irma hatten nach kurzer Zeit husten müssen und waren mehr als erleichtert, als sie endlich auf dem Schulgelände angekommen waren. Erst dort wurde Selma bewusst, wie viele bereits abtransportiert worden waren. Unter ihnen auch Luise. Sie gehörten nun zu den Letzten, neben einigen anderen, die sie gut kannte und die sich ebenfalls versteckt gehalten hatten.

Gisela war blass und ungewöhnlich schweigsam. Auch

sie hatten ihre Eltern gut ausgestattet. Es erfolgte eine letzte Zählung von einem hageren Kerl, dem es Spaß zu machen schien, mit betont lauter Stimme auf Russisch zu zählen. Irgendwo bei dreißig konnte Selma ihm nicht mehr folgen.

Sie war erleichtert, als sie anschließend nicht zurück auf den Lkw zu Bela sollten, auch wenn dies bedeutete, dass sie laufen mussten.

»Glaubst du, wir sind das Ekel los?« Irma stand neben ihr.

Selma hielt nach Nikolaj und Bela Ausschau. »Vorerst auf jeden Fall.«

Wie bei einem Schulausflug sollten sie nach Schellenberg, in eine benachbarte Gemeinde, laufen. Sie gingen zu dritt nebeneinander. Ausschließlich Frauen. Die Gemeinschaft so vieler deutscher Frauen, die alle einem ungewissen Schicksal entgegengingen, weckten Selmas Mut und auch Stolz.

»Lasst uns singen.« Selma wartete keine Antwort ab. Zunächst verhalten, dann aus voller Kehle, stimmte sie ein Volkslied an, das sie bereits unzählige Male mit ihren Kindern im Kindergarten gesungen hatte.

Gisela sah erschrocken zu ihr herüber, doch dann stieg sie mit ein, und schon bald sang der ganze Zug. Selma musste lächeln, auch wenn ihr dazu nicht zumute war. Der Gesang erfrischte ihr Herz und füllte die Leere in ihrem Inneren mit Zuversicht. Die Soldaten ließen sie gewähren, und so sangen sie immerfort, bis sie in das Dorf Talheim kamen.

Einige Fensterläden wurden geöffnet, hinter denen Menschen sie beobachteten. Manche neugierig, andere mitleidig. Eine ältere Frau beugte sich sehr weit aus dem Fenster und rief ihnen etwas auf Sächsisch zu: »Ihr Medchen nimmi sängt, ihr wäst jo net, wuer ir kutt. Ihr Mädchen, hört auf zu singen. Ich wisst ja nicht, wohin ihr kommt.«

Doch Selma und die anderen ließen sich nicht beirren und sangen nur noch lauter weiter. Erst als sie in das rumänische Dorf Bungard kamen, verließ sie allmählich ihr Mut. Niemand zeigte sich hinter den Fenstern oder auf den Gehwegen. Es war, als liefen sie durch ein Geisterdorf. Nach und nach wurde der Gesang leiser, und die letzten Kilometer marschierte jeder in seine eigenen Gedanken versunken. Selmas Herz wurde wieder schwerer.

Gegen Abend kamen sie endlich in Schellenberg an. Auch dort war ein Schulgebäude geräumt worden. Überall hatte man Strohmatratzen ausgebreitet, auf denen sie schlafen sollten. Selma war so erschöpft, dass sie trotz ihrer Angst eng an Irma gepresst schnell einschlief.

In den frühen Morgenstunden weckte sie ein fürchterlicher Juckreiz. Als sie der Ursache auf den Grund ging, entdeckte sie eine Laus auf ihrem Unterschenkel. Aufgebracht schlug sie mit der flachen Hand auf das Insekt und weckte damit die Frauen um sich herum, die sie grimmig musterten.

Selma würde den Anblick der Laus nie vergessen. Sie konnte sich nicht erklären, woher das Tier gekommen war. Erst ein Blick über das riesige Bettenlager ließ sie erahnen, dass das Lausproblem womöglich keine einmalige Sache bleiben würde.

Am Morgen warteten schon große Lkws auf sie. Es war eng und unbequem, aber sie mussten immerhin nicht mehr laufen, was gerade Irma zugutekam, die bereits eine erste Blase hatte.

In Hermannstadt, wo der nächste große Bahnhof war und Züge mit endlos vielen Güterwaggons bereitstanden, erwartete sie eine Überraschung: Inmitten unzähliger Menschen entdeckte Selma ihren Vater. Sie wusste nicht, wie er es bewerkstelligt hatte, ihnen bis nach Hermannstadt zu folgen, aber er war da, und das war alles, was zählte.

Sofort riss Selma die Arme hoch und winkte. Ihr Vater sah sie und winkte voller Freude zurück. Er bemühte sich, sich zu ihnen durchzudrängeln, und schaffte es bis auf wenige Meter heranzukommen. Doch dann stieß einer der Soldaten ihn grob zurück, so dass er rückwärts taumelte.

In ihrer Not und Verzweiflung rief Selma: »Tati, Tati, Tati!« Irma stimmte neben ihr ein, und im gleichen Moment wurden sie vorwärtsgetrieben, in Richtung der Waggons. Selmas sehnlichster Wunsch war es, ihren Vater noch einmal umarmen zu dürfen. Aber er wurde ihr verwehrt, und so blieb es bei einem letzten Blick, den sie tauschten.

Selma sah in das Innere des Güterwaggons. Es gab eine Reihe roh gezimmerter Holzpritschen, die aus zwei Etagen bestanden. Kein Fenster und keinen Ausgang außer der Schiebetür, vor der sie nun dicht gedrängt standen.

»Da wollen sie uns reinpferchen«?, fragte Irma ungläubig.

»Ich sehe keine Möglichkeit, um …« Selma kam nicht weiter, weil neben ihr gedrängelt und geschubst wurde. Sie war nicht die Einzige, der das Problem aufgefallen war. Eine Handvoll Männer hatte es geschafft, an den Soldaten vorbeizukommen. Sie hielten Eimer in der Hand, die sie nach vorne durchzureichen versuchten.

Selma schnappte sich einen und stellte ihn in den Waggon. Ihr dringlichstes Problem schien gelöst. Doch ein altes kam wieder zutage: Nikolaj kletterte drei Waggons entfernt auf den Zug. Sie schlug die Augen nieder und versuchte, Irma und Gisela nicht aus den Augen zu verlieren, bis sie in den Waggon geschoben wurden. Ihre oberste Priorität war nun, nicht von Irma getrennt zu werden.

Im Inneren des Waggons spürte Selma plötzlich die Gewissheit in sich, ihre Eltern niemals wiederzusehen. Es wurde abgezählt, und dann wurde die Tür wie bei einem Viehtransport zugeschoben und verriegelt. Dunkelheit hüllte sie ein. So wie eine namenlose Dunkelheit ihr Herz einhüllte und den letzten Funken Mut mit einem Streich fortwischte.

6

Hermannstadt, Siebenbürgen (Rumänien)
1945

Sie saßen wie Vieh auf der Schlachtbank in absoluter Dunkelheit. Schulter an Schulter hockten sie da. Selma hätte es nicht genau sagen können, aber grob überschlagen kamen sie sicherlich auf siebzig Frauen, die zusammen in einem Waggon untergebracht waren.

Etwas machte sie stutzig: Sie bewegten sich nicht. Noch immer schien der Zug zu stehen. Um sie herum begannen manche zu flüstern. Andere fingen an zu rufen. Eine einzelne Frau schrie. »Ich muss hier raus! Bitte lasst mich gehen!«

Niemand reagierte.

Eine unbekannte Stimme zu Selmas Rechter sagte etwas, das sie hellhörig machte. »Wenn ihr glaubt, sie haben uns zum Arbeiten geholt, habt ihr euch getäuscht. Sie fahren uns bis zum Schwarzen Meer, und dort treiben sie uns in die Fluten. Sie wollen großes Elend über das deutsche Volk bringen. Das gleiche Elend, das unsere Männer über ihr Volk gebracht haben.«

»Woher weißt du das?« Es war Giselas Stimme.

»Weil ich nicht so naiv bin wie die meisten hier«, kam prompt die Antwort. »Oder glaubst du, die hätten ausreichend zu essen für uns? Die haben doch selbst kaum genug, um ihre Mägen zu füllen.«

»Was ist, wenn sie recht hat?« Irma war mit ihrem Mund nahe bei Selmas Ohr.

»Wir werden es herausfinden.« Selma fiel keine bessere Antwort ein. Sie brauchte Zeit zum Nachdenken. Zeit, um Pläne zu schmieden, um im Notfall handeln zu können.

Die Stimme, die die schlechten Nachrichten verkündet hatte, schwieg fortan, aber sie hatte einen unheilvollen Samen gesät, der viele der Frauen zum Weinen und Schluchzen brachte.

»Blöde Kuh«, zischte Gisela. »Sie hätte ihre Hiobsbotschaften für sich behalten sollen.«

Es dauerte noch eine ganze Weile, bis ein lautes Quietschen ertönte, ein Ruck durch den Waggon lief und der Zug sich in Bewegung setzte. Irma bettete ihren Kopf auf Selmas Schulter. Es fühlte sich an wie der Moment, als sie mit Irma im Kleiderschrank ausgeharrt hatte. Nur dass sie diesmal nicht mehr im Haus ihrer Eltern, sondern zwischen klagenden Frauen eingepfercht waren und womöglich ihrem sicheren Tod entgegen fuhren.

Hatte sie anfangs keine Notiz davon genommen, so kam es ihr inzwischen im Inneren des Waggons wie in einem feuchten Kellerloch vor. Durch jede noch so kleine Ritze pfiff der Wind. Gisela schien ihren Mut als Erste wiedergefunden zu haben. Sie stützte sich auf den Schultern der anderen Frauen ab und schaffte es, ein kleines Stück der Bretterwand zu lösen und nach draußen zu schauen. Doch das half nicht viel, denn inzwischen war es Abend geworden, und der Mond schien nur schwach.

Selma blinzelte und versuchte, sich trotzdem zu orientieren. Neben den zweistöckigen Pritschen gab es einen kleinen Kanonenofen. Mehr als sie im ersten Moment zu hoffen gewagt hatte. Doch es gab nur ein paar Holzscheite, und niemand schien sich zu trauen, seine Streichhölzer zu gebrauchen, aus Angst, sie zu verschwenden.

Zusammen mit Irma und Gisela kroch sie in den rückwärtigen Teil des Waggons. Sie ergatterten eine der Pritschen, auf deren obere Liege sie sich zu dritt drängten. Eng aneinander gepresst versuchten sie, sich gegenseitig Wärme zu spenden. Die Decken, die ihre Eltern ihnen eingepackt hatten, halfen gegen die ärgste Kälte, die sich schleichend ausbreitete, aber nicht gegen das jammervolle Klagen anderer Frauen, die weit weniger gut ausgestattet waren.

Die erste Nacht im Waggon wollte kein Ende nehmen. Immer wieder kam der Zug zum Stehen. Es dauerte dann Stunden bis zur Weiterfahrt, die sich durch einen Ruck ankündigte, der sie beinahe aus dem Hochbett schleuderte. Selma hatte jegliches Zeitgefühl verloren. Durch das Loch, das Gisela geschaffen hatte, drang der immer gleiche Mondschimmer zu ihnen herein. Das Rattern der Räder auf den Gleisen erschien Selma wie ein Taktgeber, der sie jedes Mal Meter um Meter weiter von zu Hause fortbrachte. Das Zischen und Pfeifen des Windes, der durch die Ritzen und Löcher im Wagen fuhr, assoziierte sie bald mit geisterhaften Stimmen, die sie warnen wollten vor dem, was vor ihnen lag. Sie vergrub den Kopf tief in der Kapuze ihres Fellmantels.

Irgendwann veränderte sich das Licht, das durch das Loch drang. Es wurde gelblicher. Heller. Ein neuer Morgen kündigte sich an. Vorsichtig hob Selma den Kopf und tastete nach Irma. Sie lag neben Gisela und schlief. Selma ließ den Blick weiter durch den Waggon schweifen und konnte nun überall die schlafenden Frauen erkennen. Bis auf ein gelegentliches Husten oder ein leises Schluchzen war es still geworden im Waggon. Sie beobachtete den warmen Atem der anderen Frauen, der wie eine Schar Geister aufstieg und sich wieder verflüchtigte. Selbst die Körperwärme von siebzig Frauen reichte nichts aus, die Luft zu erwärmen. Selma fragte sich, wie es erst sein mochte, wenn sie noch weiter in Richtung Osten fuhren.

Ein Stechen in ihrem Magen und ein leises Knurren erinnerten sie daran, wie lange es her war, dass sie das letzte Mal etwas gegessen hatte. Doch zunächst drückte ihre Blase, und sie hielt nach dem Eimer Ausschau. Sie entdeckte ihn neben dem Kanonenofen.

So behutsam wie möglich stieg sie vom Bett herunter und versuchte mit steifen Gliedern, zwischen den Frauen, die überall im Waggon verteilt waren, hindurchzugehen. Sie erreichte den Eimer, ohne jemanden zu wecken. Der Zeitpunkt war günstig, denn niemand schien sie zu beobachten. Schnell schob sie ihre Hose bis auf die Knie hinab und hockte sich über den Eimer. Einzig der nachlassende Druck ihrer Blase ließ sie Scham und Ekel vergessen. Ein Blick zur Seite, und das Gefühl, unbeobachtet zu sein, war dahin. Eine dunkelhaarige Frau, die sie nicht kannte, lag auf der Seite und starrte sie an. Sie schien sie bereits die ganze Zeit beobachtet zu haben. Ihr Gesicht zeigte keine Regung. Selmas Wangen begannen zu glühen. Eilig zog sie ihren Schlüpfer und ihre Hose wieder nach oben.

Gerade wollte sie zurück zu ihrem Bett gehen, als ein Ruck durch den Zug lief und der nächste Halt bevorstand. Zu spät reagierte sie, und der Eimer fiel in ihrem Rücken mit einem dumpfen Scheppern um. Schuldbewusst sah sie zu der Frau hinüber. Noch immer starrte die Frau. Sie lag da wie eine Leiche. Nur das Atemwölkchen unter ihrer Nase zeigte, dass noch Leben in ihr steckte.

Während unter Selma die Bremsen quietschten, stellte sie den Eimer wieder auf und ging eilig zurück zum Bett. Ein weiterer Ruck brachte sie beinahe zum Stürzen. Zurück auf der Pritsche schob sich Gisela mit dem Gesicht ganz nah an ihr Ohr. »Was ist, wenn diese Frau recht hatte mit ihrer Mutmaßung?«

»Du meinst, dass sie uns ins Meer schmeißen?«, flüsterte Selma zurück. Es fröstelte sie, und ihre Stimme zitterte.

»Denkbar wäre es.«

»So ein Aufwand, nur um uns zu töten? Das hätten sie leichter haben können«, sagte Selma.

»Dann wäre es Völkermord. Aber so bekommt es niemand mit.«

»Was schlägst du also vor?« Selma sah zu Irma, die bisher alles gut gemeistert hatte. Doch wie lange würde sie noch durchhalten?

»Wir müssen bei der nächsten Gelegenheit fliehen«, sagte Gisela mit unterdrückter Stimme. »Sie können uns nicht ewig hier drin behalten. Spätestens an der Grenze müssen wir umsteigen.«

»Warum?«

»Weil die Gleise breiter werden. Die rumänischen Züge können sie nicht mehr befahren«, erklärte Gisela.

»Aber wie sollen wir das schaffen? Wir werden nicht weit kommen.«

»Wir lenken sie ab, und dann rennen wir. Bis zum nächsten Dorf. Sie werden nicht ewig nach uns suchen. Drei Frauen mehr oder weniger.«

»Ich denke darüber nach.« Selma wandte sich ab und

durchsuchte ihren Rucksack nach etwas Essbarem. Sie ertastete etwas Hartes. Als sie den Gegenstand aus dem Rucksack fischte, erkannte sie ein Stück Brot, das durch die Kälte hart wie ein Stein geworden war. Seufzend versuchte sie, ein Stück zwischen ihren Lippen weich zu machen. Schon bald schmerzten sie von der Kälte, und sie gab es nach kurzer Zeit auf. So bestand ihr Frühstück aus einigen Schlucken aus ihrer Feldflasche. Das Wasser war eiskalt, aber noch nicht gefroren, da die Flasche halb unter ihrem Körper gelegen hatte. Anschließend schmerzte ihr Magen noch mehr als zuvor.

»Was gibt es zum Frühstück?«, fragte Irma, die inzwischen aufgewacht und ebenfalls beim Eimer gewesen war.

»Frischen Kaffee und ein Milchbrötchen mit Erdbeermarmelade«, antwortete Gisela.

»Phantastisch.« In Irmas Hand lag eine dicke Scheibe Speck, die ihre Mutter in Papier gewickelt hatte. Eine dünne Eisschicht überzog das Fleisch. »Verzeih mir, wenn ich über diese Art von Humor nicht lachen kann.« Sie schob den Speck zurück in den Rucksack.

»Galgenhumor nennt man das.« Gisela verzog einen Mundwinkel. »Heute also kein Frühstück.«

»Wer weiß, wann wir etwas bekommen.« Selma beobachtete eine Frau, die gleichfalls mit ihrer gefrorenen Wegzehrung kämpfte.

»Sie werden uns hoffentlich bald aussteigen lassen. Schließlich können wir nicht alle in einen Eimer pinkeln«, sagte Irma.

»Können wir nicht?«, entgegnete Selma.

»Hört auf! Ich will davon nichts mehr hören.« Irma zog ihre Knie an und schloss die Augen.

Das Hungergefühl nahm ab und schwoll wieder an. Jedes Mal, wenn es zurückkam, war es stärker als zuvor. Selmas Magen schien sich wie eine wütende Faust zusammenzuballen.

Sie fuhren, und sie hielten. Sie hielten, und sie fuhren. Selma fühlte sich gefangen in einem zeitlosen Universum voller Kälte, Hunger und vor allem Kummer. Sie war froh, Irma und Gisela neben sich zu wissen, doch alle drei waren zu erschöpft und hungrig, um sich weiter zu unterhalten. Während sie dasaß, war das Einzige, was sich stetig veränderte, der Lichtschimmer, der durch das Loch drang. Sie hätte niemals geglaubt, wie viele Schattierungen von Weiß, Grau und Gelb es gab. Schon bald ordnete sie die unterschiedlichen Schattierungen Tages- und Nachtzeiten zu.

~

Sie zählte drei Tage, bis der Zug wieder anhielt. Inzwischen war ihre Feldflasche leer. Das Wasser war das Einzige, was ihren Magen gefüllt hatte. Der Eimer wäre inzwischen randvoll, wenn er nicht immer wieder umgekippt wäre. Der Gestank, der sich mittlerweile im Waggon ausgebreitet hatte, erzeugte in regelmäßigen Abständen einen Brechreiz bei Selma. Spätestens am dritten Tag ohne richtige Ernährung jammerte auch die Letzten ihrer Leidensgenossinnen, die sich bisher zusammengerissen hatten. Selma hatte zwischenzeitlich einen Lederriemen ihres Rucksacks gelöst und ihn in drei gleichgroße Teile zerbissen. Sie gab jeweils ein Stück Irma und Gisela. Fortan kauten sie auf dem Leder herum und gaukelten ihrem Magen vor, etwas zu essen zu bekommen.

Aber nichts war so schlimm wie die Kälte. Die Kälte war überall. Sie machte ihre Glieder steif wie morsche Stöcke. Sie wurde zu ihrem ärgsten Feind.

Doch am gleichen Abend sorgte Adrenalin dafür, die Kälte ein Stück weit zu vergessen. Kurz nachdem der Zug ein weiteres Mal angehalten hatte, erklang das erlösende Geräusch der Türverriegelung. Gisela packte Selma am Arm.

»Ich hoffe, du hattest einen guten Einfall.«

»Es war dein Plan«, erwiderte Selma. Sie musste zugeben, dass Hunger, Müdigkeit und nicht zuletzt die Kälte ihren Verstand gelähmt hatten.

»Wir haben vielleicht nur diese eine Chance«, gab Gisela mit ernstem Gesicht zu bedenken. Ihre Wangen waren eingefallen und ihre Lippen rissig.

Selma sah zu Irma hinüber, die neben ihr lag. Sie hatte kaum gesprochen und die meiste Zeit im Halbschlaf verbracht. »Irma? Wie geht es dir?«

»Sind wir da?« Irma hob träge ihren Kopf an. »Schmeißen sie uns jetzt ins Schwarze Meer?«

Selma legte eine Hand auf ihre Stirn, ohne darüber nachzudenken, weil dieser Griff ihr bereits von Kindesbeinen an in Fleisch und Blut übergegangen war. Sie zuckte zurück, als sie die Hitze spürte, die von ihrer Schwester ausging.

»Ist das Fieber zurück?« Irmas Stimme war schwach.

»Wir können es nicht tun.« Selma sah zu Gisela. »Vielleicht beim nächsten Halt.«

»Nein, jetzt oder nie.« Gisela klang unnachgiebig.

»Irma ist zu schwach«, erwiderte Selma. »Mit dem Fieber wird sie nicht weit kommen.«

»Aber wir müssen es probieren. Wenn …«

Gisela wurde unterbrochen. Die Tür wurde aufgeschoben, und erstmals seit ihrer Abreise in Hermannstadt drang ein Schwall frischer Luft in den Waggon. Das Licht blendete sie augenblicklich und stach in ihre Augen.

Selma stieß einen tiefen Seufzer aus und stimmte so in die kollektive Erleichterung ein, der durch die Reihen der entkräfteten Frauen fuhr.

»Irma, hör mir zu.« Gisela schob sich zu Irma. »Wir müssen fort von hier. Kannst du laufen?«

»Ich denke schon.« Irma stemmte sich in die Höhe.

Die Frauen drängten nach draußen. Selma sah ein, dass es kein Zurück mehr gab. Sie kletterte von der Pritsche. Zusammen mit Gisela half sie Irma, ebenfalls nach unten zu kommen. »Eure Rucksäcke.« Gisela reichte sie ihnen. »Und jetzt los! Mischen wir uns unter die anderen, bis die Gelegenheit da ist.« Sie ging voraus. Selma stützte Irma, die noch schwächer auf den Beinen war als befürchtet. Langsam gewöhnte sie sich an das Licht des Tages.

Als sie über die Schwelle traten und auf dem Bahnsteig standen, zwang sie die frische Luft nahezu in die Knie, weil ihr Kreislauf damit überfordert war. Sie hatte Mühe, Irma zu halten.

Schwer atmend versuchte sie, sich zu orientieren. Auf einem Schild konnte sie schemenhaft *Jasi* lesen. Sie dachte nach. Jasi war eine Stadt in Rumänien nahe der russischen Grenze. Es gab noch weitere Gleise jenseits ihres Bahnsteigs. Mehrere russische Soldaten sorgten mit strengen Worten, die sie nicht verstand, dafür, dass sie sich in Richtung eines anderen Bahnsteigs bewegten. Einzelne Frauen brachen zusammen und mussten gestützt werden. Selma hoffte, dass sie wenigstens etwas zu essen oder zu trinken bekommen würden, doch danach sah es in der Trostlosigkeit des Bahnhofs nicht aus. Eine dünne Schneeschicht lag auf dem Boden und den Dächern. Einige Frauen griffen sich etwas davon und schoben sich den Schnee in den Mund.

»Ihr müsst mir jetzt sagen, ob ihr bereit seid.« Gisela stützte Irma von der anderen Seite. »Dort drüben, die Baumgruppe, dorthin laufen wir.«

»Bist du denn bereit?«, wollte Selma wissen. Der Hunger und die Kälte hatten sie an ihre Grenzen gebracht. Sie mochte sich gar nicht vorstellen, wie es Irma gehen musste, und hoffte, dass Gisela verneinen würde.

»Mehr denn je. Ich steige nicht ein weiteres Mal in einen Zug. Irma?« Gisela fasste Irmas Hand und drückte sie. »Du schaffst das.«

»Ja, ich schaffe das«, sagte Irma und hob ihren Kopf, um ihre Entschlossenheit zu zeigen. Doch ihre rotgeränderten Augen sprachen eine andere Sprache.

Sie näherten sich dem anderen Gleis und den Viehwaggons in einem langen, müden Zug von Frauen, auf dem Bahnsteig entlang der Schienen, die sich knapp einen Meter unter ihnen befanden. Selma fasste die Baumgruppe ins Auge, die sich hinter der wartenden Lokomotive wie eine Schar stummer Gestalten erhob. Gestalten, die auf sie warteten. Noch hatte sie keine Idee, wie sie es bis dorthin schaffen sollten, aber sie vertraute nun voll und ganz auf Gisela. Ihre Freundin schien eine verborgene Energiequelle in ihrem Inneren anzuzapfen.

Plötzlich machte Gisela einen Schritt zur Seite und stieß eine der Frauen, die mit gesenktem Kopf neben ihnen gelaufen war, mit der Schulter an. Mit einem spitzen Schrei taumelte die Frau in Richtung der Gleise und stürzte über die Kante des Bahnsteigs. Geschwächt, wie sie war, fiel sie wie eine Strohpuppe und schlug seitlich auf den Gleisen auf. Ihr anschließendes Heulen brachte die Frauen zum Stillstand.

Selma sah erschrocken zu der Frau hinab, die auf den Schienen lag und sich offensichtlich einen Bruch zugezogen hatte. Mit schmerzverzerrtem Gesicht presste sie Hände auf den Oberschenkel. Ihr Heulen war so jammervoll, dass es Selma durch Mark und Bein ging.

Ihr blieb keine Zeit, zu realisieren, was Gisela getan hatte, um ihnen eine Möglichkeit zur Flucht zu verschaffen.

»Sie ist gestürzt! Oh, mein Gott, so tut doch etwas!«, rief Gisela aus voller Kehle.

Jetzt kam Bewegung in die Frauen. Die, die noch ausreichend Kraft besaßen, versuchten, zu der jammernden Frau hinunterzuklettern. Sofort kamen zwei Soldaten gelaufen, die Pistolen im Anschlag, und brüllten Befehle, die niemand verstand. Es entstand ein großer Tumult.

»Los! Lauft, so schnell ihr könnt!«, schrie Gisela und packte Irma am Arm.

Selma überlegte nicht länger. Sie handelte einfach. Zu dritt rannten sie über den Bahnsteig. Niemand nahm zunächst Notiz von ihnen. Noch schlug keine der Frauen den gleichen Nutzen aus dem Tumult. Sie alle waren zu sehr auf ihre Leidensgenossin fixiert, die so unglücklich gestürzt war.

Selma nahm ihre letzten Kräfte zusammen. Sie zog und zerrte an Irma, die wie ein Stein an ihrem Arm hing. Ohne Giselas Hilfe hätte sie es nicht geschafft. Das Gewicht ihres Rucksacks drückte zusätzlich auf ihre Schultern. Schon nach wenigen Metern schlug ihr Herz bis zum Hals, und ihr wurde übel. Ihr Atem ging rasselnd, und die Sicht verschwamm ihr. Die Baumgruppe war ein schmutziger Fleck irgendwo vor ihr. Sie bewegte sich wie unter Wasser, aber sie kämpfte.

Der Atem ihrer Schwester drang schwer an ihre Ohren. Immer wieder verlor Irma den Bodenkontakt, und ihre Beine strichen haltlos über den Asphalt. Aber irgendwie schafften sie es, weiter vorwärts zu kommen. So lange, bis Selmas Beine plötzlich nachgaben. Es fühlte sich an, als hätte jemand ihre Muskeln und Sehnen mit einem feinen Skalpell einfach durchtrennt. Sie fiel nach vorne und schaffte es gerade noch, ihre Arme auszubreiten. Trotzdem schlugen ihre Knie schmerzhaft auf den Asphalt. Irma stieß einen dumpfen Laut aus und fiel ihr ungebremst in den Rücken. Dabei wurde Selma die letzte Luft aus den Lungen gepresst, und die Welt um sie herum verschwamm in einer unerbittlichen Dunkelheit.

»Selma, Selma! Du musst wieder hoch kommen!« Es war Giselas Stimme. Sie klang hysterisch. »Selma, ich flehe dich an!«

Selma öffnete die Augen. Das Gewicht auf ihrem Rücken war von einer auf die andere Sekunde verschwunden. Neben ihr hockten Gisela und Irma. Sie wollte die ihr dargebotenen Hände ergreifen. Sie wollte weiter. Einfach weiter, aber es ging nicht. Ihr Körper reagierte nicht. Sie hustete, als ihre Lungen sich wieder mit Sauerstoff füllten. Ihre Knie und ihr Rücken waren ein einziger Schmerz. Tränen der Verzweiflung rannen ihre Wangen hinab.

Gisela packte sie und hievte sie in eine sitzende Position. »Sie kommen! Sie werden uns erschießen! Selma, du musst weiter, ansonsten …«

Selma zuckte zusammen, als sie den peitschenden Knall hinter sich vernahm. Ihr Kopf fuhr herum, und da sah sie ihn. Ein einzelner Mann kam in ihre Richtung gelaufen. In seiner Hand lag die Pistole, die er soeben abgefeuert hatte.

Ein letzter Kraftakt, ein Blick in Irmas traurige Augen. Sie schaffte es wie durch ein Wunder, auf die Beine zu kommen. »Wir werden sterben«, hauchte sie atemlos.

»Das werden wir. Aber nicht hier und heute!«, schrie ihr Gisela entgegen. Dann zog sie gleichzeitig an Selmas und Irmas Händen. Mehr stolpernd als laufend kamen sie in den Tritt. Ihr Ziel, die Baumgruppe, rückte wieder näher.

Aber sie waren zu langsam. Viel zu langsam. Ein weiterer Schuss fiel. Das Geschoss zischte so nah an Selmas Ohr vorbei, dass sie sich instinktiv duckte und erneut ins Straucheln geriet. Geistesgegenwärtig blieb sie stehen und verhinderte so, dass sie noch einmal schwer stürzte. Ihre Hand entglitt Giselas. »Lauft ohne mich! Ich kann nicht mehr.«

Gisela konnte Irma nicht alleine stützen. Auch Irma geriet ins Straucheln und sackte in sich zusammen. Gisela blieb schwer atmend stehen, die Hände auf die Knie gestützt. Sie war ebenfalls am Ende ihrer Kräfte. Selma sah die Tränen, die ihrer Freundin über die Wangen rannen.

Dann erreichte der Soldat sie.

»Ihr dummen Frauen!«, rief er und packte Selma grob am Arm. Sie riss erschrocken die Augen auf und erkannte Nikolaj. »Ich sollte euch gleich hier erschießen.«

Selma sah ihn verzweifelt an. Sie fühlte sich in diesem Augenblick so elend und schwach, dass sie noch nicht einmal mehr Angst vor dem Tod verspürte. Einzig die Erlösung, die er spenden würde, schien ihr noch aussichtsreich. Sie sah zu Irma, die zusammengesunken auf dem Bahnsteig hockte. Ihre Blicke begegneten sich. Sie war trotz ihres Fiebers weiter gekommen, als Selma zu hoffen gewagt hatte. Doch nun war sie endgültig am Ende mit ihren Kräften.

Nikolaj richtete seine Waffe auf Gisela. »Vielleicht sollte ich auch nur dich erschießen. Die Aufrührerin. Als Warnung für die anderen.«

Die Angst um das Leben der Freundin war in dem Moment größer als die Angst um ihr eigenes. »Nein, bestrafen Sie mich. Es war meine Idee«, stieß Selma hervor.

Nikolajs Waffe schwang herum. »Ich wusste schon vom ersten Moment an, dass wir beide uns noch näher kommen werden.« Nikolaj steckte seine Waffe zurück in das Holster und trat ganz dicht an sie heran. »Wenn wir erst in Russland sind, werden wir beide sehr viel Spaß miteinander haben.«

7

Kriwoj-Rog, Sowjetunion, heutige Ukraine
1945

Der neue Waggon glich dem ersten wie eine Kopie. Dunkel, kalt und mit nur einem Eimer ausgestattet. Nikolaj begleitete sie persönlich bis zu einer Pritsche. Er sprach kein Wort mehr, aber seine Blicke, die er Selma immer wieder zuwarf, sprachen Bände. Sie hatte sich gleich zu Beginn ihrer Reise ins Ungewisse einen Feind gemacht, und diese Gewissheit lastete schwer auf ihr.

Irma sank zitternd auf die Pritsche. Selma deckte sie zu. Gisela hockte sich daneben. Ihr waren der Frust und die Resignation ins Gesicht geschrieben. Mit aufeinander gepressten Lippen schlang sie ihre Arme um die Beine und starrte vor sich hin.

Erst jetzt sah Selma das Blut auf ihrer Hose. Sie hatte sich beide Knie aufgeschlagen. Ernüchtert legte sie sich hin und biss die Zähne zusammen, als eine Welle des Schmerzes durch ihren Rücken zog.

Bevor der Zug weiterfuhr, gab es jedoch eine freudige Überraschung. Zwei Soldaten reichten ihnen heißen Tee und einen Eimer mit Schafsknochen in den Waggon. Wie eine Meute wilder Tiere fielen die Frauen darüber her. Gisela reagierte erst spät, aber sie konnte auch für sie drei Knochen ergattern und einen Krug. Selma gab zuerst Irma von dem Tee. Anschließend knabberten sie schweigsam an den Knochen. Niemand sprach mehr ein Wort. Einzig ihr Schmatzen war zu hören.

Irgendwann setzte sich der Zug in Bewegung. Selma nahm Irma in den Arm und schloss die Augen. Der Knochen und der Tee gaben ihr ein wenig Kraft zurück und wärmten sie von innen. Als sie einige Stunden später Irmas Stirn fühlte, stellte sie mit Erstaunen fest, dass das Fieber gesunken war. Die Strapazen ihres Fluchtversuchs hatten Irma nicht nachträglich geschadet. Das war zumindest eine gute Neuigkeit.

Sie berührte Giselas Hand. »Schläfst du?«

»Nein.« Giselas Stimme klang dumpf zu ihr herüber, weil sie den Kopf in der Armbeuge vergraben hatte.

»Du hast die Verletzung dieser Frau in Kauf genommen, um uns zu retten.«

»Ja, weil ich keine andere Wahl hatte.«

»Sie haben sie abtransportiert. Soweit ich sehen konnte, wurde sie nicht in einen der Waggons geschafft.«

»Vielleicht wäre das die Lösung gewesen.« Gisela hob ihren Kopf. »Wir hätten uns selbst auf die Gleise stürzen sollen. Dann lägen wir jetzt nicht hier.«

»Glaubst du, sie kommt zurück nach Hause?«

»Ich habe keine Ahnung. Zumindest ist sie für die Russen wertlos geworden.«

»Du hast dich verändert«, sagte Selma unvermittelt.

»Der Krieg verändert uns alle«, entgegnete Gisela nüchtern. »Wir entdecken Seiten an uns, die wir vorher selbst nicht kannten.«

»So muss es wohl sein.« Selma wartete, ob Gisela noch etwas zu sagen hatte, aber das war nicht der Fall.

Die abgenagten Knochen der Schafe halfen in den folgenden Tagen, den Kanonenofen im Waggon für ein paar Stunden in Gang zu bringen. Die Kälte wurde immer unerbittlicher. Der schlimmste Hunger hingegen war gestillt, auch wenn in Selmas Augen die Aussicht auf baldigen Nachschub gering war.

Das fürchterliche Quietschen der Räder auf den Gleisen, das wie das Kreischen von aufgebrachten Vögeln klang, markierte drei Tage später das Ende ihrer Fahrt. Irmas Fieberschub war gegangen, wie er gekommen war, und nicht wieder zurückgekehrt. Heimlich und schnell. So war es stets. Kein Arzt konnte sich das rätselhafte Fieber erklären, und so hatte Irma gelernt, damit zu leben. Zu Hause in Burgthal, in der Obhut ihrer Eltern, war sie gut versorgt gewesen. Nun lagen die Dinge anders, und Selma wünschte immer mehr, sie hätte sich durchgesetzt und darauf bestanden, dass Irma sich zu Hause versteckte.

»Kannst du aufstehen?«, fragte sie sie und wusste selbst nicht, ob ihre geschwollenen Knie und der schmerzende Rücken es zuließen.

»Natürlich. Ich habe schließlich lange genug ausgeruht.« Irma kletterte mutig von der Pritsche. Sie stützten sich gegenseitig, während Gisela schweigsam hinter ihnen schlich.

Nachdem die Türen geöffnet worden waren, schien es Selma, als entlasse man sie an einen Ort, der irgendwo am Ende der Welt lag. Soweit das Auge reichte, war die Landschaft weiß und farblos. Am Horizont erkannten sie einzelne Dächer. Hier und da schraubten sich dünne schwarze Rauchsäulen in den Himmel. Das Bahnhofsgebäude selbst bestand aus einem flachen Gebäude mit einem Wellblechdach. Selma meinte Einschusslöcher in den Wänden zu erkennen. An einer Stelle löste sich das Dach bereits, und der eisige Wind erzeugte grässliche Geräusche, die durch Mark und Bein gingen. Außer dem zerschossenen Gebäude und den Dächern im Hintergrund war weit und breit nichts zu sehen. Kein weiterer Zug, keine Menschen, die sie mit Nahrung empfingen. Nur die Soldaten, die sie erneut antrieben.

Selma hielt nach Nikolaj Ausschau. Aber sie konnte ihn glücklicherweise nirgends entdecken. Dafür sah sie ein Dutzend anderer Soldaten, die von jenseits des zerschossenen Gebäudes durch den Schnee in ihre Richtung stapften. Lkws oder sonstige Transportmittel waren nirgends auszumachen.

»Das war es wohl. Endstation.« Gisela trat neben Selma.

»Was auch immer das bedeutet«, erwiderte Selma.

Sie wurden gezählt und mussten in zwei Reihen Aufstellung nehmen. Sie wurden in gewissen Abständen von den Soldaten flankiert, und irgendjemand ganz vorne in der Schlange bedeutete ihnen, sich in Bewegung zu setzen.

»Sie haben uns unser Gepäck nicht holen lassen«, bemerkte Irma.

Selma sah zurück zum Zug und beobachtete zwei Männer, die gerade das Gepäck aus den Waggons holten und es auf einen großen Haufen warfen.

»Sei froh, dass sie nicht uns auf diesen Haufen schmeißen«, sagte Gisela, nachdem sie Selmas Blick gefolgt war. Ihre Stimme war von Verbitterung getränkt.

»Sie werden es doch nicht für sich behalten?« Selma schlug den Kragen ihres Mantels höher. Ein empfindlich kalter Wind pfiff über ihre Köpfe hinweg.

Ohne eine Ahnung zu haben, wohin man sie brachte oder wie weit sie laufen sollten, machten sie sich auf den

Weg. Durch die Bewegung wurde ihnen warm, und deshalb hieß Selma den Marsch zunächst willkommen. Das Bahnhofsgelände blieb hinter ihnen zurück, und die Soldaten führten sie über schneebedeckte Felder am Rande einer Stadt entlang. Selma schnappte deren Namen auf: Kriwoj-Rog. Wo genau das in Russland war, wusste sie jedoch nicht.

Ihre Füße sanken tief in den Schneeverwehungen ein. Jeder Schritt war ein einziger Kraftakt. Immer wieder musste sie anhalten, um Irma hinter sich herzuziehen oder selbst zu Atem zu kommen. Ihr Rücken schmerzte weiterhin. Die geschundenen Knie hingegen waren längst taub geworden von der Kälte.

Gisela stapfte stumm neben ihnen her und schien sich in ihr Schicksal zu fügen. Was blieb ihr auch anderes übrig? An Flucht war nicht mehr zu denken. Wahrscheinlich hatte Gisela recht gehabt, als sie sagte, ihre letzte Möglichkeit zur Flucht habe es an jenem Bahnhof gegeben.

»Du hättest allein gehen müssen«, begann Selma in den Atempausen. »Ohne Irma und mich hättest du es schaffen können.«

»Entweder wir alle drei oder niemand. Was wäre ich für eine Freundin, wenn ich euch zurückgelassen hätte?« Gisela hielt den Blick weiterhin gesenkt, während sie sprach. Aber sie hatte wohl lauter gesprochen als beabsichtigt.

Selma sah den Schatten aus dem Augenwinkel. Dann traf Gisela ein Fausthieb in den Nacken, der sie nach vorne stolpern ließ.

»Du Miststück!«, stieß eine große Frau hervor und stürzte sich auf Gisela, begrub sie wie ein Raubtier unter sich und hämmerte rücksichtslos mit ihren Fäusten auf sie ein. Gisela blieb keine Chance zur Verteidigung. »Habe ich doch richtig gesehen«, rief sie aus voller Kehle. »Du hast meine Cousine gestoßen!«

Selma verstand. Sie reagierte, indem sie die große Frau von hinten packte und von Gisela wegzog. Dabei hatte sie nicht das beachtliche Gewicht der Frau einkalkuliert. Sie stolperten gemeinsam rückwärts und fielen in den Schnee. Die Frau lag halb auf Selma und nahm ihr die Luft zum Atmen. Bevor sie sich versah, spürte sie den ersten Schlag auf ihrem Wangenknochen. »Was mischst du dich ein? Na warte, dir …« Dann erstarb die Stimme der Frau, und Selma bekam wieder Luft.

Zwei Soldaten hatten die Frau gepackt und hielten sie in Schach. Sie war außer sich, und Selma glaubte bereits, einer der beiden Männer würde sich zu drastischeren Maßnahmen hinreißen lassen, als die Frau plötzlich verstummte.

»Dawai, weiter!«, rief einer der Männer und meinte damit Selma und Gisela, die sich beinahe gleichzeitig erhoben und den Schnee aus ihren Mänteln klopften. Selma tastete über ihr Gesicht. Die Kälte betäubte die Stelle, an der die Frau sie erwischt hatte. Giselas Nase blutete, und sie warf der Frau einen wütenden Blick zu.

»Komm schon, weiter.« Selma zog sie hinter sich her.

»Kennt ihr die Frau?« Irma beeilte sich, in ihrer Nähe zu bleiben.

»Nein, aber Gisela hat offenbar eine neue Freundin«, sagte Selma und beobachtete, wie das Blut aus Giselas Nase in den Schnee tropfte und eine Spur hinterließ.

»Wenn wir so weitermachen, kommen wir nicht mal bis zum Schwarzen Meer«, sagte Irma und schien nicht zu merken, wie sarkastisch sie war.

»Halt doch deinen Mund«, fuhr Gisela sie an. »Wir sind kilometerweiter vom Meer entfernt.«

»Lass deine Wut nicht an mir aus.« Irma funkelte sie böse an.

Stück für Stück arbeiteten sie sich voran, bis sie den ersten Häusern nahe kamen. Genaugenommen waren es heruntergekommene Hütten, in denen man mehr schlecht als recht leben konnte. Die Menschen hatten sie bereits von Weitem beobachtet und traten nun mit grimmigen, hasserfüllten Gesichtern vor ihre Türen. Auch Kinder waren dabei, die mit kreischenden Stimmen Schmähungen in ihre Richtung riefen. Immer wieder flogen Schneebälle, und wenn sie den Häusern zu nahe kamen, wurden sie bespuckt.

Selma fühlte sich wie bei einem Spießrutenlauf. Am schlimmsten empfand sie die hasserfüllten Blicke der Kinder, die in dünner, meist viel zu großer Kleidung zwischen den Erwachsenen standen. Sie dankte Gott, als sie die Häuser endlich hinter sich ließen, obwohl weitere unzählige Kilometer freies Feld auf sie warteten.

Nach einer Weile kam Irma aus dem Tritt. Sie stolperte mehr, als dass sie lief, und machte ein verdrießliches Gesicht, wenn Selma an ihrem Arm zog.

»Ich kann nicht mehr«, sagte sie wie aus heiterem Himmel. »Geht nur ohne mich weiter.« Aus ihren Augen sprach die Resignation und die Erkenntnis, dass sie die Strapazen unterschätzt hatte.

»Dann erfrierst du. Los, weiter geht's.« Selma versuchte, ihre Schwester weiterzuschieben, aber sie war zu keinem weiteren Schritt mehr zu bewegen.

»Nein, ich werde euch nicht weiterhin zur Last fallen.« Irma sank, wo sie stand, in den Schnee.

»Du wirst nicht hierbleiben, um zu erfrieren«, sagte Selma. »Ich habe dir versprochen, bei dir zu bleiben. Wenn du also beschlossen hast, nicht weiterleben zu wollen, hast du diese Entscheidung ebenso für mich getroffen.«

Irma begrub ihr Gesicht in ihren behandschuhten Händen. Ihre Schultern bebten haltlos. Sie war am Ende ihrer Kräfte angelangt. Selma kniete neben ihr nieder. »Hör zu, wir kommen wieder zurück nach Hause. Das verspreche ich dir. Du musst nur daran glauben.«

»Und was erwartet mich zu Hause?« Irma sah sie aus verheulten Augen an. »Endlose, triste Tage in meinem Bett, geplagt vom Fieber? Nein, Gott hat keine Pläne mit mir. Es kommt ihm gerade recht, mich hier im Schnee erfrieren zu sehen.«

»Dein Selbstmitleid hilft uns nicht weiter.« Selma fasste sie am Kinn. »So bist du nicht. Du hast immer gekämpft, und das verlange ich auch jetzt von dir. Du bist eine Benning, also steh auf und marschiere.«

Irma lachte bitter und schüttelte den Kopf. »Nein, nicht mehr. Ich bin am Ende. Du hast kein Recht, über mich zu bestimmen. Es ist mein erbärmliches Leben. Verstehst du das?«

Gisela war auch stehen geblieben, während die anderen Frauen wie eine Trauergemeinde an ihnen vorbeischritten. Jede hing ihren Gedanken nach und kämpfte mit ihren eigenen Dämonen. Nicht bereit, sich zusätzlich mit den Problemen anderer zu beschäftigen. Dafür reichten die Kräfte nicht.

»Was soll ich nur tun?« Selma sah Gisela hilfesuchend an.

Gisela richtete ihren Blick in die Ferne. »Wenn ich nur

wüsste, wie weit sie uns noch laufen lassen. Vielleicht kann ich an unserem Ziel für eine Fahrgelegenheit sorgen. Irgendetwas, um sie zu transportieren, denn wir können sie unmöglich tragen. Wir können selbst kaum noch laufen.« Ihre Worte wirkten nicht sonderlich überzeugend, denn es war fraglich, ob sich jemand um das Schicksal einer einzelnen Frau kümmern würde.

»Das müsst ihr auch nicht. Geht und lasst mich.« Irma wirkte nun wie ein schmollendes Kind.

»Schweig endlich, du Starrkopf!« Selma hatte es satt. Sie sah zum Himmel empor und machte hinter dichten Wolken schwach die Sonne aus. »Noch etwa eine Stunde, bis es dunkel wird. Ich glaube kaum, dass sie uns durch die Dunkelheit marschieren lassen.«

»Ich bleibe. Die Kälte ist gnädig und macht es schnell.« Irma saß mit verschränkten Armen im Schnee, unfähig, auch nur noch einen Schritt weiter zu gehen. Ihr Entschluss stand fest.

»Was geht hier vor sich?«

Selma erkannte Nikolajs gebrochenes Deutsch sofort. Er tauchte wie aus dem Nichts auf und stand hinter Irma.

»Sie kann nicht mehr«, sagte Selma. »Sie ist krank und sehr schwach.«

»Sie war stark genug, einen Fluchtversuch zu wagen. Also auf mit dir.« Nikolaj trat Irma vor den Oberschenkel. Sie stöhnte auf, machte aber weiterhin keine Anstalten.

»Dann werde ich sie erschießen müssen.« Nikolaj machte sich an seinem Holster zu schaffen.

»Haben Sie nichts anderes gelernt, als mit Ihrer Waffe herumzufuchteln?« Selma baute sich vor ihm auf. Er überragte sie um mehr als einen Kopf, aber das war ihr gleichgültig. Sie waren im Nirgendwo gestrandet, und Irma hatte der Wille zu kämpfen verlassen. Also setzte Selma alles auf eine Karte.

Nikolaj schnalzte mit der Zunge. »Du hast vollkommen recht. Warum eine Kugel verschwenden? Eine mehr oder weniger. Soll sie doch hierbleiben.«

»Ich bleibe ebenfalls.« Selma funkelte ihn an.

»Nein, das wirst du nicht«, erwiderte Nikolaj. »Sie soll allein hier draußen sterben.«

»Dann werden Sie uns beide erschießen müssen. Ich lasse meine Schwester nicht zurück.«

Nikolajs Mundwinkel zuckten, dann sah er zu Gisela, die unweit von ihnen stand und den Disput angstvoll beobachtete. »Wie du willst, ich werde auch meinen Spaß mit deiner Freundin haben.«

Selma sah auf Irma hinab, die noch immer im Schnee saß und sich nicht regte. »Steh jetzt auf! Du willst doch nicht für all das hier verantwortlich sein«, flehte sie ihre Schwester an.

»Es tut mir leid«, sagte Irma und schloss die Augen.

»Also, weiter geht es.« Damit meinte Nikolaj Gisela.

»Ich komme wieder, versprochen«, sagte Gisela und beeilte sich, zu den Letzten in der traurigen Kolonne aufzuschließen.

Selma wollte etwas rufen, aber ihr versagte die Stimme.

Nikolaj stand noch immer bei ihnen. »Du bist eine stolze und tapfere Frau, Selma. Aber das wird dir nicht helfen, wenn die Kälte erst in deine Eingeweide kriecht und dein Herz irgendwann aufhört zu schlagen.«

»Was sind Sie nur für ein Mensch?« Selma fand ihre Stimme zurück und schüttelte voller Abscheu den Kopf. »Sicherlich haben Sie ebenfalls Geschwister. Würden Sie die einfach im Stich lassen?«

Wieder zuckten Nikolajs Mundwinkel, dann trat er so nahe an sie heran, bis sein warmer Atem über ihre kalten Wangen strich. »Ich habe zwei Brüder. Einer wurde von euch Deutschen erschossen. Er war jünger als ich und hatte das Herz am rechten Fleck. Für ihn wäre ich durch die Hölle gegangen und wieder zurück. Der andere ist ein Feigling, und ich würde sogar dabei zusehen, wie er vor meinen Augen erfriert. Ich hoffe, du hast in ihrem Fall die richtige Entscheidung getroffen.« Er spuckte Selma vor die Füße, dann beeilte er sich, dem Zug zu folgen.

Selma sah ihm nach, bis die weiße, trostlose Landschaft ihn verschluckt hatte.

~

»Hast du wirklich geglaubt, ich würde gehen?« Selma hockte sich neben Irma in den Schnee. Vor ihrem Gesicht bildeten sich kleine Wölkchen. Der Wind fuhr über den Schnee und wirbelte die oberste Schicht wie feinsten Puderzucker auf. »Erinnerst du dich noch, wie wir um die Weihnachtszeit herum mit Mama gebacken haben? Die Küche sah anschließend aus wie ein Schlachtfeld. Du hattest jedes Mal die Haare weiß wie eine Greisin, weil du den Puderzucker überall verteilt hast, nur nicht auf den Plätzchen.«

»Ja, ich erinnere mich.« Irma hatte die Hände im Schoß gefaltet und blickte in die Ferne.

»Ich würde gerne zu diesen unbeschwerten Tagen zurückkehren«, sagte Selma.

»Vergangenheit ist Vergangenheit.«

Selma folgte ihrem Blick, der sich irgendwo am Horizont verlor. Vielleicht war es die Richtung, in der ihre Heimat lag. »Es wird bald dunkel, und die Temperaturen werden weiter fallen. Wenn wir uns nicht bewegen, dauert es nicht mehr lange, bis das Blut in unseren Armen und Beinen eiskalt wird und wir einen Kälteschock erleiden.«

»Willst du mir Angst machen?« Irmas Stimme klang gleichgültig.

»Soll das hier unser Ende sein?«

»Deins muss es nicht sein.« Irma zuckte die Schultern.

»Du warst schon immer mit einer gewissen Sturheit ausgestattet, aber jetzt treibst du es zu weit.«

Irma sah in die Richtung, in die ihre Leidensgenossinnen sich bewegt hatten. »Wenn du läufst, kannst du sie noch einholen.«

»Du weißt genau, dass auch meine Kräfte nicht mehr reichen würden.«

»Es tut mir leid.«

»Nein, das tut es nicht, und nun halt die Klappe, während wir auf Gisela warten.«

»Gisela? Sie wird nicht mehr kommen. Weil sich niemand mit ihr auf den Weg machen wird. Sie war schlauer als du.«

Selma entgegnete nichts mehr. Stattdessen nahm sie Irma in den Arm, um sich gegenseitig zu wärmen.

Schon bald spürte sie die Kälte des Bodens. Sie wanderte langsam über ihre Füße in die Beine. Dann in die Arme, und bald klapperten ihre Zähne. Selma beobachtete ihre Beine, die unkontrolliert zu zucken begannen.

»Willst du weiterhin hier sitzen bleiben und warten, bis wir erstarrt sind?« Sie hatte Mühe, die Worte rauszubringen.

Irma sah zu ihr herüber, und plötzlich lag so etwas wie Dankbarkeit, aber auch eine Spur von Trauer in ihrem Blick. »Glaubst du immer noch, dass Gisela kommt?« Sie war kaum zu verstehen, so stark krampften ihre Kiefermuskeln.

Selma schwieg. Aber sie betete, dass Gisela sie nicht im Stich lassen würde. Sie würde eine Möglichkeit finden, sie abzuholen. Das musste sie einfach.

Sekunden verstrichen und wurden zu Minuten. Die Dunkelheit breitete sich um sie herum aus. Doch sie war nun nicht mehr ihr ärgster Feind. Schneefall setzte ein und würde in Kürze alle Spuren verwischen, die zu ihnen führten. Selbst wenn Gisela auf dem Weg zu ihnen war, würde sie sie womöglich zu spät entdecken.

Selma sah, wie Irmas Augen immer wieder zufielen. Sie rüttelte und schüttelte sie, damit Irma nicht einschlief, aber irgendwann überfiel sie selbst eine furchtbare Müdigkeit. Plötzlich war ihr nicht mehr kalt. Es wurde warm. So warm, dass sie versucht war, sich ihres Mantels zu entledigen. Nie war Wärme so wunderbar gewesen.

Ihre Gedanken wanderten zurück zu unbeschwerten Zeiten in ihrer Heimat. Sie lief neben Irma. Die Sonne schien auf sie herab, und es war einer der Tage, an denen Irma bei voller Gesundheit war. Selma erinnerte sich, wie glücklich sie in jenem vergangenen Moment gewesen war, und an ihren geheimen Wunsch, einen Teil ihrer Konstitution auf ihre Schwester übertragen zu können, um diese Augenblicke zu mehren.

Glücklich streckte sie die Hand nach ihrer Schwester aus, aber sie reagierte nicht. Im Gegenteil, sie entfernte sich von ihr. Immer weiter, bis sie nur noch ein kleiner Punkt in der

Ferne war. Selma rief ihren Namen, bis ihr die Stimme versagte und sie nur noch husten konnte. Dann schloss sie die Augen.

»Selma! Selma, komm zu dir!« Sie kannte die Stimme. Es war …

»Gisela … endlich.«

Selma öffnete die Augen und sah ihre Freundin, die sich über sie beugte. Über ihr spannte sich eine niedrige Decke. Ihr Körper wurde ordentlich durchgerüttelt. »Irma …«

»Irma ist auch hier. Ihr seid jetzt in Sicherheit.«

»Sind wir wieder zu Hause?«, fragte Selma hoffnungsvoll.

»Nein, aber die Kälte kann euch vorerst nichts mehr anhaben.«

»Wo sind wir?«

»Ich sagte dir, ich würde zurückkommen. Zu unserem Glück gibt es auch in Russland gute Menschen. Einer von ihnen fährt diesen Lkw.«

»Ich danke dir.« Selma schloss die Augen. Ihre Arme und Beine juckten, als würden sie von Tausenden kleinen Tieren bewohnt.

»Ich weiß, dass du das Gleiche für mich getan hättest.«

»Ich hab dich lieb!«, sagte Selma mit einem Seufzen.

»Ich dich auch, und nun ruh dich aus.« Giselas Stimme entfernte sich wie Nebel im Morgengrauen.

8

Kriwoj-Rog, Sowjetunion, heutige Ukraine
1945

Es war stockfinster, schneite unaufhörlich, und die Kälte stach mit kleinen unangenehmen Nadeln in ihr gerade warm gewordenes Gesicht, als sie das Lager erreichten.

Gisela nannte es Lager. Selma konnte nur ein großes, rundes, aus Ziegelsteinen gemauertes Gebäude erkennen. Sie stieg zusammen mit Irma von der Ladefläche des Lkws. Sie waren langsam bei vollkommener Dunkelheit über die schneebedeckten Felder gefahren. Langsam genug, um Selmas und Irmas steife Glieder zu wärmen. Gisela hatte sie in mehrere Decken eingewickelt und ihnen warmen Tee aus einer Feldflasche verabreicht. Irma hatte keinen Laut von sich gegeben.

»Wer ist das?«, fragte Selma und sah zu dem Mann hinüber, der aus dem Führerhaus stieg. Mit der Pelzmütze und dem dichten Bart, der darunter spross, war ihr Retter kaum zu erkennen. Hinzu kam das spärliche Licht, das eine einzelne Laterne über dem Eingang des Gebäudes spendete.

»Das ist unser neuer Brigadier. Ich kenne seinen Namen nicht, aber er spricht unsere Sprache. Als er hörte, dass noch zwei Frauen aus dem Zug draußen auf dem Feld sind, ist er sofort mit mir losgefahren.«

»Ich werde mich bei ihm bedanken.«

Gisela hielt sie zurück. »Ich glaube nicht, dass er Dank erwartet.«

Selma legte einen Arm um Irma, dann folgten sie ihrem Retter in das Gebäude. Zu ihrer Überraschung gab es nur einen großen Raum, in dem an die fünfzig Pritschen standen. Die Frauen starrten ihnen aus müden Augen entgegen. Einige schliefen bereits, andere waren damit beschäftigt, ihre Schuhe und Stiefel vor einem großen Heizofen zu drapieren. Die Luft war schwer und stickig. Vereinzeltes Flüstern und Husten waren zu hören. Selma fragte sich, wie sie jemals unter diesen Umständen ein Auge zutun sollte. Aber es war warm und halbwegs trocken, das war das Einzige, was zählte.

»Dort sind eure Pritschen.« Die Stimme ihres Retters klang dumpf unter dem dichten Bart hervor. Er zeigte auf drei leere Pritschen.

»Morgen früh komme ich wieder«, sagte er. »Dann werdet ihr alles erfahren, was ihr wissen müsst. Ruht euch jetzt aus. In den nächsten Tagen werdet ihr euch noch nach der Bahnfahrt zurücksehnen.« Mit diesen Worten stapfte er hinaus.

»Ihr habt es gehört«, sagte Gisela. »Legt euch hin. Morgen sehen wir weiter.«

Selma nahm die Pritsche direkt neben Irma. Lethargisch wie eine Puppe ließ sich ihre Schwester aus ihrem Mantel helfen und legte sich wortlos auf ihre Pritsche. Nachdem Selma ihre Stiefel zum Trocknen aufgestellt hatte, breitete sie eine Decke über Irma aus.

»Schlaf jetzt, morgen reden wir.« Selma küsste sie mechanisch auf die Stirn, die glücklicherweise nicht ungewöhnlich warm war.

Als sie selbst unter der Wolldecke lag, schloss sie sofort die Augen und versuchte auszublenden, dass sie mit fünfzig Frauen zusammen in einem Raum war. Sie wollte nur noch schlafen. Den vergangenen Tag und die Bahnfahrt vergessen. Im besten Fall sogar die Tatsache, dass sie sich irgendwo inmitten Russlands befand, fernab ihrer Heimat, ohne zu wissen, was der nächste Tag bringen würde. Hinzu kam Irmas Zustand, der sich jederzeit verschlechtern konnte.

Irgendwie schaffte sie es, die Geräusche und die schlechte Luft auszublenden. Bald meinte sie den gleichmäßigen Atem von Gisela und Irma zu vernehmen, und kurz darauf glitt sie selbst in einen kurzen, aber tiefen Schlaf hinüber.

Als Selma aufwachte, stand ihr Retter neben ihren Pritschen. Seine Nase, die einen Tick zu lang war, saß zwischen zwei stahlblauen Augen, die jeden zu durchbohren schienen. Der dichte Bart hatte schon lange keinen Barbier mehr gesehen, und sein dichtes Haupthaar lugte nun unter einer grauen Schirmmütze hervor. Den dicken Mantel hatte er gegen eine Armeeweste eingetauscht, die ihre besten Tage bereits lange hinter sich hatte.

»Mein Name ist Efrem. Ich bin euer Oberbrigadier.« Sein Deutsch war stark akzentuiert, aber man konnte es verstehen. »Es ist eure Pflicht und Schuldigkeit, dem russischen Volk gegenüber die Schande, die eure Landsleute über unser Land gebracht haben, reinzuwaschen. Zu diesem Zweck seid ihr hier. Die einfachste Regel, die ihr als Erstes verinnerlichen solltet, ist folgende: Wer nicht arbeitet, bekommt nichts zu essen.«

Selma sah zu Irma und Gisela. Niemand im Raum sagte ein Wort.

»Ihr werdet in eine Liste eingetragen, erhaltet eure Arbeitskleidung, und dann zeigt man euch, wo es Essen gibt. Außerdem erhaltet ihr jede Woche einen Rubel für eure Arbeit.«

Selma saß da und wartete, dass Efrem noch mehr sagte, aber stattdessen wandte er sich zum Gehen.

»Warten Sie!« Selma berührte seinen Arm.

Efrem blieb stehen und sah auf ihre Hand hinab, als handelte es sich um ein giftiges Insekt. »Willst du dir deine erste Ration gleich verderben?«

Selma zuckte zurück. »Nein, aber ich wollte mich bedanken.«

»Bedanken? Wofür?« Sein Blick ruhte einen Augenblick länger auf ihr. Es schien, als würde es hinter seiner Stirn arbeiten, bevor er sich schnell abwandte.

»Dass Sie mich und meine Schwester geholt haben.«

»Das habe ich nicht aus Mitgefühl getan, sondern weil ich die Verantwortung für diese Baracke trage. Zwei Arbeiter weniger bedeuten eine schlechtere Sollerfüllung.«

»Ich wollte nur höflich sein.« Selma bereute ihre Freundlichkeit sogleich.

»Höflichkeit wird dich an diesem Ort kaum weiterbringen. Arbeitswille und Durchhaltevermögen dafür umso mehr.«

Selma kehrte zu ihrer Pritsche zurück und beobachtete Irma, die ihre Decke wie zu Hause mit großer Akribie faltete. »Möchtest du darüber reden?«, fragte sie und hoffte, die unangenehme Begegnung mit Efrem schnell vergessen zu können.

»Es gibt nichts zu reden. Du hattest recht, Gisela ist gekommen. Ich bin also immer noch hier.«

»Das ist alles?«

»Lass sie in Ruhe.« Gisela mischte sich ein. »Sehen wir uns lieber mal um. Ich will wissen, wo wir gelandet sind.«

»Es gibt nicht viel zu sehen.« Eine der Frauen trat hinzu. »Ich bin Trude.« Sie reichte ihnen flüchtig die Hand. »Die Küche befindet sich in einem Anbau. Gegessen wird hier. Wie ihr eure Schuhe trocknen könnt, wisst ihr ja bereits. Das Gelände ist von einem circa zwei Meter hohen Zaun umgeben. Es gibt zwei Wachtürme, die wahrscheinlich rund um die Uhr bewacht sind.« Sie war blass und unscheinbar, trug ihre Worte aber mit militärischer Präzision vor.

»Woher weißt du das alles?«, fragte Gisela.

»Eine gute Beobachtungsgabe. Außerdem kann ich eins und eins zusammen zählen.« Trude zuckte die Schultern. »Wo kommt ihr her?«

»Burgthal«, sagte Selma.

»Hermannstadt.«

»Gibt es auch Männer hier? Oder haben sie nur uns Frauen hierher verschleppt?«, wollte Gisela wissen.

»Natürlich gibt es auch Männer. Die wurden in einer der Nachbarbaracken einquartiert. Aber es sind zu siebzig Prozent Frauen in diesem Lager. Wir sind also in der Überzahl.«

»Mir ist aufgefallen, dass die Russen sich nur mit ihrem Vornamen anreden«, sagte Selma.

»Das ist üblich. Beim Nachnamen spricht sich hier niemand an«, erklärte Trude.

»Sie haben unser Gepäck behalten. Weißt du auch etwas darüber?« Selma zapfte ihre neue Informationsquelle weiter ungeniert an.

»Das haben sie keineswegs behalten. Es wurde auf einem Lkw hierhergeschafft. Die Frage ist nur, wann sie es uns bringen.« Trude trat näher. »Die Frau, die draußen auf dem Feld über euch hergefallen ist, heißt übrigens Marianne. Ich würde an eurer Stelle einen Bogen um sie machen. Mit der ist nicht gut Kirschen essen. Sie saß bei mir im Waggon.«

»Ich habe ihre Cousine auf die Gleise gestoßen, um uns im allgemeinen Tumult einen Vorsprung zu verschaffen.« Gisela legte eine rebellische Miene auf.

»Das habe ich mir schon gedacht. Dann hat sie gute Gründe, zornig zu sein. Zu eurem Glück ist sie in einer der anderen Baracken untergebracht.«

»Manchmal müssen eben Opfer erbracht werden. Es tut mir leid für ihre Cousine. Aber sie ist jetzt zu Hause, während wir hier sind«, sagte Gisela und gab sich gefühlloser, als Selma sie kannte.

»Sag das Marianne.« Trude hob eine Augenbraue.

Eine Stunde später kam ein Soldat mit einem Klemmbrett und schrieb die Namen der Frauen auf. Kurz darauf traf ihr Gepäck ein. Selma war erleichtert und hielt Ausschau nach Trude, die ihr zuzwinkerte.

Den restlichen Trag verbrachten sie dösend auf ihrer Pritsche, bis sie am Abend eine wässrige Graupensuppe bekamen.

»Wenn wir das jeden Tag bekommen, bin ich nach einer Woche verhungert«, sagte Gisela und verzog das Gesicht.

»Iss, wer weiß, wann wir wieder etwas bekommen«, entgegnete Selma.

~

Sie bekamen gleich am nächsten Morgen einen heißen Hirsebrei, der weit mehr Energie spendete als die Graupensuppe. Kurz darauf trat Efrem in die Baracke. Er trug wieder seinen Mantel und die dicke Mütze.

»Bevor ich euch euren neuen Arbeitsplatz zeige, öffnet ihr euer Gepäck. Wenn ihr versucht, etwas vor mir zu verstecken, halbiere ich die Rationen.«

Diese Aussicht genügte, um keine Dummheiten zu versuchen. Efrem fand ihre Medikamente, die er allesamt konfiszierte. Dazu zählten auch Irmas Mittel, ohne die sie bisher nicht ausgekommen war. »Und jetzt euren Schmuck. Alles auf einen Haufen.« Nach einer Weile lag alles schön säuberlich auf einem großen Haufen. »Ihr werdet ihn nicht mehr brauchen. Die Arbeit wird fortan alles sein, was ihr habt. Und jetzt anziehen. Ihr habt euch lange genug ausgeruht.«

Draußen vor dem Haus schneite es inzwischen pausenlos, und die Schneeverwehungen reichten an manchen Ecken bis unter die schmutzigen Fenster der Baracke. Nach Trudes Worten machte Selma sich zum ersten Mal selbst ein Bild. Trude hatte nicht gelogen. Der Zaun, die Wachtürme und die anderen Baracken waren genau so, wie Trude sie beschrieben hatte.

Selma schluckte, als man ihr Spitzhacke und Schaufel reichte. Nie zuvor hatte sie mit so etwas gearbeitet. Sie wurden in Gruppen zu je fünfzehn Frauen eingeteilt.

»Ihr werdet euch an das Gewicht gewöhnen. Früher oder später.« Efrem stapfte durch den Schnee voraus.

Selma ging neben Irma, die seit ihrer Abreise immer mehr zu einer leblosen Hülle geworden war. Sie vermisste ihre Schwester, die an einem anderen Ort zu sein schien. »Gemeinsam schaffen wir das. Sicherlich werden es nur ein paar Wochen. Dann kommen andere Frauen und lösen uns ab.«

»Ich schaffe das schon.« Irma blieb weiterhin verschlossen.

Schon beim Gang hinaus, an den Wachtürmen vorbei und über ein schneebedecktes Feld, drückte das Werkzeug fürchterlich auf Selmas Schlüsselbeine. Einzig ihr gefütterter Pelzmantel milderte den Druck etwas ab. Überhaupt war sie froh, ihre dicken Stiefel und ihren eigenen Mantel tragen zu dürfen. Die herkömmliche Arbeitskleidung war dünner, und die anderen Frauen, die nicht so gut ausgestattet waren, jammerten bereits nach kurzer Zeit.

Efrem führte sie zu einer Baustelle. So mutete der Ort in Selmas Augen zumindest an. Was genau dies für eine Baustelle war und welchem Zweck sie diente, blieb ein Geheimnis. »Ihr werdet graben, als wolltet ihr am anderen Ende der Welt wieder herauskommen. Pausen gibt es nur, wenn ich es sage.«

»Das mit dem guten Menschen nehme ich zurück«, zischte Gisela und versenkte als Erste ihre Spitzhacke im gefrorenen Boden. »Ich glaube, in Russland gibt es die nicht.«

»Unsinn, die gibt es überall. Früher oder später lernen wir einen kennen.« Selma sagte es einzig, um ihnen Mut zu machen. So recht daran glauben wollte sie selbst nicht.

Es dauerte unendlich lange, auch nur einen halben Meter in den Boden einzudringen. Selmas Muskeln und Gelenke brannten bald, und sie musste immer wieder absetzen, um die eisig kalte Luft einzuatmen und neue Kräfte zu sammeln. Irma und Gisela erging es nicht anders. Sie schnauften und ächzten, aber sie hielten durch. Das schafften nicht alle auf Anhieb. Einige machten schon bald schlapp, und dann kam Efrems Auftritt. »Dawai, dawai, bistrei, los, los, schnell!«, rief er und zeigte sein wahres Gesicht.

Vielleicht hatten ihr die ausgedehnten Läufe während ihrer Schulzeit zu einer besseren Ausdauer verholfen, Selma vermochte es nicht zu sagen. Die ersten Stunden waren die schwersten. Immer wieder sah sie zu Irma hinüber, die mit verbissenem Eifer loslegte, bis sie irgendwann in den Nachmittagsstunden einfach umfiel.

»Tragt sie zurück zur Baracke.« Efrem überzeugte sich, dass Irma tatsächlich in Ohnmacht gefallen war.

Selbst vollkommen entkräftet, waren Selma und Gisela kaum in der Lage, Irma über das Feld zurück in die Baracke zu schleppen. Der Schnee hatte den Trampelpfad längst unter sich begraben, und so sanken sie mit dem zusätzlichen Gewicht tief ein. In Sichtweite der Wachtürme ging Gisela in die Knie. »Nikolaj ist ein ausgemachtes Arschloch, doch Efrem sogar noch …« Sie keuchte und schnaufte und brachte den Satz nicht zu Ende.

Mit letzter Kraft gelang es ihnen, Irma in die Baracke zu bringen. Selma füllte Schnee in einen Becher und stellte ihn vor den Ofen, dessen Kohlen nur schwach glühten. »Wir werden uns mit Irma etwas überlegen müssen. So geht das nicht weiter.« Gisela zog ihre Mütze vom Kopf.

Selma reagierte nicht. Sie wartete, bis der Schnee im Becher geschmolzen war. Dann befreite sie Irma von ihrem Schal und der Mütze. Langsam kam ihre Schwester zu Bewusstsein. »Trink das.« Selma hielt ihr den Becher hin.

Irma blinzelte, dann griff sie nach dem Becher.

»Wir werden mit Efrem sprechen müssen, damit du eine leichtere Arbeit zugeteilt bekommst.«

»Wie bin ich hierhergekommen?«, fragte Irma.

»Spielt das eine Rolle?«, fragte Gisela.

»Ich falle euch zur Last. So wie ich es bisher mein ganzes Leben getan habe.«

»Es ist nicht deine Schuld«, versuchte es Selma, die einsah, dass sie mit harschen Worten nicht weit kommen würde. »Wir werden eine Lösung finden.«

In der Nacht schmerzten Selmas Glieder so sehr, dass sie kaum wusste, auf welcher Seite sie liegen sollte. An Schlaf war nicht zu denken, und so verbrachte sie die Nacht im Halbschlaf, bis Efrem sie am nächsten Morgen weckte. Sie fühlte sich noch müder als am Abend, und ein Blick auf das kleine Thermometer, das außen an einem der Fenster hing, gab ihr den Rest. Es zeigte einundzwanzig Grad Minus an.

»Meine Schwester wird es bei diesen Temperaturen nicht schaffen.« Selma trat vor Efrem.

»Kältefrei gibt es erst ab minus dreißig Grad«, erwiderte er, ohne mit der Wimper zu zucken.

»Aber Sie müssen etwas tun!«

»Macht, dass ihr rauskommt, alle!« Damit meinte Efrem die Frauen, die neugierig geworden waren. Erst als sie allein waren, sprach er weiter. »Es gibt zwei Möglichkeiten für deine Schwester: Entweder sie arbeitet am Loch, oder ich teile sie Nikolajs Gruppe zu.«

»Nikolaj?« Selma verzog das Gesicht.

»Er gehört nicht unbedingt zu meinen Freunden, aber er besitzt einen gewissen … nennen wir es Rückhalt. Einzig die Tatsache, dass ich hier das Sagen habe, bremst seine Wut auf euch Deutsche. Du hast also die Wahl.«

»Was müsste sie unter Nikolaj tun?«

»Kochen, die Baracken reinigen, Kleidung flicken. Alles, was anfällt.«

»Dann habe ich keine Wahl. Irma geht zu Nikolaj.«

»Deine Entscheidung. Morgen früh soll sie sich bei Nikolaj melden.« Efrem wollte gehen, aber Selma hielt ihn wieder am Ärmel zurück.

»Morgen früh? Sie muss heute schon vom normalen Dienst abgezogen werden.«

»Nein, morgen. Und jetzt an die Arbeit.«

Doch Selma war noch nicht fertig. »Sind Sie auch wütend auf die Deutschen?«

»Die Deutschen haben viel kaputt gemacht und viele meiner Landsleute in den Tod geschickt. Ja, ich sollte wütend auf euch sein.«

»Aber Sie sind es nicht, weil Sie wissen, dass auch unter uns Opfer sind wie Sie?«

»Ich habe niemanden im Krieg verloren und selbst nie an vorderster Front gestanden. Doch Nikolaj hat seinen Bruder verloren. Deswegen und wegen seines unberechenbaren Wesens würde ich mich als Deutscher von ihm fernhalten.«

»Meine Schwester hat also die Wahl zwischen Pest und Cholera?«

»So wie die Dinge liegen, ja.«

Der zweite Tag bei zwanzig Grad minus am Loch war noch härter als der erste. Irma hielt nicht einmal zwei Stunden durch, dann musste sie zurück in die Baracke. Nachdem Selma sie zu ihrer Pritsche gebracht hatte, kehrte sie allein zurück zur Arbeit und grub, bis es dunkel wurde. Vollkommen entkräftet fiel sie am Abend auf ihre Pritsche. Irma schlief bereits, und es dauerte, bis Selma bemerkte, dass sie wieder Fieber hatte.

Selbst kaum in der Lage, ihren Löffel zu halten, als der abendliche Brei verteilt wurde, bereitete sie Irma kalte Wadenwickel, die sie jede Stunde wechselte.

Gegen Mitternacht schrak sie zusammen, als plötzlich ein Schatten neben ihr stand.

»Sie gehört nicht hierher.« Es war Trude. Sie stand einfach da und sah in ihrem Nachthemd wie ein Gespenst aus.

»Musst du mich so erschrecken?« Selma verzog das Gesicht und fuhr fort, Irma neue Wickel anzulegen. Ihre Schwester schlief währenddessen tief und fest.

»Efrem hätte uns die Medikamente nicht nehmen dürfen.« Trude setzte sich auf Selmas Pritsche. Sie sprach sehr leise, um niemanden zu wecken.

»Bist du nicht müde vom Arbeiten? Du solltest besser schlafen.« Selma war nicht nach einer nächtlichen Unterhaltung.

»Müde, ja, aber ich kann auf diesen harten Dingern nicht schlafen. Außerdem ist es viel zu warm hier drin.«

»Sie war schon immer sehr schwach.« Selma wickelte die feuchten Tücher so eng wie möglich um Irmas Waden. »Ihr Körper reagiert mit Fieber, wenn es zu viel wird. Du hast recht, sie hätte nie mit nach Russland gedurft.«

»Du sorgst dich sehr um sie. Du bist ein guter Mensch.«

»Sie ist meine Schwester.«

»Ich weiß nicht, ob ich das für meine Schwester getan hätte.«

»Wo ist deine Schwester?« Selma war fertig mit den Wickeln und deckte Irma wieder zu.

»Gestorben. Vor fünf Jahren an einer Infektion.«

»Das tut mir leid.«

»Ich habe noch einen Bruder, mit dem ich mich sowieso besser verstanden habe.« Sie zuckte die Schultern. »Es gibt einen Basar am Rande der Stadt. Jeden Sonntag. Wie ich hörte, gibt es dort eine Heilerin, die ihre Dienste anbietet.«

»Eine Heilerin?«, fragte Selma ungläubig. »Du meinst eine Kräuterhexe?«

»Nein, die Russen nennen sie Heilerin. Diese Menschen sollen erstaunliche Fähigkeiten besitzen.«

»Selbst wenn das so wäre, warum sollte sie Irma helfen? Abgesehen davon wird Efrem uns nicht auf den Basar lassen.«

»Doch, das wird er.«

»Woher weißt du das alles?«

»Unwichtig.«

»Ich glaube, wir sollten jetzt schlafen.« Selma fand es zunehmend befremdlich, wie viel Trude wusste.

»Wie du meinst. Gute Nacht.« Trude schlich zurück auf ihre Pritsche.

Selma legte sich ebenfalls hin. Sie kam nicht mehr dazu, über Trudes Rat nachzudenken, weil sie augenblicklich einschlief.

~

Selma musste einen weiteren Tag im Loch überstehen. Irma hingegen erhielt noch eine Schonfrist und durfte in der Baracke bleiben.

Am nächsten Tag war arbeitsfrei.

»Wollt ihr es probieren?« Trude setzte sich am Morgen mit ihrer Schüssel in der Hand zu ihnen.

»Was probieren?«, fragte Irma, die noch immer blass aussah und deren Wangen weiter eingefallen waren.

»Du meinst die Heilerin?«, sagte Selma.

»Um zehn macht der Basar auf.«

»Und wir dürfen einfach hingehen?« Gisela wischte sich etwas Brei aus dem Mundwinkel. Selma hatte ihr von dem nächtlichen Gespräch mit Trude erzählt. Irma hingegen noch nicht. Aus Angst, sie würde es als Blödsinn abtun.

»Ja, wir bekommen eine Stunde Ausgang.« Trude sagte es wie selbstverständlich. »Nehmt eure Rubel mit, und auf geht's.«

Gisela zuckte die Schultern. »Warum nicht? Allemal besser, als den ganzen Tag hier in der stickigen Baracke zu hocken.«

Eine Stunde später machten sie sich zu viert auf den Weg. Trude ging eilig voran. Sie folgten einem kleinen Trampelpfad, der ihnen half, nicht bis zu den Knien im Schnee zu versinken. Irma musste zwischendurch Pausen machen, aber die frische Luft tat ihr gut. Die Sonne hatte die Wolken beiseitegeschoben, und die dichte Schneedecke funkelte wie ein Meer aus winzigen Diamanten. Zum ersten Mal seit ihrer Ankunft in Russland hatte Selma wieder ein Auge für die Natur. Ihr fiel auf, wie weitläufig und unberührt große Teile der Umgebung waren. Das schürte gleichzeitig ihr Heimweh.

Sie fanden den Basar auf dem Marktplatz von Kriwoj-Rog. Er war jedoch allenfalls eine lose Ansammlung von Pferdekarren, auf deren Ladefläche die Menschen ihre teilweise recht spärlichen Waren feilboten. Meistenteils waren dies die kümmerlichen Reste der vergangenen Ernte. Auf dem ersten Wagen hockte ein altes Weib, das Sonnenblumenkerne aus zwei großen Körben verkaufte. Sie selbst kaute die Kerne in ihrem nahezu zahnlosen Mund so lange weich, bis sie Schale und Inneres getrennt hatte. Die Schale landete dann im hohen Bogen neben dem Wagen, wo sich bereits ein beachtliches Häuflein angesammelt hatte.

Sie hielt Selma eine Handvoll hin, murmelte ein paar unverständliche Worte und bedeutete ihr, ein paar davon in den Mund zu nehmen.

»Probiere es«, forderte Gisela sie auf. »So schwer kann es nicht sein.«

»Ich habe noch nie ganze Sonnenblumenkerne in den Mund genommen.« Trotzdem versuchte Selma es. Doch obwohl sie noch alle Zähne im Mund hatte, gelang es ihr nicht, die Kerne zu schälen. Offensichtlich bedurfte es dafür einer besonderen Technik, die sie nicht beherrschte. Sie spuckte die Kerne wieder aus, was ihr ein meckerndes Lachen der Alten einbrachte.

»Ich nehme ein paar davon mit.« Gisela reichte ihr einen halben Rubel und war neugierig, wie viele Kerne sie dafür bekam. »Das reicht wohl für uns alle.« Sie schob den üppig gefüllten Beutel in ihre Tasche.

»Kommt, beeilt euch, wenn wir die Heilerin noch sehen wollen.« Trude zog sie weiter.

Sie fanden den Wagen der Heilerin auf der anderen Seite des Basars. Zu erkennen war die unscheinbare Frau, die ein schmutziges Kopftuch trug und deren Gesichtshaut tief zerfurcht war, an den Behältern und Fläschchen auf ihrem Wagen, die allerlei Tinkturen und Salben zu beinhalten schienen.

»Wie sollen wir uns ihr verständlich machen?«, fragte Gisela.

»Was habt ihr vor?«, fragte Irma, die bisher schweigsam neben ihnen gegangen war. »Wir sind doch nicht etwa wegen mir hier?«

Die Frau auf dem Wagen wurde auf sie aufmerksam. Sie beugte sich vor und winkte sie zu sich.

»Komm schon, sie hat vielleicht etwas gegen das Fieber,

jetzt wo uns Efrem die Medikamente weggenommen hat.« Selma hakte sich bei Irma unter und folgte der Aufforderung der Frau.

Giselas Frage, wie sie sich verständigen sollten, erübrigte sich, als die Frau ihre Hand nach Irma ausstreckte. Sie schien sofort gesehen zu haben, wer von ihnen Hilfe benötigte. Selma war überrascht.

»Lass sie machen«, sagte Trude hinter ihnen. »Diese Menschen verstehen etwas von ihrem Handwerk.«

»Ich heiße Wiktoria. Wie heißt du?« Die Frau sprach erstaunlich gut Deutsch. Selma war zum wiederholten Male überrascht, wie viele Russen sich in ihrer Sprache verständigen konnten.

Irma zögerte noch, dann reichte sie der Frau ihre Hand. »Ich heiße Irma.«

»Irma. Ein schöner Name. Du bist aus dem Lager, wo sie die Deutschen hingebracht haben, richtig?«

»Ja, so ist es.«

»Sie geben euch schlechtes Essen.« Wiktoria sah sie abwechselnd an.

Selma tauschte einen Blick mit Gisela und Trude, die aufmerksam lauschten. »Ich bin Selma. Irma ist meine Schwester. Sie leidet an regelmäßig wiederkehrendem Fieber«, erklärte sie. »Das Fieber schwächt sie sehr, und sie kann so nicht arbeiten.«

»Ich weiß«, sagte Wiktoria. »Ich spüre das Ungleichgewicht in ihrem Körper.« Sie fuhr mit ihrer Hand seitlich über Irmas Kopf, die es geschehen ließ. Wiktorias Stimme und ihr gelegentliches Lächeln hatten etwas Vertrauensvolles, obwohl ihnen diese Frau vollkommen fremd war.

Sie tastete über Irmas Schläfen und legte zwei Finger auf

ihre Halsschlagader, nachdem sie den Schal zur Seite geschoben hatte. »Du bist nicht für diese Arbeit geschaffen. Du dürftest nicht an diesem Ort sein.«

»Können Sie meiner Schwester helfen?«, fragte Selma.

»Würdest du aufhören, immerzu für mich zu sprechen?«, begehrte Irma auf und schenkte Wiktoria gleichzeitig ein dankbares Lächeln. Selma fiel ein Stein vom Herzen.

»Ich werde dir zwei Dinge mit auf den Weg geben.« Wiktoria griff hinter sich und fischte zwei lederne Beutel aus einem Sammelsurium an Gegenständen hervor. »Dies hier ist Senfpulver.« Sie hob einen Beutel in die Höhe. »Davon etwas in eine Schüssel mit warmem Wasser geben. Beim ersten Anflug von Fieber ein Fußbad damit nehmen. Und dies hier ist ein Hausrezept von mir persönlich.« Sie hob den zweiten Beutel hoch. »Eine Prise zum Essen, und dein Körper wird schneller wieder zu Kräften kommen.«

»Ich danke Ihnen, Wiktoria«, sagte Irma. »Wie können Sie unsere Sprache so gut sprechen?«

Wiktoria lächelte. »Das ist eine sehr lange Geschichte. Aber wundert euch nicht, dass viele Russen eure Sprache verstehen. Ihr Deutschen seid sehr nachhaltig in dem, was ihr tut, und wir Russen lernen schnell.«

Selma verstand nicht ganz, was Wiktoria damit sagen wollte, aber sie nickte trotzdem.

»Was bekommen Sie von mir?«, fragte Irma.

»Nenn mich Wiktoria. Zwei Rubel, wenn es keine Umstände macht.«

Selma gab Irma ihren einzigen Rubel, ohne zu zögern. Anschließend reichte Irma Wiktoria das Geld.

»Kommt nächste Woche wieder. Ich muss wissen, ob die Mittel geholfen haben.«

»Das werden wir.« Irma klang beschwingt, wie Selma bemerkte. Wiktoria schien eine positive Wirkung auf ihre Schwester zu haben.

»Was hältst du von ihr?«, fragte Selma Gisela auf dem Rückweg ins Lager.

»Vielleicht hattest du recht: Es gibt wohl doch gute Menschen in Russland.«

9

Kriwoj-Rog, Sowjetunion, heutige Ukraine
1945

Bei ihrem zweiten Besuch bei Wiktoria gingen Selma und Irma allein zum Basar. Irmas Zustand hatte sich tatsächlich gebessert. Dazu beigetragen hatte auch die neue Arbeit in der Küche. Efrem hatte Wort gehalten und sie vor der harten Arbeit am Loch bewahrt. Nikolaj fügte sich seinem Befehl und ließ Irma in Ruhe. Seit sie im Lager angekommen waren, ließ er sich kaum bei den Frauen blicken, und Selma war versucht, zu glauben, dass sie seinem Zorn nicht länger ausgesetzt waren. Dabei vergaß sie, dass lediglich der Wunsch der Vater des Gedankens war.

»Wie ist es euch ergangen in der letzten Woche?« Wiktoria schien sich tatsächlich über ihr Wiederkommen zu freuen.

»Ich fühle mich schon besser. Das Fieber ist nicht zurückgekommen«, sagte Irma.

»Das freut mich, so wie es mich auch freut, dass du deine Schwester mitgebracht hast. Es ist gut, einen Menschen in seiner Nähe zu haben, den man liebt.« Wiktoria sagte es ohne Umschweife.

»Wir danken dir für deine Hilfe, Wiktoria.« Selma reichte ihr die Hand.

Wiktoria führte wie beim letzten Mal eine rasche Untersuchung bei Irma durch. »Besser. Viel besser. Nun müsst ihr sehen, dass es so bleibt.«

»Das liegt leider nicht an uns«, sagte Irma.

»Es ist nicht richtig, was sie euch antun«, entgegnete Wiktoria.

»Wie kommt es, dass Sie hilfsbereit gegenüber Deutschen sind?«, wollte Selma wissen. Diese Frage drängte sich ihr geradezu auf, denn sie wollte noch nicht so recht glauben, dass diese Frau keine Hintergedanken hatte.

Irma warf ihr einen ärgerlichen Blick zu, weil sie die Frage als unhöflich empfand.

»Ihr Deutschen seid Menschen, die meine Hilfe benötigen, genau wie die Russen«, erklärte Wiktoria. »Ich mache in diesem Punkt keine Unterschiede. Warum sollte ich euch büßen lassen für Verbrechen, die ihr nicht begangen habt?« Sie verkaufte Irma ein weiteres Mittel, das sie dankbar entgegennahm.

~

So vergingen die kalten Wintermonate langsam, und der Schnee begann sich in allgegenwärtigen Schlamm, Morast und unzählige Pfützen zu verwandeln. Inzwischen war aus dem Loch eine Kellergrube geworden, und aus der einen Grube ein halbes Dutzend. Selma gewöhnte sich an die harte Arbeit. Ihre Arme wurde kräftiger und ihr Rücken ausdauernder. Irma erledigte Hausarbeit und blieb fieberfrei. Beinahe war Selma versucht, zu glauben, dass sie die schwerste Zeit bereits überwunden hatten und sich auf diese Art und Weise die restliche Zeit überstehen ließ. Wenn nur der Hunger nicht gewesen wäre, der sie täglich begleitete.

Bisweilen sah sie Marianne, die sie aus der Ferne wie eine Hyäne beobachtete. Selma war nicht erpicht auf eine weitere Auseinandersetzung mit dieser Frau und hoffte inständig, dass die Zeit die Wogen glätten würde.

Der Frühling kam, ohne dass Nikolaj sie behelligte. Efrem schien seinen Lagerabschnitt gut im Griff zu haben. Die Vorräte der letzten Ernte waren inzwischen so gut wie erschöpft. Das hatte sich für Selma bereits angekündigt. Bisher hatten sie am Tag dreihundert Gramm Brot erhalten. Zusätzlich gab es morgens und mittags Wassersuppe mit Kraut. Hatte sie in den ersten Monaten noch einzelne Kartoffelstücke enthalten, so waren sie in den Frühlingsmonaten gänzlich verschwunden. An manchen Tagen gab es auch ein bis zwei Löffel Kascha. Selma brachte in Erfahrung, dass die Russen so in Wasser gekochte Gerste, Hirse, Soja oder Reis nannten. Je nachdem, was gerade da war.

Nur mit den Suppen als Nahrung wurden Selma, Irma und Gisela immer dünner, und schon bald waren nicht mehr die Müdigkeit oder gar Nikolaj und Marianne ihre ärgsten Feinde, sondern der Hunger.

Anfang Mai kamen die Frauen zum ersten Mal hinter den Baracken zusammen, wo sie sich aus Eimern und Holzpanelen eine Sitzgelegenheit geschaffen hatten. Selma hatte von den regelmäßigen Treffen gehört, und nun war es an der Zeit, den Frühling zu begrüßen, der ihrer aller Leben in der Fremde angenehmer machen sollte. Hinzu kam ein Gerücht, das sich wie ein Lauffeuer verbreitete und Selma hoffen ließ, bald nach Hause zu dürfen.

Selma kam die Stimme der Frau, die mit dem Rücken zu ihnen saß, gleich bekannt vor. In dem kleinen Garten hinter den Baracken kamen an diesem Tag auch Frauen und Männer aus den anderen Baracken zusammen. Schließlich gab es große Neuigkeiten.

»Hitler ist besiegt. Die deutsche Wehrmacht hat kapituliert.« Als die Frau, die das gesagt hatte, Selmas, Irmas und Giselas Schritte vernahm, wandte sie sich um.

»Luise!« Selma reagierte zuerst. Sie stürmte vorwärts und umarmte die Freundin.

»Ihr seid hier?«, fragte Luise, nachdem sie auch Irma und Gisela begrüßt hatte.

»Sag bloß, wir waren die ganzen Monate über Nachbarn und wussten nichts davon«, sagte Irma und setzte sich neben Luise.

»Es scheint so. Aber in den Wintermonaten waren wir ja alle froh, wenn wir abends zurück in unsere Baracken durften«, sagte Luise. Auch sie war schmal geworden und ihr Haar an den Schläfen grau. Selma sah sie noch genau vor sich, wie sie ihren kleinen Sebastian zurücklassen musste.

»Umso schöner, dass wir jetzt wieder vereint sind.« Gisela freute sich gleichfalls. Die anderen Anwesenden lächelten ihnen aufmunternd zu. Sie alle kannten die Wiedersehensfreude, wenn man einen Bekannten oder Freund im Lager wiedertraf.

»Ist es wahr, dass Hitler tot ist?«, fragte Selma.

»So sagen die Russen. Ich habe nur einzelne Worte verstanden, weil sie sich nicht bequemen, es für uns verständlich auszudrücken«, erklärte Luise. »Aber anhand ihres Freudengeheuls kann man darauf schließen.«

»Also ist es endlich so weit. Wir können bald nach Hause«, sagte Irma erleichtert.

»Ich befürchte, das Kriegsende hat nicht viel Einfluss auf unsere Lage.« Trude saß zwischen den anderen, von denen Selma viele zum ersten Mal sah.

»Sie müssen uns etwas darüber sagen. Darauf haben wir ein Recht.« Die Worte kamen von einem abgemagerten Mann, der älter aussah, als er wahrscheinlich war.

»Ein Recht? Welche Rechte haben wir hier schon?«, erwiderte eine der Frauen.

Selma war nicht sicher, aber sie meinte, ihr Name war Hertha. Es fiel ihr schwer, sich Namen zu merken. Gesichter hingegen vergaß sie nie.

Luise erhob sich. »Kommt, lasst uns ein anderes Fleckchen suchen. Wir haben einander viel zu erzählen.« Ihr Gesicht war von Sorgenfalten zerfurcht, aber das Wiedersehen mit ihren Freundinnen gab ihr neuen Auftrieb. Sie hakte sich bei Selma und Irma unter. Dann gingen sie zu einem stillen Platz unter einem weitausladenden Baum.

Es gab viel zu erzählen, wie es ihnen in den letzten Monaten ergangen war. Luise vermied es, die Sprache auf Sebastian zu bringen, und so hielten es auch Selma, Irma und Gisela. Sie unterhielten sich, bis die Sonne längst hinter den Dächern der Baracken verschwunden war.

Wieder einmal schien Trude mehr zu wissen als alle anderen. Denn auch im Laufe der nächsten Tage warteten sie vergeblich auf die befreiende Nachricht von Efrem, dass sie alle nach Hause durften. Und allmählich verklang die Euphorie über das Kriegsende und die baldige Heimfahrt wie ein fernes Echo.

~

Die Sommermonate vergingen mit viel Schweiß und Schmerzen. Selma und Gisela mussten helfen, eine Straße zu pflastern. Die Hitze erschwerte ihnen die Arbeit wie im Winter die Kälte. Erst als die heißesten Monate vorüber waren, ließ es sich aushalten. Der Gedanke an die Heimreise beschäftigte Selma zunehmend, und sie konnte nicht anders, als Efrem aufzusuchen und ihn danach zu fragen.

Er saß in der Küche mit einer der Köchinnen am Tisch. Irma war nicht dort, und Selma nutzte die Gelegenheit. »Kann ich Sie sprechen?«

»Nur zu.« Er machte keine Anstalten, die Köchin, die ihnen offensichtlich lauschte, wegzuschicken.

»Allein?« Selma hob die Augenbrauen.

»Sie wird kaum ein Wort verstehen. Nicht wahr, meine Liebe?« Die Frau erwiderte seinen Blick mit einem verlegenen Lachen. Verstanden hatte sie offensichtlich kein Wort.

»Wann können wir nach Hause?«

»Du meinst, weil der Krieg zu Ende ist?«

»Auch das, ja.«

Efrem machte ein nachdenkliches Gesicht. »Eure Zeit ist noch lange nicht abgegolten. Aber vielleicht könnten du und deine Schwester Glück haben. Es liegt in meiner Hand, eine Liste derjenigen Frauen zu schreiben, die mit dem nächsten Rücktransport frühzeitig nach Hause kommen. Ich kann Irma unmöglich die ganze Zeit über in der Küche einsetzen. Die anderen Frauen müssen ebenfalls geschont werden. Also wäre es an der Zeit, darüber nachzudenken. Und weil ich ein netter Mensch bin, könnte ich dich als ihre Schwester mitschicken.« Efrems Miene war undurchsichtig. Selma fielen erneut seine tiefblauen Augen auf, die faszinierend und zugleich beängstigend waren.

»Meinen Sie das ernst?« Selma hätte niemals geglaubt, dass es so einfach werden würde.

»Ich habe darüber nachgedacht. Aber nun verschwinde, bevor ich es mir noch anders überlege.«

~

Selma war schon bald froh, Irma noch nichts von ihrem Gespräch mit Efrem erzählt zu haben, denn die Wochen flogen dahin, und die Hoffnung auf einen baldigen Rücktransport löste sich ebenso in Luft auf wie beim letzten Mal.

Der September zog ins Land, und die Früchte und Halme auf den Feldern wuchsen satt und hoch. Die Luft war klar und rein, und Selma genoss es, sie tief einzuatmen. Auch wenn sie jeden Tag, den sie in diesem fremden Land verbrachte, sehnsüchtig an ihre Heimat dachte, so beeindruckte sie das weite Land doch. Morgens schwoll die Morgenröte wie eine zart blühende Blumenwiese an, den Tag über zitterte die Hitze über den weiten Feldern und fernen Hügeln wie ein hauchdünner Brautschleier, und an den lauen Sommerabenden versank die Sonne am Horizont, als hätte der Teufel selbst seinen Glutofen entzündet. Alles war noch eine Spur gewaltiger und ehrfurchtgebietender als in Rumänien. Und dies äußerte sich auch in den Gesichtern der Menschen, die dort lebten und Selma tagtäglich begegneten. Oftmals war ihr Leben nicht weniger entbehrungsreich als Selmas, aber sie ertrugen es mit Stolz und einer nicht zu verleugnenden Liebe zu ihrem Land.

Ihre Besuche bei Wiktoria wurden zu einem Ritual. Mit den Mitteln, die sie Irma verabreichte, überstand sie die Jahresmitte ohne Fieber. Was erstaunlich war, da das Essen nach wie vor schlecht war und der latente Hunger an ihren Kräften zehrte.

»Es wird Zeit, dass ich euch mein Heim zeige«, sagte Wiktoria an einem Sonntag im späten Oktober.

Selma und Irma sahen sich überrascht an, aber sie hatten nichts gegen die unerwartete Einladung einzuwenden.

Wiktoria lebte in einem heruntergekommen Haus nicht weit vom Marktplatz entfernt. Das Dach war nur notdürftig repariert worden. Der Putz bröckelte von den Wänden, und die Haustür war aus so dünnem Holz, dass im Winter der Wind hindurchpfeifen musste.

Es gab drei Zimmer. Im ersten hockte ein alter Mann über einem Ofen und war damit beschäftigt, Glas zu brennen. Die Luft in dem Raum war warm und stickig. Sie erinnerte Selma an die Baracke.

»Das ist Prochor, mein Mann. Er ist Glasbrenner. Aber das Geschäft läuft nicht gut. Niemand will seine Gläser kaufen.« Wiktoria bedeutete ihnen, an einem Tisch Platz zu nehmen.

Prochor beachtete sie nicht. Dafür ein Junge von ungefähr zehn Jahren, der aus einem Nebenraum gelaufen kam, sich vor sie stellte und sie neugierig musterte. Wiktoria sagte etwas auf Russisch zu ihm, und er nahm gleich einen Kessel vom Ofen und lief hinaus.

»Das ist Alexej, mein jüngerer Sohn«, sagte Wiktoria. »Er spricht nur ein paar Worte Deutsch. Mein Mann wollte das nicht. Er sagte, es reiche, wenn ich das tue.«

»Jüngerer Sohn?«, fragte Selma nach.

»Ja, mein erstgeborener Veniamin ist nicht hier«, erzählte Wiktoria, während sie Teeblätter in ein Sieb füllte. »Er ging vor einigen Monaten fort. Er ist mit dem Zug ins Donezgebiet weiter östlich gefahren. Sie nennen es das ›Schwarze Loch‹. Es ist ein Kohlegebiet. Dort wollte er Arbeit finden und im besten Falle sogar eine Ausbildung beginnen. Vor ein paar Wochen kam ein Brief von ihm. Veniamin ist jetzt auf einem Internat in einer Stadt namens Gorlowka. Er hat nicht viel geschrieben. Wortkarg war er schon immer. Aber ich glaube, er kommt zurecht.«

Alexej kam wieder und stellte den Kessel zurück auf den Ofen. Dann zündete er ein kleines Holzscheit an und verließ den Raum.

»Mögt ihr schwarzen Tee?«

»Liebend gern«, sagte Selma, und auch Irma nickte eifrig.

»Wisst ihr schon, wie lange ihr noch bleiben müsst?« Wiktoria setzte sich zu ihnen an den Tisch. Prochor ließ sich in seiner Arbeit nicht stören. Sie sagte etwas in seine Richtung, aber er antwortete nicht. »Nehmt es ihm nicht übel. Veniamin hat seine Verschlossenheit von ihm.«

»Vielleicht mag er uns Deutsche einfach nicht«, wagte sich Irma unvermittelt vor.

Wiktoria lachte. »Nein, ich glaube, er mag Menschen im Allgemeinen nicht. Das hat nichts mit euch zu tun.«

Selma vermied es, Prochor anzusehen. Auch wenn er aussah wie ein Greis, schätzte sie ihn nicht älter als Wiktoria, die nicht weit von der Fünfzig entfernt sein konnte.

»Waren die Deutschen auch hier in der Stadt?«, fragte Selma. »Ich meine die Soldaten«, fügte sie an.

»Ja und nein. Sie sind durchmarschiert, aber haben uns weitestgehend in Ruhe gelassen.« Wiktoria sah ihrem Mann zu, der seine Zangen sortierte. »Jetzt da der Krieg vorbei ist, muss man sich doch fragen, was noch gerecht ist. Sicherlich nicht, dass sie euch Frauen hierhergeholt haben. Ihr gehört in eure Heimat, zu euren Familien und Kindern.«

»Das siehst du so, aber der Großteil des russischen Volkes tut das nicht«, sagte Selma.

»Ich habe mich von jeher aus diesen Dingen herausgehalten. In den seltensten Fällen leiden diejenigen, die es verdient hätten«, fuhr Wiktoria unbeirrt fort. »Nämlich diejenigen, die den Krieg zu verantworten haben. Deswegen hege ich keinerlei Rachegedanken. Ihr seid ebenso unbeteiligt wie ich, aber wir alle müssen unseren Preis bezahlen. Veniamin wäre sicherlich noch hier, wenn der Krieg nicht alles durcheinandergewirbelt hätte, so wie ihr noch in eurer Heimat wärt. Die Schrecken des Krieges werden noch lange Schatten werfen. Aber wir sollten unsere Menschlichkeit bewahren und gut miteinander umgehen.«

Der Kessel fing an zu pfeifen, und Wiktoria machte sich daran, die Teeblätter in das kochende Wasser zu schmeißen.

»Wenn nur mehr Menschen so denken würden wie du«, sagte Irma.

»Ich lasse ihn nur kurz ziehen, dann hat er das beste Aroma.« Wiktoria schenkte ihnen ein. »Ihr solltet mit dem nächsten Zug zurück in eure Heimat fahren. Irma ist im Moment stabil, aber ich weiß nicht, wie lange das anhält.«

»Werde ich jemals ein normales Leben führen können?«, fragte Irma niedergeschlagen.

»Ja, aber das erfordert viel Geduld und Pflege. Beides wirst du hier nicht haben.«

»Ich habe bereits mit dem Oberbrigadier gesprochen«, sagte Selma. »Er wird uns gehen lassen, sobald der erste Zug fährt.«

»Das ist gut. Und nun erzählt mir ein wenig von eurer Heimat.«

Sie unterhielten sich zwei Stunden lang. Prochor sprach in der ganzen Zeit kein Wort. Er war wie ein Geist. Als sie sich verabschiedeten, nahm Wiktoria sie in den Arm. »Ihr seid gute Frauen. Bewahrt euch das. Und denkt daran, euch zu verabschieden, bevor ihr heimfahrt.«

»Das werden wir.« Selma winkte zum Abschied, dann machten sie sich auf den Rückweg.

~

Auf einen kurzen Herbst folgte ein rauer Winter. Die ersehnte Heimfahrt rückte erneut in weite Ferne. Inzwischen war wegen der Mangelernährung und den täglichen Strapazen Selmas Monatsblutung ausgefallen und nicht mehr zurückgekehrt.

Das Thermometer fiel schnell in den zweistelligen Minusbereich. Efrem machte sich rar, aber Irma durfte immerhin weiter Hausarbeiten erledigen. Selma wechselte in der Zwischenzeit mit Gisela auf eine andere Baustelle, auf der sie mauern mussten. So viele Mauern, dass sie bald glaubte, die Russen wollten eine zweite chinesische Mauer errichten, um die Deutschen für immer aus ihrem Land fernzuhalten. Nicht selten fror ihnen der Mörtel ein, und sie mussten es mit weniger Wasser versuchen, was ihn aber schwerer zu verarbeiten machte.

Das erste Weihnachtsfest in der Fremde stand plötzlich und beinahe unerwartet vor der Tür. Selma verband damit die Erkenntnis, nun annähernd ein Jahr in Russland zu sein. Der Heilige Abend wurde ihnen, zu ihrer aller Überraschung, mit auf Kohle gebratenen Zuckerrübenstücken versüßt. Diese legte man auf dünn geschnittene Brotscheiben. Selma schloss die Augen, als sie hineinbiss, und stellte sich vor, es wäre die köstlichste Torte, die sie jemals in ihrem Leben gegessen hatte.

Am ersten Weihnachtstag setzte sich Selma hin und schrieb einen Brief an ihre Eltern. Bei nächster Gelegenheit wollte sie versuchen, ihn abzuschicken. Der Brief verschwand jedoch erst einmal wieder unter ihrer Matratze. Niemand durfte Briefe versenden, und das blieb auch so über die Frühlingsmonate und den Sommer hinweg.

Die Gelegenheit kam erst im Spätsommer, nachdem Selma erneut in den Straßenbau gewechselt war.

»Du kannst mir deinen Brief jetzt geben, aber es könnte sogar sein, dass du noch vor ihm zu Hause ankommst.« Efrem grinste. »Scorro domoi. Es geht nach Hause!«

»Ist das Ihr Ernst?« Selmas Mund stand vor Erstaunen weit offen. »Wir dürfen endlich nach Hause?«

»Sie schicken bald einen Zug, der einige von euch zurückbringen soll. Diesmal scheinen sie ihr Wort zu halten.«

»Werden Gisela und Luise auch dabei sein?«

»Ich kann nichts versprechen.« Efrem fischte eine Zigarette aus der Brusttasche und zündete sie mit einem Streichholz an. Er wirkte eigenartig bedrückt.

»Und was passiert mit denen, die bleiben?«

Efrem zuckte die Schultern. »Ich weiß es nicht. Es gibt noch sehr viel zu tun.« Er nahm einen langen Zug von seiner Zigarette.

»Was ist mit Ihnen?«

»Seit wann sollte dich das interessieren?«

»Ich wollte nur Konversation machen.« Selma schlug die Augen nieder.

»Geh und lass mich in jetzt in Ruhe. Ich habe dir nichts mehr zu sagen.«

Selma musterte ihn einen Moment lang und sah, wie es hinter seiner Stirn arbeitete. Irgendetwas bereitete ihm großen Kummer. Dessen war sie sich sicher.

»Jetzt mach schon«, herrschte er sie an, und seine Freundlichkeit war im Nu verflogen.

Am nächsten Abend kamen sie hinter der Baracke zusammen. Alle sprachen wild durcheinander, da die großartigen Neuigkeiten inzwischen auch im letzten Winkel des Lagers angekommen waren. Niemand wusste genau, wer letztendlich nach Hause fahren durfte, aber die Hoffnung war bei allen groß.

»Ob wir auch dabei sind?«, fragte Luise, die ihren kleinen Sohn nun seit mehr als eineinhalb Jahren nicht mehr gesehen hatte.

»Sie werden die Kranken und Schwachen auf jeden Fall vorziehen«, vermutete Selma. »Wenn du Klasse drei bist, ganz bestimmt, bei zwei vielleicht. Eins bleibt vorerst in Russland.«

Sie teilten die Arbeiter in drei Klassen ein, die Aufschluss über ihren Gesundheitszustand geben sollten. Dafür mussten sie regelmäßig bei der Wratschka, der Ärztin, erscheinen und sich untersuchen lassen. Irma war der dritten Gruppe zugeteilt worden. Selma und Gisela der zweiten.

»Ich bin in der zweiten Gruppe«, sagte Luise.

»Dann hast du bestimmt gute Chancen«, entgegnete Gisela.

»Gute Chancen auf was?«

Selma fuhr herum, weil sie die Feindseligkeit in der Stimme vernommen hatte. Sie wurde blass, als sie Marianne erkannte, die sie im ganzen letzten Jahr höchstens aus der Ferne gesehen hatte. Nun stand sie mit zwei weiteren Frauen unmittelbar hinter ihnen. Sie hatte die Arme vor ihrer beachtlichen Oberweite verschränkt und musterte sie geringschätzig.

»Auf die Heimfahrt natürlich.« Selma hatte Marianne beinahe vergessen. Seit Giselas Verzweiflungstat am Bahnhof schien eine Ewigkeit vergangen zu sein, doch das Funkeln in Mariannes Augen sprach eine andere Sprache. Sie hielt nach Efrem Ausschau, der bald erscheinen musste. Er duldete keinen Ärger in seinem Lager.

»Habt ihr geglaubt, ich würde euch einfach so davonkommen lassen? Deine Strafe ist noch immer fällig.« Marianne durchbohrte Gisela mit ihrem Blick.

»Willst du tatsächlich für Unruhe im Lager sorgen, jetzt wo viele von uns kurz vor der Heimfahrt stehen?«, fragte Gisela.

»Ich werde ohnehin nicht fahren.« Marianne zuckte die Schultern. »Sie haben mich in die erste Gruppe gesteckt. Wenn du fährst, dann sollen sie auch einen Grund haben, dich heimzuschicken. Ein paar Kilo zu wenig sind doch kein Grund. Oder was meint ihr?« Marianne warf ihren beiden stummen Begleiterinnen fragende Blicke zu. Sie schüttelten fast gleichzeitig den Kopf.

»Es tut mir leid, was ich deiner Cousine angetan habe«, versuchte es Gisela. »Aber sie hatte nur ein paar Knochenbrüche, während wir hier ausharren müssen. Genau genommen habe ich ihr sogar einen Gefallen erwiesen.«

Marianne verzog das Gesicht zu einer hässlichen Grimasse. »Soll das etwa deine Entschuldigung sein?«

»Was willst du von mir hören?«, fragte Gisela, die sich

nicht von Mariannes Auftreten beeindrucken ließ. Sie schien ihre Attacke bereits verdrängt zu haben. »Ich war verzweifelt und habe es getan, ohne nachzudenken. Es war falsch. Aber geschehen ist geschehen.« Sie zuckte die Schultern.

»Was habe ich euch gesagt?« Marianne sah ihre Begleiterinnen an und schnalzte mit der Zunge. Dann stürmte sie auf Gisela zu und packte sie wutentbrannt mit beiden Händen am Kragen. Ihr Gesicht war ganz nahe an Giselas, als sie sprach. »So kommst du mir nicht davon. Auf diese Gelegenheit habe ich schon sehr lange gewartet.«

»Holt Efrem, schnell!«, rief Selma den anderen Frauen zu, weil sie ahnte, was Gisela blühte. Sie versuchte, sich schützend zwischen Marianne und Selma zu drängen.

»Haltet sie mir vom Leib«, sagte Marianne. Sofort packten ihre beiden Begleiterinnen Selma und hielten sie fest. »Efrem wird euch nicht helfen. Er hat das Lager heute Morgen verlassen.« Sie grinste höhnisch.

Gisela wollte sich aus Mariannes Griff winden, aber die große Frau schien unsägliche Kräfte zu besitzen. Selma sah nun die Angst und Verzweiflung in den Augen der Freundin.

Irma, die nur still dagesessen hatte, nahm sich ein Herz und wollte Marianne in einer Verzweiflungstat zur Seite stoßen, doch Marianne stand wie ein Fels in der Brandung. Während sie mit der einen Hand noch immer Gisela am Kragen hielt, holte sie mit der Linken aus und traf Irma mit dem Handrücken im Gesicht. Mit einem Aufschrei taumelte sie zur Seite und blieb halb benommen liegen.

Selma versuchte, freizukommen, aber die beiden Frauen hielten sie in eisernem Griff. So musste sie mit ansehen, wie Marianne Gisela bis an die Rückwand der Baracke drängte und ihr ihre Faust in die Rippen hämmerte. Gisela wimmerte vor Schmerz. Sie holte ihrerseits zu einem Schlag aus, der aber Marianne lediglich streifte.

Hilfesuchend sah Selma zu den anderen Frauen hinüber, die die Szene angstvoll beobachteten. Keine schien eingreifen zu wollen. »So tut doch etwas!«, rief sie noch einmal. »Luise, Trude?«

Trude reagierte nicht, aber Luise erwachte aus ihrer Starre und lief los, um Hilfe zu holen. Selma riss, zog und strampelte mit den Beinen, aber ihre Bewacherinnen gaben nicht nach. »Lass sie in Ruhe! Sie hat sich entschuldigt.«

Aber Marianne reagierte nicht mehr. Ihre Wut schien völlig Besitz von ihr ergriffen zu haben. Dass Efrem an diesem Tag nicht im Lager war, war sicher kein Zufall. Marianne hatte ihren Angriff sehr genau geplant.

Gisela musste zwei weitere Schläge einstecken. Inzwischen lehnte sie zusammengesunken an der Wand. Marianne setzte das, was sie mit den Fäusten begonnen hatte, mit den Füßen fort. Sie war wie eine Furie. Selma weinte heiße Tränen der Wut und Verzweiflung. Ihre beste Freundin wurde vor ihren Augen grün und blau geprügelt, ohne dass sie eingreifen konnte. Ein letztes Mal bäumte sie sich auf und wäre beinahe frei gekommen, als plötzlich Nikolaj auftauchte und schon zum zweiten Mal vollkommen unerwartet zu Giselas Retter wurde. Er hielt einen Knüppel in seiner Hand, den er Marianne ansatzlos auf den Hinterkopf schlug. Sie ließ sofort von Gisela ab und taumelte rückwärts.

»Bist du verrückt geworden, Weib?«, keifte Nikolaj und war bereit, noch einmal zuzuschlagen.

Marianne erkannte ihn und musste ihre Chancenlosigkeit einsehen. Sie ging demonstrativ in die Knie und hielt sich den Hinterkopf. Selma sah das kleine Rinnsal Blut, das zwischen ihren Fingern hervorquoll. Der Schlag war gerade so hart gewesen, um sie außer Gefecht zu setzen, aber keinen schlimmeren Schaden anzurichten.

»Komm mit. Du wirst schon sehen, was es bedeutet, sich über die Regeln hinwegzusetzen.« Er packte Marianne im Nacken und schob sie grob vorwärts. »Und ihr lasst sie los!«, herrschte er Mariannes Komplizinnen an, die augenblicklich von Selma abließen.

Sofort lief Selma zu Gisela und nahm sie in den Arm.

»Ich glaube, eine Rippe ist gebrochen«, stöhnte Gisela.

Auch Irma kam hinzu und hockte sich neben sie. Gemeinsam sahen sie, wie Nikolaj Marianne mitnahm und sie aus ihrem Blickfeld verschwanden.

Anschließend schaute Selma in die Gesichter der anderen Frauen. Aus ihren Mienen sprach das Entsetzen. Selma wusste später nicht, was sie mehr irritierte: Mariannes überraschend heftige Attacke oder Nikolajs Auftreten, der in Efrems unerklärlicher Abwesenheit offenbar die Kontrolle übernommen hatte.

10

Kriwoj-Rog, Sowjetunion, heutige Ukraine
1946

Gisela verbrachte drei Tage auf der Krankenstation, bis sie mit ihrer gebrochenen Rippe wieder zur Arbeit musste. Von Marianne hörten und sahen sie in dieser Zeit nichts. Efrem kehrte einen Tag nach den Geschehnissen ins Lager zurück. Selma beobachtete ihn, wie er mit einer Zigarette zu den Latrinen marschierte. Sie zögerte zu lange, und er verschwand wieder aus ihrem Blickfeld. Sie fragte sich, was dahintersteckte, dass der Oberbrigadier für einen ganzen Tag Nikolaj das Feld überlassen hatte.

Am Abend begegnete sie Luise auf dem Weg zu den Gemeinschaftslatrinen. »Hast du Nikolaj zu Hilfe geholt?«, fragte sie Luise.

»Ja, was hätte ich anderes tun sollen?« Luise sah sie fragend an. »Er war gerade in der Nähe.«

»Das war gut. Auch wenn ich ihn nicht mag, hat er Schlimmeres verhindert. Zumal Efrem nicht im Lager war.«

»Ich glaube, er war froh, endlich wieder einmal durchgreifen zu dürfen«, sagte Luise. »Er wollte wohl ein Exempel an Marianne statuieren.«

»Hast du etwas von ihr gehört?«

»Nein, bisher hat sie niemand bei der Arbeit gesehen.« Luise schüttelte den Kopf. »Wahrscheinlich hat er sie in die Zelle drüben in der gesonderten Baracke gesteckt.«

»Ich weiß nicht, wer das geringere Übel ist: sie oder Nikolaj.« Selma verzog die Mundwinkel.

Zwei Tage später war Marianne plötzlich wieder da. Eine der Frauen aus den Nachbarbaracken erzählte ihnen, dass sie eines Morgens neben ihr gelegen habe, als sie aufgewacht sei. Sie war offenbar wie ein Gespenst über Nacht zurückgekehrt.

Selma lag an diesem Abend lange wach auf ihrer Pritsche. Sie fühlte sich genötigt, noch einmal mit Marianne zu sprechen und die Wogen zu glätten. Vielleicht bestand die Möglichkeit, zwischen Marianne und Gisela zu schlichten. Die Heimreise anzutreten, ohne den Versuch einer Versöhnung zu wagen, erschien ihr nicht richtig.

Gleich am nächsten Abend machte sie sich auf den Weg in die Nachbarbaracke. Gisela hatte sie nichts davon gesagt. Sie wollte zunächst allein mit Marianne sprechen.

Sie fand sie auf ihrer Pritsche. Selma fiel gleich auf, dass sie sich verändert hatte. In ihren Augen lag eine eigentümliche Müdigkeit. Alle Wut und die Energie, die sie auch nach so vielen Monaten unter schlechten Bedingungen noch ausgestrahlt hatte, schienen verloren.

»Was willst du?«, begrüßte Marianne sie. Selbst ihre Stimme klang schwächer.

»Ich will mit dir reden.«

»Worüber?« Marianne mied Selmas Blick.

»Was hat Nikolaj dir angetan?«

»Was kümmert es dich?« Sie drehte sich auf die Seite.

»Wir sollten das Kriegsbeil begraben. Wir sitzen alle im selben Boot. Gisela weiß, dass sie einen Fehler gemacht hat.«

»Dafür ist es jetzt zu spät.« Marianne senkte den Kopf.

»Wie meinst du das?«

»Nikolaj ist ein zorniger Mann«, erwiderte sie knapp.

»Was hat er dir angetan?«

»Geh jetzt!«, fuhr Marianne auf. »Wir sind fertig. Fahrt nach Hause und vergesst diesen Ort. Das ist das Beste, was ihr tun könnt.«

Selma setzte sich zu ihr auf die Pritsche. »Bitte, sag mir, was er dir angetan hat. Hat er dich geschlagen?« Sie konnte keine Blessuren erkennen. Dann fiel es ihr wie Schuppen von den Augen. »Hat er dich …?« Selma schluckte. Sie wollte nicht glauben, dass Nikolaj sich an Marianne vergriffen hatte. Unwillkürlich musste sie an den Moment zurückdenken, als sie neben ihm auf ihrem Bett gesessen hatte. »Wenn er das wirklich getan hat, muss es Konsequenzen geben. Wir sollten das melden.«

Selma wollte sich erheben, doch Marianne hielt sie am Arm zurück. »Tu das nicht! In deinem eigenen Interesse. Lass die Sache ruhen. Ich werde das überstehen.«

»Nein, so einfach ist das nicht. Du bist eine von uns.« Selma war zu allem entschlossen. Auf einmal sah sie nicht mehr die wütende Marianne vor sich, die Rachepläne schmiedete, sondern eine Frau, die sich in der gleichen Lage befand wie sie und der man großes Leid zugefügt hatte.

»Ich bitte dich. Tu das nicht.« Mariannes Stimme war jetzt flehentlich. »Es wird nichts nutzen. Wenn er erfährt, dass ich ihn verraten habe, wird er wiederkommen. Irgendwann.«

»Ich spreche mit Efrem«, beharrte Selma. »Er wird etwas unternehmen. Ich kenne ihn.«

»Du kennst ihn?«, fragte Marianne ungläubig. »Das glaube ich nicht. Er ist nur ein Befehlsempfänger und darauf aus, möglichst unbescholten dies alles hier zu überstehen. Er wird rein gar nichts unternehmen.«

»Ich muss es ihm sagen. Nikolaj darf nicht ungeschoren davonkommen.«

»Wir können nichts ausrichten. Glaube mir.« Aus Mariannes Stimme sprachen die pure Verzweiflung und eine spürbare Angst.

»Wir unterhalten uns bald wieder, versprochen.« Selma legte ihre Hand sanft auf Mariannes Schulter. »Ich werde dir helfen. Wir müssen in diesen schweren Stunden zusammenhalten, ungeachtet unserer bisherigen Differenzen.«

»Du machst einen großen Fehler«, hörte sie Marianne noch sagen, als sie die Baracke bereits verließ.

Schon am nächsten Morgen fing Selma Efrem ab. Sie fand ihn wieder in der Küche. Auch er schien häufig hungrig zu sein. »Könnte ich Sie für einen Augenblick unter vier Augen sprechen?«

Efrem machte ein genervtes Gesicht. »Es scheint mir zur Gewohnheit zu werden, dass du mich in der Küche störst.« Er machte eine Handbewegung und verscheuchte die Köchin.

»Es ist etwas vorgefallen, als Sie fort waren.« Selma war nicht gewillt, lange um den heißen Brei herum zu reden.

»Du sagst es, als müsste ich mich dafür entschuldigen.«

»Nein, aber es war ungewöhnlich, weil Sie noch nie fort waren.«

»Es geht dich zwar nichts an, aber ich habe Familie.«

»Ich verstehe, aber Ihre Abwesenheit hatte Folgen.«

Efrem schürzte die Lippen. »Bist du sicher, dass du mit mir über diese Angelegenheit sprechen willst?«

»Sogar ganz sicher, es …«, begann Selma, doch dann stockte sie, als sie Efrems Gesichtsausdruck bemerkte.

»Was mit Marianne passiert ist, wird im Lager niemanden

interessieren. Nikolaj hat damit nichts zu tun. Hast du das verstanden?« Seine Stimme war eindringlicher geworden.

»Wenn Sie wissen, was er getan hat, warum decken Sie ihn? Sie sind nicht so ein Mensch. Nikolaj darf nicht ungeschoren davonkommen.«

»›So ein Mensch?‹ Was soll das bedeuten?« Er machte ein verwirrtes Gesicht. »Wenn ich Nikolaj beim Kommandanten melde, wird das Folgen haben. Nicht nur für dich, auch für mich. Ich konnte ihn bisher kontrollieren, aber diese Sache würde zu viel Staub aufwirbeln, und dagegen bin auch ich machtlos.«

»Deckt der Kommandant ihn?«

»Du musst weiter oben anfangen. Der Kommandant ist nur ein kleines Rad im Getriebe.«

»Nikolaj hat also einen gewissen Rückhalt.« Selma verschränkte die Arme. »Von wem auch immer. Das heißt also, wir müssen die Sache auf sich beruhen lassen?«

»Genau so sieht es aus.« Efrem nickte. »Und jetzt verschwinde, bevor mir die Geduld ausgeht.«

Selma sah ihn verständnislos an und reagierte erst, als die Köchin wieder im Raum stand. Desillusioniert verließ sie die Küche und schlüpfte in ihre Arbeitskleidung. Sie dachte den ganzen Tag über die Angelegenheit nach. Mariannes Schicksal erschien ihr dabei zunehmend schrecklicher. Nikolaj war einst drauf und dran gewesen, auch ihr etwas anzutun. Sie weigerte sich, den Gedanken zu Ende zu denken.

Am Abend erzählte sie Gisela davon. »Ich weiß, sie hat dir eine Rippe gebrochen, aber sie wollte ihre Cousine rächen. Es …«

»Stehst du jetzt auf ihrer Seite?« Gisela schob ihre Schüssel weg.

»Nikolaj ist über sie hergefallen. Er hat seiner sadistischen Ader freien Lauf gelassen. Das hat keine Frau verdient.«

»Was soll ich also tun?«

»Wir müssen gemeinsam beim Kommandanten vorsprechen. Wenn er es einmal getan hat, wird er es wieder tun. Wir dürfen ihm nicht das Gefühl geben, Opfer zu sein.«

»Wir fahren in Kürze nach Hause. Ich mache mir die Finger nicht mehr schmutzig.«

»Du tust es für die Frauen, die zurückbleiben«, gab Selma zu bedenken.

»Das ist mir egal. Ich will mein Ticket nach Hause nicht selbst zerreißen.«

»Aber wir müssen etwas tun! Das ist unsere Verantwortung.«

»Von mir kannst du keine Hilfe erwarten.« Gisela fasste sie an den Armen. »Das musst du doch verstehen. Glaubst du im Ernst, Nikolaj wird der Letzte bleiben? Nach ihm kommt ein anderer. So ist es nun mal in solchen Zeiten. Manch einer nutzt seine körperliche Überlegenheit und will sich auf diese Weise an uns Deutschen rächen.«

Selma schüttelte den Kopf. Hinter ihren Schläfen pochte das Blut, und ihr Herz schlug ihr bis zum Hals. »Nein, ich werde die Sache nicht auf sich beruhen lassen. Auf gar keinen Fall.«

»Tu, was du nicht lassen kannst. Aber lass mich da raus.« Gisela zog sich eine Strickjacke über und lief hinaus.

Selma seufzte. Doch je länger sie darüber nachdachte, desto mehr festigte sich der Wille in ihr, Nikolaj Einhalt zu gebieten und durch seine Bestrafung ein Zeichen zu setzen.

~

Der Lagerkommandant war ein unscheinbares Männlein mit Nickelbrille und stark zurückgewichenem Haar. Ein Mann, den Selma ein-, zweimal gesehen hatte und sehr schnell wieder vergessen würde.

Was sie nicht vergessen würde, war Nikolajs Miene, als sie in das kleine Büro des Kommandanten kam. Er stand am Fenster, während der Kommandant an seinem Schreibtisch saß. Am liebsten hätte sie gleich auf dem Absatz kehrtgemacht, doch sie war wie ein Hase in die Falle des Jägers getappt, und es gab kein Entrinnen mehr.

»Selma Benning«, begrüßte Nikolaj sie. Dann sagte er einige Worte auf Russisch, die der Kommandant mit einem Nicken quittierte.

»Leider spricht unser ehrenwerter Kommandant nur sehr schlecht eure Sprache. Ich werde also übersetzen müssen.« Er zeigte seine Zähne, als er grinste. »Was kann der Kommandant für dich tun?«

Selma studierte die Miene des Kommandanten. Keine Regung war darin zu erkennen. Vielmehr eine gewisse Hilflosigkeit. Er schien tatsächlich kaum ein Wort ihrer Sprache zu verstehen.

»Woher wussten Sie, dass ich kommen würde?« Selma nahm ihren ganzen Mut zusammen, um Nikolaj die Stirn zu bieten. Es gab keine Möglichkeit mehr für einen Rückzug, also war Angriff die beste Verteidigung.

»Ich bewundere deinen Mut. Sicherlich hat man dir erzählt, wer mein Vater ist.« Nikolaj verschränkte die Arme vor der Brust.

»Es interessiert mich herzlich wenig, wer Ihr Vater ist. Oder ist es in Ihrer Familie üblich, sich an Frauen zu vergreifen?«

»In meiner Familie ist es üblich, dass Frauen den Männern Respekt entgegenbringen. Frauen, die sich nicht daran halten, werden sehr schnell in ihre Schranken gewiesen.«

»Wollen Sie mir Angst machen?« Selma hielt die Hände vor ihrem Bauch gefaltet, weil sie nicht wollte, dass er das Zittern sah.

»Nein, ich will dir keine Angst machen. Die Angst wird von ganz allein kommen. Glaub mir. Denn du bist eindeutig zu weit gegangen, hier beim Kommandanten zu erscheinen. Es war meine Verantwortung, für Zucht und Ordnung im Lager zu sorgen, als Efrem fort war. Es geht dich einen Dreck an, wie ich mit den Frauen verfahre. Zumal es deine Freundin war, die verprügelt wurde. Ist das deine Auffassung von Dankbarkeit?«

»Sie haben sie geschändet!« Selma funkelte ihn an. Der Kommandant war vergessen. Sie hätte ebenso mit Nikolaj allein in dem Büro stehen können.

»So ist deine Sicht der Dinge. Genaugenommen habe ich ihr Manieren beigebracht. Und die werde ich auch dir beibringen.«

»Sie wollen sich auch an mir vergreifen?« Selmas Lippen bebten. Ihr Magen verkrampfte sich, und sie musste sich beherrschen, die Galle niederzuringen, die sich in ihrer Kehle langsam nach oben schob.

»Nein, das wäre zu einfach. Vorerst werde ich dich in Frieden lassen, aber du sollst jeden Abend vor dem Einschlafen an mich denken und beten, dass ich nicht vor dir stehe, wenn du die Augen wieder öffnest.«

»Ist es der Hass auf uns Deutsche, oder sind Sie einfach nur ein Sadist, der es liebt, Frauen zu drangsalieren?«

»Du unterschätzt mich. Glaube mir. Und jetzt verschwinde, bevor ich in Gegenwart des Kommandanten meine guten Manieren vergesse.«

Selma warf dem Kommandanten einen letzten Blick zu und vergewisserte sich, dass er nichts weiter als eine Strohpuppe war. Von ihm war keine Hilfe zu erwarten. Bevor ihre Angst sie zu übermannen drohte, wandte sie sich um und verließ das Büro.

Es gab zwei Herzen, die in ihrer Brust schlugen. Einerseits war sie stolz und erleichtert, Nikolaj die Stirn geboten zu haben, andererseits dachte sie an Efrems warnende Worte und fürchtete sich davor, in der nächsten Nacht die Augen zu schließen.

Am übernächsten Abend sah sie zu, wie die ersten Frauen zu packen anfingen. Sie taten es, ohne zu wissen, ob sie zu den Auserwählten gehören würden. Auch Gisela und Irma suchten ihre wenigen Habseligkeiten zusammen. Trude setzte sich zu ihnen. »Ist euch aufgefallen, dass die Wachtürme seit zwei Tagen nur noch sporadisch besetzt sind?«

»Was du immer alles weißt«, sagte Irma.

»Ich kann eben gut beobachten.« Trude machte ein gelangweiltes Gesicht.

»Habt ihr etwas von Luise gehört?«, fragte Selma, weil sie keine Lust hatte, Trudes Überheblichkeit weiter zu nähren. Ihr war aufgefallen, dass Trude deutlich weniger abgenommen hatte als die übrigen Frauen.

»Du meinst, ob sie auch auf die Liste gekommen ist?«, fragte Irma.

»Ja, es wird Zeit, dass sie endlich ihren kleinen Sebastian wieder in die Arme schließen kann.«

»Sie wollen morgen früh noch einmal zum Apell antreten lassen. Dann lesen sie die Liste vor«, sagte Gisela.

»Ich habe ein schlechtes Gefühl«, brachte sich Irma ein.

»Behalte deinen Pessimismus für dich!« Gisela stopfte ihre verbliebenen zwei Kleider in ihren kleinen Koffer.

»Willst du vor der Abreise noch einmal mit Marianne sprechen?«, fragte Irma ihre Schwester.

»Ja, sie soll wissen, dass ich es versucht habe.«

»Und ihr die Genugtuung gönnen, dass sie recht behalten hat?« Gisela machte ein schiefes Gesicht.

»Ich gebe die Hoffnung nicht auf, dass wir friedlich auseinandergehen.« Selma seufzte.

~

Sie lag in dieser Nacht zum wiederholten Male lange wach. Nikolaj hatte nicht zu viel versprochen. Sein Gesicht tauchte in ihren Gedanken auf, sobald sie die Augen schloss. Doch die Zeit spielte für sie. Wenn sie Nikolaj keine Gelegenheit böte, bestand eine Chance, unbeschadet nach Hause zu kommen. Zwanzig Monate waren eine fürchterlich lange Zeit, aber es hätte alles viel schlimmer kommen können. Sie hatte es geschafft, Irma aus der Schusslinie zu halten und mit Wiktorias Hilfe sogar ihr Fieber in den Griff zu bekommen. Gott hatte seine schützende Hand über sie gehalten. Mit der Zeit würden all die schrecklichen Erlebnisse verblassen. Auch die Erinnerung an Nikolaj.

Zum ersten Mal seit vielen Wochen dachte sie wieder an Johann. Sie spürte, dass ihre Liebe zu ihm noch immer nicht erloschen war. Ebenso wenig ihre Hoffnung. Vielleicht würde sie eine Überraschung erleben, wenn sie erst nach Hermannstadt zurückgekehrt war. Vielleicht war Johann heimgekommen. Bei dem Gedanken begann ihr Herz schneller zu schlagen, und sie dämmerte erst in den frühen Morgenstunden in einen leichten Schlaf hinüber.

Als sie aufwachte, war bereits der erste Lichtschimmer eines neuen Tages hinter den Fenstern zu erkennen. Mit etwas Glück blieb ihr noch eine Stunde, bevor sie von den Pritschen gejagt würden. Ihre Blase hatte sie geweckt, und als sie gerade aufstehen wollte, hörte sie, wie auch Gisela sich erhob und zur Tür schlich. Selma gab einen zischenden Laut von sich. Gisela blieb stehen und sah sie fragend an.

»Darf ich mich anschließen?«, flüsterte Selma.

Gisela nickte lächelnd.

Eine einzelne Lampe brannte in der Baracke, um das Ungeziefer abzulenken. Dies half ihnen, den Weg trittsicher zu finden. Zusammen schlichen sie hinaus in die kühle Frische des heraufziehenden Morgens. Beiläufig warf Selma einen Blick zu den Wachtürmen hinauf. Sie waren nicht besetzt. Ohne Trudes Hinweis wäre ihr das nicht aufgefallen.

»Gehen wir jetzt tatsächlich gemeinsam pinkeln«? Gisela lief neben Selma.

»Ich hasse die Dinger. Wie ich mich nach einem richtigen Bad sehne.« Selma machte ein angeekeltes Gesicht. »Was meinst du, haben wir uns in den Monaten sehr verändert?«

»Wir haben einige Kilos verloren, und meine Haarbürste sieht nach jedem Kämmen aus, als hätte ich ein Pferd damit gestriegelt«, sagte Gisela.

»Ich meine nicht körperlich.« Selma schüttelte den Kopf. »Ich meine vielmehr, ob wir zu anderen Menschen geworden sind?«

»Wenn du mich vor der Aushebung gefragt hättest, ob ich ohne mit der Wimper zu zucken eine ahnungslose Frau von einem Bahnsteig stoßen würde, hätte ich sicherlich verneint.« Gisela senkte den Kopf.

»Du warst verzweifelt und hattest Angst. Wir wussten nicht, was uns erwartet. Du darfst dir nicht ein Leben lang Vorwürfe deswegen machen.«

»Wenn das jemand mit dir gemacht hätte, wäre ich wahrscheinlich auch zur Furie geworden.«

Selma schlug die Augen nieder.

»Ich möchte nicht wissen, was unsere Soldaten mit den russischen Frauen gemacht haben, als sie auf dem Vormarsch waren.«

»Ich auch nicht.«

»Jetzt wo wir zu den Latrinen gehen, frage ich mich, ob sie uns bemerkt hätten, wenn wir einfach durch ein Loch im Zaun geflohen wären.«

»Und dann? Wohin hätten wir uns wenden sollen?«

»Keine Ahnung. Aber allein der Gedanke jagt mir ein Kribbeln über den Rücken. Ist Freiheit nicht ein unschätzbares Gut?« Gisela sah sie von der Seite an. »Warum maßen sich Menschen überhaupt an, anderen Menschen ihren Willen aufzuzwingen?«

»Ich glaube, wir Menschen sind ganz besondere Wesen«, entgegnete Selma. »Wir erschaffen, forschen und philosophieren, aber gegen unsere Triebe und Instinkte kommen wir einfach nicht an.«

»Du glaubst also, so ein Krieg mit all seinen schrecklichen Folgen könnte noch einmal auf uns zukommen?«

»Vielleicht nicht auf uns, aber auf die nachfolgenden Generationen.«

Sie hatten die Latrinen erreicht. Die roh gezimmerten Holzbänke befanden sich unter einem einfach errichteten

Unterstand hinter den Baracken. Im Winter war es dort so kalt, dass sich jeder beeilte, sein Geschäft zu erledigen. Im Sommer flogen die Fliegen in Scharen um sie herum. Die Löcher waren weder voneinander abgetrennt, noch wurde nach Geschlechtern unterschieden. Vor und nach der Arbeit mussten sie häufig Schlange stehen, um überhaupt ein freies Loch zu finden.

Wie erwartet, war um diese Uhrzeit niemand bei den Latrinen. Sie waren ungestört. Gisela hob als Erste ihr Nachthemd und hockte sich über eines der stinkenden Löcher. Selma tat es ihr gleich.

»Jetzt sollten wir zusehen, dass wir zurück auf unsere Pritschen kommen«, sagte Gisela. »Die Sonne geht bald auf.«

Selma nickte. Sie wollte gerade aufstehen, als aus dem Dunkel der weichenden Nacht schlagartig eine undurchdringliche Schwärze wurde. Fester Stoff legte sich über Selmas Gesicht, und sie riss instinktiv den Mund auf, der sofort von einer unnachgiebigen Hand verschlossen wurde. Unfähig, auch nur einen Laut von sich zu geben, strampelte sie wild mit den Beinen.

»Ein Laut, und ich schneide dir die Kehle durch!«

Selma zuckte zusammen, weil sie die Stimme sofort erkannte. Sie war sich nicht sicher, aber sie meinte in ihrer Panik tatsächlich etwas Metallisches an ihrer Kehle zu spüren. Sie konnte Gisela hören, die irgendwo in ihrer Nähe ebenfalls keuchte und stöhnte. Bis sie plötzlich verstummte.

Das brachte Selma dazu still zu halten. Ihr brach der kalte Schweiß aus. Furcht schnürte ihr die Kehle zu. Die Hand löste sich zögerlich von ihrem Mund. Wie ein Fisch auf dem Trockenen begann sie nach Luft zu schnappen, während sie weggetragen wurde. Bald wusste ihr Gehirn mit dem plötzlichen Überschuss an Sauerstoff nichts mehr anzufangen, und sie wurde ohnmächtig.

~

Ein metallischer Geschmack lag auf ihrer Zunge, als sie die Augen aufschlug. Ihr Schultern fühlten sich an, als hätte man sie auf eine Streckbank gelegt. Sie wurde von links nach rechts geschaukelt, und es dauerte einige Sekunden, bis sie realisierte, dass sie im Führerhaus eines Lkws saß. Ihre Arme hingen in einer Schlinge, die wiederum an einer Halteschlaufe über ihrem Kopf verknotet war.

»Da ist sie ja wieder.«

Sie schrak zusammen, als sie die Stimme neben sich hörte. Nikolaj saß am Steuer und lenkte den Lkw über einen Feldweg. Das dünne Nachthemd war über ihre Schenkel gerutscht. Sie kauerte sich ängstlich noch enger in ihre Ecke. »Wo bringen Sie mich hin?«

Nikolajs Miene blieb starr. »Ich hätte dir bereits im Haus deiner Eltern Manieren breibringen sollen.«

»Wo ist meine Freundin?«

»Fragen über Fragen.« Nikolaj klopfte an die Führerhausrückwand, an der ein kleines Sichtfenster zur Ladefläche eingebaut war. Selma lehnte sich zur Seite, um hindurchsehen zu können. Es lief ihr eiskalt den Rücken hinunter, als sie Gisela sah. Sie war ebenfalls gefesselt und kauerte auf der Ladefläche. Neben ihr ein junger Mann, der alles andere als vertrauensselig aussah.

»Sie haben uns aus dem Lager entführt.«

»Ich habe euch entführt?« Nikolaj lachte. »Ihr seid aus

dem Lager geflohen, und ich bin auf dem Weg, um euch zurückzuholen.«

»Geflohen? Warum sollten wir das tun, wo die Chancen, bald nach Hause zu kommen, sehr hoch sind?« Selma war verwirrt.

»Nach Hause?« Nikolaj schnalzte mit der Zunge. »Eure Namen finden sich auf keiner Liste. Sie lassen nur die Halbtoten zurück in die Heimat.«

»Das ist …«

»Die Wahrheit.« Nikolaj grinste boshaft, während er sich auf die Straße konzentrierte. »Es war nie etwas anderes geplant.«

»Ich habe Ihren Stolz gekränkt. Eine Deutsche, die sich gegen Sie auflehnt.«

»Ich hatte dir versprochen, mich um dich zu kümmern. Oder dachtest du tatsächlich, du würdest einfach so davonkommen?«

Selma schluckte. Sie blickte auf die Straße. »Früher oder später wird man im Lager wissen, dass Sie uns verschleppt haben.«

»Ihr wart schnell und seid irgendwo untergetaucht. Wie vom Erdboden verschluckt. Niemand wird euch jemals wiederfinden. Pjotr und ich haben unser Bestes getan, um euch aufzuspüren, aber vergebens. Man wird euch nicht lange nachtrauern.«

»Wollen Sie uns also umbringen und irgendwo verscharren?« Selmas Herz schlug ihr bis zum Hals.

Wieder lachte Nikolaj. »Was sollte ich von eurem Tod haben? Nein, ihr seid jung und noch dazu deutsch. Der Mann, zu dem ich euch bringe, zahlt mir jede Menge Rubel für Frauen von deiner Sorte. In deinem Fall bekomme ich vielleicht sogar ein paar extra.« Er sah sie lüstern von der Seite an. »Du bist sicherlich noch Jungfrau, richtig?«

Selma biss sich auf die Lippe. »Lassen Sie wenigstens meine Freundin gehen.«

»Ich glaube, deine Freundin ist keine Jungfrau mehr, was schade wäre. Das mindert ihren Wert. Aber mein Käufer wird das ohnehin prüfen. Auch bei dir.«

»Wollen Sie das wirklich tun?« Selma wollte Zeit gewinnen. Ihre Handgelenke schmerzten, und sie versuchte, den Knoten etwas zu lockern, aber er saß zu fest. Sie beugte sich wieder vor und sah nach Gisela. Ihre Freundin saß noch immer zusammengesunken da, die Augen geschlossen. Ihre Hände waren an eine Verstrebung gebunden worden. Pjotr saß neben ihr und begegnete gelangweilt ihrem Blick.

»Deiner Freundin geht es gut dahinten bei Pjotr. Mach dir keine Sorgen. Er rührt sie nicht an. Das werden später andere tun.«

»Fahren wir weit?«, fragte Selma und bewegte unauffällig ihre Handgelenke.

»Bis zum nächsten Dorf. Dort trennen sich unsere Wege leider.«

»Wie kommt es, dass Sie unsere Sprache so gut sprechen?« Selma schob und zog, aber der Knoten löste sich keinen Millimeter. Ihre Verzweiflung wuchs mit jedem Meter, den der Lkw zurücklegte.

»Mein Vater ist, wie gesagt, ein einflussreicher Mann und ein gebildeter dazu«, begann Nikolaj unvermittelt. »Er wollte, dass seine Söhne eure Sprache lernen. Als Hitler an die Macht kam, hat er diesen Krieg vorausgesehen. Er hat Hitler respektiert und gleichzeitig verachtet. Ihm war klar, dass es von Vorteil sein kann, Deutsch zu sprechen. Obwohl ich ihm liebend gern die Gurgel umdrehen würde, hat er in diesem Punkt recht behalten.«

Selma überraschten seine offenen Worte. »Wenn Ihr Vater so viel Einfluss hat, warum sind Sie dann hier? In einem Arbeitslager, als einfacher Brigadier?«

»Du meinst, warum ich nichts aus mir gemacht habe?« Er verzog das Gesicht. »Ich bin das schwarze Schaf in der Familie. Mein Vater wollte mich nicht in seiner Nähe haben. Ich bin der mittlere von drei Brüdern. Für ihn war ich stets ein Nichtsnutz. Mein jüngerer Bruder war sein Liebling, als er noch lebte.« Es war, als spräche er mit sich selbst. Selma hatte seinen wunden Punkt getroffen. Ob ihr das aber in ihrer misslichen Lage weiterhalf, vermochte sie nicht zu sagen. »Er konnte natürlich nichts dafür, aber meinem Vater kreide ich das an.«

»Lassen Sie uns gehen«, versuchte sie es noch einmal. »Ich werde schweigen wie ein Grab, Gisela ebenso.« Das Bemühen, die Fesseln zu lösen, blieb hoffnungslos. Sie sah keinen anderen Ausweg mehr, als um ihr Leben zu betteln. So schwer ihr das auch fiel. »Ich habe immer geglaubt, Sie würden meiner Schwester das Leben schwermachen.«

»Deine Schwester hat mich nie interessiert. Zumal Efrem wie ein Schießhund auf sie aufgepasst hat.«

»Efrem wird uns finden.«

Nikolaj lachte auf. »Ich hätte zusehen sollen, wie deine Freundin weichgeklopft wird.«

»Sie haben die eine gerettet und die andere verdammt«, erwiderte Selma. »Haben Sie dafür gesorgt, dass die Wachtürme nicht besetzt waren?«

»Noch einmal: Ich mag auf dem Papier ein kleiner Brigadier sein. Aber wen interessiert Papier, wenn man aus der richtigen Familie kommt?«

»Meine Schwester ist krank. Ich muss mich um sie kümmern.« Inzwischen brannten ihre Handgelenke von den Versuchen, die Fesseln zu lockern, so sehr, dass sie Tränen des Schmerzes in den Augen hatte.

»Wenn du glaubst, ich würde jetzt noch umkehren, bist du noch dümmer, als ich dachte. Wie ich bereits sagte: Alle werden denken, ihr wärt geflohen, hättet die Chance ergriffen. Ihr wärt nicht die Ersten.«

Selmas Gedanken wirbelten. In ihrem Kopf entstanden fürchterliche Bilder davon, was mit Gisela und ihr geschehen würde. Sie fragte sich, ob Nikolaj auf eigene Faust handelte. Wie viele Frauen waren bereits aus den Lagern entführt worden, um sie zahlungswilligen Käufern zu überantworten? Sie musste abwägen, welche Möglichkeiten ihr blieben. Die Fesseln waren unnachgiebig. Nikolaj hatte ganze Arbeit geleistet. Es bestand keine Chance, sie zu lösen. Die Straße verschwamm vor Selmas Augen. Sie dachte an die Menschen in ihrem Leben. Da war der Anblick ihrer Eltern, die dem Lkw, der sie von zu Hause weggebracht hatte, mit traurigem Blick hinterhersahen. Eine Erinnerung an Irma tauchte auf, wie sie ihr eine Kusshand zuwarf. Und Johann. Sie erinnerte sich, wie sie ihn an jenem Abend zum ersten Mal am Rande der Tanzfläche gesehen hatte. Die Hände in den Hosentaschen vergraben. Der Wind spielte mit seinem Haar. Seine Miene war regungslos. Selma flüsterte seinen Namen.

»Was tust du da?«

Selma zuckte zusammen, als sie Nikolaj vernahm, der sie zurück in die Wirklichkeit holte. Eine Wirklichkeit, in der sich die Ereignisse plötzlich überschlugen. Selma sah den Hirschbock noch vor Nikolaj, der seinen Blick kurz von der Straße genommen hatte, um sie anzusehen.

»Dort!« Weiter kam Selma nicht, da Nikolaj reflexartig reagierte und das große Lenkrad herumriss.

Der Lkw brach aus. Das Heck schwang schwerfällig herum, und sie kamen von der Straße ab. Nikolaj war zu langsam, um das Unglück noch abwenden zu können. Die rasante Fahrt des Lkw wurde jäh von einem dicken Baumstamm gebremst, der wie ein Streichholz zur Seite kippte, als sie ihn rammten. Selma schlug mit dem Kopf seitlich gegen den Türrahmen, doch die Fesseln verhinderten, dass sie durch die Scheibe flog.

Halb benommen lauschte sie in die schlagartig eingetretene Stille hinein. Sie sah zur Seite. Nikolaj hing mit dem Brustkorb schlaff über dem Lenkrad. Seine Stirn hatte sich in die Frontscheibe gebohrt. Blut tropfte zäh auf das Armaturenbrett. Er bewegte sich nicht mehr.

Mühsam lehnte sich Selma zur Seite. »Gisela?« Sie konnte ihre Freundin nicht sofort sehen, bis sich etwas auf der Ladefläche regte. »Gisela? Geht es dir gut?«

Sie vernahm ein Stöhnen. »Was ist passiert?« Es war ihre Stimme.

Selma atmete erleichtert auf. Giselas Fesseln hatten ebenfalls das Schlimmste verhindert. »Ein Unfall. Kannst du dich bewegen?« Sie versuchte, durch das Glas zu erkennen, wie es Pjotr ergangen war. Nikolajs Helfer lag regungslos neben Gisela. Auch ihn schien der unerwartete Aufprall außer Gefecht gesetzt zu haben. »Ich kann meine Fesseln nicht lösen.«

Es kam keine Antwort, aber sie konnte Gisela ächzen und stöhnen hören, dann wurde die Beifahrertür aufgerissen, und die Freundin stand neben ihr. »Gott sei Dank.« Sie sah Nikolaj. »Wie konnte das passieren?«

»Irgendetwas hat ihn abgelenkt. In dem Moment lief ein Hirsch über die Straße. Er wollte ausweichen, aber …« Selma brach ab.

»Gott sei Dank geht es dir gut.« Gisela löste den Knoten.

Erleichtert rieb sich Selma die Handgelenke.

»Ist er tot?«, fragte Gisela.

Selma rutschte näher zu Nikolaj. Zögerlich legte sie zwei Finger an seine Halsschlagader. »Er lebt. Die Frage ist, wie lange noch.«

»Der hinten ist auch bewusstlos. Ich glaube, er ist mit dem Hinterkopf gegen eine der Verstrebungen geschleudert worden. Es gab ein hässliches Geräusch.«

»Was sollen wir tun?« Selma war für einen Moment ratlos. Erst langsam sickerte die Realität in ihren aufgewühlten Verstand. Sie zitterte plötzlich am ganzen Leib und starrte auf den leblosen Nikolaj. Ein Teil von ihr wollte Hilfe holen, aber der Gedanke an Marianne und das, was er mit ihnen geplant hatte, hielt sie davon ab.

»Lass uns verschwinden.« Gisela fasste sie am Arm.

»Lassen wir ihn einfach liegen?«

»Willst du warten, bis sie aufwachen?«

»Falls sie aufwachen.«

»Gott soll das entscheiden«, sagte Gisela. »Ich habe gehört, worüber ihr euch unterhalten habt. Sie hätten es nicht anders verdient. Und jetzt komm schon.«

Gemeinsam kletterten sie aus dem Führerhaus. Schwarze Reifenspuren führten von der Straße in die Böschung. Der Lkw war frontal gegen einen alten, schweren Baum geprallt und hatte ihn zur Hälfte unter sich begraben. Ein Rad hing in der Luft. Rauch stieg aus der Motorhaube auf und verflüchtigte sich über den Baumkronen.

»Wir hatten Glück«, bemerkte Gisela. Dann machte sie ein erschrockenes Gesicht. »Du blutest!« Ihre Hand fuhr zu Selmas Schläfe. Als sie sie zurücknahm, waren ihre Fingerspitzen voller Blut.

»Nur eine Platzwunde. Die Fesseln haben uns gerettet.« Selma rieb sich noch immer die Handgelenke.

Die Sonne stieg am Horizont bereits in die Höhe. »Was glaubst du, wie weit wir vom Lager entfernt sind?«

»Keine Ahnung, aber Kriwoj-Rog kann nicht allzu weit weg sein.« Selma versuchte, eine Himmelsrichtung auszumachen. »Wir müssen zurück. Lass uns entlang der Straße laufen.«

»Zurück? Ins Lager?« Gisela sah sie ungläubig an. »Glaubst du immer noch, sie werden uns nach Hause lassen? Spätestens wenn sie Nikolaj und Pjotr finden …« Sie blickte die Straße herunter.

»Aber wir wurden entführt.«

»Und was nützt uns das? Sie werden uns für den Unfall verantwortlich machen.«

»Was hast du vor?«

»Wir müssen weg hier.« Gisela machte ein nachdenkliches Gesicht. »Vielleicht können wir uns bei Wiktoria verstecken.«

»Wiktoria? Irma ist noch im Lager und Luise. Wir können …«

Gisela stieß sie an. »Wir müssen. Verstehst du nicht? Wir können nicht zurück.«

»Aber wie sollen wir dann jemals nach Hause kommen?«

»Wir kommen nach Hause, aber nicht mit diesem Zug!« Gisela schüttelte sie. »Versteh das doch endlich.«

»Ich muss zu Irma. Wenn …« Weiter kam sie nicht, da in diesem Moment lautes Hundegebell ertönte.

»Lauf!« Gisela zog an ihrem Arm, und sie liefen über die Straße, querfeldein. Die Ereignisse wiederholten sich. Es war wie am Bahnsteig. Nur dass die Situation diesmal um einiges bedrohlicher war. Bald hörte Selma nur noch ihr eigenes Blut wie einen Orkan durch ihren Körper rauschen, als sie barfuß, einzig mit ihrem Nachthemd bekleidet, durch das Unterholz liefen.

11

Kriwoj-Rog, Sowjetunion, heutige Ukraine
1946

Irgendwann ebbte das Hundegebell in ihrem Rücken ab. Dass ihre nackten Fußsohlen inzwischen blutig waren und ihr rechtes Auge angeschwollen war, nahm Selma nur beiläufig wahr. Ebenso das Brennen in ihrer Brust und die latente Übelkeit, die sich quälend in ihrem Magen eingenistet hatte.

Gisela lief immer weiter, bis sie den Rand des Waldes erreichten. Sie hatte den richtigen Riecher gehabt. Unmittelbar vor ihnen waren die ersten Häuser der Stadt zu sehen.

»Das muss Kriwoj-Rog sein.« Gisela stützte sich schwer atmend auf ihre nackten Knie. Ihr Hemd war an einigen Stellen zerrissen. Durch ihr Gesicht zogen sich blutige Kratzer, und ihr Haar stand zu allen Seiten ab.

»Du siehst furchtbar mitgenommen aus«, sagte Selma und lehnte sich an einen Baum. Ihre Knie waren weich, und die Übelkeit gipfelte in einem krampfartigen Würgen. Doch es kam nur bittere Galle.

»Ich gebe das Kompliment zurück.« Gisela sah zurück in den Wald. »Wir müssen in Bewegung bleiben. Bis zu Wiktoria kann es nicht mehr weit sein.« Ihr schien die vergangene Stunde weniger zugesetzt zu haben.

Selma nickte stumm. Sie atmete noch einmal tief durch, dann lief sie weiter.

Da es noch früh am Morgen war, begegneten sie nur vereinzelten Menschen auf ihrem Weg durch die Straßen. Sie wurden interessiert gemustert, keiner wagte es jedoch, ihnen zu nahe zu kommen. Sie mussten auf die Bewohner wie Aussätzige wirken.

»Dort drüben!« Selma deutete in eine Richtung. Sie hatte ein markantes Haus wiedererkannt. Sie waren tatsächlich in Kriwoj-Rog angekommen. Selma fasste neuen Mut. »Der Marktplatz ist gleich hinter der nächsten Ecke. Wir haben es fast geschafft.«

Über Giselas müde Züge breitete sich ein zaghaftes Lächeln aus. Sie nahm Selma an die Hand, und nebeneinander liefen sie durch die Gassen. Die Morgensonne wärmte ihre leicht bekleideten Körper. Trotzdem fröstelte es Selma. Sie fühlte sich wie ein Geist, der ziellos zwischen den Häuserfronten hindurchschlich. Es gab keine Vergangenheit und auch keine Zukunft mehr. Nur noch das Hier und Jetzt. Die Zeit schien stehengeblieben zu sein. Ein Universum aus Angst und Leid.

»Wir sind da.« Gisela holte sie aus ihren trüben Gedanken zurück in die Realität.

Selma erkannte es sofort wieder. Das Haus, in dem Wiktoria lebte. Sie seufzte erleichtert und fasste Giselas Hand fester. »Ich bin so froh, dass wir zusammen zur Latrine gegangen sind. Hätte er mich alleine verschleppt, dann …«

Gisela wischte ihr eine Träne aus dem Augenwinkel und nahm sie in den Arm. »Wir sind zusammen und passen aufeinander auf.«

»Irma … was machen wir mit ihr?«, flüsterte Selma der Freundin ins Ohr. »Ich kann nicht zulassen, dass sie allein im Lager bleibt. Wenn wir fort sind, werden sie sie nicht gehen lassen. Womöglich werden sie sie an unser Stelle bestrafen und dann …«

»Psst. Uns wird etwas einfallen. Versprochen. Niemand kann uns drei trennen. Hast du das verstanden? Niemand. Und nun lass uns sehen, ob Wiktoria da ist. Wir sollten nicht so lange auf der Straße herumstehen.«

Selma löste sich von Gisela und wischte sich die Tränen aus den Augen. »Du hast recht. Das sollten wir nicht.«

Gisela schenkte ihr ein Lächeln und klopfte an die Tür. Es dauerte nicht lange, und Wiktoria öffnete. Sie hob überrascht die Augenbrauen.

»Was ist geschehen?« Sie zögerte nicht lange, zog sie beide über die Türschwelle und schloss schnell die Tür.

»Kannst du uns helfen?« Selma sah sie flehentlich an.

Wiktoria besah sie sich genauer. »Kommt ihr aus dem Lager? Wartet! Ihr seid geflohen? Aber wo ist Irma?«

»Wir werden dir alles erzählen, aber zunächst müssen wir wissen, ob wir bei dir sicher sind«, sagte Gisela.

Wiktoria sah sich um. Dann hob sie ihren Finger vor die Lippen. »Da. In die Kammer mit euch.« Sie führte die beiden in den Raum, aus dem bei ihrem ersten Besuch ihr Sohn Alexej gekommen war. Es handelte sich offenbar um die Schlafkammer der Familie. Selma sah drei Betten und eine Matratze. Die Laken waren zerwühlt, und die Luft war abgestanden.

»Setzt euch dorthin. Ich kümmere mich um eure Wunden. Dann erzählt ihr mir, was passiert ist.« Sie verließ die Kammer, um kurz darauf mit einer Schüssel und einem Lappen wiederzukommen.

Selma zuckte zusammen, als sie mit dem nassen Lappen ihre Platzwunde am Kopf reinigte. »Prochor ist hinter dem

Haus«, sagte Wiktoria. »Er muss nicht mitbekommen, wen ich zu Besuch habe. Also sprecht leise.«

»Hast du etwas zum Anziehen für uns?«, fragte Gisela, die sich eines der Laken über ihre nackten Schenkel gezogen hatte.

»Ihr seht aus, als kämet ihr geradewegs von euren Pritschen.« Wiktoria widmete sich nun Giselas Schrammen.

»Das stimmt auch, sozusagen«, sagte Selma. Dann erzählte sie mit gedämpfter Stimme, was ihnen widerfahren war.

Wiktoria hörte ihnen mit großen Augen zu. »Ein Unfall?«

»Sie lebten beide noch. Wenn man sie rechtzeitig findet …« Selma brach ab, weil sie selbst wusste, wie unwahrscheinlich zumindest Nikolajs Überleben war. Sie sah ihn vor sich, wie er blutend über dem großen Lenkrad gelegen hatte, den Kopf in die Scheibe gebohrt.

»Sie werden euch überall im Umkreis suchen«, sagte Wiktoria.

»Es sieht nun so aus, als wollten wir fliehen.« Selma nickte. »Sie werden uns bestrafen und uns auf keinen Fall nach Hause fahren lassen.«

Wiktoria schürzte die Lippen und schien nachzudenken. »Ich habe von diesen Geschäften gehört, bei denen sie die Frauen aus den Lagern holen. Sie werden manchmal bis nach China verkauft.«

»Das spielt jetzt keine Rolle mehr«, sagte Gisela. »Jetzt sind wir hier. Wir müssen irgendwie Irma da rausholen und dann fort von hier.«

»Was beides nahezu unmöglich ist«, seufzte Wiktoria.

»Aber du wirst uns doch helfen?«, fragte Selma und berührte ihren Arm.

»Wie sollte ich das? Ich bin ein Niemand. Wenn euer Kommandant wüsste, dass ich euch hier beherberge, würde er mich gleich mit in das Lager verfrachten.«

»Soll das heißen, wir können nicht bleiben, und du wirst uns nicht helfen?« Gisela machte ein desillusioniertes Gesicht.

»Ihr könnt auf jeden Fall bis morgen hierbleiben, aber das wird euch nicht viel nutzen.«

»Du könntest in der Zwischenzeit zum Lager gehen und sie auf eine falsche Spur locken, um gleichzeitig Erkundigungen nach meiner Schwester einholen«, bat Selma sie.

»Ihr wisst, dass ich den Hass auf euch Deutsche nicht teile, aber ich werde auf keinen Fall mein Leben riskieren. Das könnt ihr nicht von mir verlangen.«

»Nein, das können wir nicht«, sagte Selma schnell. »Aber ein Paar Hosen und ein Paar Schuhe hast du sicherlich für uns.«

Wiktoria nickte und verschwand wieder.

»Was sollen wir tun?« Selma tastete über ihre Schläfe.

»Ich habe keine Ahnung. Ich weiß auch nicht, was ich von ihr erwartet habe.« Gisela senkte den Kopf.

Wiktoria brachte ihnen zwei alte Hosen und jeweils ein Paar Sandalen, die zwar besser waren als nichts, aber sie nicht warmhalten würden. »Prochor weiß noch nicht, dass ihr hier seid. Er ist jetzt in der Stube. Verhaltet euch also still. Ich bringe euch Wasser und etwas zu essen. Anschließend gehe ich vor die Tür und versuche, etwas in Erfahrung zu bringen. Die Nachbarn werden euch nicht verraten. Wir sind wie eine große Familie hier. Aber sie wissen vielleicht etwas über den verunglückten Lkw oben im Wald.«

Eine Stunde später saßen Selma und Gisela vor einem

Teller Linsensuppe. Wiktoria hatte die Tür geschlossen und sich auf den Weg gemacht. Dass Prochor nebenan war, gefiel ihnen nicht, aber sie hatten keine andere Wahl.

Gisela aß auf und legte sich bald auf die Seite, um zu schlafen. Selma starrte derweil an die Decke. Sie dachte an Irma und wie sie sie aus dem Lager holen könnten. Ohne Irma würde sie nirgendwo hingehen. In diesem Augenblick sah sie nur einen Ausweg: Sie würde sich stellen, und Gisela musste allein ihr Glück versuchen. Sie würde vielleicht eine Chance haben, sich bis an die russische Grenze durchzuschlagen. Vielleicht.

Ein Knacken der Bodendielen ließ sie hochschrecken. Zunächst glaubte sie, Wiktoria sei bereits zurückgekehrt, als die Tür zur Hälfte aufglitt. Prochor erschien im Türrahmen und starrte sie stumm an. Selma erwiderte seinen Blick. Sie wollte etwas sagen, stattdessen schluckte sie hart. Einige Sekunden geschah nichts. Prochors Miene war unbeweglich. Selma hätte nicht sagen können, was in ihm vorging. Kurz darauf trat er zurück und schloss die Tür.

Ihr Herz schlug ihr bis zum Hals, und sie atmete durch. Wiktorias Haus war nicht länger sicher. So viel stand fest.

~

»Die halbe Stadt weiß von euch.« Wiktoria saß vor ihnen und löste den Knoten ihres Kopftuches. »Ihr …«

»Gisela wird fliehen, ich werde mich stellen«, sagte Selma schnell.

»Das wirst du ganz bestimmt nicht«, fuhr Gisela auf. Sie war aufgewacht, als Wiktoria zurückgekehrt war, und saß nun neben ihrer Freundin.

»Hast du etwas von Irma gehört?«, fragte Selma und beachtete Gisela nicht.

»Nein, aber die Wachtürme sind wieder besetzt, und es fahren eine Menge Armeefahrzeuge durch die Straßen. Sie haben den verunglückten Lkw gefunden.«

»Lebt Nikolaj noch?«

»Du kannst Fragen stellen.« Wiktoria zuckte mit den Schultern. »Ich habe bestimmt nicht nachgehorcht.«

»Wir sollten verschwinden«, sagte Gisela. »Früher oder später stehen sie vor der Tür.«

»Sie werden jedes Haus abklappern«, gab Wiktoria zu bedenken. »Zwei Brigadiere sind verunglückt. Die Führung wird wissen wollen, was passiert ist, und das können sie von euch am besten erfahren. Also ja, ihr solltet gehen. Spätestens heute Nacht.« Wiktoria schlug die Augen nieder.

»Du hast bereits mehr für uns getan, als wir erwarten können. Bitte mach dir keine Vorwürfe.« Selma war Wiktoria sehr dankbar. »Im Gegenteil, wir hätten dich nicht in Gefahr bringen sollen.« Sie dachte an Prochor. »Ist Prochor noch nebenan?«

»Nein, er ist vorhin fortgegangen, um einige Geschäfte zu erledigen«, antwortete Wiktoria. »Meist kommt er erst sehr spät wieder.«

»Gibt es noch einen anderen Ort, an dem sich Gisela verstecken kann, bis wieder Ruhe eingekehrt ist?«

»Aber …«, setzte Gisela an.

»Du weißt, dass ich Irma nicht allein lasse.« Selma fasste ihren Arm. »Also hör auf damit.«

»Ich könnte sie morgen zu einem befreundeten Bauern bringen«, sagte Wiktoria. »Er hat seinen Hof am Rand der Stadt.«

»Kannst du sie schon heute Abend hinbringen?«

»So schnell?« Wiktoria hob die Augenbrauen.

»Dein Mann hat uns gesehen. Er war hier, als du fort warst.«

»Hat er mit dir gesprochen?« Wiktoria sah Selma erschrocken an.

»Kein Wort, aber sein Blick sagte alles.«

»Dieser sture Narr.« Wiktoria ballte eine Faust. »Dann sollten wir jetzt sofort gehen. Ich kann nicht sagen, welche Dummheiten er plant.« Sie ging zur Tür.

In dem Moment war draußen vor dem Fenster Motorenlärm zu vernehmen. Gisela stellte sich neben das Fenster, schob den Vorhang einen Fingerbreit auf und wurde schlagartig blass. »Sie kommen.«

»Oh nein«, entfuhr es Selma. »Ich gehe ihnen entgegen, und du verschwindest mit Wiktoria durch die Hintertür.« Selma stürmte zu Gisela und nahm sie in den Arm.

»Ich gehe nicht allein.« Gisela sah sie ärgerlich an. »Wir haben gesagt, wir bleiben zusammen.« Sie schob Selma von sich.

»Aber das ist jetzt eine andere Situation. Du darfst nicht bei mir bleiben.«

»Und du darfst mich nicht fortschicken.« Gisela blieb eisern.

Inzwischen waren zwei Soldaten aus einem Lkw gestiegen und auf dem Weg zum Haus. Hinter ihnen kletterte Efrem mit finsterer Miene aus dem Führerhaus.

»Nimm das.« Wiktoria drückte Selma eine Kette mit einem Anhänger in die Hand. Der Anhänger bestand aus einem silbernen Kreuz, um das ein kleiner Rosenkranz gewickelt war. »Er wird euch beschützen.«

»Das …«, begann Selma.

»Nimm ihn, bitte. Das ist alles, was ich noch tun kann. Er hat mir und meiner Familie immer Glück gebracht. Jetzt soll er euch Glück bringen.« Wiktoria küsste sie beide abwechselnd auf die Wange, dann ertönte ein lautes Klopfen an der Tür.

»Noch kannst du gehen«, sagte Selma zu Gisela. »Wenn ich mich stelle, werden sie nicht weitersuchen.«

»Das könnte dir so passen, das Opferlamm zu spielen.« Gisela fasste ihre Hand.

Wiktoria sah sie beide traurig an, dann ging sie zur Haustür. Selma hörte die harte Stimme eines Mannes. Wiktoria antwortete. Schnell legte sich Selma den Talisman um den Hals und erwiderte Giselas Händedruck.

Efrem erschien gerade hinter den beiden Soldaten, als Selma und Gisela sich zeigten.

»Bringt sie zum Lkw«, sagt er knapp. Seine blauen Augen zeigten keinerlei Regung.

Selma schenkte Wiktoria einen letzten Blick, bevor die Soldaten sie packten. Die Heilerin warf ihr eine Kusshand zu, dann wurde sie von Efrems Rücken verdeckt, der unmittelbar vor Wiktoria stehen geblieben war.

Die beiden jungen Soldaten führten Selma und Gisela kommentarlos zum Lkw, wo sie auf der Ladefläche Platz nehmen sollten. Sie selbst hockten sich in den vorderen Teil der Ladefläche, um eine mögliche Flucht zu verhindern.

So saßen sie eine ganze Weile und starrten hinaus in das schwindende Licht des Tages. Irgendwann hörten sie Schritte, die Tür des Führerhauses ging, und dann wurde der Motor angelassen.

Selma schloss die Augen und sprach ein stilles Gebet.

Die Fahrt kam ihr sehr lange vor, obwohl es nur zwei Kilometer von Wiktorias Haus bis zum Lager waren. Nachdem der Lkw angehalten hatte, stiegen die beiden Soldaten aus. Selma und Gisela blieben sitzen, bis Efrem vor der Ladefläche stand.

»Ihr werdet heute Nacht in der Zelle verbringen. Anordnung vom Kommandanten«, erklärte Efrem.

»In der Zelle?« fragte Gisela.

»Ganz recht.«

Efrem begleitete sie zu der Baracke, in der die Zelle war. Es handelte sich um einen kleinen zugigen Raum, in dem es stank und kalt war.

Selma und Gisela hockten sich in eine Ecke. So verbrachten sie die nächsten Stunden und die Nacht, ohne zu wissen, wie es weitergehen sollte. Man reichte ihnen lediglich eine Schüssel mit Wasser.

Erst am nächsten Morgen tauchte Efrem wieder auf. »Kommt mit. Der Kommandant will euch sprechen.«

Efrem verzichtete darauf, auch nur ein überflüssiges Wort an die Frauen zu richten.

Er klopfte an die Tür zur Unterkunft des Kommandanten, dann trat er ein.

Zu ihrer Überraschung saß statt dem Kommandanten ein breitschultriger Mann mit wachen dunklen Augen in seinem Sessel. »Nehmen Sie doch bitte Platz.«

Er siezte sie nicht nur, sondern sprach ein hervorragendes Deutsch. Eine böse Ahnung bemächtigte sich Selmas. Sie ließ sich ihm gegenüber auf einen Stuhl sinken. Hinter ihrer Stirn pochte es.

»Mein Name ist Jurij Melnikow. Nikolaj war mein Sohn.«

»War?« Selma schluckte. Mehrere Erkenntnisse stürmten

zeitgleich auf sie ein und drohten ihren Kopf zum Platzen zu bringen.

»Nikolaj konnte nur noch tot aus dem Lkw geborgen werden«, ergriff Efrem das Wort. »Pjotr liegt mit einer schweren Gehirnerschütterung auf der Krankenstation.«

Damit zerstörte er Selmas Hoffnungen auf einen glimpflichen Ausgang. Jurij Melnikows Erscheinen bestätigte dies.

»Das tut mir aufrichtig leid.«

»Ich hatte kein gutes Verhältnis zu meinem Sohn«, sagte Melnikow frei heraus. »Aber er war mein Sohn. Ich vermute, Sie haben keine Kinder?« Melnikow reckte sein Kinn vor. Selma konnte nur wenig Ähnlichkeit mit Nikolaj erkennen.

»Nein, ich habe keine Kinder, aber es muss schrecklich sein, eines zu verlieren.«

»Haben Sie eine Ahnung, warum ich in der Nacht die weite Fahrt hierher unternommen habe, nachdem mich das Telegramm erreicht hatte?«

»Weil Ihr Sohn verunglückt ist?« Selma machte eine verunsicherte Miene, weil sie die Frage irritierte.

»Nein, um sicherzugehen, dass Sie die Dinge richtig darstellen.«

»Ich verstehe nicht recht.«

»Doch, das tun Sie. Sie wollten fliehen, und mein Sohn wollte Sie zurückbringen.«

»Aber …«

»Das wird Ihre Version ein. Haben Sie mich verstanden?« Seine dunklen Augen fixierten sie.

»Wir wollten fliehen, ja …«

Melnikow nickte zufrieden. »Wie ich sehe, sind Sie unversehrt. Aufgrund der tödlichen Verletzungen meines Sohnes erscheint mir das doch recht seltsam.« Melnikow wuchtete sein Gewicht aus dem Sessel. Das Leder knirschte unter seinem Gewicht. »Ich möchte gerne wissen, wie das möglich ist?«

Selma hatte sich viele Versionen im Kopf zurechtgelegt für den Fall, dass sie dem Kommandanten Bericht erstatten musste, doch nun lagen die Dinge anders. »Gott hat eine Wahl getroffen.« Sie sagte es einfach. Es erschien ihr in diesem Augenblick die einzig richtige Antwort zu sein.

Melnikow kam um den Tisch herum und blieb unmittelbar vor ihr stehen. Sie konnte sein schweres, moschusartiges Rasierwasser riechen. Seine dichten Bartwurzeln zeichneten sich bläulich unter seiner Haut ab. »Gott ist ein vielbeschäftigter Mann. Auch ihm unterlaufen Fehler. Nun ist es an uns Menschen, diese Fehler zu korrigieren.« Er besaß makellose Zähne, und sein Atem verströmte einen Hauch von Minze. Selma fürchtete sich vor diesem Mann wie nie zuvor vor jemandem. Nikolajs Aggressivität verblasste gegenüber der Übermacht seines Vaters. »Ich weiß, was für ein Mensch mein Sohn war. Nichts an seiner Person konnte ein Gefühl des Stolzes in mir wecken. Nichts, was er jemals tat, war von Bedeutung. Ich denke, diese Erkenntnis ist bitterer als sein Tod selbst. Ich selbst habe ihn hierher versetzt. Vielleicht mit der Absicht, ihn niemals wiederzusehen. Kinder sind ein Segen, manchmal jedoch ein Fluch.«

Selma fühlte sich unendlich klein neben ihm. Sie hatte keine Ahnung, was seine Worte zu bedeuten hatten. Aber ihr fiel auf, dass Melnikows Hände vielleicht das Einzige waren, das er seinem Sohn vererbt hatte. Sie waren groß und furchteinflößend.

»Wir waren …«, setzte sie an, als er einen Finger an seine Lippen legte und gleichzeitig ihre Hand nahm.

»Nicht doch.« Behutsam streifte er ihren Ärmel ein Stück zurück und besah sich die blutigen Stellen an ihrem Handgelenk. »Sie sind eine schöne Frau, Selma. Soweit ich weiß, hatte mein Sohn eine Schwäche für schöne Frauen. Das muss bei uns in der Familie liegen.«

»Ich …« Selmas Mund war trocken, und sie brach ab.

»Sie hatten großes Glück. Das ist alles. Haben Sie mich verstanden?« Erleichtert nahm sie wahr, wie er ihren Arm losließ und zurück zu seinem Sessel ging.

»Wir hatten großes Glück«, wiederholte sie mit belegter Stimme.

»Sie können jetzt gehen.« Plötzlich schien seine Miene gelangweilt. »Ich weiß nun Bescheid. Sie konnten mir schließlich sehr genau beschreiben, was geschehen ist. So wird es auch in meinen Bericht stehen.«

Selma starrte ihn an, unfähig, sich zu bewegen. Erst als Efrem sie am Arm berührte, erwachte sie aus ihrer Starre.

»Lass uns gehen.« Efrem führte sie nach draußen.

Vor der Tür wurden ihre Knie plötzlich weich, und Efrem musste sie stützen. »Was ging da drin gerade vor sich?« Sie sah ihn fragend an.

»Ich kann es dir nicht sagen.« Efrem machte ein nachdenkliches Gesicht. »Aber ein Vater, der seinen Sohn verstößt und ihn später verliert, könnte zu einem gefährlichen Mann werden.«

~

»Euer Verschwinden hat für einen ziemlichen Wirbel gesorgt.« Trude saß vor ihnen und flickte ein Loch in einer ihrer Hosen. Luise hatte sich ebenfalls zu ihnen gesellt. Sie saßen im hinteren Teil der Baracke. Es hatte einige Zeit gedauert, bis Selma und Gisela den anderen, die sich alle große Sorgen gemacht hatten, erzählen konnten, was geschehen war. Es war Freitag, doch niemand ging zur Arbeit. Der Kommandant hatte einen zusätzlichen arbeitsfreien Tag angeordnet. Die einen schoben es auf die baldige Abfahrt in die Heimat, andere auf den Tod des Brigadiers.

Melnikow zeigte sich nicht mehr. Selma rechnete jederzeit mit ihm, aber er war wie eine Figur in einem bösen Traum.

»Sie haben ihn drüben neben dem Geräteschuppen aufgebahrt«, erzählte Trude, die wie immer genauestens im Bild war. »Er wird in Kürze in die Heimat gebracht. Wie ich hörte, kommt er aus dem sogenannten ›Schwarzen Loch‹ von Gorlowka, ein Kohlenrevier weiter im Osten. Jurij Melnikow, sein Vater, hat sich extra auf die weite Reise gemacht, und das, obwohl ihr Verhältnis nicht gerade gut war.«

Offensichtlich wusste Trude ausnahmsweise nichts von ihrem Gespräch mit Melnikow. Selma erinnerte sich sofort an Wiktorias Erzählung über ihren Sohn Veniamin, der in einem Internat in Gorlowka lebte. Ein seltsamer Zufall, überlegte sie.

»Kennst du die Liste?«, fragte Gisela Trude. »Wer bleibt und wer fährt?«

Selma war dankbar, dass Gisela das Gespräch in eine andere Richtung lenkte.

»Wir alle fahren«, sagte Trude wie selbstverständlich.

Selma war verwirrt.

»Das Lager wird aufgelöst.«

»Aufgelöst?«, fragte Gisela. »Sie schicken alle nach Hause? Das glaube ich erst, wenn ich es sehe.«

»Das habe ich nicht gesagt«, erwiderte Trude. »Es wird zwei Züge geben. Einen in die Heimat und einen zum nächsten Lager.«

»Zum nächsten Lager?« Selma spürte wieder das Pochen hinter ihrer Stirn. »Wo soll das sein?«

»Da bin ich ausnahmsweise überfragt«, erwiderte Trude achselzuckend, aber Selma nahm ihr das nicht ab.

»Wie geht es Marianne?«, wollte sie wissen, um sich abzulenken.

»Es geht so. Sie plagt sich augenblicklich mit einer Magenverstimmung herum. Ihr ist ständig übel.« Trude hob eine Augenbraue.

»Die Ärmste«, sagte Selma seufzend, doch hinter ihrer Stirn schrillten alle Alarmglocken.

»Und wann wollen sie die Liste vorlesen?«, fragte Irma.

»Morgen, soweit ich weiß.« Trude war fertig mit Stopfen.

Nachdem die Frauen auseinandergegangen waren, machte sich Selma sofort auf den Weg zu Marianne. Sie traf sie im hinteren Teil der Baracke, wo sie damit beschäftigt war, ein Paar Schuhe mit Bratenfett zu bearbeiten.

»Es tut mir leid.«

»Was tut dir leid? Dass du nicht auf mich gehört hast?« Marianne sah nicht von ihrer Arbeit auf. Schweißperlen standen auf ihrer Stirn.

»Dass du schwanger bist.«

Marianne hielt inne. »Wer sagt das?«

»Du brauchst es nicht zu leugnen. Ich will dir helfen.«

»Du willst mir helfen? So wie beim letzten Mal? Hast du immer noch nicht genug?«

»Nikolaj, der Vater deines Kindes, ist tot.« Selma hatte ihre Stimme gesenkt. »Von ihm haben wir nichts mehr zu befürchten. Aber sein Vater war hier. Du musst das Kind loswerden.«

»Das würde ich ja gern, wenn du mir einen vertrauenswürdigen Arzt empfehlen könntest, der so etwas schon einmal gemacht hat. Und einen Pfarrer gleich dazu.«

Selma seufzte. »Es gibt ein altes Hausmittel. Das einzige, was wir hier auftreiben könnten. Einen Versuch ist es wert.« Selma hockte sich neben Marianne.

»Und das wäre?«, knurrte die.

»Reines Vitamin C und grüner Tee. Ich werde dir sagen, wie er zubereitet werden muss.«

»Woher weißt du das?«

»Eine Kollegin an meiner früheren Arbeitsstelle hatte das gleiche Problem. Bei ihr hat es geholfen.«

»Wo bekommen wir das Vitamin C her?«

»Von der Krankenstation. Die haben dort welches.«

»Also gut, wir probieren es.«

Selma legte ihre Hand auf Mariannes Schulter. »Keine Rivalitäten mehr. Wir halten zusammen.«

~

Mit Sonnenaufgang ertönte die Sirene im Lager, und alle waren binnen einer Minute auf den Beinen und nahmen inmitten des Lagers Aufstellung. Ein Soldat führte eine Zählung durch, die viel Zeit in Anspruch nahm, weil er sich ständig verzählte. Selma konnte ihre Nervosität kaum bändigen. Ihr einziger Gedanke war, dass zumindest Irmas Name auf der Liste stehen musste. Sie hielt Ausschau nach Melnikow, aber er trat nicht in Erscheinung. Das änderte jedoch nichts an dem quälenden Gefühl in ihrer Magengegend.

Nach der Zählung trat Efrem als ihr Oberbrigadier vor. Er hielt die berüchtigte Liste in seinen Händen und begann die Namen der Heimkehrer mit lauter Stimme herunterzurasseln.

Selma tastete nach Irmas Hand. Sie war feucht und kalt, trotz der sommerlichen Wärme. Sie redete sich ein, dass Irmas Entlassung nichts mit Nikolajs Tod zu tun hätte. Sie würde schon morgen im Zug nach Rumänien sitzen.

Plötzlich verstummte Efrem.

Selma beobachtete ihn und erwartete ein Räuspern, bevor er weitere Namen vortrug. Stattdessen faltete er das Papier zusammen und trat zurück.

»Deinen Namen, er hat ihn gerade vorgelesen, oder?« Selma glaubte, ihn überhört zu haben, doch sie sah Irmas Kopfschütteln, und dann erst kam die Erkenntnis.

Es stand keine der Frauen auf der Liste, die sie aus ihrem näheren Umfeld kannte. Die, die für die Heimreise ausgewählt waren und nun vortreten sollten, waren allesamt so abgemagert, dass Selma sich fragte, ob sie es überhaupt noch nach Hause schaffen würden. Alle, die halbwegs stehen konnten, mussten bleiben. Sollte Nikolaj im Lkw die Wahrheit gesprochen haben? War es kein Einschüchterungsversuch gewesen? Oder war das Melnikows Versuch, den Tod seines Sohnes zu sühnen?

»Aber sie müssen zumindest dich nach Hause schicken«, flüsterte Selma ungläubig und musterte Irma.

»In deren Augen bin ich wohl noch gut zu gebrauchen.« Irma schien noch nicht gänzlich realisiert zu haben, was das bedeutete.

»Aber Efrem wollte sich darum kümmern«, erwiderte Selma verzweifelt.

»Vergiss Efrem«, flüsterte Gisela zurück. »Er ist einer von denen, und die wollen uns nichts Gutes.«

»Er hat uns geholfen. Hast du das bereits vergessen?«

»Wer weiß, was ihn dazu getrieben hat.« Gisela machte eine abfällige Geste.

Auch an diesem Tag musste niemand mehr zur Arbeit gehen. Selma verbrachte die Stunden wie im Fieberwahn auf ihrer Pritsche. Sie musste unbedingt noch einmal mit Efrem sprechen. Sicherlich handelte es sich um ein Versäumnis. Sie wollte die bittere Realität einfach nicht akzeptieren.

Aber Efrem ließ sich nicht mehr blicken. Erst am darauffolgenden Tag stand er im Türrahmen und forderte alle auf, ihre Koffer zu nehmen. Selma nutzte den allgemeinen Tumult und sah noch einmal bei Marianne vorbei.

Mariannes Blick besagte alles. Sie saß auf ihrem gepackten Koffer, den Kopf gesenkt. »Nichts. Immer noch die Übelkeit.«

»Keine Blutung, keine Unterleibsschmerzen?« Selma versuchte, leise zu sprechen.

»Nichts. Außer dass der Tee grässlich bitter geschmeckt hat.«

»Verdammt.«

Marianne ergriff ihre Hand. »Ich habe mich entschieden. Ich will das Baby bekommen.«

»Aber was ist, wenn wir nun tatsächlich nicht nach Hause kommen?«

»Das spielt keine Rolle. Es geht um ein neues Leben, das in mir wächst.«

»Es ist deine Entscheidung.« Selma wollte sich abwenden, aber Marianne hielt sie zurück. »Egal, wohin es uns verschlägt. Niemand darf wissen, dass das Kind ein Melnikow ist.«

»Die eine oder andere weiß es vielleicht«, gab Selma zu bedenken und dachte an Trude.

»Dann bin ich eben eine von denen, die es darauf angelegt haben, als Schwangere früher nach Hause zu kommen. Nikolaj hat nichts damit zu tun.«

»Wie du meinst. Ich stehe auf jeden Fall zu dir. Verlass dich drauf.«

Marianne schenkte ihr einen dankbaren Blick.

~

Selma sah das Arbeitslager von Kriwoj-Rog zum letzten Mal in ihrem Leben, als sie kurz darauf auf einen Lkw mit laufendem Motor stieg und sich zwischen Irma und Gisela quetschen musste. Sie saßen dicht gedrängt wie die Hühner auf der Stange. Selma hoffte darauf, auch die Melnikows nicht mehr sehen zu müssen.

Eine Stunde später erreichten sie den Bahnhof.

Zu ihrer Verwunderung sah Selma nur einen Zug, der am Bahnsteig stand. Plötzlich huschte ein Lächeln über ihre Wangen. Das Gespräch mit Melnikow, die Namensliste, all das war nur Schikane gewesen! Ein letzter Akt der Einschüchterung, dabei war es offenbar längst beschlossene Sache, dass alle Arbeiter aus dem Lager Kriwoj-Rog nach Hause durften. Es gab sie doch noch, die Gerechtigkeit. Und Trude hatte sich zum ersten Mal geirrt. Es wartete kein weiteres Lager auf sie.

Sie hielt nach ihren Freundinnen Ausschau und stieß

gleichzeitig Irma an, die neben ihr lief. »Es wird alles gut«, flüsterte sie ihr zu. »Wir kommen alle nach Hause.« Selma freute sich auch für Marianne und ihr ungeborenes Kind. Das Adrenalin schoss in ihren Körper, und sie sah bereits ihre Eltern am Bahnhof von Hermannstadt vor sich stehen. Neben ihnen Johann, der zwischenzeitlich heimgekehrt war. Alle warteten sie auf ihre Ankunft. Die frohe Neuigkeit war bis in ihre Heimat vorgedrungen. Die Zeit der Qualen, des Hungers und der Ungewissheit war vorbei. Sie hatten es endlich geschafft. Innerhalb von wenigen Tagen hatte sich alles zum Guten gewendet.

»Was hat das zu bedeuten?«, fragte Irma neben ihr und holte sie zurück in die Wirklichkeit.

»Was meinst du?« Selma verstand zuerst nicht, dann sah sie den Sarg, den zwei Soldaten in einen der Waggons trugen. Dahinter stiegen die ersten Frauen ein.

»Was macht Nikolajs Leichnam in unserem Zug?«, fragte Irma, und ihre Stimme drang dabei wie aus weiter Ferne in Selmas Ohren.

»Das Schwarze Loch …«, hauchte Selma und wurde sich ihres großen Irrtums bewusst. Kriwoj-Rog war nur das Tor gewesen. Die Hölle selbst lag noch vor ihnen.

TEIL 2

1946 – 1948

1

Gorlowka, Sowjetunion, heutige Ukraine
1946

Anhand der Sonne, die durch ein schmales Oberlicht in den Waggon fiel, konnte sie sehr bald ableiten, dass es weiter in Richtung Osten ging. Eine Frau auf der Nachbarpritsche schluchzte und weinte vor sich hin. Selmas Mut und die Hoffnung, jemals wieder nach Hause zu kommen, sanken mit jedem Kilometer, den sie zurücklegten. Soweit sie hatte beobachten können, waren die Kranken und Schwachen in den Lkws geblieben. Es hieß, sie würden zu einem anderen Bahnhof gefahren, von wo aus es dann nach Hause gehen sollte. Doch Irma saß neben ihr, und sie würden noch tiefer in das Herz Russlands fahren. Selma grub ihre Nägel in die Handinnenflächen und versuchte, die Tränen der Wut zu unterdrücken.

Gisela hockte schweigsam mit gesenktem Kopf neben ihnen. Sie sprachen kaum miteinander und hingen ihren eigenen Gedanken nach. Irma hatte sich eng an Selma geschmiegt und schlief. Im Halbdunkel des Waggons konnte Selma Luise und Trude ausmachen, die ihnen gegenüber saßen. Nikolaj hatte nicht gelogen. Es war nie geplant gewesen, auch nur einen von den halbwegs Arbeitsfähigen nach Hause zu schicken. Ihrer aller Hoffnungen waren vergeblich gewesen, und das konnte man den Gesichtern allzu deutlich ansehen.

Selma verfiel in einen unruhigen Halbschlaf. Sie war auf das Schlimmste gefasst, vor allem aber auf eine weitere lange Bahnfahrt, denn Russland war groß.

Letztendlich waren es gut vierhundert Kilometer, die sie zurücklegten. Sie passierten Dnjepropetrowsk und überfuhren den Fluss Dnjepr, bis der Zug quietschend anhielt. Nachdem die Waggontüren geöffnet und sie auf den Bahnsteig entlassen worden waren, bemerkte Selma, dass es keine Schilder gab, an denen man sich hätte orientieren können. Also fragte sie kurzerhand einen der Soldaten, der sie erneut zählen sollte.

»Wo sind wir?« Sie sprach Russisch. So viel hatte sie inzwischen gelernt.

»Wo wir sind?« Er grinste und offenbarte seine schlechten Zähne. »Willkommen im Schwarzen Loch von Gorlowka.«

Ein entbehrungsreicher Marsch blieb ihnen diesmal erspart, denn sie wurden mit einem Dutzend Lkws abgeholt und zu einem Ort gebracht, den die Russen »Lager 1009« getauft hatten. So trostlos und kalt, wie es klang, war dieser Ort auch. Es gab keine gemauerten Häuser. Lediglich kleine Baracken, die aus einem Gemisch aus Stroh und Mist erbaut worden waren. Sie standen auf einer kleinen Anhöhe mit Blick auf das Stahl- und Kohlenrevier. Selma musste gestehen, wie passend die Bezeichnung Schwarzes Loch war, denn das ganze Umland sah aus, als hätte es der Teufel persönlich ausgelöscht und lediglich ein gräulich-schwarzes Nichts zurückgelassen, das einen unweigerlich zu verschlingen drohte.

Selma teilte die neue Baracke erneut mit fünfzig Frauen. An die Geräuschkulisse und die schlechten Luftverhältnisse hatte sich Selma längst gewöhnt, dafür wurde ihr in der ersten Nacht ein weiteres Problem bewusst: Die Stockpritschen waren so voller Ungeziefer, dass sie das Gefühl hatte, auf etwas Lebendigem zu schlafen. Es knisterte und quietschte von überall her. Auf allen Körperstellen, die nicht durch ein Kleidungstück bedeckt waren, verspürte sie ein ständiges Huschen und Krabbeln. Es dauerte keine zehn Minuten, und die erste Mitbewohnerin schaltete die Deckenbeleuchtung ein. »Ich habe das Gefühl, dieses Viehzeug trägt mich jeden Moment vor die Tür.«

Sie verbrachten die Nacht mit brennender Deckenbeleuchtung und machten sich am nächsten Tag daran, das Ungeziefer zu beseitigen, das sie finden konnten. Anschließend krochen sie zurück in ihre Baracken und warteten, dass man ihnen ihren nächsten Arbeitsauftrag erläuterte. Doch es kam niemand.

»Was soll das werden?«, fragte Gisela.

»Keine Ahnung. Vielleicht gönnen sie uns noch eine Verschnaufpause.« Selma vermied es, Gisela auf die Idee zu bringen, die Sache könnte etwas mit ihrem Verschwinden aus dem Lager in Kriwoj-Rog zu tun haben.

»Macht euch keine Sorgen, wir werden noch früh genug wieder arbeiten.« Trude hatte ihre gewohnt allwissende Miene aufgesetzt.

»Offensichtlich weißt du wieder einmal mehr als wir.« Selma fragte sich, ob das stimmte.

»Efrem ist nicht in den Zug eingestiegen, aber er wird weiterhin unser Oberbrigadier sein«, erklärte Trude.

»Warum war er dann nicht im Zug?«, fragte Irma.

»Diese Frage solltet ihr ihm vielleicht selbst stellen«, entgegnete Trude geheimnisvoll.

Sie verbrachten noch einen Tag untätig in der Baracke, bis Efrem am dritten Morgen plötzlich vor ihnen stand. Er sah müde und abgekämpft aus. Unter seinen Augen hatten sich tiefe Schatten gebildet.

»Morgen um sechs wird der Kommandant von Lager 1009 eine Ansprache halten.« Efrem blickte zur Decke empor. »Das Licht bleibt in den Nächten ab sofort aus. Ansonsten gibt es eine Tagesration weniger.« Selma machte sich keine Illusionen. Wo auch immer Efrem in den letzten beiden Tagen gewesen war, die Zeit der Zugeständnisse war vorbei und damit auch ihre Hoffnung, dass unter Efrems harter Schale ein weicher Kern steckte.

~

Die erste große Überraschung im neuen Lager brachte der nächste Morgen: Ihr neuer Kommandant entpuppte sich als eine Frau. Sie trat vor sie und stellte sich mit kaum zu verstehenden Worten als Jewa Bolschakow vor. Sie war im mittleren Alter und trug das Haar zu einem Dutt verknotet. In ihren Augen war ein Feuer, das jeden zu verbrennen drohte, der sich ihr in den Weg stellte. Doch sie besaß eine stolze Schönheit, die einzig von der Härte in ihrem Gesicht geschmälert wurde.

»Eine Frau«? Irma machte eine ungläubige Miene.

Selma wusste selbst nicht, was sie davon halten sollte.

Jewa Bolschakow hatte Efrem als Dolmetscher an ihrer Seite.

»Jewa ist für dieses Lager verantwortlich«, erklärte er volltönend. »Nachlässigkeiten wie in Kriwoj-Rog wird es nicht mehr geben. Die Wachtürme sind rund um die Uhr besetzt, und Ausgang gibt es nur noch sonntags für zwei Stunden. Es gilt eine feste Norm, an die sich alle zu halten haben. Bei Nichterfüllung werden die Rationen halbiert, bei Übererfüllung wird es unter Umständen Vergünstigungen geben. Es liegt also an euch.«

So begann der erste Tag im Schwarzen Loch von Gorlowka mit dem üblichen Einteilen in Arbeitsgruppen. Selma kam zusammen mit Gisela und Irma in eine Gruppe mit insgesamt fünfzehn Frauen. Ihre neue Arbeitsstelle war ein altes, vollkommen zerstörtes Sawod, eine Fabrik. Es war nicht zu erkennen, was einstmals darin verarbeitet worden war, denn alles lag in Schutt und Asche.

Selma erkannte Teile von Förderbändern, auf denen die geförderte Kohle transportiert worden war. Deren Reste mussten sie auf Schubkarren nach draußen schaffen. Sie waren diesmal weder großer Hitze noch eisiger Kälte ausgesetzt. Trotzdem fragte sie sich, wie lange Irma die äußerst harte Arbeit schaffen würde.

Zu ihrem Erstaunen hielt ihre Schwester sehr lange durch. Wiktorias Behandlung schien sie nachhaltig gestärkt zu haben. Abends vor dem Einschlafen küsste Selma regelmäßig den Talisman, den sie von Wiktoria bekommen hatte. Sie glaubte inzwischen an seine glückbringenden Kräfte.

Zwei Tage später traf sie auf dem Weg zu den Latrinen endlich Marianne wieder.

»Stehst du noch immer zu deiner Entscheidung?«

»Welche Wahl habe ich?« Marianne sah sie schief an.

»Ich meine, ob du auch dahinter stehst?«

»Das tue ich.« Marianne nickte. »Wie ich es gesagt habe.«

»Gut. Das wollte ich nur wissen.«

Am Abend danach stand sie am Brunnen, als jemand an

ihrem Ärmel zupfte. »Ich habe dich heute mit Marianne gesehen. Sie ist schwanger, nicht wahr?« Es war Trude.

»Frag sie selbst«, wich Selma aus.

»Es ist von Nikolaj. Das arme Kind.«

»Selbst wenn sie schwanger wäre, glaube ich kaum, dass es von Nikolaj ist. Marianne hat einen Freund in der Männerbaracke.« Selma war nicht gewillt, Trude einzuweihen. Mit einer Person, die ihre Augen und Ohren überall zu haben schien, wollte sie kein Geheimnis teilen.

»Ist das so?« Trude sah sie spitzbübisch an.

»Ja, so ist das.«

»Sie hat sich also schwängern lassen, um nach Hause zu kommen? Zu schade, dass sie das nicht mehr als Grund durchgehen lassen.«

»Was willst du von mir, Trude?« Ihre aufdringliche Art begann Selma zunehmend zu nerven, denn sie wurde das Gefühl nicht los, dass Trude nur ihre eigenen Vorteile aus der jeweiligen Situation ziehen wollte.

»Nur die Wahrheit.«

»Und was würdest du mit ihr anfangen?«

»Nichts. Aber ich war schließlich dabei, als Nikolaj sie abgeholt hat. Ich habe ein Recht darauf.«

»Gar nichts hast du.« Selma funkelte sie an. Trude hatte soeben ihre opportune Haltung und die neugierige Ader bestätigt. »Du hast keinen Finger für sie krumm gemacht. Luise war es, die Hilfe geholt hat.«

»Eine tolle Hilfe war das.« Trude schnalzte mit der Zunge. »Ich werde es schon herausfinden.« Ihre Augen funkelten, als wollten sie Gift versprühen.

~

Der Sommer zog sich allmählich zurück. Die ersten Herbststürme fegten über Gorlowka hinweg und brachten schon nach kurzer Zeit die ersten Schneeflocken mit. Die wenigen verbliebenen Bäume rund um die Gruben standen wie abgemagerte Gestalten da. Für Selma waren sie sinnbildlich für die Menschen, die man an diesen trostlosen Ort gebracht hatte. Es dauerte nicht lange, dann waren die knorrigen Äste mit einer feinen weißen Schicht bedeckt. Wenn der Mond schien, wirkten sie auf Selma wie geisterhafte Wesen, die heimatlos umherschlichen.

Sie bekamen von Efrem neue wattierte Bufaikas, Jacken und Hosen, die warm aussahen. Für Selma war das immerhin eine Verbesserung zu ihrem ersten Winter, aber sie bedeuteten wohl auch, dass die Arbeit in dem Sawod vorerst vorüber war.

»Warum müssen wir jetzt, wo es kalt wird, nach draußen zum Arbeiten?« Selma sprach Efrem zum ersten Mal, seitdem sie in Gorlowka angekommen waren, direkt an. Er zeigte sich seit ihrer Ankunft äußerst verschlossen.

»Die guten Zeiten sind vorbei. Ich kann nichts mehr für deine Schwester tun, falls du darauf anspielst.«

»Das sagten Sie bereits. Aber Sie hatten mir versprochen, sie auf die Liste zu setzen. Dann wäre Irma längst zu Hause.«

»Ich habe überhaupt nichts versprochen«, entgegnete er ruppig. »Es wurde von ganz oben entschieden, dass ihr im Schwarzen Loch weiterarbeitet.« Efrems Mundwinkel zuckten kaum merklich, dann zündete er sich eine Zigarette an und machte sich davon.

Eine halbe Stunde später führte Efrem sie auf die sogenannte Poroda. Als Selma am Fuße des hohen aufgeschütteten Berges stand, der aus abgelagerten Steinen bestand, die nach dem Entfernen der Kohle übriggeblieben waren, wusste sie, dass sie nun endgültig im Herzen des Schwarzen Lochs angelangt war.

Selma, Irma und Gisela waren wieder zusammen in einer Arbeitsgruppe. Ihre Aufgabe war schnell erklärt. In der neu errichteten Fabrik wurde das Kohlegestein gemahlen und gewaschen. Was an Abfall und Gesteinsresten übrig blieb, lud man in einen großen Waggon, der anschließend über ein Schienensystem nach oben auf die Halde gefahren wurde. Dort war es ihre Aufgabe, den Inhalt auf die Halde zu schaufeln.

An ihrem ersten Tag auf dem Rücken der Halde musste Selma ihr Urteil über die neue, vermeintlich warme Kleidung gleich revidieren. Der Winter brachte noch einmal milde Tage mit sich, und aus dem verfrühten Schneefall wurde zunächst Regen. In gebückter Haltung hockte Selma neben Gisela und Irma und schaufelte den schweren Schutt aus dem Waggon. Es regnete inzwischen ohne Unterlass, und die Wassertropfen rannen ihr in Ohren, Augen und Mund. Nach kurzer Zeit schon waren die wattierten Jacken vollkommen durchnässt. Sie spürte die Feuchtigkeit bereits auf ihrer Haut. Hinzu kam der eisige Wind, der durch Mark und Bein ging. Irma stöhnte und ächzte neben ihr, weil die nasse Kleidung und der kalte Wind die ohnehin harte Arbeit noch mehr erschwerten. Die Steine auf dem Wagen wurden zu einer matschigen breiigen Masse, und es kostete sie eine ungeheure Kraftanstrengung, die triefenden Schaufeln aus dem Waggon zu heben und auf der Halde abzuladen. Immer wieder musste Irma absetzen und verschnaufen. Efrem stand etwas abseits, versteckt unter einem Ölmantel, und beobachtete sie. Er gestikulierte hin und wieder mit den Armen, um sie anzutreiben.

Am Abend brachte Selma zusammen mit Irma und Gisela die durchnässten Jacken in eine Trockenkammer. Der Ofen reichte jedoch bei weitem nicht aus. Am nächsten Morgen waren die Jacken noch immer feucht, aber ihnen blieb keine Wahl, als sie so überzustreifen. Zitternd kamen sie auf der Halde an und stöhnten auf, als der erste Waggon sie erreichte. Das feuchte Gestein war über Nacht gefroren, da die Temperatur noch einmal gefallen war. Der Regen war nun fort, der Himmel hatte aufgeklart, aber das brachte keine Besserung. Im Gegenteil. Sie mussten die festgefrorenen Brocken nun mit einer Spitzhacke zerteilen, bevor sie sie herunterschaufeln konnte.

Selma arbeitete verbissen mit Irma im Einklang. Gisela stand etwas abseits, aber ihr war die gleiche Qual im Gesicht abzulesen. So ging es einige Tage, bis Irma mit einem Aufschrei plötzlich die Schaufel fallen ließ.

»Was ist passiert?« Selma hockte sich neben sie. Vor ihrem Mund bildeten sich kleine Atemwölkchen.

»Mein Rücken.« Irma verzog das Gesicht.

Efrem rief von unten, dass keine Zeit für eine Pause sei, aber er konnte so viel antreiben und schimpfen, wie er wollte, Irma konnte die Schaufel nicht mehr heben. Notgedrungen schickte Efrem sie mit Selmas Hilfe zurück in die Baracke.

Als sie an ihm vorbeigingen, zischte er: »Keine Sonderbehandlung diesmal! Morgen früh steht sie wieder auf der Poroda. Egal wie.«

Selma warf ihm einen bösen Blick zu, dann half sie Irma, sich zur Baracke zu schleppen. Irma war kaum in der Lage, sich auf ihre Pritsche zu legen. Instinktiv legte ihr Selma die Hand an die Stirn. Sie glühte. Das Fieber war bereits hoch.

»Ich habe mich wirklich bemüht.« Irma machte ein niedergeschlagenes Gesicht. »Die Zähne zusammengebissen. Ich dachte, ich hätte die Schwäche überstanden, aber …«

»Sei jetzt still und ruh dich aus.« Selma strich über Irmas Haar und reichte ihr Wasser. »Du warst sehr tapfer. Wir werden auch diesmal eine Lösung finden.«

»Efrem klang unnachgiebig. Ich glaube, diesmal wird es nicht so glimpflich für uns ausgehen.«

»Lass das nur meine Sorge sein.« Selma hatte keine Ahnung, wie sie Irma fortan von der schweren Arbeit fernhalten sollte. Ein weiteres Gespräch mit Efrem erschien ihr sinnlos. Sie verschob eine Entscheidung auf den nächsten Tag.

~

Die Nacht über war sie ausschließlich damit beschäftigt, Irmas Fieber zu senken. Es schien sich alles zu wiederholen. Es war wie eine Spirale des Leids, in der sie gefangen waren.

»Geht es ihr wieder schlecht?«

Selma ignorierte die leise Stimme in ihrem Rücken zunächst.

»Hier gibt es einen fähigen Lagerarzt.«

Jetzt drehte sich Selma zu Trude herum, die im Halbdunkel herangeschlichen war. »Lass es gut sein. Wir kommen zurecht.«

Trude verzog enttäuscht das Gesicht. »Verstehst du denn nicht, dass wir uns gegenseitig helfen können?«

»Ich wüsste nicht, wobei.« Selma wollte nicht mit Trude sprechen. Sie war müde und alles andere als streitlustig.

»Hör zu, ich helfe dir, und du hilfst mir.«

»Es ändert nichts daran, dass Marianne …«

»Er heißt Stanis. Er könnte schon morgen vor Irmas Pritsche stehen.«

»Danke für diese Information, aber es bleibt dabei: Ich kann dir nicht mehr zu Marianne sagen. Zumal ich nicht wüsste, was du mit dieser Information anfangen wolltest.«

Trude grinste. »Ich sammle Informationen. Irgendwann werden sie mir nützlich sein.«

»Das bezweifle ich allerdings. Was haben sie dir denn bisher genutzt?«

»Du spielst darauf an, dass ich noch immer im Lager bin?«, gab Trude schnell zurück. »Das wird sich bald ändern. Glaub mir. Ich werde noch vor euch allen zu Hause sein. Und du und deine Schwester könnten es auch sein. Wirst du es mir also sagen?«

»Frag sie doch selbst.«

»Du wirst es mir sagen. Früher oder später.« Mit diesen Worten kroch Trude zurück auf ihre Pritsche.

Niedergeschlagen und vollkommen übermüdet, fand Selma in den frühen Morgenstunden Schlaf. Irmas Fieber war leicht gesunken.

Der schrille Ton einer Trillerpfeife weckte Selma, nachdem sie gefühlt eben erst die Augen geschlossen hatte. Efrem stand in der Baracke und nahm die Pfeife aus dem Mund. »Meine neue Freundin wird euch Beine machen.«

Selma hievte sich benommen von ihrer Pritsche. »Ich hoffe, Sie verschonen Irma.«

»Das geht nicht. Sie wird arbeiten müssen. Habe ich mich gestern nicht deutlich genug ausgedrückt?«

»Sie wird erneut zusammenbrechen, und damit haben Sie überhaupt nichts gewonnen. Sie werden Ihre Norm nicht erfüllen können.«

»Ich hielt dich für eine intelligente Frau, aber so langsam kommen mir ernste Zweifel. Wie du also meinst. Ich werde mit der Kommandantin wiederkommen.« Efrem machte auf dem Absatz kehrt.

Während die anderen Frauen die Baracke verließen, blieb Selma bei Irma. »Was hältst von Trude?«

»Trude?« Irma blinzelte ihr erschöpft entgegen. »Keine Ahnung. Besonders sympathisch ist sie mir nicht.«

»Mir auch nicht, aber sie könnte uns womöglich erneut helfen. Und ich habe sie vergrault.«

»Was …?«

Weiter kam Irma nicht, da die Tür zur Baracke geöffnet wurde. Herein trat ein junger Mann in perfekt sitzender Offiziersuniform. Er war hoch gewachsen, und seine wacher Bick schweifte prüfend durch den Raum.

»Guten Morgen.« Er nahm seine Uschanka, die Wintermütze, vom Kopf. »Ich bin der Lagerarzt.« Er reichte Selma seine Hand. »Stanis ist mein Name.«

Selma brauchte einen Augenblick, um die Worte herauszubringen. Sie war irritiert davon, dass er fließend Deutsch sprach. Sein Akzent war kaum zu vernehmen. »Selma. Selma Benning. Guten Morgen.«

Stanis lächelte. »Dann ist das wohl Ihre Schwester Irma.« Er trat neben das Bett und reichte Irma die Hand. Er trug einen kleinen Koffer bei sich, den er neben die Pritsche stellte.

»Wer hat Sie geschickt?« Selma legte die Stirn in Falten, obwohl sie die Antwort bereits kannte.

Stanis öffnete seinen Koffer. »Einer der Brigadiere war soeben auf der Krankenstation.«

»Efrem?«, fragte Selma ungläubig.

»Nein, nicht der.« Stanis öffnete seinen Koffer und holte ein Stethoskop hervor.

»Ich verstehe.« Selma warf Irma einen vielsagenden Blick zu, weil sie Trude dahinter vermutete. »Ich muss gestehen, wir sind solch prompte Hilfe nicht gewohnt.«

»Ich war gerade in der Nähe und hatte keinen Patienten. Also bin ich hergekommen.« Er legte das Stethoskop an und begann Irma abzuhorchen. Selma fielen seine ausgesprochen gepflegten Hände auf.

»Ich danke Ihnen, Stanis«, sagte sie erleichtert.

»Sie hat einen Hexenschuss, und darüber hinaus ist die Lunge belegt. Ihre Schwester wird nicht auf der Halde arbeiten können«, erklärte er nach einer Weile.

»Sie erklären sie also für arbeitsunfähig?«

»Das tue ich hiermit, ja.« Stanis legte das Stethoskop zurück in seinen Koffer.

»Werden Sie es Efrem mitteilen?«

»Selbstverständlich.«

Selma atmete erleichtert auf. Der junge Arzt war ihre Rettung, und dafür war sie ihm unendlich dankbar.

»Machen Sie sich keine Sorgen.« Stanis sah abwechselnd Selma und Irma an. »Ich werde mich um Ihre Schwester kümmern, versprochen.«

Als Selma einige Minuten später auf dem Weg zur Halde war, musste sie unentwegt an Stanis' galanten Aufritt denken. Seine Selbstsicherheit und sein gutes Deutsch hatten sie nachhaltig beeindruckt. Ganz abgesehen davon, dass er sie gesiezt hatte, eine Wertschätzung, die sie im Lager kaum noch gewohnt war. Aber seine Augen beschäftigten sie am meisten. Sie waren ihr bekannt vorgekommen. Beinahe so, als wäre ihr Stanis schon einmal begegnet.

Unwillkürlich tastete sie nach Wiktorias Anhänger.

~

»Wie fühlst du dich?« Selma saß an Irmas Pritsche. Seit Stanis' Besuch waren drei Tage vergangen, und ihre Schwester sah deutlich besser aus als am ersten Tag.

Selma war Trude seitdem nicht mehr über den Weg gelaufen. Aber sie wusste auch so, dass Trude ungefragt Hilfe geholt hatte. Was wiederum bedeutete, sie würde bei ihr in der Schuld stehen. Ein Gedanke, der ihr ganz und gar nicht behagte.

»Die Schmerzen sind fast weg. Stanis hatte wohl recht mit seiner Diagnose, dass es ein Hexenschuss war.« Irma setzte sich auf.

»Er machte einen netten Eindruck. Sagte er nicht, dass er noch einmal wiederkommen wollte?« Ihre Stimme ging beinahe unter im allgemeinen Gemurmel in der Baracke. Ein weiterer Arbeitstag war vorüber, und die meisten Frauen sanken erschöpft auf ihre Pritschen.

»Doch, aber er hat einiges zu tun«, antwortete Irma. »Ich gehöre zu seinen harmlosen Fällen, hat er mir verraten.«

»Ihr habt euch also gut unterhalten?«

»So gut das eben mit höllischen Schmerzen geht.« Irma verzog das Gesicht. »Sei ehrlich, du hättest ihn gern noch einmal wiedergesehen.«

»Er ist der Lagerarzt. Da werde ich wohl nicht drum herum kommen.«

Irma musterte sie von der Seite. »Er gefällt dir. Gib es zu.«

»Er war höflich, zuvorkommend und hat dir geholfen. Das ist mehr, als man sich an diesem Ort wünschen kann.«

»Wenn du meinst.« Irma winkte ab. »Als sie uns in den Zug verfrachtet haben, kam ich mir vor wie ein Lamm, das sie zur Schlachtbank führen«, sagte Irma. »Doch inzwischen habe ich das Gefühl, es geht uns hier etwas besser als in Kriwoj-Rog.«

»Auch diese Zeit werden wir gemeinsam überstehen. Mit etwas Glück feiern wir das nächste Weihnachtsfest schon zu Hause.«

Diesmal war es Irma, die ihr Mut machte. Die Erinnerung an Nikolaj, den Unfall und ihre Begegnung mit seinem Vater waren noch immer präsent, aber sie nahm sich vor, Irma zuliebe nach vorne zu sehen.

~

Noch in derselben Nacht wollte sie sich hinsetzen und einen Brief an ihre Eltern schreiben, aber die Müdigkeit war zu groß, und sie schlief bereits beim Gedanken daran ein.

Unruhig drehte sie sich von einer Seite auf die andere. Immer wieder erschien vor ihrem geistigen Auge Melnikows Gesicht. Er rief ihren Namen, und sie konnte seine Nähe förmlich spüren. Ihr blieb keine andere Wahl, als seinem Rufen zu folgen. Mit ausdrucksloser Miene deutete er auf einen Punkt zu seiner Linken. Selma sah sich um und erkannte, wo sie sich befand. Sie waren in die Fabrik hinabgestiegen. Dorthin, wo das Kohlegestein gewaschen und gemahlen wurde. Hinab in das Herz des Schwarzen Lochs. Sie hatte ein ungutes Gefühl, als sie Melnikow über die schwarz eingestaubten Stufen folgte. Der Lärm und der Gestank reizten ihre Sinne. Aber ihr blieb keine Wahl. Sie war dazu verdammt, Melnikow zu folgen. So lange, bis er vor der Kohlenmühle stehen blieb. Melnikows Gesichtsausdruck hatte sich verändert. Selma meinte, eine Spur von Trauer und Mitleid darin zu erkennen. Seine Lippen blieben verschlossen, doch Selma wusste auch so, was er ihr mitteilen wollte. Also trat sie neben ihn und folgte seinem Blick.

Am Grund der Mühle war zwischen dem schwarzen Geröll etwas zu sehen. Ein heller Fleck. Wie ein Stück Stoff. Etwas, das aus dem Dunkel des Kohlengesteins hervorstach. Selma verengte die Augen zu Schlitzen und versuchte, in dem spärlichen Licht etwas zu erkennen. Und dann sah sie es. Es war kein Stoff. Es war ein Gesicht. Das Gesicht eines toten, verstümmelten Körpers. Ein Gesicht, das sie nur zu gut kannte. Es war Johanns Gesicht. Die aufkommende Übelkeit zwang sie in die Knie, und sie sackte am Rand des Loches zusammen. Melnikow war verschwunden. Seine Aufgabe schien erfüllt. Zwischen den Tränen hindurch sah sie noch einmal hinab in die Mühle. Erschrocken stöhnte sie auf, als es nicht mehr Johanns Gesicht war, das ihr leblos entgegenstarrte, sondern ihr eigenes.

Mit einem Schrei auf den Lippen wachte sie auf. Irma beugte sich sofort über sie und hielt ihre Hand. »Du hast nur geträumt. Alles ist gut.«

Selma starrte sie an. »Es war furchtbar.«

»Nur ein Traum.« Irma strich ihr über die Stirn. Es war, als hätten sie vorübergehend die Rollen getauscht.

»Ich wollte, dass du zu Hause bleibst, doch in genau diesem Moment bin ich froh, dass du es nicht bist«, flüsterte

Selma. »Du und Gisela. Was würde ich nur ohne euch machen?«

»Schlaf jetzt wieder. Der Traum ist vorbei.«

~

Kurz vor Weihnachten machte Efrem eine Mitteilung, die die meisten der Frauen verzückten. Nur Selma nicht, weil sie sofort an ihren Traum erinnert wurde.

»Es gibt Duschen in dem Sawod«, sagte er. »Ich würde den meisten von euch dringend raten, die Gelegenheit zu nutzen. Um sechs duschen die Frauen. Um sieben die Männer.«

»Duschen?« Gisela sah Selma fragend an. »Das muss ich mir anschauen. Wahrscheinlich wieder nur ein übler Scherz von ihm.«

Doch es war kein Scherz. Zwar hatte er ein wenig übertrieben, aber was sie vorfanden, war besser als nichts. Was er als Duschen bezeichnet hatte, waren lange Rohre, die irgendwo aus den Untiefen der Fabrik ihren Weg in einen kleinen Raum in einem der angrenzenden Gebäude gefunden hatten. In regelmäßigen Abständen ergoss sich ein Schwall heißes Wasser aus den Rohren.

»Wo kommt das her?«, fragte eine der Frauen.

Es wunderte Selma kaum, dass Trude vortrat und ihre Hand prüfend unter den unsteten, dampfenden Wasserfluss hielt. »Vermutlich ist das eine Art Kondenswasser, das bei der Entleerung eines Überdruckventils abgeführt wird. Die Rohre sind vermutlich an die Kohleöfen angeschlossen, in denen die Kohlen veredelt werden.«

Gisela klatschte. »Trude, unser wandelndes Lexikon. Ich frage erst gar nicht, woher du das weißt.«

»Mein Bruder hat in einer Kohlefabrik gearbeitet. Ab und an habe ich ihm zugehört, wenn er von der Arbeit erzählt hat.«

»Ich sagte doch, ich will es nicht wissen.« Gisela hob abwehrend eine Hand. Die anderen lachten. Da musste sogar Selma einstimmen.

Zwei der Frauen hatten sich auf dem Basar in Kriwoj-Rog Seifen gekauft. Diese Information breitete sich wie ein Lauffeuer aus, und bald standen die Frauen Schlange, um ebenfalls in den Genuss von Seife zu kommen.

Selma, Irma und Gisela gingen zusammen. Abwechselnd seiften sie sich ein und stellten sich dann unter das Rohr. »Verdammt, ist das heiß«, zischte Gisela.

»Dir kann man es aber auch nicht recht machen«, erwiderte Selma und seifte sich die Haare ein.

»Kommt schon, beeilt euch!«, fuhr Irma dazwischen. »Die nächsten warten schon.«

Selma hatte sich gerade die Seife aus dem Haar gewaschen, als sich Marianne zu ihnen gesellte. Sie hatte sich in letzter Zeit aufgrund ihrer Schwangerschaft sehr zurückgezogen. Umso überraschter war Selma, das sie sich nun vor allen zeigte. »Marianne …«

»Selma.« Marianne nickte. Sie hatte sich ein dünnes Tuch um den Leib geschlungen. »Das Trio Infernale. Alle vereint. Störe ich?«

»Nein, du störst nicht«, sagte Gisela zu Selmas Überraschung.

»Gut.« Marianne lüftete, ohne zu zögern, das Tuch, legte es zur Seite und stellte sich unter das Rohr. Ein Blick auf ihren gewölbten Bauch ließ keinen Zweifel mehr, dass Marianne im fortgeschrittenen Monat war.

»Wie geht es dir?«, versuchte es Selma, während sie sich mit ihrem Tuch die Haare trocknete.

»Wie es einer Schwangeren, der drei Monate jeden Tag übel war, hier eben so geht.« Sie zuckte die Schultern. »Ihr solltet euch beeilen, draußen werden die Ersten bereits unruhig. Und nun her mit der Seife.« Marianne streckte lächelnd die Hand aus. Selma reichte ihr das Stück Seife.

Nachdem sie sich angekleidet hatten, wollte Gisela gehen. Selma hielt sie am Arm zurück. »Warte. Du solltest mit ihr reden. Das Kriegsbeil endgültig begraben. Denkst du nicht auch?«

Gisela zögerte einen Moment, dann sagte sie. »Doch, das sollte ich.«

Sie warteten am Eingang der Fabrik, bis Marianne endlich kam. Sie musterte die drei skeptisch. »Ihr habt doch nicht etwa auf mich gewartet?«

»Doch, das haben wir«, sagte Gisela und trat vor. »Ich wollte mich endlich bei dir entschuldigen für das, was ich deiner Cousine angetan habe.«

»Warum gerade jetzt? Ist das Mitleid?«

»Weil wir uns nicht mehr wie Feinde begegnen sollten. Das sind wir nämlich nicht. Und was das Baby angeht …«

»… weiß niemand, wer der Vater ist«, vervollständigte Marianne den Satz mit unmissverständlicher Miene.

»So ist es. Selbstverständlich.« Gisela nickte.

Selma nickte in ihre Richtung, weil sie stolz auf die Freundin war, dass sie diesen Schritt gewagt hatte.

Gisela streckte ihre Hand aus. Marianne sah sie einen Moment lang skeptisch an, und Selma glaubte bereits, sie würde das Friedensangebot ablehnen, doch dann schlug sie ein. »Es tut mir leid, dass ich dir eine Rippe gebrochen habe.«

»Wo arbeitest du?«, fragte Selma, um gleich abzulenken.

»Mal hier, mal dort. Ich bin so eine Art Springer.« Marianne machte ein gequältes Gesicht.

»Kümmert sich der Lagerarzt um dich?«

»Er war einmal da und sagte, eine Schwangerschaft sei keine Krankheit. Dann hat er mich und das Kind abgehorcht und ist wieder gegangen.«

»Wenn du irgendetwas brauchst, wir sind für dich da.« Selma holte sich ein bestätigendes Nicken von Gisela und Irma ab.

»Danke«, sagte Marianne, »das weiß ich zu schätzen. »Mit einem Bastard im Leib wird die Zahl der Freundinnen schnell kleiner. Ihr seid da eine erfreuliche Ausnahme.«

~

Am nächsten Morgen kam Efrem erneut in die Baracke. Er marschierte schnurstracks auf Selma zu. »Unser fürsorglicher Lagerarzt hat mir aufgetragen, ein trockenes Plätzchen für euch zu suchen. Wir treffen uns in zwanzig Minuten vor dem Sawod.«

»Wir beide?«, fragte Selma.

»Wie könnte ich zwei Schwestern trennen?« Efrem kratzte sich am Bart und stiefelte nach draußen.

»Es ist also wieder so weit«, sagte Irma und machte sich daran, in ihre Kleidung zu schlüpfen. »Mit der Küche wird es diesmal wohl nichts.«

»Erst die Dusche und jetzt das. Warum muss auf Gutes immer Schlechtes folgen?« Selma musste an ihren Alptraum denken, und ihr wurde flau zumute.

»Was im Himmel ist schlecht daran?« Irma verstand die Welt nicht mehr, erhielt aber keine Antwort von Selma.

Selmas Sorge wuchs, als sie vor dem großen Fabrikgebäude standen, das unmittelbar neben dem Förderschacht errichtet worden war. Gemeinsam stiegen sie die metallischen Stufen hinab. Es war genau wie in ihrem Traum.

Am Ende der langen Treppe angekommen, konnte Selma die Waggons sehen, die aus den Kohleschächten nach oben kamen. Zwei Frauen waren bereits damit beschäftigt, die Kohle aus den Waggons in die Mühle zu schaufeln. Die Mühle selbst, in der die Kohle zerkleinert und gewaschen wurde, befand sich unmittelbar neben den Schienen. Eine Absicherung gab es nicht. Da das Licht sehr spärlich war, konnte ein falscher Tritt zu einem Sturz in die Mühle und damit zum Tod führen.

Selma und Irma sahen einander an. Selma war klar, dass die neue Arbeit unter keinen Umständen leichter sein würde. Im Gegenteil, die Bedingungen waren sogar verschärft.

»Hier ist es trocken und halbwegs warm«, sagte Efrem neben ihnen. »Da soll noch mal jemand behaupten, ich hätte kein Herz.« Er deutete zu einer der Frauen. »Die werden euch einweisen. Mehr gibt es nicht zu sagen.«

»War das Ihre Idee?«, fragte Selma.

»Nein, ich habe nur dafür gesorgt, dass ihr aufeinander aufpassen könnt.« Efrem sah demonstrativ in das Mahlwerk hinab.

Selma horchte auf. Sollte Efrem doch noch eine gewisse Fürsorge für sie empfinden? Sie wurde nicht schlau aus dem verschlossenen Mann.

Schon nach zwei Stunden musste Irma pausieren, und Selma schuftete doppelt so hart. Die Arbeit war ebenso anstrengend wie die auf der Halde. Der einzige Unterschied bestand darin, dass sie nicht in gebückter Haltung arbeiten mussten und ein Dach über dem Kopf hatten. Dafür flackerten in unregelmäßigen Abständen die Lampen an der Decke, und sie standen zeitweise in nahezu vollkommener Dunkelheit. Die Mühle arbeitete derweil wie ein fauchendes Ungeheuer zu ihrer Linken, und sie mussten sich sehr darauf konzentrieren, keinen falschen Schritt zu machen. Einmal am Tag wurden die Waggons rangiert. Dann wurden die bereits leer geschaufelten zurück in den Schacht gefahren. Das erhöhte die Gefahr zusätzlich. Denn zwischen der Mühle und den fahrenden Waggons blieb nur ein schmaler Streifen. Zu ihrer Linken wartete das geifernde Maul der Mühle, zu ihrer Rechten drohten die Puffer der Waggons sie zu zerquetschen.

Selma war erschrocken, wie sehr sie all das an ihren Traum erinnerte.

2

Gorlowka, Sowjetunion, heutige Ukraine
1947

Das zweite Weihnachtsfest kam und ging ebenso rasch wie das erste. Selma vermisste die gemütliche Vorweihnachtszeit, die sie zu Hause so sehr geliebt hatte. Geschmückte Straßen und Häuser. Verzierte Fenster. Weihnachtliche Musik. Gemeinsames Singen und Backen. All dies gab es im Arbeitslager nicht. Sie vermisste ihre Eltern schmerzlich und stellte sich vor, wie sie im Esszimmer saßen und ebenso traurig waren wie sie.

Mit den Gedanken an die Heimat kamen auch die Gedanken an Johann. Sie konnte ihn noch immer nicht vergessen, obwohl sie mittlerweile so weit war, diese Möglichkeit in Betracht zu ziehen. Dabei wusste sie nicht einmal, ob sie selbst jemals wieder nach Rumänien zurückkehren würde. Sie versüßte sich den Wechsel des Jahres mit einem besonderen Anblick. Der Himmel war so klar wie lange nicht, und so unternahm sie nach der Arbeit einen kleinen Spaziergang. Viele Möglichkeiten blieben ihr nicht, also kletterte sie auf die Kuppe der Poroda. An den Gestank, der wie eine Käseglocke über dem Lager hing, hatte sie sich bereits gewöhnt, und sie nahm ihn in Kauf, um im Gegenzug eine gute Weitsicht zu haben.

Auf der Spitze angelangt, suchte sie sich einen Sitzplatz. Wehmut überkam sie, als sie an die Wanderungen mit ihrem Vater dachte, der in den unbeschwerten Tagen ihrer Kindheit mit ihr in die Berge gestiegen war. Selma hatte das Klettern von jeher geliebt. Nun endete ihr Ausflug auf einer Kohlenhalde Tausende Kilometer von ihrer geliebten Heimat entfernt. Ein weiteres Jahr war vergangen und hatte ihr mehrere Erkenntnisse gebracht: Der Zeitpunkt ihrer Rückkehr blieb ungewiss. Gott hatte noch immer ein Auge auf sie, und die Zahl der guten Menschen übertraf noch immer die der schlechten. Efrem hatte bei all seiner Widersprüchlichkeit dafür gesorgt, dass sie mit Irma zusammen arbeiten konnte. Dafür war sie ihm dankbar. Doch seit sie im Schwarzen Loch waren, hatte er sich immer mehr verändert. Etwas bedrückte ihn. Das konnte sie sehr deutlich an seiner Haltung und dem Ausdruck auf seinem Gesicht ablesen.

Über zwei Jahre waren inzwischen vergangen, und noch immer hielt die Natur Russlands Überraschungen für sie bereit.

Als sie zum Firmament empor sah, nahm sie zum ersten Mal den prächtigen Sternenhimmel wahr. Über ihr hatte er sich wie ein großes Fenster geöffnet. Alle Wolken waren vom Wind vertrieben worden. Es war, als hätte jemand Abertausende von Lichtern am Himmelszelt entzündet. Die Sterne leuchteten so klar und hell über ihr, wie sie es niemals zuvor gesehen hatte. Ehrfürchtig saß sie auf der Halde, den Kopf in den Nacken gelegt, und genoss den Moment.

Sie erschrak, als sie ein Geräusch am Fuß der Halde wahrnahm. Das Ende einer Zigarette glühte dunkelrot, und sie erkannte Efrem, der zu ihr heraufsah.

»Was tust du da oben?«

»Den Sternenhimmel genießen. Ich hätte nicht geglaubt,

dass ich diesem Ort auch etwas Schönes abgewinnen kann.« Sie war überrascht, als er sich anstatt zu gehen anschickte, zu ihr heraufzuklettern.

»Du solltest auf deiner Pritsche liegen und schlafen«, sagte er tadelnd und setzte sich neben sie, die Zigarette im Mundwinkel. Ihr kam die plötzliche Nähe zu ihm befremdlich vor, aber sie bemerkte, dass er für einen Moment nicht Efrem der Brigadier war, sondern der Mensch, der er vor dem Krieg vielleicht gewesen war.

»Dort oben, schau.« Efrem zeigte nach oben.

Selma folgte seinem Blick, und dann sah sie die Sterne. Es waren drei besonders helle Sterne, die mit bloßen Augen wunderbar zu erkennen waren.

»Das Sternbild des Orion. Man kann es zu dieser Jahreszeit besonders gut erkennen«, erklärte Efrem. »Unter den Sternen liegt der sogenannte Orionnebel. Daneben der Große Hund. Sein treuster Begleiter.« Efrem zog an seiner Zigarette und blies den Rauch in den Himmel.

»Woher wissen Sie das alles?« Selma schlang die Arme um ihre Brust, um der Kälte zu trotzen. Sie hatte nicht vorgehabt, lange zu bleiben, aber Efrems unerwartete Annäherung faszinierte und überraschte sie zugleich.

»Mein Vater interessierte sich für Astronomie und hat mir alles gezeigt. Im Winter bieten sich die besten Konstellationen für das bloße Auge.«

»Es ist wundervoll. Gibt es auch eine Geschichte hinter dem Namen Orion?«

»Jeder Name hat eine Geschichte, so auch der Orion.« Efrem schnippte den Zigarettenstummel in die Nacht hinaus. »Die Göttin Artemis wollte aus Liebe zu Orion ihrem Keuschheitsgelübde entsagen. Doch ihr Zwillingsbruder

Apollon wollte dies verhindern und bediente sich deshalb einer gemeinen List. Er packte seine Schwester an ihrem Stolz und überredete sie, ihm ihre Bogenschießkünste zu beweisen, in dem sie auf die Meereswellen zielte. Sie wusste nicht, dass zu dieser Zeit Orion im Meer schwamm. So verletzte sie ungewollt ihren Geliebten mit einem tödlichen Pfeil. Aus Trauer versetzte Artemis darauf ihren Orion an den Himmel. So konnte sie ihn durch die Ewigkeit hindurch immer sehen und fühlte sich ihm verbunden.«

»Ein tragische Geschichte.«

»Die Götter haben sich dort oben verewigt. Und das aus gutem Grund. Auch ich habe diesen drei hellen Sternen Namen gegeben.«

»Haben Sie das?«

»Ja.« Efrem sah sie von der Seite an. »Aber ich werde sie dir nicht verraten.« Mit diesen Worten stand er auf. »Geh jetzt zurück auf deine Pritsche. Morgen wartet ein harter Tag auf dich.«

So unerwartet er vertraulich geworden war, so schnell schlüpfte er wieder in seinen Panzer zurück. Ohne sich noch einmal umzusehen, ging er zurück, während sie noch einen Moment sitzen blieb. Sie seufzte, als sich seine Gestalt langsam im Halbdunkel der Nacht verflüchtigte. Dann sah sie noch einmal zum Himmel hinauf und wusste plötzlich, was er ihr eigentlich hatte sagen wollen. Er hatte ihr einen Funken Hoffnung geschenkt. Also schloss sie diesen Funken in ihrem Herzen ein und gab den drei Sternen ebenfalls Namen.

~

Irma schlug sich trotz der schweren Arbeit in der Mühle erstaunlich gut. Selma war bereits versucht, zu glauben, dass es einzig die Feuchtigkeit ihres alten Arbeitsplatzes gewesen war, die ihre Schwester erneut krank gemacht hatte. Inzwischen hatten sie sich an den Rhythmus der Mühle gewöhnt und arbeiteten Hand und Hand. Die Gefahr zu stürzen bestand weiterhin, aber sie bewegten sich immer sicherer. Nachdem der Schnee geschmolzen war, das Thermometer sichtlich anstieg und die Trockenheit zurückkehrte, sehnte sich Selma jedoch wieder nach der Arbeit im Freien. Aber Gisela, die noch immer auf der Halde eingeteilt war, zog ihr den Zahn sehr schnell.

»Du kannst dich glücklich schätzen, mit Irma zusammen an der Mühle zu arbeiten«, klärte sie Selma am Abend auf. »Der Frühling bringt die wahre Natur der Halde zutage: Sie ist ein schwelender, stinkender Berg, der giftige Gase absondert und die Lungen reizt.«

»Wir könnten Efrem um einen Tausch bitten«, schlug Selma vor.

»Nein, ich bleibe lieber auf der Halde. Da unten würde ich Platzangst bekommen. Das hat mir schon immer Probleme bereitet.«

»Sag später nicht, ich hätte es nicht angeboten.« Selma schenkte der Freundin ein Lächeln.

Allmählich gewann die Sonne weiter an Kraft, und die Ostertage verstrichen. Selma wusste, dass der Sommer und seine Hitze neue Strapazen mit sich bringen würden.

Doch die Bedingungen im Lager schienen sich zunehmend zu bessern. Keine zwei Wochen nach Selmas Entdeckung am Himmel machte eine erfreuliche Nachricht die Runde.

Auch wenn Selma nicht recht wusste, was davon zu halten war. Am kommenden Sonntag sollte es einen Tanzabend geben, und alle waren eingeladen. Jewa Bolschakow selbst hatte dazu aufgerufen. Anscheinend war sie mit der Normerfüllung sehr zufrieden.

Am Abend nach der Verkündung kamen einige Frauen zusammen. Auch Marianne, deren Bauch mittlerweile zu einer riesigen Kugel geworden war, die sich unter ihrem Arbeitshemd wölbte. Noch immer musste sie auf der Halde schuften, wenn auch nur stundenweise. Efrem zeigte hier keine Gnade, was Selma ihm sehr übel nahm.

»Ich glaube, ich gehe zum ersten Mal wie eine Schornsteinfegerin zu einem Tanzabend.« Trude sah an sich herab.

»Bist du sicher?« Gisela musste sich beherrschen, um Trudes säuerlichen Blick nicht mit einem herzhaften Lachen zu quittieren.

»Ich habe vielleicht noch ein Kleid mit einem Blütenmuster«, sagte Irma und fing sich gleich neidische Blicke ein. »Aber es wird hoffnungslos verknittert sein.«

»Du wirst dich entscheiden müssen: Schornstein oder Knitter.« Luise grinste über beide Wangen. So fröhlich hatte Selma sie schon lange nicht mehr gesehen. Auch sie war bereits zweieinhalb Jahre von ihrem kleinen Sebastian getrennt, der inzwischen sicherlich sprechen konnte.

»Und was ist mit euren Frisuren?« Irma schürzte die Lippen. »Offen oder hochgesteckt?«

Selma lächelte. Ihre Schwester blühte regelrecht auf. Vom Fieber war sie seit Monaten verschont geblieben. Sie war dankbar für jeden Tag, an dem ihre Schwester halbwegs gesund war.

»Nun sei nicht albern«, warf Selma ein. »Wem willst du gefallen?«

»Glaubst du, ich könnte keinem Mann mehr gefallen?«, fragte Irma in gespielter Empörung.

Bevor Trude etwas entgegnen konnte, hob Gisela die Hand. »Wichtig ist doch, dass wir Spaß haben.« Sie verdrehte die Augen. »Spaß … Wie das klingt.«

»Wer wird überhaupt kommen?«, wollte Irma wissen.

»Na wir, vielleicht ein paar Männer aus den Baracken und wahrscheinlich ein paar der Offiziere«, erklärte Trude.

»Das sind ja rosige Aussichten.« Irma blickte gelangweilt drein.

Selma wollte die Idee des Tanzabends noch nicht recht gefallen. »Ich bin mir noch gar nicht so sicher, ob ich hingehen werde.«

Irma sah sie verwirrt an. »Und ob du das wirst!«

Selma seufzte, weil sie ihrer Schwester nicht widersprechen wollte.

»Der ganze Dreck hat doch auch etwas Gutes«, meinte Gisela. »Wir sehen weniger blass aus.«

»Es freut mich, dass ihr euch euren Humor noch bewahrt habt.« Selma wollte nicht als Spielverderber dastehen. »Das ermutigt mich doch tatsächlich, auch zu kommen.«

»Ich würde ja gern«, brachte sich Marianne ein, »aber sie will nicht, glaube ich.« Marianne deutete auf ihren Babybauch.

»Sie?«, fragte Gisela.

»Ja, es wird ein Mädchen. Da bin ich ganz sicher.« Marianne strich sanft über ihren Bauch. Sie war in letzter Zeit viel sanftmütiger geworden, bemerkte Selma. Sie erinnerte kaum noch an die einst streitlustige, grimmige Frau. Vielleicht spürte das auch Gisela, die sich ihr zunehmend zuwandte.

»Freust du dich auf dein Baby?«, fragte sie nun.

»Ja. Ein neues Leben bedeutet doch etwas Gutes, oder nicht?«

»Darf ich?« Gisela streckte ihre Hand aus.

Marianne nickte. »Nur zu.«

Gisela legte ihre Hand auf ihren Bauch. Kurz darauf lächelte sie. »Die Kleine tritt.«

»Das tut sie. Sie wird wahrscheinlich genauso eine Ziege wie ihre Mutter.«

»Das hast du gesagt.« Gisela zog ihre Hand zurück.

Noch am Abend ging Selma an ihren Spind und zog eines ihrer mitgebrachten Kleider hervor. Es wies mehrere Mottenlöcher auf, und der dunkle Kohlenstaub hatte es in ein tristes, graues Etwas verwandelt, das zu Hause in der Lumpensammlung gelandet wäre. Aber es war ein Kleid. Viele andere Frauen besaßen nicht einmal das und würden stattdessen mit ihren Arbeitshosen und -hemden vorlieb nehmen müssen.

~

Der besondere Sonntag kam, und es war, als läutete dieser Tag einen neuen Abschnitt ihres Lebens in Russland ein. Zu ihrer Überraschung spielte eine Musikkapelle, die mit einigen der Arbeiter aufgefüllt worden war. Als Tanzfläche diente der Platz neben dem Brunnen.

Selma kannte die Lieder nicht, die gespielt wurden, aber sie lauschte dem Rhythmus und wusste sehr schnell, was man darauf tanzen konnte. Das Problem war nur, dass sich niemand so recht trauen wollte. Deutsche und russische

Männer standen mit den Händen in den Taschen da und warteten, bis irgendjemand den Anfang machen wollte. Das war zweifelsohne die Aufgabe der Männer, darüber waren sich Selma und die übrigen Frauen einig.

Die Kranken und Schwachen waren in den Baracken geblieben, bemerkte Selma. Für die Übrigen erschien diese Gelegenheit, nachdem sie zweieinhalb Jahre unter härtesteten Bedingungen verbracht hatten, zunächst reichlich befremdlich. Der Umstand, dass die Kapelle immer beschwingter aufspielte und die Tanzfläche nach wie vor leer war, machte es Selma nicht gerade leichter. Bei einem Blick in die Runde wusste sie nicht, ob sie lachen oder weinen sollte. Keine ihrer Leidensgenossinnen war für einen Tanzabend gekleidet. Nur die wenigsten trugen überhaupt Kleider, und die sahen zumeist kaum besser aus als ihr eigenes. Sie kam sich vor wie eine Bettlerin. Tatsächlich fühlte sie sich in ihrem Kleid fehl am Platz und wünschte sich, sie wäre ebenso wie viele andere in ihren Arbeitshosen erschienen.

Selma und Gisela sahen einander an.

»Einer wird den Anfang machen müssen, und das bin bestimmt nicht ich«, raunte Gisela ihr ins Ohr.

Unwillkürlich musste Selma an den Abend denken, als sie Johann zum ersten Mal gesehen hatte. An Giselas forsche Art. An Johanns attraktive Erscheinung. Die jähe Erinnerung übermannte sie, und sie senkte betreten den Kopf. Johann. Auf einmal stand er wieder lebensecht vor ihr, und es war ihr, als wäre dieser Abend nicht bald fünf Jahre her, sondern gerade erst gestern gewesen. Sie meinte noch seine Nähe zu spüren, als er sie überraschend umarmt hatte, um sie in ihrem dünnen Kleid zu wärmen. Wie sehr wünschte sie sich diesen einen Abend noch einmal zurück. Schmerzlich wurde ihr bewusst, wie wertvoll die Erinnerung war, denn sie war alles, was ihnen noch blieb.

So stand Selma in ihrem zerlumpten Kleid da. Inmitten der Frauen, die leere Tanzfläche vor sich und die spielende Kapelle in ihrem Rücken, ohne den Mann zu bemerken, der zwischenzeitlich neben sie getreten war.

»Dürfte ich um den ersten Tanz bitten?«

Seine Stimme riss Selma aus ihren Gedanken, und sie sah erschrocken auf. Vor ihr stand Stanis, der Arzt.

»Ich …« Sie zögerte, bis Irma sie anstieß und ihr zuzwinkerte. »Ja, gern«, brachte sie hervor.

Stanis lächelte und ergriff ihre Hand.

Die Tanzfläche war noch immer vollkommen leer, aber das schien Stanis nicht zu stören. Ganz im Gegenteil. Er genoss es ganz offensichtlich, dass nun alle Augenpaare auf ihnen ruhten.

Im ersten Moment fügte sich Selma noch etwas hölzern in die Tanzhaltung, doch schon bald passte sie sich seinen Schritten an und ließ sich immer geschmeidiger von Stanis führen. Dabei bemühte sie sich, ihn nicht direkt anzusehen, sondern stattdessen ihren Blick in die Ferne zu richten.

»Sie tanzen hervorragend«, bemerkte er nach einer Weile, gerade so laut, dass nur sie es verstehen konnte.

»Ich gebe mir Mühe.« Noch immer wich sie seinem Blick aus.

Sein Mut steckte auch die anderen an. Nach und nach nahmen sich weitere Männer ein Herz und führten die Frauen auf die Tanzfläche. Bald schon sah sich Selma von anderen Paaren umringt, und ihr Unbehagen legte sich ein wenig. Doch ein Rest blieb zurück, und sie konnte es sich nicht erklären.

»Ist Ihnen nicht wohl?«, fragte Stanis frei heraus.

»Nein, es ist nur … ich bin so überrascht, Sie heute Abend wiederzutreffen. Ich habe Sie länger nicht im Lager gesehen.« Genau genommen hatte sie ihn schon beinahe vergessen.

»Ich hatte in Donezk zu tun. Ein paar Patienten, die ich bereits seit einigen Monaten betreue. Aber damit möchte ich Sie nicht langweilen.«

»Und nun sind Sie wieder voll und ganz für uns da?« Für Bruchteile von Sekunden sah sie ihm in die dunklen Augen.

»Ich wollte Sie wiedersehen. Und ist dieser Tanzabend nicht die beste Gelegenheit dafür?«

»Mich wiedersehen? Aber Sie haben doch meine Schwester behandelt.« Seine Worte irritierten sie ein wenig. Doch sie musste sich eingestehen, dass sie seine Blicke sehr wohl bemerkt, sich jedoch davor verschlossen hatte.

»Das ist richtig, aber ich bin heute Abend nicht als Arzt hier, sondern als ein Mann, der eine schöne Frau wiedersehen möchte«, entgegnete er unumwunden.

»Sie bringen mich in Verlegenheit«, sagte Selma und war versucht, sich von ihm loszumachen und die Tanzfläche schnell wieder zu verlassen. Er zog sie enger an sich und leitete eine schwungvolle Drehung ein. Ihr blieb nichts anderes übrig, als ihm zu folgen.

Als die Kapelle für einen kurzen Moment verstummte, nutzte sie die Gelegenheit. Geschickt entwand sie sich seinem Griff und lief zurück an den Rand der Tanzfläche.

»Hat es Ihnen nicht gefallen?«, fragte er, nachdem er neben ihr angelangt war. Selmas Hoffnung, er würde sich eine neue Partnerin suchen, erfüllte sich nicht. Er war nett, zuvorkommend und hatte Irma geholfen. Ihm einen Tanz zu schenken, war nicht zu viel verlangt, überlegte sie. Doch tief in ihrem Inneren hielt sie etwas davon ab, Stanis noch ein weiteres Mal auf die Tanzfläche zu begleiten.

»Sie müssen verstehen, dass dies hier, ich meine dieser Abend, ein wenig … seltsam auf mich wirkt«, sagte sie zu ihrer Verteidigung. Irma stand etwas abseits und schien zunächst nichts von ihrem Gespräch mitzubekommen. Selma wünschte sich, ihre Schwester würde sie irgendwie aus dieser Situation befreien.

»Es ist ein Entgegenkommen der Kommandantin. Als Anerkennung für die gute Arbeit, die Sie geleistet haben«, erklärte Stanis.

»Das habe ich auch so verstanden. Und wir alle sind ihr sehr dankbar dafür. Aber ich glaube, es fällt uns schwer, ausgelassen zu sein.« Selma sah an sich herab. Inzwischen kam sie sich noch armseliger vor. Zu ihrem schrecklichen Kleid passte auch ihr übriges Äußeres. Sie war blass, ihre Wangen eingefallen, und sie fühlte sich alles andere als behaglich in ihrer Haut. Sie hätte wissen müssen, dass ein Tanzabend sie an Johann erinnern musste. All die sorgsam verdrängten Gefühle brachen nun wieder hervor und überrollten sie.

»Sie sehen hinreißend aus.« Stanis hatte die Hände in seinen Hosentaschen vergraben. Er musste ihren Blick an sich hinunter bemerkt haben.

Sie wurde ein weiteres Mal an Johann erinnert. Stanis hatte zwar äußerlich nichts mit Johann gemein, aber die Umstände weckten Selmas Erinnerungen und warfen sie aus der Bahn. »Das ist nicht wahr, und das wissen Sie auch.«

»Wenn ich es doch sage«, beharrte Stanis.

»Würden Sie mich entschuldigen?« Selma wartete keine Antwort ab. Stattdessen lief sie, so schnell sie ihre Beine trugen, zurück in die Baracke. Die Tränen kamen, noch bevor sie auf der Pritsche lag. Sie zitterte am ganzen Leib. Ihre Selbstbeherrschung war dahin, und sie weinte hemmungslos. Stanis' Komplimente hatten die sorgsam vergrabenen Gefühle und Erinnerungen wieder hervorgeholt. Sie ballte eine Faust und versuchte, ihren Kummer mit Zorn zu bekämpfen. Zorn auf Stanis, der es gewagt hatte, die Dämme in ihrem Inneren einzureißen.

Als ihre Schluchzer leiser wurden, drehte sie sich auf den Rücken und starrte an die Decke. Während sich ihre Atmung beruhigte und die Tränen auf ihren Wangen trockneten, lösten sich ihre schmerzlichen Gefühle für einen Moment wie frühmorgendlicher Nebel auf und ließen eine Erkenntnis zu, die Selma überraschte: Stanis trug keine Schuld an ihrer Situation. Er war es vielmehr gewesen, dem sie beim Tanzen seit langer Zeit wieder ein Gefühl von Glück zu verdanken hatte. Konnte er ihr den Weg aus dieser tristen, kummervollen Welt weisen? Seine Freundlichkeit war wie ein kleines Geschenk, das sie annehmen sollte, wurde ihr mit einem Mal bewusst. Schließlich fragte sie sich, wovor sie solche Angst gehabt hatte. Warum war sie vor ihm fortgelaufen? Als sie die Antwort wusste, drehte sie sich auf die Seite und schloss die Augen.

Ein Teil von ihr sehnte sich nach einer erneuten Begegnung mit Stanis. Und mit dieser Erkenntnis ging die schmerzhafte Gewissheit einher, dass sie nun bereit war loszulassen. Johann loszulassen. Doch wenn sie Johann losließ, würde sie auch ein Stück ihres alten Lebens loslassen. Das war es, was ihr so große Angst machte.

Sie war bereits eingeschlafen, als Irma später in die Baracke kam, um nach ihr zu sehen. Auf Selmas Wangen lag ein sanftes Lächeln. Noch einmal war sie zu jenem Abend im Sommer 1942 zurückgekehrt. Ihr Traum hatte ihr noch einen letzten Tanz mit Johann geschenkt.

~

»Marianne kommt kaum noch aus dem Bett, und zu allem Überfluss hat Efrem angeordnet, dass sie ebenfalls unten an der Mühle arbeiten soll.« Gisela kratzte ihre Schüssel mit dem kümmerlichen Frühstück aus.

Der Alltag war in das Lager zurückgekehrt. Über den Tanzabend sprach man kaum noch, dafür umso mehr über die Normerfüllung, die Efrem täglich umtrieb. Immer wieder entwarf er neue Arbeitspläne, plante Personalwechsel und Sonderschichten.

»Das kann er unmöglich machen!« Selma war erschrocken. »Es ist in unserem Zustand schon schwer, dort zu arbeiten, aber hochschwanger? Hinzu kommt, dass sie keinerlei Erfahrung unten an der Mühle hat.«

Gisela sah sie von der Seite her an. »Du hast den besten Draht zu ihm. Sprich mit ihm.«

Zehn Minuten später traf Selma Efrem draußen am Brunnen. Er schöpfte gerade eine Kelle mit Wasser aus dem Eimer und trank davon. Das Wasser perlte an seinem dichten Bart ab und rann ihm in den Kragen. »Was willst du?«

»Es geht um Marianne. Sie können sie nicht an der Mühle arbeiten lassen.«

»Eine der Frauen ist ausgefallen, und ich brauche eine,

die noch halbwegs kräftig ist. Ihr Problem, wenn der kleine Bastard nicht kommen will. Die Norm …«

»Vergessen Sie einmal Ihre Norm! Hier geht es um Menschen, nicht um Normen.« Selma hatte es satt, immer wieder gegen seine aufgesetzte Härte ankämpfen zu müssen, obwohl sie sehr genau wusste, dass unter der harten Schale ein weicher Kern wohnte.

»Haben eure Soldaten danach gefragt, als sie in unser Land einmarschiert sind?« Efrem funkelte sie an.

Er hatte ihr schon viele Gesichter gezeigt, doch sie wusste vorher nie, welchem sie diesmal begegnen würde. »Sie haben mir einst geholfen. Mir und meiner Schwester. Was ist aus dieser Gutmütigkeit geworden?«

»Gutmütigkeit?« Er lachte. »Du hast es immer noch nicht verstanden, oder? Wir sind im Schwarzen Loch. Es ist Melnikows Schatten, der es verdunkelt, nicht der Kohlenstaub.«

Er wollte gehen, doch sie fasste seinen Arm. »Warten Sie.«

Schnaubend fuhr er herum und war mit seinem Gesicht dicht vor ihrem. »Wir sind keine Freunde. Wenn du das glaubst, irrst du dich gewaltig.«

»Nein, vielmehr glaube ich, dass Sie nicht der schlechte Mensch sind, als der Sie sich ausgeben.« Sie blieb ruhig und versuchte, sich nicht von ihm verunsichern zu lassen. »Ich weiß nicht, wo Sie an jenem Tag waren, als Nikolaj sich an Marianne vergriffen hat, aber Sie sollten sich nicht die Schuld geben. Nikolaj war wie eine Hyäne, die nur auf ihre Gelegenheit gewartet hatte.«

»Es spielt keine Rolle, wo ich an jenem Tag war.« Sie konnte sehen, wie sich etwas in seiner Miene veränderte, als sie über jenen Tag sprach. Sie mochte sich täuschen, aber es lag plötzlich ein Schatten von Trauer über seinen Augen. »Marianne geht morgen an die Mühle. Ihr werdet sie einweisen.«

Diesmal hielt sie ihn nicht mehr zurück, als er davonging. Sie hatte verstanden, dass sie ihn mit einfachen Worten nicht erweichen konnte. Sie glaubte in seinen Augen gesehen zu haben, dass in seinem Inneren etwas zerbrochen war. Um diesen Bruch zu heilen, brauchte es Zeit. Zeit, die sie aber nicht hatten. Nachdenklich ging sie zurück in die Baracke.

»Und?«, fragte Gisela.

»Nichts. Marianne muss in die Mühle.« Selma setzte sich. »Wir werden uns um sie kümmern.«

Gisela schüttelte den Kopf. »Nein, ich gehe an ihrer Stelle. Nach dem, was ihr mir erzählt habt, ist es dort unten für eine Frau in ihrem Zustand viel zu gefährlich. Das Kind kann jeden Tag kommen.«

»Das würdest du für sie tun?« Selma war überrascht. Gisela und Marianne waren zwar keine Feindinnen mehr, aber ihre Klaustrophobie für Marianne zu überwinden, imponierte Selma.

»Genau genommen bin ich doch schuld an ihrem Dilemma«, erklärte Gisela. »Wenn ich nicht ihre Cousine gestoßen hätte, hätte ich nicht ihren Zorn auf mich gezogen und so weiter. Im Grunde ist es nichts anderes als Wiedergutmachung.«

Selma fasste ihre Hand. »Es ist weit mehr, und das weißt du.«

»Es ist alles, was ich für sie tun kann. Du und Irma, ihr werdet auf mich aufpassen. Es ist Zeit, dass ich die Mühle kennenlerne.«

Efrem stimmte ihrem Vorschlag zu. Aber nur unter der Bedingung, dass Selma und Gisela abwechselnd eine Sonderschicht auf der Poroda übernahmen, um den Ausfall zu kompensieren. Sie waren einverstanden, da es nur ein vorübergehender Zustand sein würde, bis Marianne ihr Kind bekommen hatte.

Gisela überwand ihre Platzangst erstaunlich gut und fügte sich schnell in den eigenwilligen Rhythmus der Mühle ein. Abwechselnd übernahmen sie die Sonderschichten, so dass Irma stets an der Mühle blieb.

Mariannes erste Probewehen kamen bereits täglich, und die bevorstehende Geburt kündigte sich an. Selma war sich sicher, dass sie nicht einen Tag unten bei der Mühle überstanden hätte.

»Ich werde mich revanchieren. Ganz bestimmt.« Marianne lag auf ihrer Pritsche. Ihr Bauch sah aus, als wollte er jeden Moment mit einem lauten Knall platzen.

»Das wirst du.« Selma hatte sie besucht und saß nun neben ihr. »Aber zuerst bringst du deine kleine Tochter zu Welt.«

»Und wenn es doch kein Mädchen wird?« Marianne strich über ihren Bauch.

»Dann wird es eben ein wunderbarer kleiner Junge.

»Ich bin froh, dass wir Freundinnen geworden sind.«

»Manchmal muss man seine Sorgen und Nöte für einen Augenblick beiseiteschieben. Dann klärt sich der Blick, und wir sehen wieder, worauf es ankommt: unsere Menschlichkeit nicht zu verlieren.«

»Danke für alles!« Marianne sah müde und blass aus, aber auch glücklich, und das war an einem Ort wie diesem Gold wert, dachte Selma.

~

Selma war oben auf der Poroda eingeteilt, und Irma und Gisela arbeiteten unten an der Mühle, als es geschah. Sie stand oben auf der Halde, als Stimmen am Fuß des Berges laut wurden. Aufgeregte Stimmen. Eine der Frauen gestikulierte wild mit den Armen. Es war Luise. Selma konnte sie weder verstehen, noch ihre Handzeichen deuten. Aber es machte den Anschein, als sei es sehr wichtig. Luises Blick gefiel Selma ganz und gar nicht. Eine böse Vorahnung kroch in ihre Eingeweide und lähmte sie für Sekunden. Dann stürmte sie in einem halsbrecherischen Tempo los, die Halde hinunter.

»Was ist geschehen?«, rief sie Luise entgegen.

»Du musst mitkommen! Schnell!«

»Ist es meine Schwester? Ist ihr etwas zugestoßen?« Selmas Stimme überschlug sich. Ihr war plötzlich übel, und alle Farbe war aus ihrem Gesicht gewichen.

»Ich weiß es nicht. Aber es ist etwas passiert, unten an der Mühle.«

Die Mühle. Selma hatte immer geahnt, dass sie ihr irgendwann zum Verhängnis werden würde. Alle Gebete oder pures Glück konnten nicht ewig helfen. Sie ließ Luise hinter sich zurück und rannte, so schnell sie konnte, zum Eingang der Fabrik.

Ihr einziger Gedanke war Irma. Ihr war etwas zugestoßen. Das durfte einfach nicht sein. Nicht Irma, nicht ihre Schwester. Stufe um Stufe hastete sie die kohlegeschwärzte Treppe hinunter. In das Herz des Schwarzen Lochs. Irma. Immer wieder murmelte sie den Namen ihrer Schwester.

Unten am Treppenabsatz standen viele Menschen. Arbeiter, Arbeiterinnen, Aufseher, unter ihnen auch Efrem. Aber was war geschehen? Selma strauchelte und fiel auf die Knie.

Sie spürte den Schmerz kaum, so benommen war sie vor Angst und Verzweiflung. Dann rief sie laut Irmas Namen.

»Irma! Irma!« Tränen stiegen ihr in die Augen. Zitternd versuchte sie, sich aufzurichten und an den Rand der Mühle zu gelangen. Dorthin, wo die Menschen einen Halbkreis gebildet hatten. Sie schluchzte, dann packte jemand sie unter den Armen. Sie wollte sich losreißen, doch eine Stimme redete auf sie ein. Eine vertraute Stimme.

Selma hob den Kopf und sah in Irmas Gesicht. »Irma …«, hauchte sie. »Ich dachte …«

Im nächsten Moment sah sie die Tränen im Gesicht ihrer Schwester. Ihre Gedanken wirbelten, dann fand sie die Kraft aufzustehen und sich einen Weg zwischen den Menschen hindurch zu bahnen. Irma war gleich hinter ihr. Sie sagte etwas, versuchte sie an den Schultern zurückzuhalten, aber Selma kämpfte sich weiter vorwärts, bis sie endlich einen Blick auf den leblosen Körper werfen konnte.

Die Frau war zwischen den Puffern zweier Waggons eingeklemmt worden. Ihre Haltung war verrenkt, der Tod musste sehr schnell gekommen sein. Jede Hilfe kam zu spät.

Selmas Fäuste ballten sich und lösten sich wieder. Ihr Körper fühlte sich leer an, unbändige Trauer erfasste sie und raubte ihr den Atem.

So stand sie reglos da und starrte auf Giselas leblose Augen. Ihr letzter Blick war gen Himmel gerichtet. Dorthin wo in einer wolkenlosen Nacht drei Sterne sehr schwach zu erkennen waren.

3

Gorlowka, Sowjetunion, heutige Ukraine
1947

»Es ist so weit! Marianne hat ein gesundes Mädchen zur Welt gebracht.« Luise stürmte in die Baracke, wo Selma lag. Die Knie angezogen und den Blick leer an die Wand geheftet.

Die Tage zogen an ihr vorüber wie eine Regenfront. Wie eine bittere Medizin hatten sie die Stunden geschluckt.

»Du musst mitkommen, bitte. Irma ist auch bereits dort.« Luise setzte sich zu ihr.

»Ich kann nicht«, flüsterte Selma. »Ich will nie wieder aufstehen.«

»Wir alle müssen mit Giselas Tod umgehen. Es …«

»Sie war wie eine Schwester für mich.« Selma wirkte völlig emotionslos, als sie das sagte.

»Das weiß ich, aber sie würde wollen, dass du jetzt mitkommst, denn das wird dir neuen Mut geben.« Luise nahm ihren Arm und zog sie hoch. Dann legte sie einen Arm um Selma und schob sie hinaus. Selma ließ sich wie eine Puppe führen.

Als sie in Mariannes Baracke ankamen, saßen dort bereits Irma und einige andere Frauen. Marianne lag da und sah Selma entgegen. Auf ihrer Brust lag ein winziges Menschlein, dessen Blicke aus den verquollenen Augen ziellos umherirrten.

»Ich bin so froh, dass du gekommen bist. Es ist ein Mädchen.«

»Du hast es geschafft«, sagte Selma und verspürte einen Hauch von Freude über Mariannes Glück. »Ein kleines Mädchen. Du hattest also recht.«

»Ja, das hatte ich.«

Marianne befreite den Säugling ein wenig von den Tüchern, in den man ihn eingewickelt hatte.

»Die kleine Gisela wartet nur darauf, auf deinen Arm zu dürfen. Sie will Hallo sagen.«

»Gisela?« Selma verstand nicht sofort. »Nein, ich ...« Sie hob abwehrend die Hände, doch Irma nahm den Säugling auf den Arm und trat neben sie. »Nimm sie, und du wirst es auch merken. Die Kleine ist wie Balsam für deinen Schmerz.«

Selma sah sie entgeistert an. Irmas Augen waren noch immer geschwollen von den Tränen, die sie um die gemeinsame Freundin vergossen hatte, aber sie sah auch die Überzeugung darin, dass das Leben weitergehen würde, so schwer es auch erscheinen mochte.

Selma spürte das Gewicht der kleinen Gisela kaum. Dafür nahm sie den unverwechselbaren Geruch des Säuglings wahr. Verspürte das Wohlbehagen, das sich ihrer bemächtigte, als sie in die blauen Augen des Babys sah. »Du hast sie Gisela getauft?«

Marianne nickte. »Und ich werde ihr jeden Abend von der tapferen, großen Gisela erzählen. Sie wird ihr Andenken ebenso in Ehren halten, wie wir es tun werden.«

»Gisela«, flüsterte Selma, und es war als würde sie in die Augen ihrer Freundin blicken.

Ein Leben war vergangen, dafür war ein neues in die Welt

hineingeboren worden. Luise hatte recht gehabt. Der Säugling auf ihrem Arm gab ihr tatsächlich Mut.

Sie gab das Baby erst wieder ab, als es lauthals zu schreien begann.

»Wir werden das hier gemeinsam durchstehen, habt ihr verstanden?«, sagte Marianne, als die kleine Gisela an ihrer Brust lag.

»Wir alle haben eine Zukunft vor uns. Nur weil wir in einem dunklen Tal wandern und nicht erkennen können, was hinter der nächsten Bergkette auf uns wartet, heißt das nicht, dass wir das Tal nicht irgendwann durchschritten haben und den Horizont nicht wieder sehen werden. Aber dafür müssen wir weiter gehen. Wir dürfen nicht anhalten und in Selbstmitleid versinken.«

Diese Worte von einer Frau, die unfreiwillig schwanger geworden war, beeindruckten Selma, und sie fasste sich ein Herz.

~

Inzwischen kündigte sich ein neuer Herbst an. Seit dem »Vorfall«, wie man Giselas Tod im Lager 1009 nur noch bezeichnete, hatten Selma und Irma nicht mehr an der Mühle arbeiten müssen. Ob das Efrems Verdienst war oder Jewa Bolschakow sich dazu entschlossen hatte, erfuhren sie nicht. Stattdessen schufteten sie wieder auf der Poroda. Selma sah mit Sorge dem kommenden Winter entgegen und hoffte, dass es bis dahin eine neue Arbeit für Irma gäbe, da ihr die Feuchtigkeit erneut zusetzen würde.

Der allabendliche Besuch an Giselas Grab war fester Bestandteil ihres Alltags geworden. Jedes Mal wenn sie vor dem einfachen Holzkreuz stand, in das sie selbst den Namen ihrer Freundin hineingeritzt hatte, kamen ihr die Tränen. Sie wollte stark sein, aber es gelang ihr nie.

Seit Giselas Tod hatte sie nicht mehr mit Efrem gesprochen.

Eines Tages traf sie ihn wie schon so häufig nach Arbeitsende in der Küche.

»Ich muss einen Brief versenden.«

Sie stellte sich vor Efrem und versuchte, ihn weniger fordernd als bittend anzusehen.

Seine Reaktion überraschte sie. »Du kannst ihn schreiben, und ich werde ihn versenden. Dass er auch ankommt, kann ich nicht versprechen.«

»Wirklich?« Sie konnte ihr Glück nicht fassen. Sie hatte offensichtlich einen guten Tag erwischt.

»Wahrscheinlich ist die Mühe vollkommen umsonst, aber tu, was du nicht lassen kannst.«

Gleich am Abend machte sich Selma an die Arbeit. Ein Teil des Briefes war Giselas Eltern gewidmet. Jedes Wort fiel ihr schwer, aber sie hielt es für wichtig, Giselas Eltern vom Tod ihrer Tochter zu berichten. Das war sie ihnen schuldig.

Am nächsten Morgen überreichte sie Efrem den Brief. Schon befürchtete sie, er würde ihn grinsend vor ihren Augen zerreißen, aber er hielt sein Wort. Vielleicht hatte Giselas Tod seine harte Schale ein wenig erweicht.

Einige Tage später traf Selma Efrem wieder. »Ich weiß, Sie sagten bereits, dass Sie nichts mehr für mich tun können, aber Sie haben den Brief versendet und …«

»Ich reiche dir den kleinen Finger, und du greifst gleich nach der ganzen Hand?« Er machte ein grimmiges Gesicht.

»Der Winter steht vor der Tür, und Sie wissen, dass meine Schwester …«

»Raus! Sofort.«

Selma ging, aber irgendetwas sagte ihr, dass er auch diesmal helfen würde.

Der erste Schnee kam noch in der darauffolgenden Nacht. Nach dem morgendlichen Brei ging sie hinaus, und es schien ihr, als würde sie über die Türschwelle in eine andere Welt treten. Aus dem tristen Grau und Schwarz war über Nacht eine weiße Welt geworden. Als wollte die Natur die Gelegenheit nutzen, um allen Schmutz und alle Zerstörung, die die Menschen verursacht hatten, mit einem Schleier zu bedecken.

Darauf gefasst, wieder auf die Poroda zu müssen, stellte sich Selma auf einen entbehrungsreichen Tag ein. Aber Efrem wartete bereits vor dem Sawod auf sie und Irma. Ein Lächeln huschte über Selmas Gesicht, während er ihnen nur starr entgegenblickte.

»Kommt mit.« Efrem ging voraus. Zu ihrer Überraschung stapften sie durch den Schnee in Richtung Gorlowka. Selma und Irma stellten keine Fragen, sondern versuchten nur, Schritt zu halten.

»Eigentlich heißt es nicht Gorlowka, sondern Horliwka«, begann Efrem. »Der Luhan fließt wie eine vergiftete Ader an der Stadt vorbei. Die Menschen atmen den Kohlestaub und spucken ihn abends wieder aus. Die Stadt ist hässlich und dreckig. Sie ist wie ein großes Strafgefangenenlager. Einzig die Arbeit zieht die Menschen an. Freiwillig kommen sie in den wenigsten Fällen.«

Selma lauschte seinen Worten, erstaunt, dass Efrem so gesprächig war.

»Könnte ich kurz verschnaufen?« Irma blieb stehen.

»Ich sollte nicht hier sein.« Efrem blieb tatsächlich stehen, fuhr aber unbeirrt mit seinem seltsamen Monolog fort. »Das ist der falsche Ort für mich.« Er blickte nachdenklich über die Dächer der Stadt.

»Sie sagten, Sie haben Familie. Gibt es Kinder?« Es kam Selma befremdlich vor, Efrem solche Fragen zu stellen, aber sie hatte zum wiederholten Male das Gefühl, ihn nicht als Brigadier vor sich stehen zu haben, sondern als Mensch.

»Zwei Jungen.«

»Und Ihre Frau?« Selma biss sich auf die Lippe, als sie den Ausdruck auf seinem Gesicht sah.

»Meine Frau starb vor einigen Monaten an der Schwindsucht.«

Selma fiel es wie Schuppen von den Augen. Efrems plötzliches Verschwinden aus dem Lager. Seine verspätete Ankunft im neuen Lager und seine anschließende Wut und die Bosheit. Sie hatte diese Regungen mit seiner Trauer verwechselt. Es musste in jenen Tagen nach ihrer Abfahrt aus Kriwoj-Rog gewesen sein, als seine Frau verstorben war. Sie konnte nur mutmaßen, wie lange sie bereits krank gewesen war. »Das tut mir sehr leid.«

»Die Jungen sind bei einer ledigen Cousine untergebracht. Ich sehe sie alle paar Monate. Sie sind in meiner Wohnung in Kriwoj-Rog geblieben.«

Selma begann zu verstehen. »Sie konnten sie nicht mitnehmen. Trotzdem hat man Sie hierher versetzt.«

»Man hat mir mehr versprochen, als ich letztendlich bekommen habe. Sie wollten mich hier, um den Hühnerstall zusammenzuhalten. Nach einem halben Jahr hat man mir eine bessere Stellung in Aussicht gestellt. Kein Lager mehr. In der Nähe meiner Kinder. Aber daraus wird wohl nichts.«

Eine Weile schwiegen sie. Irma kam langsam wieder zu Atem. Efrem sah es und stapfte weiter in Richtung Stadt. Er ging nun noch schneller als zuvor. Irma schnaufte bald wieder und klammerte sich an Selma, die sie mitzog. In der Stadt angekommen, wurde der Marsch leichter, weil die Bewohner eine schmale Gasse in den Schnee gegraben hatten.

Die nächste Pause gönnte Efrem ihnen erst, als sie vor einem hohen Gebäude angelangt waren. Die Fassade hatte ihre besten Zeiten lange hinter sich, und das Holz der Fensterrahmen war löchrig und faul. Selma hatte keine Idee, was sich im Inneren des Gebäudes befand.

»Wir sind da«, sagte Efrem. »Ich hoffe, ihr habt euch den Weg gemerkt, denn hier werdet ihr fortan arbeiten«, erklärte Efrem.

»In diesem Gebäude? Was soll das für eine Arbeit sein?«

Statt einer Antwort betrat Efrem die Treppe und klopfte an die Tür. Es dauerte, bis jemand öffnete. Selma sah eine alte, gebeugte Frau. Ihre Arme schienen nicht dicker zu sein als ein Besenstil.

»Ihr werdet ab heute Dienst im Internat von Gorlowka tun.« Efrem klang seltsam hölzern. Mehr gab es offenbar nicht mehr zu sagen. Die Alte trat zur Seite und ließ sie eintreten. Efrem ging ohne ein weiteres Wort denselben Weg zurück, den sie gekommen waren.

»Kommt.« Die Alte winkte. Sie sprach Deutsch, ihre Stimme klang brüchig.

Während sie gemeinsam durch die schlichten Gänge liefen, von deren Wänden die Farbe abbröckelte, dachte Selma nach. Inzwischen verwunderte es sie nicht mehr, dass viele der Russen ihre Sprache beherrschten, trotzdem fand sie es erstaunlich, dass auch dieses alte Weib Deutsch sprach.

Es gab zahlreiche Türen, hinter denen Selma dann und wann Stimmen vernahm. Mäusedreck lauerte in den Ecken und Winkeln. Irgendwann war sie so verwirrt, dass sie glaubte, ohne fremde Hilfe niemals wieder den Weg nach draußen zu finden. Es war zugig in dem Gemäuer. Solange man sich bewegte, war dies kein Problem. Umso schwieriger muss es hingegen sein, still dazusitzen und bei dieser Kälte zu lernen, überlegte Selma.

Durch eine Tür gelangten sie in einen Hinterhof. Dort gab es kleine Baracken, die in Dreierreihen zu vier Stück errichtet worden waren. Die Alte öffnete die Tür zur ersten.

»Eine hier, die andere dort.« Sie sprach abgehackt. Dazu machte sie eine fegende Bewegung.

»Geh ruhig. Ich bin gleich nebenan. Wir sehen uns später.« Selma nickte Irma aufmunternd zu.

Sie konnte beobachten, wie ihre Schwester von einer Frau in Empfang genommen wurde, die einen großen Besen in der Hand hielt, dann musste sie selbst der Alten zur nächsten Baracke folgen. »Du hier.«

Aus dem Inneren schlug Selma abgestandene Luft entgegen. Ein Blick auf eine Reihe von Betten bestätigte ihre Vermutung: Im Prinzip waren es die gleichen Baracken, die auch ihnen zur Verfügung standen. Selma nahm an, dass dies die Schlafplätze der Jugendlichen aus dem Internat waren.

Die Alte deutete auf einen Besen in der Ecke und machte noch einmal eine fegende Bewegung.

»Wenn du damit fertig bist, kümmere dich um die Betten.« Kurz darauf verschwand sie und ließ Selma allein.

Selma seufzte, zuckte die Schultern und griff sich den Besen. Er lag leicht in ihrer Hand und sauste nur so durch den

Raum. Die Arbeit mit der schweren Schaufel ließ diese wie ein Kinderspiel erscheinen. Nach und nach kam einiges an Staub und Dreck zusammen. Die Baracke war lange nicht mehr ordentlich gereinigt worden.

Anschließend stellte sie den Besen in die Ecke und begann die zerwühlten Betten zu machen. Die Laken waren schmutzig und rochen streng. Es kostete Selma eine gewisse Überwindung, sie zu richten und zu falten. Nachdem sie mit drei Betten fertig war und sich gerade mit dem vierten beschäftigen wollte, stockte sie. Eine Diele unter ihren Füßen gab nach. Sie wippte vor und zurück. Selma sah zur Tür, bückte sich dann und versuchte, sie mit dem Fingernägeln anzuheben. Beim dritten Versuch gelang es ihr. Darunter kam ein Umschlag zu Tage. Neugierig griff sie danach und zog ihn behutsam aus dem Loch.

Er war ein Briefumschlag. Schmutzig, vergilbt und ohne Absender. Noch unsicher, ob sie tatsächlich so weit gehen sollte, das Geheimnis eines fremden Menschen anzutasten, folgte sie einer inneren Eingebung und öffnete ihn. Er war nicht versiegelt, und mit Sicherheit war das dünne Papier in seinem Inneren bereits zahlreiche Male gelesen worden. Sie wusste, dass ein Brief manchmal das Einzige sein konnte, was die Hoffnung nährte. Vielleicht war das der Grund, warum sie das Briefpapier aus dem Umschlag nahm und es entfaltete.

Ihr Herzschlag beschleunigte sich, als sie die deutschen Worte las.

Liebster Karl,
zwei Jahre sind vergangen, und ich hoffe und bange weiter, bald wieder in Deinen Armen liegen zu können. Was Du

schreibst, macht mir Angst, und ich kann mir gar nicht vorstellen, wie Dir dabei zumute ist. Ich habe mit dem Herrn Pfarrer darüber gesprochen, und er sagte mir, dass er bereits von diesen Schulen gehört hat. Sein Rat war, stark zu bleiben und auf keinen Fall den Glauben an das Gute und die deutschen Werte zu verlieren. Aber vor allem riet er mir, Dir mitzuteilen, dass Du keine weiteren Briefe schreiben darfst. Es ist sehr wahrscheinlich, dass sie Deine Post vorab lesen, und dann wird es Dir schlecht ergehen.

Ich mache mir große Sorgen um Dich. Halte durch!

Deine Margarete

Mit klopfendem Herzen ließ Selma den Brief auf ihren Schoß sinken und sah sich in der Baracke um. Ihre Gedanken wirbelten. Sollte sie tatsächlich zur Reinigung von Baracken abgestellt worden sein, in denen deutsche Kriegsgefangene schliefen?

Schritte erklangen draußen vor der Baracke. Selma beeilte sich, den Brief zurückzustecken. In letzter Sekunde schob sie das Dielenstück zurück an seinen Platz, als die Tür aufging.

Ein schmächtiger Junge blieb im Türrahmen stehen. Er sah sie auf dem Boden hocken und musterte sie skeptisch. »Wer bist du?«, fragte er auf Russisch.

»Ich heiße Selma und arbeite hier«, antwortete sie in gebrochenem Russisch.

Der Junge schloss die Tür hinter sich und trat näher. »Was tust du da?« Er deutete auf die Stelle am Boden, unter der Selma soeben den Brief versteckt hatte.

»Ein Fleck. Nur ein Fleck.« Selma wischte beiläufig über die Stelle und erhob sich.

Plötzlich weiteten sich die Augen des Jungen, und er machte einen Schritt auf sie zu. Selma wich erschrocken zurück, aber er setzte ihr nach und streckte seine Hand nach ihr aus. Sie spürte ein Reißen in ihrem Nacken, und dann sah sie, wie er Wiktorias Anhänger in der Hand hielt. »Wo hast du den her?«

Selma verstand ihn nur schwer, aber sie reimte sich die Bedeutung zusammen. »Ein Geschenk.« Sie wusste nicht, ob die Vokabel stimmte, aber nach der Miene des Knaben zu schließen, schien er zu verstehen.

Er hatte nun nur noch Augen für Wiktorias Geschenk. Wie ein kostbareres Kleinod ließ er es durch seine schmutzigen Finger gleiten. Seine Augen hatten zu leuchten begonnen, und Selma überlegte, warum ihr diese Augen so bekannt vorkamen.

»Kennst du eine Frau namens Wiktoria?«, fragte Selma.

»Wiktoria?« Der Knabe starrte sie mit bebenden Lippen an. »Ein Geschenk von Wiktoria?« Er hielt die Kette in die Höhe.

Selma nickte.

»Wiktoria heißt meine Mutter«, erklärte der Junge, und sie sah die Träne, die an seiner Wange hinabrann.

~

Es dauerte einige Tage, bis Selma Veniamin erneut begegnete. Er war wie vom Erdboden verschluckt, bis er eines Morgens plötzlich in der Baracke saß, die sie täglich reinigte.

»Du bist eine deutsche Arbeiterin aus einem der Lager.« Wiktorias Anhänger lag in seiner Hand.

»Und du bist Veniamin«, sagte Selma, erfreut, ihn wiederzusehen.

Er nickte.

»Verstehst du meine Sprache?«

»Ja«, antwortete er zögerlich auf Deutsch.

»Das ist gut.« Selma setzte sich auf das Nachbarbett. Jetzt erkannte sie immer mehr die Ähnlichkeit mit seiner Mutter. Doch sie sah auch, dass Veniamin sehr dünn war. Die Haut spannte sich über die Wangenknochen, und dunkle Ränder lagen unter seinen Augen.

»In diesen Baracken sind deutsche Offiziere untergebracht«, erklärte Veniamin. »Ich habe mich mit einem von ihnen angefreundet. Wir bringen uns manchmal gegenseitig unsere Sprache bei.« Sein Deutsch war nicht gut, aber er sprach langsam, und sie konnte ihn verstehen.

»Deutsche Offiziere?« Selma wurde hellhörig und dachte an den Brief, der sich unter ihren Füßen im Boden befand.

»Ja, sie behandeln die Offiziere besser als die einfachen Soldaten. Deswegen hat man sie in der Feseo untergebracht. Deswegen und …« Veniamin brach ab.

»Feseo?«

»Das Internat.«

»Und was stellen sie hier drin mit den Offizieren an?«

»Ich darf darüber nicht sprechen.« Veniamin blickte auf den Boden.

»Warum bist du hergekommen? In die Baracke?« Selma wollte mehr über die Feseo herausfinden.

»Hans. Ich habe nach ihm gesucht, weil ich ihn heute noch nicht gesehen habe.«

»Hans ist einer der deutschen Offiziere? Der, mit dem du dich angefreundet hast?«

Veniamin nickte erneut.

»Und was ist deine Aufgabe in der Feseo?«

»Ich lerne, wie man Dieselmotoren zerlegt und wieder zusammensetzt.« Veniamin sagte es in nüchternen Tonfall. Es war klar, dass ihm die Arbeit nicht gefiel.

»Wie werdet ihr behandelt?«

»Warum willst du das wissen?«

»Deine Mutter hat mir ein wenig von dir erzählt. Sie macht sich Sorgen und wünscht sich, du würdest ihr mehr schreiben.«

»Wie hast du meine Mutter kennengelernt?« Veniamin sah auf die Kette herab. »Hat sie dich etwa geschickt«? Seine Augen wurden größer.

»Nein.« Selma erzählte ihm von ihrer Zeit in Kriwoj-Rog.

»Also ist es reiner Zufall, dass wir uns begegnen?«, fragte er.

»So ist es. Meine Schwester arbeitet nebenan. Sie ist krank, und der Lagerarzt hat ihr diese leichtere Arbeit zugewiesen.«

»Bist du auch krank?«

»Nein, aber ich muss auf sie aufpassen.« Selma lächelte. »Welche Aufgaben haben die Offiziere? Müssen sie auch Dieselmotoren zusammenschrauben?«

»Nein, das nicht. Sie sind hier, um zu lernen.«

»Lernen? Was sollen sie denn lernen?«

»Hör auf, mich danach zu fragen.« Mit einem Mal machte er eine grimmige Miene und verschränkte die Arme vor der Brust.

»In Ordnung. Aber gibt es noch weitere Deutsche in der Nähe? Außer den Offizieren?«

»Du meinst einfache Soldaten? Ja, die gibt es. Aber die sind auf der anderen Seite vom Loch. In den Gulags.«

»Warst du dort auch schon?«

»Ein ums andere Mal. Aber das ist ein hässlicher Ort. Niemand will dort hin.«

»Hässlicher noch als die Lager, in die sie die Arbeiter bringen?«

»Ich kenne euer Lager nicht, aber schlimmer kann es nicht sein.« Veniamin erhob sich. »Darf ich die Kette behalten?«

»Sie war ein Geschenk.«

»Sie ist von meiner Mutter«, hielt er dagegen.

»Behalte sie.«

Veniamin wandte sich zur Tür. »Ich muss gehen. Wenn die Aufseherin mich hier erwischt, bekomme ich Stockhiebe.«

Selma erhob sich ebenfalls. »Warte! Eines noch.«

Veniamin blieb stehen. »Du stellst viele Fragen.«

»Könntest du dich im Gulag nach einem Soldaten namens Johann umhören?« Selma kam dieser Gedanke wie von selbst. Die Chance auf Erfolg war mehr als gering, sie wollte nichts unversucht lassen.

»Es gibt einen Johann.«

Selmas Herz machte einen Sprung. »Weißt du auch, wie dieser Johann weiter heißt?«

»Nein, keine Ahnung. Aber er heißt Johann. Das weiß ich, weil er einer der wenigen dort ist, die nett zu mir sind. Ich muss manchmal etwas im Gulag vorbeibringen oder abholen. Dann treffe ich ihn immer wieder einmal.«

»Ich muss ihn sehen.« Selma stellte sich vor Veniamin. Alles um sie herum war vergessen.

»Das geht nicht.«

»Warum nicht?«

»Weil sie dich nicht hineinlassen würden. Die Gulags sind streng bewacht.«

»Aber ...«

»Ich muss jetzt gehen.« Veniamin beeilte sich hinauszukommen, und Selma hatte keine Möglichkeit mehr, ihn zurückzuhalten.

Innerlich aufgewühlt und kaum in der Lage, klar zu denken, schlich sie zurück auf eines der Betten. Johann. Sollte sie ihren Johann tatsächlich inmitten des Schwarzen Loches gefunden haben? Der Gedanke daran war so wunderbar, dass sie den Rest des Tages an nichts anderes mehr denken konnte.

4

Gorlowka, Sowjetunion, heutige Ukraine
1947

»Es ist wieder so weit!« Trude gesellte sich abends in der Baracke zu ihnen. Niemand mochte sie wirklich, aber keiner sagte es ihr, weil alle von ihrem Wissen profitierten.

»Was ist so weit?« Marianne saß neben Selma, die kleine Gisela auf dem Arm. Das Kind war schon beachtlich gewachsen und blickte wach in die Runde.

»Sie wollen einen weiteren Zug in die Heimat schicken.«

»Noch einmal falle ich darauf nicht herein«, sagte Luise.

»Diesmal soll es ein größerer Schwung sein.«

»Und woher weißt du das schon wieder?«, fragte Selma.

»Ich …«

»Vergiss es.« Selma hob die Hand. »Sag uns nur, wer auf der Liste steht.«

»Ich habe Luises Namen gesehen, und ich glaube …« Trude biss sich auf die Lippe.

»Verdammt, du hättest die Klappe halten sollen, wenn kaum einer von uns drauf steht«, fuhr Marianne auf. »Wenn ich mich auch für unsere Luise freue, die endlich ihren Sohn wiedersehen darf.«

»Lass mich raten, du stehst auch drauf?« Selma hatte etwas Lauerndes in ihrer Stimme.

»Nein, noch nicht«, zischte sie, »aber das werde ich bald.«

Selma wandte sich an Irma. »Wann wurdest du das letzte Mal gewogen?«

»Ich?« Irma wirkte überrascht. »Keine Ahnung. Davon abgesehen, würde ich dich nicht allein hierlassen.«

»Wenn du fahren kannst, wirst du fahren«, bestimmte Selma.

»Wenn …«, warf Marianne ein. »Ich würde mir da keine Hoffnungen machen. Das ist doch reine Willkür.«

»Wie man es nimmt.« Trude zwinkerte ihnen zu und machte sich aus dem Staub.

Als sie später auf dem Rückweg zu den Baracken waren, hielt Selma ihre Schwester zurück. »Ich möchte, dass du dich von Stanis untersuchen lässt. Noch heute.«

»Quatsch, du willst ihn nur wiedersehen.« Irma zwinkerte ihr zu.

»Lenk nicht ab, und sieh dich an. Du wiegst doch kaum noch fünfundvierzig Kilo. Sie müssen dich gehen lassen. Bestimmt war es ein Versäumnis, dich nicht auf die Liste zu nehmen.«

»Morgen, versprochen.«

»Nein, jetzt sofort. Wir gehen gleich hinüber in die Krankenstation. Wenn wir Glück haben, ist er dort.«

Selma ließ keine Entschuldigung mehr gelten und zog Irma hinter sich her.

Stanis war nicht da, aber als Selma eine Krankenschwester nach ihm schickte, dauerte es nicht lange, und er stand vor ihnen.

Selma entging nicht, dass es eine ganze Weile dauerte, bis er seine Blicke von ihr nahm und auch Augen für Irma hatte. »Was kann ich tun?«

Selma schluckte die Scham über ihre Flucht von der

Tanzfläche hinunter, auch wenn es inzwischen schon Monate her war. Hier ging es um Irma.

»Würden Sie bitte meine Schwester untersuchen? Der nächste Zug in die Heimat ist doch sicherlich längst überfällig.«

»Sie beide arbeiten doch bereits in der Feseo«, sagte er mit einem unverhohlenen Lächeln. »Und nun hoffen Sie, ich könnte ihr ein Attest ausstellen, das sie nach Hause bringt?« Er sagte es mit einem wohlwollenden Blick. Er schien ihr nichts nachzutragen. Im Gegenteil, er wirkte hocherfreut, sie wiederzusehen. Sie spürte die zarte Röte auf ihren Wangen. Er war frisch rasiert und sein Haar sauber gescheitelt. Zum ersten Mal seit langer Zeit regte sich tief in ihrem Inneren wieder ihre Weiblichkeit, und sie hatte Mühe, sich auf ihr Anliegen zu konzentrieren.

»Vielleicht könnten Sie das, ja.«

Selma war sich dessen bewusst, dass sie mit ihren Blicken und mit ihrer Stimme soeben die Waffen einer Frau eingesetzt hatte.

»Dann werde ich Sie zunächst abhorchen, Irma. Wenn das für Sie in Ordnung ist?«

»Ist es.« Irma setzte sich auf die Liege.

Stanis führte eine Reihe von Untersuchungen durch, bis er sich an den kleinen Schreibtisch im Raum setzte. »Sie sind deutlich unter dem Normgewicht.« Er sah Irma mit ernster Miene an. »Vieles deutet auf eine akute Unterernährung hin. Außerdem machen mir Ihre Lungen Sorgen. Wenn Sie eine Bronchitis bekommen sollten, kann diese sehr schnell in eine Lungenentzündung ausarten. Ich werde Sie also auf die Liste setzen. Die Kommandantin wird es unterschreiben.«

»Ich danke Ihnen!« Selma reichte ihm die Hand über den Tisch hinweg. Irma schwieg hingegen.

»Sie müssen mir nicht danken. Ich habe nur meine Pflicht getan.«

Er hielt ihre Hand ein wenig länger als unbedingt notwendig fest.

»Das weiß ich, und wir sind Ihnen sehr dankbar für die Stelle in der Feseo.« Selma hoffte, dass er tatsächlich dafür verantwortlich war.

Er lächelte vielsagend. »Sie können mir danken, indem sie in Kürze einen Spaziergang mit mir unternehmen.«

»Das …«

Irma stieß sie unauffällig mit dem Ellbogen an, bevor sie ihm eine höfliche Absage erteilen konnte.

»Das ist eine gute Idee«, fuhr Selma fort. »Sagen Sie einfach Bescheid. Ich werde sehen, ob ich Ausgang bekomme.«

Stanis lächelte. »Das werde ich.« Er öffnete ihnen die Tür.

~

Auf dem Weg in die Feseo am nächsten Morgen blieb Selma auf halber Strecke stehen. »Irgendetwas geht im Internat vor.«

»Was meinst du?« Irma hieß die Pause willkommen. Sie war nach wie vor sehr kurzatmig.

»Ich habe vor einiger Zeit Veniamin getroffen. Wiktorias Sohn.«

»Im Internat? Warum sagst du es mir erst jetzt?«

»Weil ich anderes im Kopf hatte. Stell dir vor, er hat vielleicht Johann getroffen.«

»Du meinst deinen Johann?« Irma sah sie zweifelnd an.

»Ja, auf der anderen Seite des Lochs gibt es ein weiteres Arbeitslager, in dem sie Kriegsgefangene untergebracht haben.«

»Das wusste ich nicht. Du musst ihn unbedingt suchen!« Irma schürzte die Lippen. »Das wäre ja eine glückliche Fügung.«

»Vielleicht, ich muss unbedingt herausfinden, ob er es wirklich ist.«

»Er wird nicht mehr der Alte sein«, gab Irma zu bedenken.

»Das ist mir egal. Es ist Johann.«

»Dann solltest du es tun.« Irma wollte weitergehen.

»Nein, warte, das war noch nicht alles. In den Baracken, in denen wir sauber machen, sind ebenfalls deutsche Soldaten untergebracht. Offiziere. Sie werden bevorzugt behandelt. Aber irgendetwas stimmt da nicht. Ich habe keine Ahnung, was sie dort mit den Männern anstellen. Veniamin war äußerst verschlossen in dem Punkt.«

»Bist du sicher?«

»Ja.« Selma erzählte ihrer Schwester von dem Brief, den sie unter der Bodendiele gefunden hatte.

»Der Junge hat Angst, die Frage ist nur, wovor?«

»Keine Ahnung, aber zunächst muss ich wissen, ob es sich in dem anderen Lager um Johann handelt«, sagte Selma.

»Dann solltest du dir etwas einfallen lassen.«

Selmas Verzweiflung wuchs, und es fiel ihr schwer zu glauben, dass sie so nahe bei Johann sein sollte und ihn doch nicht wiedersehen konnte.

Am dritten Tag nach ihrem Gespräch mit Irma wollte Selma nichts mehr dem Zufall überlassen und wartete am

Eingang des Speisesaals, in dem auch sie und Irma am Mittag einen Teller Suppe erhielten.

Als Veniamin mit einer Gruppe anderer Jungen kam, stellte sich ihm in den Weg. »Können wir reden?«

»Was willst du?« Veniamin sah sich um. Er sprach Russisch. Es war ihm sichtlich unangenehm, von Selma vor seinen Kameraden auf Deutsch angesprochen zu werden.

»Bitte!« Sie legte eine flehentliche Miene auf.

»Ich komme später in die Baracke. Nicht hier und jetzt.«

Selma war einverstanden.

Am Nachmittag wurde sie von Stunde zu Stunde unruhiger, als der Junge nicht auftauchte. Sie war bereits sicher, dass er sein Wort nicht halten würde, als er gegen Abend in die Baracke schlüpfte.

»Ich tue das nur, weil du meine Mutter kennst.«

»Und dafür bin ich dir sehr dankbar.« Selma räusperte sich. »Johann ist mein Freund. Ich … Du musst mich zu ihm bringen.«

»Aber das geht nicht!«

»Es muss einen Weg geben«, beharrte Selma.

Veniamin seufzte. »Vielleicht fällt mir ja doch was ein. Ich mache das aber nur, wenn du mir auch hilfst.«

»Dir helfen?«

»Ich will weg von hier. Wenn du mir sagst, wann die Züge fahren, die euch Deutsche nach Hause bringen, helfe ich dir.«

»Aber wieso würde dir das helfen?« Selma sah ihn verständnislos an. »Zumal ich nur schwerlich an solche Information komme.«

»Es gibt Waggons, in denen ausschließlich Russen transportiert werden. Familien und Arbeiter, die fortwollen aus dem stinkenden Loch. Dazu braucht man jedoch ein Überführungspapier, das nur wenige erhalten.«

»Was sollte ich da ausrichten können?«

Veniamin zuckte die Schultern. »Du bist hier, also hast du Beziehungen.«

»Ich … nein, ich kann nichts für dich tun.« Sie wunderte sich über seine kühne Schlussfolgerung.

»Es liegt an dir, lass dir etwas einfallen.« Veniamin musterte sie herausfordernd.

Selma dachte nach und kam zu dem Schluss, dass ihr keine Wahl blieb. »Ich helfe dir, und du hilfst mir mit Johann.«

Veniamin reichte ihr eine schmutzige Hand, und sie schlug ein.

~

»Ich brauche deine Hilfe.« Selma hätte sich am liebsten die Zunge abgebissen.

»Man höre und staune.« Trude sah sie überheblich an.

»Ich brauche den genauen Zeitpunkt, wann der nächste Zug abfährt.« Selma trat näher. »Und ich muss wissen, wer ein sogenanntes Überführungspapier ausstellen kann.«

»Wofür?« Trude zog die Stirn kraus.

»Das muss dich nicht interessieren.«

»Das stimmt, aber ich will als Gegenleistung auch eine Information von dir.« Sie blickte bedeutungsvoll zur Seite. »Wie komme ich in die Feseo?«

Selma wurde blass. Natürlich hatte Trude Wind davon bekommen. »Ich dachte, du fährst bald nach Hause?«

»Spar dir das. Du weißt, dass es nicht so ist. Also, raus mit der Sprache.«

»Sonderauftrag von der Kommandantin.«

Trude hob den Zeigefinger. »Nein, nein, Schätzchen. Denk dran, ich habe noch einiges gut bei dir.«

»Ich kann dir nicht helfen.« Selma schüttelte den Kopf.

»Wie verdammt stur du doch bist.« Trude sah wütend drein. »Du machst es mit Efrem, richtig? Die Wahrheit, und ich kümmere mich um dein Problem.«

Selma dachte an Johann und die Hoffnung, ihn endlich wieder zu sehen. »Die Kommandantin weiß die weiblichen Vorzüge durchaus zu schätzen.« Sie wollte Trude einen Brocken hinwerfen, an dem sie eine Zeit lang zu kauen hatte. Gleichzeitig wollte sie Efrem aus der Sache raushalten.

»Ist das dein Ernst?« Trude sah sie von oben bis unten an. Das Erstaunen war ihr förmlich ins Gesicht geschrieben.

»Mein voller Ernst.«

»Ich hätte ja einiges von dir gedacht, aber das …«

»Auch ich versuche nur, meine Schäfchen ins Trockene zu bringen.« Selma musste sich bemühen, nicht zu grinsen.

Trude benötigte einen Tag, bis sie Selma zur Seite nahm.

»Ich habe seinen Namen: Pjotr, ein älterer Offizier. Er wohnt am Rand von Gorlowka. Er wird dir das Papier ausstellen, wenn du entsprechend nett zu ihm bist.«

»Es gibt keine andere Möglichkeit?« Selma verzog das Gesicht.

»Da du nicht über ausreichend Bares verfügst, nein. Diesmal wird die Kommandantin nicht deine Probleme lösen.« Trude setzte eine überlegene Miene auf.

»Ich komme wieder auf dich zu. Danke.« Selma beeilte sich, von Trude fortzukommen.

~

Am nächsten Tag traf sie Veniamin.

»Du bekommst dieses Papier.«

»Sicher?«

Selma schluckte. »Sicher.« Eine Lüge erschien ihr in ihrer Situation weit weniger schlimm als die Aussicht, Johann nicht wiederzusehen.

»Morgen Abend, wenn du dich auf den Heimweg machst, werde ich oben am Hügel auf dich warten.« Veniamin war dürr und ausgezehrt, aber in diesem Moment strahlte er eine gewisse Kraft aus, und sie war dankbar, ihn getroffen zu haben.

Am nächsten Abend verabschiedete sie sich auf halber Strecke von Irma. »Wünsch mir Glück. Ich kann seit Tagen an nichts anderes denken.«

»Das Schicksal geht manchmal verschlungene Wege«, sagte Irma. »Es kann kein Zufall gewesen sein, dass wir Wiktoria kennengelernt haben und du nun ihren Sohn getroffen hast, der dich zu Johann führt.«

»Das glaube ich auch allmählich.« Sie küsste Irma auf die Wange und lief los.

Veniamin wartete wie verabredet auf der Hügelkuppe, die zwischen dem Lager 1009 und Gorlowka lag.

»Es wird bald dunkel. Wir laufen im Schatten der Abenddämmerung zum Rand des Lagers«, erklärte er. »Ich habe ein Paket für den Lagerkommandanten abzugeben. An einer Stelle am Zaun kannst du unbemerkt warten. Ich schicke ihn raus zu dir.«

Selma presste die Lippen aufeinander und nickte stumm. Der Gedanke, in Kürze vor Johann zu stehen, raubte ihr nahezu den Atem. Wie war es ihm in den vergangenen Jahren ergangen? Welche Verletzungen hatte er davongetragen?

Und wie erging es ihm jetzt in dem Arbeitslager? Fragen, die wie Pfeile in ihren Verstand schossen. Doch die drängendste Frage war: Hatte er sie vergessen? Waren seine Empfindungen noch die gleichen wie an jenem Tag, als sie sich voneinander verabschiedet hatten?

Sie stellte sich selbst diese Frage, ob es umgekehrt so war, und zu ihrer Überraschung blieb sie sich zunächst eine Antwort schuldig.

Sie mussten zwei Kilometer in westlicher Richtung laufen, bis sie den Gulag, wie die Russen Arbeits- und Gefangenenlager im Allgemeinen nannten, erreichten. Das Gelände war von einem meterhohen Stacheldrahtzaun umgeben. Es gab drei Wachtürme, soweit Selma sehen konnte. Im Gegensatz zu ihrem Lager hatte sie das Gefühl, vor einem Hochsicherheitsgefängnis zu stehen. Der Anblick war ehrfurchtgebietend und furchteinflößend zugleich.

»Hier entlang.« Veniamin kannte sich aus. Er führte Selma im toten Winkel an einem Wachturm vorbei und bedeutete ihr, im Schatten eines Stützpfeilers stehen zu bleiben. »Ich schicke ihn raus an den Zaun, zum Rauchen. Ihr habt drei Minuten. Keine Sekunde länger.«

Selma schluckte. Drei Minuten. Wie sollten drei Minuten ausreichen, um alles, was sich über Jahre in ihrem Herzen angestaut hatte, loszuwerden? »Einverstanden.«

Veniamin lief los und ließ sie stehen.

Ein kalter Wind strich zwischen den Maschen des hohen Zauns hindurch und erzeugte dabei ein gespenstisches Pfeifen. Es fröstelte Selma, und mit einem Mal hatte sie Angst vor der Begegnung mit Johann. Nervös blickte sie zu dem Wachturm in ihrer Nähe empor. Was würde passieren, wenn man sie mit Johann sah? Es war ihr egal. Sie konnte es nicht fassen, dass sie ihn nun im tiefsten Russland wiedersehen würde. Johann. Ihren Johann. Ob er sich sehr verändert hatte? Bestimmt war er schrecklich abgemagert.

Sie schlug die Arme um den Körper und wartete. Inzwischen herrschte nur noch ein zwielichtiges Halbdunkel. Drei Minuten. Das Herz schlug ihr bis zum Hals.

Sie begann zu zählen, wie sie es damals in Nikolajs Gegenwart getan hatte, um ihre Nervosität niederzuringen. Diesmal kam sie gerade mal bis fünf, als ein Schatten sich von jenseits der Baracken löste.

Langsam kam die Gestalt näher. Sie konnte das Glimmen einer Zigarette erkennen, das wie ein Glühwürmchen auf sie zu schwebte. Die Aufregung ließ sie frösteln.

Dann stand die Gestalt unmittelbar vor ihr. Sie erkannte eine männliche Statur, ungefähr Johanns Größe. Schemenhafte Gesichtszüge schälten sich aus dem Halbdunkel. Sie erkannte Johann. Er war es tatsächlich! Schmaler im Gesicht, aber er war es. Ihr Herz hüpfte, und sie klammerte sich an den Zaun. »Johann …«, flüsterte sie halb benommen.

»Wer sind Sie?« Die Stimme klang brüchig und fremd. Jetzt konnte sie den Mann endlich vollends erkennen. Sein Gesicht leuchtete im Schimmer einer entfernten Lampe auf, die soeben eingeschaltet worden war. Es war nicht Johann. Die Erkenntnis versetzte ihr einen Stich. Der Mann hatte ein faltiges Gesicht mit einer schiefen Nase und eng beieinander stehenden Augen.

»Ich suche Johann Fröhling. Ich dachte …«

»Ich bin Johann Weber. Einen Fröhling gibt es bei uns nicht.«

»Aber …« Selma versagte die Stimme. Es war alles ein

Irrtum. Johann war nicht in diesem Lager. In diesem Augenblick schien er weiter fort denn je. »Ich dachte …«

»Gehören Sie zu den Arbeiterinnen vom Lager jenseits des Hügels?«

Selma nickte stumm. »Gibt es noch mehr Lager wie dieses? Wo sie Soldaten untergebracht haben?«

»Die gibt es hier überall.« Seine Stimme klang müde. Er zog zitternd an seiner Zigarette. Selma sah, dass er trotz der Kälte nur ein dünnes Hemd trug.

»Wie lange sind Sie bereits in diesem Lager?«

»Ich habe jegliches Zeitgefühl verloren. Vielleicht ein paar Wochen. Es könnten aber genauso gut Monate sein.« Er zuckte die Schultern und zog gierig an seiner Zigarette, bis sie dunkelrot glühte.

»Bekommen Sie genug zu essen?«

»Was glauben Sie denn? Sicher nicht mehr als in Ihrem Lager.«

»Behandelt man Sie denn ansonsten anständig?«

»Anständig?« Er lachte rau auf. »Wenn der Teufel einen Vorgeschmack auf die Hölle geben will, dann hat er hier einen geeigneten Ort gefunden.« Er betrachtete den verbliebenen Zigarettenstummel. »Diese Zigarette ist das Beste, was mir an diesem Ort widerfährt.« Er schnippte den Stummel zur Seite. »Leben Sie wohl.«

»Gott schütze Sie«, hauchte Selma und wandte sich um. Sie wollte weg von diesem Ort. Weg von ihren falschen Hoffnungen.

Sie lief den gleichen Weg zurück, den sie gekommen war, ohne auf Veniamin zu warten.

~

Die Enttäuschung und Resignation über ihre nicht erfüllte Hoffnung beschäftigten sie auch noch die nächsten Tage. Sie bereute es bereits, Veniamin nach Johann gefragt zu haben. Dem Jungen konnte sie keine Vorwürfe machen. Er hatte versucht zu helfen. Das Schlimme war nur, dass sie ihren Teil der Abmachung nicht würde erfüllen können.

Als Stanis am Abend vor der Baracke auftauchte, schrak sie innerlich zusammen. Der Spaziergang! Sie hatte die Verabredung mit ihm vollkommen vergessen. Wie er nun vor ihr stand, hätte sie sich am liebsten unsichtbar gemacht.

»Hätten Sie heute Zeit, Ihr Versprechen einzulösen?«, sagte er. Er trug einen frisch gebügelten Anzug.

»Ich weiß Ihre Höflichkeit zu schätzen. Aber ich muss gestehen, dass ich heute sehr müde bin. Es …«

»Nur ein paar Schritte. Es war gar nicht so einfach, mir die Zeit dafür zu nehmen.«

»Sie bringen mich in Verlegenheit.« Sie sah ein, dass sie keine Chance für einen Rückzieher hatte. »Warten Sie, ich ziehe mich nur rasch um.«

»Warum?«, fragte er überrascht.

»Na, sehen Sie sich doch an. Ich sehe dagegen wie eine Lumpensammlerin aus.«

»Papperlapapp. Sie sehen ebenso gut aus wie am Tanzabend. Wollen wir also?«

»Ja, gerne.« Sie redete sich ein, dass ein wenig Ablenkung nicht schaden würde. Vielleicht konnte Stanis sie vorübergehend auf andere Gedanken bringen.

Gemeinsam passierten sie das Tor. Der Wachposten verzog keine Miene. Stanis bog gleich dahinter in östlicher Richtung ab. Es war dieselbe Richtung, in die Selma ging, wenn sie Giselas Grab besuchte.

Sie schwiegen eine ganze Zeit, bis Selma den Anfang machte.

»Ich dachte, ich hätte Sie …«

»Lass uns doch bitte Du sagen.«

»Also gut.« Sie lächelte verlegen über die plötzliche Vertrautheit. »Ich dachte an jenem Tanzabend, dass ich dich …« Sie brach ab.

»Du dachtest, du hättest mich vergrault?« Seine Miene war warmherzig. »Das könntest du gar nicht, Selma.«

Sie räusperte sich. »Ich bin eine deutsche Arbeiterin, du ein russischer Arzt. Sicherlich gibt es eine Reihe von jungen Frauen, die auf einem Spaziergang besser an deine Seite passen.«

»Du musst dir schon mehr Mühe geben, um mich zu vergraulen.«

Stanis verschränkte die Arme in seinem Rücken. Ihr entging nicht, dass er sehr nah neben ihr ging.

»Hattest du einen Mann in Deutschland?«, fragte er unvermittelt.

Seine Frage behagte ihr nicht, wo sie doch eigentlich auf andere Gedanken kommen wollte.

»Nun, ich bin drei Jahre in Russland. Selbst wenn ich einen Mann hätte und er nicht in den Krieg gezogen wäre, wäre er wahrscheinlich bereits über alle Berge.« Sie wollte nicht über Johann sprechen, geschweige denn über die Begegnung im Gulag.

»Ich verstehe.« Die Erleichterung über ihre Antwort war ihm anzusehen.

»Seit ich in diesem Land bin, habe ich wenig an Männer gedacht.« Sie liefen weiter den Weg hinunter. Immer am Rande der Gruben. Den Weg, den sie bereits zu Genüge kannte. »Ich fühle mich manchmal wie ein Ableger meiner selbst«, fuhr sie fort. »Wie bei einer Pflanze, die neben dem Hauptstamm einen weiteren Sprössling bildet. Klein und unbedeutend und verletzlich. Ich möchte nichts lieber als zurück zu meinem alten Leben. Ich weiß hier oft nicht, ob ich den nächsten Tag noch erlebe. Es herrscht eine große Ungewissheit und Angst in mir.«

»Vielleicht blühst du aber auch weiter auf und wirst eines Tages noch stärker als dein altes Ich.« Stanis sagte es so, als ob er ihren Gefühlszustand nachvollziehen konnte. Das ließ sie weiter Vertrauen fassen.

Plötzlich standen sie vor dem Tor des Friedhofs.

»Ich besuche Giselas Grab so häufig, wie es mir nur möglich ist.« Selma sah einen Mistelzweig, der vom Wind abgetrennt worden war. Sie hob ihn auf und betrachtete ihn einige Sekunden gedankenverloren, dann schritt sie durch das Tor des Friedhofs. Stanis folgte ihr.

Giselas schlichtes Grab lag am äußeren Ende des Friedhofs, dort wo noch weitere Deutsche begraben waren, die niemals wieder in ihre Heimat zurückkehren würden. Selma legte den Zweig vor das bereits stark verwitterte Holzkreuz und faltete die Hände zu einem stillen Gebet.

»Das Leben ist nicht gerecht. Es kann von mir aus hart sein, auch entbehrungsreich, aber es sollte gerecht sein. Findest du nicht auch?«

»Da muss ich dir zustimmen.« Stanis war neben sie getreten, und sie fühlte sich wohl in seiner Nähe. Ihre Gefühle übermannten sie. Das Heimweh, die Angst vor der ungewissen Zukunft, die Enttäuschung darüber, Johann nicht gefunden zu haben, und nicht zuletzt die anhaltende Trauer um Gisela.

Einer Gefühlsregung nachgebend tastete sie nach Stanis' Hand und drückte sie. Er ließ es geschehen.

So standen sie eine ganze Weile einfach nur da und lauschten dem Krächzen der Raben, die vereinzelt auf den Grabsteinen saßen, als wären die Seelen der Toten in sie gefahren und versuchten, sich ihnen mitzuteilen.

»Ich kann dir helfen, du musst mich nur lassen. Die leichte Arbeit im Internat war nur ein Anfang. Der Beweis, dass mir alle Tore offenstehen«, sagte Stanis, als ihr Schweigen schon viel zu lange anhielt.

»Was heißt das?« Sie spürte das Zittern in ihrer Stimme, weil sie ahnte, worauf er anspielte.

»Du weißt, was das bedeutet.« Er sah sie eindringlich an, und sie verlor sich in der Tiefe seiner Augen.

»Was für eine Art von Internat ist das? Was lernen die Jungen und Männer dort?«

»Männer?«

»Ja, Männer.« Selma sah ihm tief in die Augen. Jetzt war der Moment, um seine Ehrlichkeit zu prüfen. »Ich weiß von den deutschen Offizieren, die dort untergebracht sind.«

»Du bist eine neugierige Frau, aber ich möchte dich nicht anlügen. Die Feseo ist nicht nur ein Internat für russische Jungen, sondern auch eine Einrichtung, um aus deutschen Soldaten antifaschistische Kämpfer zu machen, die alsbald in ihre Heimat zurückkehren.«

Selma stockte der Atem. Zum einem über die Bedeutung seiner Worte, zum anderen über seine unverblümte Aufrichtigkeit. »Ist das so eine Art Gehirnwäsche?«

»Nenn es, wie du willst. Fakt ist, dass Stalin den Nährboden in seinem eigenen Land legen will, um zu verhindern, dass jemals wieder ein Nazi in unser Land einfällt.«

»Das ist … beängstigend.«

»Es muss dich nicht kümmern. Was sagst du also? Nimmst du mein Angebot an?«

»Dein Angebot … ich …« Die Gedanken fuhren Karussell in ihrem Kopf. Sie begriff sogleich die Bedeutung seiner Worte, aber noch immer fiel es ihr schwer, sich ihm vollends anzuvertrauen.

»Dir zu helfen?«

»Ja, ich möchte es annehmen«, sagte sie, ohne sich über die Tragweite ihrer Worte im Klaren zu sein. »Ich bin am Ende. Ich kann einfach nicht mehr. Nach Giselas Tod lässt mein Wille zu überleben von Tag zu Tag nach. Er brennt wie eine Kerze hinunter, bis er irgendwann erloschen ist. Inzwischen weiß ich, dass auf ein Hoch stets ein noch schlimmeres Tief folgt. Das scheint das Gesetz des Schicksals zu sein. Gisela hätte nicht sterben dürfen, und Irma sollte gar nicht mehr hier sein.«

Stanis drückte ihre Hand und zog sie zu sich herum, so dass sie ihm direkt in die dunklen Augen schaute.

»Schicksal ist, dass ich dich in diesem Lager gesehen habe. Wie du bereits sagtest, liegt dein altes Leben hinter dir. In Russland hat ein neues begonnen. Der Anfang war hart, aber nun wird alles besser, weil ich für dich da sein werde.«

Selma spürte, wie die Tränen in ihre Augen schossen. Sie hatte bereits so viele Tränen in der Fremde vergossen, dass es ihr nicht mehr unangenehm war. »Wie könnte ich mein altes Leben einfach aufgeben?«

»Weil es Vergangenheit ist. Mit all seinen Höhen und Tiefen. Jetzt bist du hier, und wir können gemeinsam eine strahlende Zukunft gestalten.«

Selma wischte sich schnell mit dem Handrücken über die Augen. »Du meinst das tatsächlich ernst?«

»Voll und ganz.« Er nickte entschlossen. »Ich bin ein angesehener Arzt. Es würde mich kaum etwas kosten, dich da rauszuholen.«

»Und was ist mit Irma?«

»Irma fährt mit dem nächsten Zug zurück. Wie ich sagte.« Er drückte ihre Hand noch fester und führte sie an seinen Mund. Dann küsste er zärtlich ihren Handrücken. Sie ließ es geschehen, sah ihm in die Augen und versank darin. Die Welt um sie herum begann zu verblassen und mit ihr alle Sorgen und Nöte. Als seine Lippen sanft die ihren berührten, durchströmte eine wohlige Wärme ihr Innerstes. Bilder zuckten durch ihren Kopf, und sie versank völlig in seinem Kuss. Seine Lippen schienen ihr neues Leben einzuhauchen.

Doch plötzlich tauchte vor ihrem geistigen Auge Johann wieder auf. Er sah aus wie an jenem Abend in Burgthal, als sie ihm zum ersten Mal begegnet war. Die Hände in den Hosentaschen vergraben, lächelte er ihr zu. Seine Lippen formten Worte. Zunächst konnte sie ihn nicht verstehen, doch als er die Worte wiederholte, las sie von seinen Lippen: Ich liebe dich.

Ihr Herz machte einen Sprung, und sie erwiderte flüsternd seine Worte. Ich liebe dich.

»Meinst du das ernst?«

Erschrocken schlug Selma die Augen auf und sah sich Stanis gegenüber. »Stanis … ich …« Sie musste die Worte laut ausgesprochen haben.

»Du sagtest gerade, dass du mich liebst. Das ist …«

Selma trat einen Schritt zurück und wäre beinahe rücklings auf Giselas Grab gestürzt. Ihr Herz schlug wild hinter ihrer Brust, und ihr Atem ging schwer. Plötzlich war ihr speiübel, und sie hatte Mühe, nicht mit den Beinen einzuknicken.

Stanis stützte sie. »Geht es dir nicht gut?«

»Doch. Es ist nur … ich kann nicht.«

»Was kannst du nicht?«, fragte Stanis verwundert.

»Das hier. Das mit uns. Es ist nicht richtig.«

»Aber warum? Gerade sagtest du doch noch …«

Sie riss sich von ihm los. Zum zweiten Mal flüchtete sie vor Stanis und stürmte Hals über Kopf davon. Wie benommen rannte sie zurück zur Baracke.

5

Gorlowka, Sowjetunion, heutige Ukraine
1947

»Könntest du noch einmal auf die Liste schauen?« Selma hatte Trude zur Seite genommen und sprach leise.

»Kommt darauf an. Willst du wissen, ob du draufstehst?« Trude sah sie neugierig an.

»Nein, Irma.« Seit ihrem Spaziergang mit Stanis waren einige Tage vergangen, und sie hatte nichts mehr von ihm gehört.

»Warum sollte sie nicht mehr draufstehen?«

»Ich bitte dich …«

»Du hast keine Informationen mehr, die mir nützen könnten. Warum sollte ich dir also einen Gefallen tun?«

»Ich könnte ein gutes Wort bei der Kommandantin für dich einlegen.«

»Ich brauche deine Almosen nicht mehr.«

»Ach wirklich?« Selma hob die Augenbrauen. »Dann wird dein Freund dir also nach wie vor helfen, auf die Liste zu kommen?«

Trude verengte die Augen zu Schlitzen, stemmte die Hände in die Hüften. »Sobald ich etwas weiß, melde ich mich.«

Zwei Tage später trat Trude wieder an Selma heran. »Irmas Name steht drauf. Ganz oben.«

»Danke!« Selma war erleichtert. »Dann eine letzte Frage: Wie lautet Stanis' voller Name?«

»Stanis?« Trude legte eine mitleidige Miene auf. »Deine Naivität in Ehren, aber sag mir nicht, dass du nicht weißt, wer Stanis ist?«

»Er ist ein Melnikow. Nikolajs Bruder, nicht wahr?«

»Komm mit.« Trude nahm sie statt einer Antwort an die Hand. Zu ihrer Verwunderung konnten sie ohne Probleme durch das geöffnete Tor laufen und folgten dem Weg zum Friedhof. Er war meist verlassen. Nur wenige Angehörige verirrten sich zu der tristen, kalten Winterzeit hierher.

Trude ging schweigsam voraus. Als sie zwischen den Gräbern hindurchliefen und vor einer der Grüfte im hinteren Teil des Friedhofs stehen blieben, ahnte Selma, was Trude im Schilde führte.

Es handelte sich um einen ehrwürdigen Marmorbau, der inmitten alter verwitterter Betonbauten prangte. Das Tor zur Gruft war unverschlossen, und sie betraten den gepflegten Gehweg, der unmittelbar zu der Messingplatte führte, auf der die Namen der Verstorbenen eingraviert waren.

»Sieh her.« Trude deutete auf die Platte.

Selmas Ahnung wurde zur Gewissheit, als sie die Namen las, von denen die meisten bereits stark verwittert waren: Die Gruft gehörte der Familie Melnikow.

Sie brauchte nicht lange, um Nikolajs Namen zu finden, der sich von den anderen absetzte, weil er erst vor kurzer Zeit eingraviert worden war.

»Warum sind wir hierhergekommen? Es hätte gereicht, mir das mitzuteilen«, sagte Selma.

»Weil ich ungestört mit dir reden wollte.«

»Was willst du von mir?«

»Dir einen Rat geben.«

Selma sah sie verwundert an.

»Stanis hat es auf dich abgesehen. Du solltest seinem Drängen nachgeben. Er ist ein Mann mit Macht, und dazu sieht er noch gut aus.«

Selma musterte sie scharf. Dann ging ihr ein Licht auf. »Du konntest nicht bei ihm landen! Und jetzt willst du, dass ich für dich ein gutes Wort einlege?«

»Dankbarkeit war noch nie deine Stärke.« Trude trat näher. »Du hast eindeutig Vorzüge, die ich nicht habe. Wenn du es mit der Kommandantin tun konntest, dann kannst du auch das. Oder willst du wie Marianne enden?«

»Du hast also doch herausgefunden, wer der Vater ihrer Tochter ist. Mein Glückwunsch!« Selma machte ein angeekeltes Gesicht. »Ich hoffe doch, du wirst darüber schweigen.«

Trude verdrehte gelangweilt die Augen. »Was der alte Melnikow wohl sagen würde, wenn er von seiner Enkelin wüsste?« Sie grinste diabolisch.

»Hüte dich bloß!«

»Das werde ich, keine Sorge … wenn du mit Efrem sprichst.«

»Was soll er tun?«

»Dafür sorgen, dass ich endlich auf die Liste komme.«

»Ich dachte, du ständest längst drauf?« Selma rümpfte die Nase.

»Tu es, und ich werde schweigen.« Trude wartete keine Antwort ab, sondern stiefelte davon.

Selma sah ihr noch eine Weile nach.«Allmählich wirst du zu einem echten Problem«, flüsterte sie.

~

Eine Woche später schmolz der Schnee. Der dritte Winter fernab der Heimat neigte sich dem Ende zu. Den Schrecken der ersten Jahre hatte er verloren, da Selma inzwischen damit umzugehen wusste.

Sie entdeckte am nächsten Abend zwei braune Umschläge auf ihrer Pritsche. Ihr Herz machte einen Sprung. Sollte tatsächlich Post für sie aus der Heimat gekommen sein? Sie faltete den ersten Brief auf und las erfreut die Worte ihrer Mutter, die ihr Grüße aus der Heimat sandte. Es ging ihren Eltern den Umständen entsprechend gut, und ihre einzige Sorge war, wann ihre Töchter endlich wieder unversehrt nach Hause kommen würden. Selma ließ den Brief mit Tränen in den Augen sinken und blickte zum Fenster hinaus. Sie benötigte einige Sekunden, um ihr Glück fassen zu können. Gott hatte ihre Gebete erhöht. Ergriffen presste sie das Papier an ihre Brust und seufzte erleichtert. Dann faltete sie den zweiten auseinander.

Liebe Selma,
gerade erst sind wir vertrauter miteinander geworden, und ich glaubte bereits, mir ernsthafte Hoffnungen auf weitere gemeinsame Stunden machen zu dürfen, als ich meinen großen Irrtum einsehen musste.
Seit mehr als drei Jahren bist Du nun hier in Russland. Ich will ehrlich zu Dir sein: Ich kann nicht sagen, wie viel Zeit noch vor euch liegt. Doch diese Zeit muss nicht aus Hoffen und Bangen bestehen.
Überdenke Deine Gefühle und gib mir bitte eine weitere Chance, denn ich weiß, dass meine Empfindungen nicht einseitig waren.
Ich erwarte Dich in zwei Tagen am Friedhofsportal. Sei zur

sechsten Stunde dort, und ich verspreche Dir, Du wirst es nicht bereuen.

Erwartungsvoll, Stanis

Selma ließ die Arme sinken und schluckte. Zwei Tage, um eine Entscheidung zu treffen. Stanis ließ sie nicht leichtfertig ziehen. Es war ihm offenbar ernster mit ihr, als sie angenommen hatte. Nicht fähig, einen klaren Gedanken zu fassen, stellte sie sich vor den Kanonenofen und war versucht, den Brief sofort zu vernichten. Doch irgendetwas hielt sie zurück. Sie ging einige Schritte in der Baracke auf und ab und beruhigte sich erst, als Irma zu ihr stieß.

»Was ist los mit dir?« Ihre Schwester musste den Brief in Selmas Hand gesehen haben.

»Ein Brief von unseren Eltern.« Selma zeigte ihr den ersten Brief.

Irma las ihn und seufzte. »Wie schön, endlich von ihnen zu hören.« Sie strahlte über das ganze Gesicht. »Das sind die besten Nachrichten, seitdem wir von zu Hause fortgegangen sind.« Dann musterte sie Selma skeptisch. »Aber warum machst du dann so ein Gesicht?«

Selma sagte nichts und hielt ihr stattdessen den zweiten Brief hin. Irma überflog die Zeilen und reichte ihn dann zurück. »Ich wusste nicht, dass du …«

»Es ist nichts zwischen Stanis und mir. Ich kann mir das alles nicht erklären. Woher rührt sein Interesse an mir?«

Irma nahm ihre Hand. »Schwesterlein, was ist nur los mit dir? Sieh in den Spiegel! Du bist nach wie vor eine wunderschöne Frau. Trotz der Strapazen. Stanis wäre nicht der erste Mann, der ein Auge auf dich wirft.«

Selma zog ihre Hand zurück. »Soll ich mich etwa auf seinen Vorschlag einlassen?«

»Das habe ich nicht gesagt. Ich wollte dir nur ins Bewusstsein rufen, dass du noch immer eine Frau bist. Und Stanis ist ein stattlicher Mann.«

»Was soll ich also deiner Meinung nach tun?«

»Wenn du nicht erscheinst, wird er es als Absage werten.«

»Ich kenne ihn noch zu wenig. Was ist, wenn ich ihn verärgere und er deinen Namen wieder von der Liste nimmt?«

»Soll das bedeuten, du würdest dich ihm hingeben, um meine Heimfahrt zu sichern?«

»Du musst nach Hause«, sagte Selma. »Unbedingt. Ich könnte nett zu ihm sein. Seine Hoffnung nicht gleich zerstören.«

»Du würdest ihn hinhalten, sein Verlangen unnötig schüren. Nein, keine weiteren Opfer für mich. Damit muss Schluss sein. Er wird es verstehen. Stanis ist ein guter Mensch.«

»Er ist Nikolajs Bruder. Ein Melnikow …«

»Nikolajs Bruder?« Irma hob überrascht die Augenbrauen. »Woher weißt du das?«

»Ich weiß es eben. Irgendwie wusste ich es schon die ganze Zeit. Aber er ist anders. Ich mag ihn trotz allem …«

»Lass es gut sein.« Irma bedachte sie mit einem liebevollen Blick. »Du musst dich nicht rechtfertigen. Ich weiß, dass du keine Frau bist, die ihr Herz leichtfertig verschenkt.« Sie seufzte. »Und jetzt, wo ich weiß, wer er ist, solltest du erst recht Abstand halten. Egal, wie verschieden Brüder sein können.«

»Du hast recht, er wird es verstehen.« Sie zerknüllte den

Brief und warf ihn in den Ofen. »Und nun mache ich einen Spaziergang.«

Draußen vor der Baracke musste sie an Veniamin denken. An seinen Wunsch, das Schwarze Loch zu verlassen. Zeit war zu einem wesentlichen Faktor geworden. Zeit für sie und Irma, schnellstmöglich die Heimreise anzutreten.

~

»Welche Zukunft wünschst du dir für Gisela?« Selma beobachtete das Baby, das schmatzend an Mariannes Brust hing.

»Bis die Kleine geboren wurde, habe ich mir nicht viele Gedanken darüber gemacht. Jetzt wo sie da ist, wünsche ich mir nichts sehnlicher, als dass sie so bald wie möglich aus diesem Lager kommt.«

»Hast du bereits bei der Kommandantin vorgesprochen?«

»Sie lässt mich nicht gehen. Keine Chance, dass mein Name auf die Liste kommt.«

»Was würdest du sagen, wenn es vielleicht doch eine Möglichkeit gäbe, dass Gisela mit dem nächsten Zug nach Hause kommt?«

»Nur Gisela? Alleine?«

»Irma würde sich um sie kümmern. In Hermannstadt bringt sie Gisela zu deinen Eltern.«

»Ich soll meine Tochter einfach weggeben?«

»Du hast die Wahl, mehr sage ich nicht. Noch weiß niemand, wer ihr Vater ist, aber wenn es eines Tages herauskommt …«

Mariannes Miene verfinsterte sich. »Was meinst du damit?«

»Unabhängig davon, möchtest du die Kleine wirklich unter diesen Bedingungen aufwachsen lassen?«, stellte Selma die Gegenfrage. »In einem Kohlenrevier? In diesem Schmutz, jeden Tag der Gefahr ausgesetzt, sich eine Infektion zuzuziehen?«

»Raus mit der Sprache! Was führst du im Schilde?« Marianne legte Gisela auf die andere Seite.

»Mit den Zügen, die uns nach Hause bringen, fahren auch Einheimische. Viele wollen fort von hier. Meist sind es junge Familien, die noch eine Perspektive haben. Zu so einer Familie könnte die kleine Gisela gehören.«

Marianne sah sie skeptisch an. »Du meinst es tatsächlich ernst. Erzähl mir mehr.«

Selma sprach Marianne von ihren Plänen.

Noch am gleichen Abend traf sie Efrem. Seit sie Gewissheit hatte, wer Stanis war, war sie Efrem nicht mehr über den Weg gelaufen. Als sie ihn jetzt sah, ergriff sie die Gelegenheit.

»Sie wussten es die ganze Zeit.« Selma stand hinter ihm, als Efrem sich einen halb gefüllten Eimer Wasser über den Kopf schüttete und sich den nackten Oberköper wusch. Sie schauderte allein beim Zusehen. Vor ihrem Mund bildeten sich aufgrund der Kälte kleine Wölkchen.

»Warum haben Sie es mir nicht gesagt? Hätte ich gewusst, dass er Nikolajs Bruder ist …«

»Dann was?« Efrem fuhr herum. Das Wasser tropfte von seinem dichten Bart. »Es war besser, als du es nicht wusstest. Warum hätte ich dich mit diesem Wissen belasten sollen?«

»Immerhin hat er sich um Irma gekümmert. Sie hingegen wollten sie damals trotz ihrer Krankheit zur Arbeit schicken.«

»Ich musste hart bleiben. Hätte ich das Gleiche vorgeschlagen wie er, hätte man es mir als Schwäche ausgelegt, und die Kommandantin duldet keine Schwäche.«

»Es wird endlich Zeit, Ihren wahren Charakter zu zeigen«, entgegnete Selma. »Irma muss nach Hause. Mit dem nächsten Zug, und Sie müssen mir helfen.«

»Aber wie sollte ich das anstellen? Ich kann das nicht mehr bestimmen. Wenn ich mich gegen die Obrigkeit auflehne, wird man mich hart bestrafen. Das Risiko ist zu hoch.«

»Ist es also pure Angst, die Sie umtreibt?«fragte Selma.

Er knurrte wie ein Wolf. »Wage es nicht!«

»Ich habe bereits einen Plan. Sie müssen nur einmal wegsehen. Mehr nicht.«

»Ich kann nicht.«

»Doch, Sie können!«

»Selbst wenn ich es wollte, könnte ich nicht.« Er stand tropfend in der Kälte vor ihr und sah in diesem Moment wie ein Häufchen Elend aus. Erneut sah sie in Efrem nicht den Brigadier, der ihr das Leben schwermachte, sondern einen desillusionierten Mann, der ebenso wie sie selbst ein Opfer des Systems war.

»Versuchen Sie es wenigstens.«

»Du musst jetzt zurück in die Baracke. Bevor uns jemand entdeckt.« Efrem sah sie an, wie er sie noch nie zuvor angesehen hatte. Sie war nicht sicher, aber sein Blick schien voller Sorge.

»Inwieweit trifft Jewa Bolschakow in diesem Lager ihre eigenen Entscheidungen?« Sie machte keine Anstalten zu gehen.

»Schwer zu sagen. Alle tanzen nach der Pfeife des alten Melnikow. Ein reicher Industrieller und hochdekorierter

Offizier dazu, der die Menschen benutzt, um seinen Reichtum weiter zu vergrößern.«

»Von denen gibt es viele. Hat er die Norm vorgegeben?«

»Wer sonst?«

»Ist er es, den Sie fürchten?« Selma rutschte die Frage einfach so heraus.

»Ich lebe oder ich sterbe, aber meine Kinder haben bereits ihre Mutter verloren. Sie brauchen mich nun mehr denn je.«

»Haben Sie eine Idee, wo Stanis steckt?«, fragte Selma.

»Ich habe keine Ahnung. Wahrscheinlich braucht er eine Pause vom Gestank des Lagers.«

»Die Mühle, die Poroda, das Sawod. Alles gehört den Melnikows. Richtig?«

Efrem nickte.

»Und die Feseo? Auch ihre Verantwortung, oder?«

»Was weißt du über die Feseo?«

»Genug.«

Efrem streifte sich ein Hemd über. »Deine Neugierde wird dich eines Tages noch umbringen.«

~

Als Selma am darauffolgenden Abend auf ihrer Pritsche lag, wurde ihr bewusst, dass sie das Treffen mit Stanis unbemerkt hatte verstreichen lassen. Sie sah ihn vor sich, wie er am Eingang zum Friedhof stand und auf sie wartete. Voller Hoffnung. Irgendwann hatte er wohl die Geduld verloren und sich auf den Heimweg gemacht. Er würde es verstehen. Stanis war ein guter Mensch. Irmas Worte hallten in ihr nach, bevor sie einschlief.

Doch Wunsch und Realität waren oftmals zwei unterschiedliche Welten, die miteinander kollidieren. Selma begriff das schon am nächsten Morgen, als Efrem zusammen mit Jewa in der Baracke auftauchte. Selmas Blick huschte unwillkürlich zum Kanonenofen, wo die Asche von Stanis' Brief allmählich zerfiel.

»Du wirst heute Morgen allein ins Internat gehen.« Efrem sah sie an, und sie wurde blass. Eine plötzliche Leere breitete sich in ihrem Inneren aus. »Irma kommt mit mir. Es gibt eine andere Arbeit für sie«, fuhr er fort. Nichts an seiner Miene oder Haltung ließ darauf schließen, was in ihm wirklich vorging.

»Eine neue Arbeit?« Irma trat neben Selma.

»Sie wird in einer Lagerhalle arbeiten. Mehr weiß ich nicht.« Efrem vermied es, in Jewas Richtung zu blicken, die stumm neben ihm stand und wartete, bis er ihren Befehl vorgetragen hatte.

»War das ihr Befehl?« Selma ließ sich von Jewas Anwesenheit nicht beirren.

»Irma muss jetzt mitkommen«, wich Efrem ihr aus.

»Irma bleibt, und ich gehe.« Selma schob sich vor Irma. Nun zeigte Jewa eine Regung, und ihre Augen sahen aus, als würden sie jeden Moment Gift versprühen. Sie war es anscheinend nicht gewohnt, dass man sich ihr widersetzte. Ein einzelnes Wort verließ ihre Lippen, und Efrem handelte. Er schob Selma zur Seite, nicht ohne ihr einen beschwörenden Blick zuzuwerfen, und packte Irma. Als sie schon halb zur Tür hinaus waren, löste Selma sich aus ihrer Starre. Sie wollte hinterher, doch da stellte sich ihr Jewa in den Weg. Selmas Kopf flog herum, als Jewas Handfläche ihr Gesicht unerwartet hart traf. Die Lippe platzte sofort auf, und das

Blut benetzte ihr Hemd mit feinen Sprenkeln. Sie hörte Irmas erschrockenen Ausruf.

Der Schmerz lähmte sie für Sekunden. Als sie wieder in der Lage war, klar zu denken, und hinausstürmte, sah sie nur noch den Militärjeep, der sich mit überhöhtem Tempo durch eines der Tore entfernte.

Sie musste sich am Türrahmen abstützen. Das Blut schmeckte bitter in ihrem Mund, und sie spürte die Schwellung, die sich bereits auf ihrer linken Gesichtshälfte ausbreitete.

»Was ist geschehen?« Marianne lief zu ihr, als sie Selma sah.

»Sie haben Irma mitgenommen.« Die Reifenspuren des Jeeps waren deutlich im Matsch zu sehen.

»Aber warum? Und wohin?« Marianne fasste sie an den Schultern.

»Es ist meine Schuld. Ich hätte es verhindern können.«

»Wovon sprichst du?« Marianne sah sie mit Unverständnis an.

»Ich hätte seine Gefühle nicht verletzten dürfen. Um Irmas willen …«

Marianne verstand noch immer nicht, aber sie nahm Selma in den Arm und hielt sie fest. Erst da kamen Selma die Tränen. Tränen der Wut und Verzweiflung.

Nachdem sie den Weg zum Internat hinter sich gebracht hatte, um wieder ihrer täglichen Arbeit nachzugehen, zögerte sie zunächst, den schweren Türklopfer zu betätigen. Sie ahnte, dass Irmas neuerliche Arbeit nur der Anfang gewesen war. Als sie es tat, schlug ihr Herz plötzlich so heftig hinter ihrer Brust, dass ihr schwindelig wurde und sie sich am Türrahmen abstützen musste.

Dann stand er vor ihr. Der Mann, der sie in ihren Träumen begleitet hatte.

»Selma Benning. Es wird Zeit, dass wir beide unsere Unterhaltung fortsetzen«, sagte Jurij Melnikow und machte eine einladende Geste.

~

Er trug an diesem Morgen eine dunkelbraune Uniform, auf deren Brust zahlreiche Orden prangten. Sie zögerte. Noch konnte sie auf dem Absatz kehrtmachen und weglaufen. Gleichzeitig wurde ihr bewusst, wie lächerlich der Versuch wäre. Also hob sie das Kinn eine Nuance und betrat die Höhle des Löwen.

Melnikow ging voraus. Es war wie an dem Tag, als die alte Frau sie an der Pforte abgeholt hatte. Diesmal bogen sie jedoch gleich nach links ab. Über eine breite, ausgetretene Treppe erreichten sie einen Teil des Gebäudes, in dem Selma noch nicht gewesen war. Die Wände waren sauber gestrichen und mit zahlreichen Gemälden geschmückt.

Mit einem großen Schlüsselbund öffnete Melnikow eine Tür und bedeutete Selma einzutreten. Ihre Schritte wurden von breiten Läufern gedämpft. Es gab einen Kamin und ein schmales Bücherregal. Hinter einem Schreibtisch hingen zahlreiche Urkunden und Auszeichnungen, die militärischen Ursprung zu haben schienen.

»Eines meiner Büros«, erklärte Melnikow lapidar und deutete auf einen ledernen Sessel vor dem Schreibtisch.

Selma nahm zögerlich Platz. Das Leder knisterte unter ihr. Es war kalt und verströmte einen strengen Geruch.

Melnikow setzte sich hinter den Schreibtisch. »Kann ich Ihnen etwas zu trinken anbieten?«

»Zu trinken?« Selma konnte sich nicht erinnern, wann ihr zuletzt jemand etwas zu trinken angeboten hatte. »Vielleicht ein Wasser.«

»Ein Wasser? Ich bitte Sie. Wie wäre es mit einem Kaffee?«

»Ein Kaffee wäre gut.« Der Gedanke daran war verlockend.

Melnikow nickte, dann drückte er einen Knopf auf seinem Schreibtisch.

Es dauerte nicht lange, und die Tür wurde geöffnet. Selma hob die Augenbrauen, als sie die Alte erkannte, die im Türrahmen stand. Ihre Blicke begegneten sich kurz, aber es war keine Regung im Gesicht der alten Frau auszumachen.

»Würdest du uns einen Kaffee bringen, Inoeska?«, sagte Melnikow.

Die Alte nickte und verschwand wieder.

»Wo wurde meine Schwester hingebracht?« Selma wollte Melnikows Katz-und-Maus-Spiel so schnell wie möglich beenden.

»Jede Entscheidung im Leben hat Auswirkungen. Konsequenzen. Verstehen Sie das?«

»Nein, das verstehe ich nicht. Ich bin seit über drei Jahren in diesem Land. Wir wurden hierhergeschafft, um für die Zerstörungswut Hitlers zu sühnen. Viele von uns, darunter auch meine beste Freundin, sind bereits gestorben. Wir wurden von unseren Familien getrennt, enteignet und nicht zuletzt entehrt. Wenn sie das also mit Konsequenzen meinen, dann haben Sie unrecht.«

»Sie besitzen eine spitze Zunge.« Melnikow spielte mit einem Stift.

»Nikolaj wollte mich wie ein Stück Vieh verschachern. Dafür hat Gott ihn gerichtet. Er war ein sadistischer, schlechter Mensch.« Selma musste ihrem Unmut Luft machen. Zu viel war bereits geschehen, als dass ihre Angst sie noch zurückhalten konnte.

»In meinem Bericht steht etwas anderes, wie Sie wissen.«

»Ihr Bericht interessiert mich nicht. Das ist die Wahrheit, und Sie wussten es damals bereits. Sie sind nur nach Kriwoj-Rog gekommen, um die Spuren zu verwischen. Es ging Ihnen nicht um Ihren Sohn. Einzig um Ihren Namen. Sie waren dort, um hinter Ihrem Sohn aufzuräumen.«

»Glauben Sie, Menschen können von Geburt an schlecht sein?« Er sah sie interessiert an, als er diese unerwartete Frage stellte.

»Nein, Menschen werden mit einem reinen Gewissen geboren. Zu schlechten Menschen werden sie erst gemacht.« Selma musste unwillkürlich an die kleine Gisela denken.

»Wer, glauben Sie, hat meinen Sohn zu dem gemacht, der er war?« Melnikow sah sie mit seinem durchdringenden Blick an, und die Antwort auf seine Frage war eindeutig.

»Sie haben Ihrem Sohn nicht die Liebe geschenkt, die er gebraucht hätte. Ich nehme an, seine Mutter hat ihn bereits sehr früh im Stich gelassen. Ein Umstand, für den Sie wahrscheinlich maßgeblich verantwortlich sind.«

»So einfach ist das?«, fragte er zweifelnd.

»Nichts im Leben ist einfach.«

In diesem Moment kehrte Inoeska mit einem Tablettwagen zurück. Die alte Frau schob ihn vor sich her und stellte zwei dampfende Tassen auf den Schreibtisch.

»Danke, Inoeska«, sagte Melnikow.

Selma sah ihr nach, wie sie den Raum verließ, und wünschte sich, die Alte hätte sie mitgenommen.

»Trinken Sie. Heiß schmeckt er am besten.« Melnikow nahm sich ein Tasse und leerte sie in einem Zug.

Selma genoss den Duft des Kaffees, bevor sie einen Schluck nahm. Es war eine halbe Ewigkeit her, seit sie das letzte Mal in den Genuss gekommen war. Er schmeckte vorzüglich.

»Stanis ist anders«, sagte Melnikow. »Er besitzt nicht die Eloquenz von Saschka, nicht das Talent und die Zielstrebigkeit, aber er arbeitet hart, und eines Tages könnte er in seine Fußstapfen treten. Wenn da nicht das gewisse Fünkchen Verbohrtheit wäre, das in ihm schlummert.«

»Wo ist Saschka gefallen?«

»Sie haben ihn mir nicht mehr in einem Stück zurückgebracht«, antwortete Melnikow abwesend. »Der Tischler hat einen Kindersarg für seine sterblichen Überreste gezimmert. Es hat Tage gedauert, bis die Erkenntnis in meinem Verstand gesickert ist, dass das, was man mir brachte, nicht mein Sohn war. Mein Sohn war längst fort. Trotzdem habe ich seine sterblichen Überreste beerdigt und besuche regelmäßig sein Grab.«

»Das tut mir leid.« Selma nahm einen weiteren Schluck Kaffee und fragte sich, wie Melnikow das heiße Gebräu in einem Zug hatte hinunterschütten können.

»Stanis ist alles, was mir geblieben ist.« Melnikows Blick wurde plötzlich stechender. »Doch ich kann mir nicht helfen, ich habe das Gefühl, dass Nikolaj mehr hinterlassen hat als das Gefühl, ein schlechter Vater gewesen zu sein.«

»Ich glaube, ich kann Ihnen nicht ganz folgen.« Selma kaute auf ihrer Lippe.

»Erzählen Sir mir ein wenig über eine Frau namens Marianne. Ich hörte, sie hat eine Tochter geboren.«

Selma musste sich konzentrieren, um sich ihren Schrecken nicht anmerken zu lassen. »Sie hat es darauf angelegt. Aber sie war nicht die Erste, bei der die Schwangerschaft kein Freifahrtschein nach Hause war.«

»Ich habe mir bei meinem Besuch in Kriwoj-Rog die Protokolle des Lagerkommandanten angesehen. Dabei sind mir Unregelmäßigkeiten aufgefallen.«

»Was wollen Sie von mir?« Selma fühlte sich wie eine Maus zwischen Melnikows Tatzen.

»Efrem als Ihr Oberbrigadier war einen Tag lang nicht im Lager. Im Anschluss an diese zwei Tage gibt es einen Vermerk über Marianne in den Akten. Sie hat sich drei Tage auf der Krankenstation aufgehalten. Was mich wundert, ist, dass der Grund ihres Aufenthaltes unkenntlich gemacht wurde.« Melnikow machte eine Pause, um seine Worte wirken zu lassen. »Zugriff auf die Akten hatten lediglich der Kommandant, der Oberbrigadier oder eben mein Sohn. Der Kommandant war ein feiger Trottel. Efrem ist ein schlauer und vor allem vernünftiger Mann, der seine Kinder sicher nicht auch noch ohne Vater zurücklassen will. Also bleibt nur mein Sohn. Er muss gute Gründe gehabt haben, den Eintrag unkenntlich zu machen. Und nun, da Marianne neun Monate nach diesem Vorfall ein Kind geboren hat, sind die Dinge für mich eindeutig.«

»Marianne hatte einen Freund in der Baracke der Männer. Sie irren sich. Nikolaj hat nichts damit zu tun.«

»Nikolaj hat sich stets schwer im Umgang mit Frauen getan. Ihm fehlte das Fingerspitzengefühl. Die Huren im Dorf mussten das bereits leidvoll erfahren. Sie selbst haben seine Wertschätzung am eigenen Leib erlebt. Doch ich frage mich, warum er gerade Sie und Ihre Freundin aus dem Lager schaffen wollte?«

»Wir hatten unsere Differenzen.« Selma beschloss, sich auf wenige Worte zu beschränken, um nichts Falsches zu sagen.

Melnikow grinste. »Sie werden mir bestätigen, dass das Kind von dieser Marianne Nikolajs Kind und damit mein Enkel ist. Von der Mutter werde ich diese Unterschrift nur schwerlich bekommen. Doch Ihre wird genügen.«

Selma hatte Mühe, seinem Blick standzuhalten. »Es bleibt dabei: Sie irren sich.«

»Was glauben Sie, wer dafür gesorgt hat, dass Ihre Schwester zum Schwefelsilo versetzt wird? Stanis, weil Sie ihn abgewiesen haben? Sie tun ihm unrecht. Er hat damit nichts zu tun.«

»Sie sind ein Schuft.« Sie war erschrocken, als ihr bewusst wurde, was die Arbeit im Silo für Irma bedeutete.

»Es interessiert mich herzlich wenig, was Sie von mir denken. Irma wird so lange im Silo arbeiten, bis sie meinem Wunsch nachkommen. Ohne einen Beweis oder Ihre Bestätigung werde ich das Kind nicht als meinen Enkel beanspruchen können.«

Der Raum um sie herum verschwamm, als drückte man sie gewaltsam unter Wasser. Und der Schmerz in ihrem Kopf fühlte sich so an, als müsste sie ertrinken.

~

Selma saß nach ihrem Gespräch mit Melnikow niedergeschlagen auf einem der Betten in den Baracken. Die Stunden vergingen quälend langsam. Als sie gegen Abend im Lager ankam, waren die meisten der Arbeiter bereits zurück. »Wo ist Irma?«, fragte sie sofort.

Luise kam gerade mit einer Schüssel dampfender Suppe aus der Küche. »Sie ist noch nicht hier. Warum hat man euch getrennt?« Marianne hatte offensichtlich den Mund gehalten.

»Ich habe keine Ahnung. Aber ich ahne Schlimmes.« Selma verzichtete auf das Abendessen und hockte sich auf ihre Pritsche. Immer wieder sah sie zur Tür und hoffte, ihre Schwester möge jeden Moment hereinkommen. Inzwischen wurde es dunkel draußen, und die meisten der Arbeiterinnen hatten sich bereits zum Schlafen gelegt.

»Sie kommt bestimmt bald.« Luise versuchte, sie weiterhin zu beruhigen.

Aber Selma ließ sich nicht beruhigen. Niemals zuvor waren sie so spät von der Arbeit heimgekehrt. Plötzlich tauchten schlimme Bilder vor ihrem geistigen Auge auf. Sie sah noch einmal Giselas Tod vor sich, und mit einem Mal war sie überzeugt, dass es diesmal Irma getroffen hatte.

Mit einem Ruck sprang sie auf und lief zur Tür. Sie riss sie auf und stürmte los. Dabei prallte sie beinahe gegen Efrem, der gerade auf der Türschwelle stand.

»Was …?«

»Wo ist meine Schwester?«

»Ich wollte dich gerade zu ihr bringen.« Efrem wirkte keineswegs so kalt wie noch am Morgen. Vielmehr machte er den Eindruck, als hätte er soeben einen schweren Gang angetreten.

»Ist sie …?«

»Sie ist auf der Krankenstation.«

»Auf der Krankenstation?« Selma zögerte nicht länger, sondern lief los.

Auf der Krankenstation, die aus einem Behandlungszimmer und einem großen Raum mit einer Reihe von Betten bestand, fand sie Irma schnell, denn sie war die einzige Patientin. Eine der Schwestern wollte sich ihr in den Weg stellen, aber sie ließ sich nicht aufhalten.

»Irma!« Ihre Schwester lag mit bleicher Miene in einem der Betten und blickte ihr aus trüben Augen entgegen. Sie griff nach ihrer Hand. »Was haben sie dir angetan?«

Irma sah sie nur an. Eine einzelne Träne bildete sich in ihrem Augenwinkel und rann langsam ihre Wange hinab. Zaghaft öffnete sie die Lippen, brachte aber keinen Ton hervor.

»Was ist mit ihr?« Selma sagte es auf Deutsch und wandte sich hilfesuchend nach der Schwester um. Dann wiederholte sie es auf Russisch.

Die Schwester versuchte es: »Sie auf Schwefelhalde gearbeitet. Schlecht. Schlecht für Lunge. Schlecht für Haut. Schlecht für ganze Mensch. Sie ohnmächtig geworden. Keine Luft mehr. Sie jetzt unter Beobachtung.«

Mehr verstand Selma nicht, aber es genügte. »Bekommst du Luft?«, fragte sie Irma.

Irma nickte zögerlich, doch im gleichen Augenblick begann sie zu husten, und es klang, als müsste sie ihre eigene Lunge jeden Moment ausspucken.

Erschrocken drehte Selma sie auf die Seite, bis sie sich langsam wieder beruhigte.

»Das durfte nicht passieren. Dieser Unmensch!« Sie verfluchte Melnikow. »Du wirst wieder gesund, und dann fährst du nach Hause.«

Die Schwester trat neben sie an das Bett und nahm Irmas Arm. »Wunde. Siehst du«? Sie zeigte auf eine offene Wunde an Irmas Unterarm. Die Wundränder waren merkwürdig verfärbt, und das Fleisch darunter sah nicht gut aus. »Problem. Problem mit Schwefel.«

Selma runzelte die Stirn. »Was ist das Problem? Sagen Sie es mir!« Sie schrie beinahe, und die Schwester zuckte erschrocken zurück. »Sepsis«, meinte sie noch zu verstehen, dann lief die Schwester ohne ein weiteres Wort hinaus.

»Irma, sieh mich an. Wo warst du, und was ist passiert? Du musst es mir sagen!«

Eine ganze Weile sagte Irma nichts, sondern starrte nur an die Decke, und Selma befürchtete bereits das Schlimmste, als sie endlich kaum hörbar zu sprechen begann. »Sie sind mit mir nach Süden gefahren, bis zu einem grauen, fensterlosen Gebäude«, begann sie. »Als sie das Rolltor öffneten, dachte ich, es wäre der Schlund zur Hölle.« Irma sprach leise und abgehackt. Das Sprechen bereite ihr große Mühe, aber sie versuchte es weiter. »Es stank erbärmlich. Ich bekam kaum Luft. Wir waren zu fünft. Russische Frauen kamen hinzu. Wir hatten keinen Atemschutz, keine Handschuhe. Einzig eine Schaufel, mit der wir einen Haufen aufgeschütteten Schwefel in Säcke schaufeln mussten. Wenn wir Pausen machten, drohten sie uns mit Prügel oder Schlimmerem.« Sie brach kurz ab. »Es war furchtbar. Aber …«

»Was ist mit deinem Arm?« Selma besah sich noch einmal die Wunde.

»Ich habe mich irgendwo verletzt und es zunächst nicht bemerkt. Wahrscheinlich ist etwas von dem Schwefel in die Wunde eingedrungen. Es brennt wie Feuer.«

»Und der Husten?«

»Meine Lungen brennen höllisch, aber der Arm ist schlimmer.«

Selma sah sich um. Sie war wütend und entsetzt zugleich. »Warum hat niemand die Wunde gereinigt und verbunden? War Stanis nicht hier?«

»Nein, der war nicht hier.«

Selma biss sich auf die Lippe. Sie machte sich daran, Alkohol zu suchen und einen halbwegs sauberen Verband. Sie fand beides und kümmerte sich, so gut es ging, um Irmas Wunde. »Du wirst wieder gesund. Aber jetzt ruh dich aus. Ich komme bald wieder.«

Selma streichelte Irmas Wange, dann machte sie sich auf die Suche nach Efrem. Aber sie musste nicht lange suchen, weil er auf einer Bank vor der Krankenstation saß und auf sie wartete. »Wie geht es deiner Schwester?«

»Das Silo hat ihr den Rest gegeben. Sie hätten es verhindern müssen!« Sie war außer sich, als sie sah, wie er vollkommen entspannt dasaß und sich eine Zigarette angezündet hatte.

»Ganz ruhig. Ich habe nur eine Frage gestellt.«

»Auch wenn es Melnikows Befehl war, hätten Sie dafür sorgen können, dass sie nicht mit dem Schwefel in Berührung kommt.« Es war vorbei mit ihrer Selbstbeherrschung. Die Zeit der Tränen, der Hilflosigkeit und der ohnmächtigen Wut war endgültig vorüber. »Es ist genau wie bei Gisela. Sie befolgen blind Ihre Befehle, ohne an die Menschen zu denken.«

Mit geballten Fäusten ging sie auf Efrem los. Mühelos wehrte er ihren Angriff ab und presste sie an seinen Brustkorb. Sie spürte die Kraft seiner Arme und seine breite Brust. Er hielt sie fest umklammert. »Beruhige dich, bevor ich dir wehtun muss«, zischte er. »Ich bin nicht dafür verantwortlich! Hörst du?«

»Doch, das sind Sie.« Selma bekam ihren Kopf frei und spuckte ihm ins Gesicht. Sie war außer sich und wusste nicht wohin mit ihrer hilflosen Wut.

Efrem stieß sie mit einem Ruck von sich, so dass sie in den Staub fiel. Angeekelt wischte er sich den Speichel aus dem Gesicht. »Dafür müsste ich dich prügeln, bis du um Gnade winselst, aber das werde ich nicht tun.«

»Warum haben Sie es zugelassen«? Selma blieb auf dem Boden sitzen. Ihr Antrieb, Efrem anzugreifen, war so schnell verschwunden wie der Qualm von seiner Zigarette, die glimmend neben ihr lag.

»Wie ich bereits sagte: Es liegt nicht in meiner Macht, mich gegen sie zu stellen. Ich werde sehen, dass du morgen bei deiner Schwester bleiben darfst. Mehr kann ich nicht tun.«

Selma reagierte nicht, als er sich neben sie hockte.

»Ich hatte dich vor den Melnikows gewarnt.« Sein Mund war jetzt ganz nah an ihrem Ohr.

~

Die Krankenschwester auf der Station war reichlich unbeholfen, und die Fragen nach einem Arzt verliefen im Sande. Irmas Husten besserte sich, und ihre Lungen erholten sich langsam. Welche Folgeschäden zurückbleiben würden, konnte Selma nicht beurteilen. Irmas Arm machte Selma dafür viel mehr Sorgen. Irma klagte über Schmerzen, und der Verband begann sich unaufhörlich dunkel zu färben. Als am dritten Tag Stanis noch immer nicht in Sicht war und der Arm inzwischen bis unter den Ellbogen angeschwollen war, schrillten bei Selma alle Alarmglocken.

Efrem hatte sie von der Arbeit in der Feseo befreit, und so saß Selma den nächsten Tag bis in die Nacht hinein am Bett ihrer Schwester. Sie rechnete währenddessen stündlich mit Jewas Erscheinen, aber die Kommandantin kam nicht.

Gegen Mitternacht war ihr danach, sich die Beine zu vertreten. Irma schlief, also ging sie in der Krankenstation auf und ab, bis sie vor der Bank stand, auf der Efrem auf sie gewartet hatte. Aus dem Augenwinkel erblickte sie eine Gestalt, die zwischen den Baracken entlang huschte. Das weckte ihre Neugierde.

Die Wolken hatten sich teilweise vor den Mond geschoben, so dass sie nicht weit sehen konnte, aber es genügte, um die zierliche Gestalt erkennen zu können, die sich in Richtung der Baracke der Offiziere bewegte.

Selma huschte hinter einen Lkw und lugte vorsichtig um die Ecke. Sie stutzte, weil der Schatten von einem auf den anderen Moment wie vom Erdboden verschluckt zu sein schien. Doch ihre Neugierde und der leise Verdacht, der sich in ihrem Inneren regte, waren zu stark, als dass sie die Sache einfach abtat. Sie schlich weiter, bis sie die Rückwand der Baracke erreicht hatte.

»Tss!«

Selma stieß vor Schreck beinahe einen spitzen Schrei aus. Sie wirbelte herum und sah sich Trude gegenüber. »Du hast mich beinahe zu Tode erschreckt!«

»Das kommt davon, wenn man nachts durch die Gegend schleicht.«

»Das Gleiche könnte ich von dir behaupten. Was tust du hier?« Selma bereute es bereits, neugierig gewesen zu sein.

»Pinkeln?« Trude sah sie unschuldig an.

»Die Latrinen sind aber auf der anderen Seite. Da hast du dich wohl verlaufen.«

»Wie geht es Irma?«, versuchte Trude abzulenken.

»Schlecht. Aber der Arzt ist noch nicht zurück, und ins Krankenhaus will man sie auch nicht bringen.«

»Du meinst Stanis? Sprich seinen Namen ruhig aus.«

»Ja, Stanis. Er ist wie vom Erdboden verschluckt.«

»Apropos, hast du dich bereits um meine Bitte gekümmert?«, fragte Trude.

»Du wirst auf die Liste kommen.«

Trude grinste. »Ich will einen Beweis.«

»Einen Beweis? Wie sollte ich dir einen geben?«

»Das wird nicht nötig sein. Sobald er wieder auftaucht, frage ich ihn selbst. Und wenn du mich angelogen hast, werde ich ihm umgehend von seiner kleinen Nichte erzählen.«

»Tu, was du nicht lassen kannst.« Selma ließ sie stehen und ging zurück zur Krankenstation.

Es dauerte in dieser Nacht, bis sie mit dem Kopf auf Irmas Matratze ein paar Stunden Schlaf fand.

Gegen Morgen schrak sie hoch und spürte sofort, dass Irma hohes Fieber bekommen hatte. Sie ließ Efrem rufen, der sie zwei Stunden im Krankenzimmer warten ließ.

»Wir müssen etwas tun! Wir können sie nicht einfach so hier liegen lassen.«

»Ich werde noch einmal nach Stanis rufen lassen. Wahrscheinlich hat ihn die Nachricht bislang nicht erreicht, dass er hier gebraucht wird.«

»Gibt es ein Krankenhaus in der Nähe, in das wir Irma bringen können?«

»Stanis wird bald hier sein. Ein wenig Geduld noch.«

»Nein, ich will nicht, dass er kommt!«

Efrem sah sie verwundert an. »Warum?«

»Das ist jetzt egal. Gibt es nun ein Krankenhaus oder nicht?«

Efrem sah auf Irmas geschwollenen Arm. »Es gibt eines. Aber das ist Kilometer entfernt, und ich kann keinen Wagen entbehren. Geschweige denn einen Fahrer. Außerdem müsste ich das der Kommandantin melden, was ich für keine gute Idee halte.«

»Ich will, dass Sie mir helfen.«

»Das ist leider nicht möglich.«

Noch bevor Selma eine Entscheidung fällen konnte, kam ihr Irma zuvor. Sie stieß plötzlich einen durchdringenden Schrei aus.

»Was ist? Was hast du?« Selma tastete über Irmas Stirn und spürte, dass das Fieber ihrer Schwester weiter gestiegen war. Der Arm war auf die doppelte Dicke angeschwollen und der Verband zu einem braunen, stinkenden Etwas verklebt. Die Hoffnung, dass Irmas Zustand sich von selbst bessern würde, war dahin. Die kalten Wickel hatten es nur hinausgezögert. Selma musste sofort handeln. Doch wenn Stanis erst zurück ins Lager käme, würde Trude von ihrem Schwindel erfahren, und Mariannes Geheimnis wäre aufgeflogen.

Irma jammerte und schluchzte. Sie schien große Schmerzen zu leiden. Selma suchte nach einer Schere und einer weiteren Flasche Alkohol. Sie fand beides und machte sich an die Arbeit.

Das Licht aus der kleinen Öllampe am Bett war spärlich, aber es genügte ihr, um den Verband aufschneiden zu können. Der faulige Gestank nahm mit jedem Schnitt weiter zu, und bald fiel der inzwischen nahezu zersetzte Verband wie eine zweite Haut von Irmas Arm auf den Boden.

Selma zuckte zurück, als sie im schwachen Schein der Lampe die kleinen weißen Maden sah, die in der offenen Wunde umherwuselten. Sie musste eine Hand vor ihren Mund pressen, um sich nicht zu übergeben. Es stank erbärmlich, und die Wunde sah aus wie das Fleisch eines Toten.

Mit einer Pinzette klaubte sie die glitschigen Maden vorsichtig von der Wunde, dann nahm sie den Alkohol zur Hand. »Das wird jetzt wehtun«, flüsterte sie Irma zu, die im Fieberwahn war und ihren Kopf haltlos von links nach rechts drehte, während sie zusammenhanglose Worte vor sich hin murmelte.

Als der Alkohol über die Wunde floss, stieß Irma einen schrillen Schrei aus, dann sackte ihr Kopf zur Seite, und sie blieb still liegen. Selma seufzte und beeilte sich, einen neuen Verband anzulegen. Doch sie wusste selbst, dass die Ursache nicht behoben war. Das Gift schwelte in Irmas Körper und würde früher oder später ihr Herz erreichen. Dann wäre jede Hilfe zu spät.

Sie machte weiterhin kalte Wickel, um das Fieber zu drücken, aber es half nichts. Das Fieber hatte sich in ihrem Körper festgesetzt und würde nicht mehr weichen.

»Du darfst nicht sterben, hörst du mich?« Selma streichelte Irmas Haar. Ihre Schwester hatte die Augen geschlossen und schlief. Zu mehr war ihr Körper nicht mehr fähig. »Wir haben einander versprochen, zusammenzubleiben. Das darfst du nicht vergessen.«

Irgendwann sackte ihr Kopf auf Irmas Schulter, und die Augen fielen ihr zu.

Ein Geräusch ließ sie hochschrecken. Blinzelnd versuchte sie, sich zu orientieren. Es war noch immer Nacht vor den Fenstern. Sie konnte nicht lange geschlafen haben.

Aus dem Halbdunkel schälte sich ein Schatten.

»Wie geht es ihr?« Efrem setzte sich neben Selma.

»Das Fieber geht kaum noch runter. Die Wickel sind nutzlos. Bitte holen Sie, so schnell es geht, Stanis hierher.« Sie hatte gewartet und versucht, es hinauszuzögern, doch nun konnte sie Mariannes Geheimnis wohl nicht länger bewahren.

Efrem schien nachzudenken. »Bleib bei ihr. Ich bin bald zurück.«

»Bitte nicht. Lassen Sie mich nicht mehr allein.«

Doch Efrem verschwand wie eine Traumgestalt, und sie blieb mit Irma zurück, deren Lebensgeister unweigerlich schwanden.

~

Eine Stimme ließ sie kurz darauf zusammenzucken. Mühsam öffnete sie die Augen, und es dauerte, bis sie registrierte, dass sie eingeschlafen sein musste.

»Los, hilf mir, sie auf die Trage zu legen.« Efrem schüttelte sie an der Schulter und sprach mit gedämpfter Stimme.

»Und dann?«

»Dann fahren wir. Es ist zu spät, um noch auf Stanis zu warten. Sie benötigt sofort Hilfe.«

Plötzlich war Selma hellwach. Zusammen hoben sie Irma auf eine Trage und trugen sie zu einem kleinen Armeejeep, dessen Ladefläche gerade groß genug war.

»Warten Sie! Ich muss noch eine Sache erledigen.« Selma

ließ ihren Blick über das Lager schweifen und wollte los, als Efrem sie zurückhielt und eindringlich ansah.

»Wenn wir fahren, wird das für dich ebenfalls Konsequenzen haben. Du musst entscheiden.«

»Meine Entscheidung ist längst gefallen.« Selma lief los.

»Fünf Minuten! Beeil dich und pass auf, dass dich keiner sieht.«

Sie konnte ihn gerade noch hören, als sie zurück zur Baracke lief. Sie griff nach ihrem Koffer mit ein paar Kleidungsstücken darin und hastete zur nächsten Baracke. Marianne schlief, aber erwachte sofort, als Selma sie anstieß.

»Ich muss fort. Aber das ändert nichts an unseren Plänen. Verstehst du?«

»Was ist passiert?« Marianne sah sie schlaftrunken an.

Selma klärte sie auf.

»Du musst zusammen mit deiner Schwester in den Zug«, gab Marianne zu bedenken. »Ansonsten werden sie dich bestrafen.«

»So ist es, aber das hat den Vorteil, dass ich mich auch um deine Gisela kümmern kann.«

»Hast du dafür auch bereits einen Plan?«

»Ich arbeite daran.«

»Ich wünschte, ich könnte mit euch kommen«, sagte Marianne.

»Und ich wünschte, ich müsste Irma nicht heute Nacht fortbringen. Es macht alles nur noch schwieriger.«

»Aber es muss klappen, du hast recht. Gisela darf nicht an diesem Ort bleiben.«

»Alles wird gut.« Selma küsste Marianne auf die Stirn. »Wir sehen uns in der Heimat wieder. Es wird deiner Tochter an nichts mangeln.«

»Ich werde jeden Tag für euch beten.« Marianne blickte auf das kleine Bett, in dem Gisela schlief.

Ohne sich noch einmal umzublicken, eilte Selma zurück zu Efrem.

»Wenn sie dich im Wagen erwischen, geht es uns beiden an den Kragen«, zischte Efrem und startete den Motor. »Kriech in den Fußraum. Es muss aussehen, als säße ich allein im Wagen.«

Selma folgte seiner Anweisung, bis er Entwarnung gab, als sie das Lager hinter sich gelassen hatten.

Es war eine kühle, klare Nacht. Ein weiteres Frühjahr lag in der Luft.

»Ich danke Ihnen«, sagte Selma nach einer Weile. »Auch wenn Sie das nicht hören wollen.«

Efrem schob sich gerade eine Zigarette in den Mundwinkel. Er tat, als würde er ihr nicht zuhören. Eine Hand am Lenkrad, den Ellbogen aus dem offenen Fenster gehängt, fuhr er den schmalen Feldweg entlang. Falter flogen in das Scheinwerferlicht, das sich in die Dunkelheit bohrte.

»Sie sind ein guter Mensch. Das weiß ich nicht erst seit heute.« Selma redete einfach weiter, weil er nicht anders konnte als zuzuhören. »Es gibt Menschen, die wenig Gutes in sich tragen. Ich werde das Gefühl nicht los, dass die Dunkelheit in Ihnen eher wie ein Schleier ist, der gelüftet werden muss. Eines Tages werden wir das hier hinter uns lassen. Was dann zählt, sind unsere Erinnerungen. Es mag eine schlechte Zeit gewesen sein, aber man kann ihr etwas Gutes abgewinnen. Durch gute Taten. Das haben Sie bereits mehrfach getan, und das sollten Sie in Erinnerung behalten, wenn Sie eines Tages über die Vergangenheit grübeln. Die Vergangenheit ist wie ein Raubtier, das einem ständig im

Nacken sitzt. Nur wenn Sie es zähmen, können Sie zufrieden und glücklich in der Gegenwart leben.«

Selma sprach wie zu sich selbst. Sie sah nicht einmal zu Efrem hinüber, sondern beobachtete weiterhin die Falter, die vom Licht angezogen wurden.

»Du redest zu viel«, knurrte Efrem. »Außerdem, wer sagt denn, dass ich zufrieden und glücklich sein will? Ich will nur das Beste für meine Kinder.«

»Das weiß ich.«

»Nimm die und halt die Klappe.« Efrem reichte ihr eine Zigarette, die er aus seiner Brusttasche gefischt hatte.

»Aber ich rauche nicht.« Selma sah den selbstgedrehten Glimmstängel angeekelt an.

»Du wirst verdammt nochmal eine mit mir rauchen.« Efrem hielt ihr die Zigarette weiterhin unter die Nase. »Sozusagen als Bezahlung für unseren Ausflug.«

»In Ordnung.« Selma nahm sie, steckte sie sich zwischen die Lippen und wartete, bis Efrem sie mit seinem Sturmfeuerzeug angezündet hatte. Er lenkte dabei nur mit einer Hand und nahm den Blick immer wieder von der Straße. Das weckte Erinnerungen an den Unfall mit Nikolaj.

»Sie sollten sich auf die Straße konzentrieren«, sagte Selma, die qualmende Zigarette unbeholfen zwischen den Fingern.

»Du meinst, damit ich nicht so ende wie dieser Bastard?«

»Zum Beispiel.« Sie machte eine Pause. »Wie lange müssen wir fahren?«

»Noch lange.«

Der Qualm trieb Selma die Tränen in die Augen, aber sie nahm tapfer einen Zug nach dem anderen und bereute es bald. Es brannte und stach in ihren Lungen, und sie musste heftig husten. Efrem lachte aus voller Kehle. Selma hörte den Brigadier zum ersten Mal lachen. Die Erleichterung darüber half ihr über den Husten hinweg.

»Du musst es anders anstellen. Nicht so ungestüm.« Er zeigte ihr, wie sie ziehen und einatmen musste.

»Sie waren bei Ihrer Frau«, sagte Selma unvermittelt. »Damals im Lager, als das mit Marianne passiert ist.«

»Meine Frau geht dich gar nichts an.« Sofort war er wieder der Alte.

»Sie wollten nicht weg aus Gorlowka. Sie wollten bei ihr bleiben, als wir damals das Lager geräumt haben. Weil sie im Sterben lag.«

»Ich sagte, halt die Klappe.«

»Fressen Sie den Schmerz doch nicht in sich hinein. Das hält niemand lange aus. Ich weiß, wovon ich spreche.« Sie dachte an Gisela.

Efrem schwieg. Sie sah zu ihm hinüber. Seine Miene war wie versteinert, als würde er krampfhaft versuchen, die Tränen zurückzuhalten.

»Sie haben sie sehr geliebt«, sagte sie.

»Warum kannst du nicht einfach schweigen?« Seine Stimme war kraftlos.

»Ich will es aus Ihrem Mund hören.« Selma zeigte keine Gnade, weil sie wusste, dass sie nur diesen Moment hatte, um Efrems Panzer endgültig zu knacken.

»Ja, verdammt nochmal! Ich habe sie geliebt. Mehr als alles andere auf dieser beschissenen Welt.«

Selma nickte zufrieden und sah auf die Rückbank zu der fiebernden Irma. Sie kannte die Zukunft nicht. Sie kannte weder ihr noch Irmas Schicksal, aber sie war zuversichtlich, weil sie Efrem endlich auf ihrer Seite hatte.

»In welcher Beziehung stehen Melnikow und Jewa zueinander?«, fragte sie.

Efrem sah kurz zu ihr herüber. »Melnikows Frau ist vor vielen Jahren verschwunden. Als ihr Ältester, Saschka, an der Front fiel, zerbrach die Familie. Das habe ich zumindest gehört. Nikolaj gab seinem Vater für alles die Schuld. Daraufhin wurde er vom eigenen Vater verstoßen. Stanis war nun sein neuer Zögling, aber auch er kann nicht in Saschkas Fußstapfen treten.«

»Und Jewa? Was ist mit ihr?«

»Wenn du mich fragst, wärmt nun Jewa dem alten Melnikow das Bett.«

»Das dachte ich mir. So schließt sich der Kreis.«

Es schien fürs Erste alles gesagt. Sie schwiegen, aber für den Rest des Weges waren sie zu etwas anderem geworden. Zu einer Einheit. Zu zwei Menschen, die Gemeinsamkeiten hatten. Das spürte Selma sehr deutlich. Sie beide hatten etwas verloren und versuchten, das Raubtier, das sich Vergangenheit nannte, zu besänftigen.

»Du wirst allein dort bleiben müssen, bis ich weiß, wie es weitergeht.«

Selma sah ihn verständnislos an.

»Dort drüben.« Efrem zeigte auf ein hohes Gebäude, das zwischen den Bäumen aufragte, als sie durch eine Kurve fuhren. »Dort ist das Krankenhaus.«

Es war nicht mehr als ein Dorf, aber es gab ein Krankenhaus.

»Was meinen Sie damit, Sie können nicht bleiben?«

»Wie ich es sagte. Ich muss schnellstens zurück. Man wird sich hier um deine Schwester kümmern. Ich habe viel riskiert. Vielleicht zu viel. Nun gibt es kein Zurück mehr für dich und deine Schwester.« Er parkte den Jeep vor dem Eingang und meldete sie bei einer grauhaarigen, mageren Frau an. Dann wartete er neben Selma, bis zwei junge Männer Irma in das Krankenhaus trugen.

»Sie müssen einem Knaben namens Veniamin eine Nachricht von mir überbringen.«

»Veniamin? Wer ist das?«

»Ein Junge aus dem Internat. Ich habe ihm versprochen zu helfen.«

»Zu helfen? Wobei?«

»Er will raus aus dem Schwarzen Loch. Ich habe ihm versprochen, dass er ein Überführungspapier bekommt.«

»Du hast was?« Efrem sah sie überrascht an. »Wie solltest du daran kommen?«

»Gar nicht. Ich habe ihn belogen.« Sie fasste seinen Arm. »Er wird mich in der Feseo vermissen. Sagen Sie ihm, dass wir uns am Bahnhof treffen. Ich habe ihm versprochen, mich um seine Abreise zu kümmern.«

»Warum hast du das getan?«

»Weil ich es ihm schulde.«

Efrem lachte auf. »Du kannst dir nicht einmal selbst helfen, geschweige denn diesem Jungen.« Er hob eine Hand. »Ich frage erst gar nicht, warum du ihm etwas schuldest.«

»Ohne Ihre Hilfe geht es nicht.«

»Niemals. Das hier ist schon reichlich dumm von mir.«

Jetzt ergriff Selma seine raue Hand. »Bitte. Ich weiß, dass uns beide etwas verbindet. Was auch immer das ist.« Sie war sicher, dass er ebenso empfand, ansonsten hätte er sich niemals für sie in Gefahr gebracht.

»Das ist lächerlich.« Er zog seine Hand zurück. »Ich liebe meine Frau noch immer.«

»Aber Ihre Frau hätte sicherlich nichts dagegen, Gutes zu tun.«

»Ich gebe zu, du erinnerst mich an sie, aber …«

»Nicht, sagen Sie nichts mehr. Benachrichtigen Sie bitte Veniamin. Ich werde hier auf Sie warten, Efrem.«

Er begegnete ihrem Blick, und sie wusste, dass sie richtig vermutet hatte, dann stieg er in den Jeep und startete den Motor. Bevor er losfuhr, lehnte er sich zur ihr heraus. »Das mit Irma tut mir leid. Und das mit Gisela auch.« Dann legte er den Gang ein und ließ Selma in einer Staubwolke stehen.

Das Raubtier der Vergangenheit hatten sie gemeinsam abgeschüttelt, nun galt es, die Zukunft zu gestalten.

6

Gorlowka, Sowjetunion, heutige Ukraine
1948

Das sogenannte Krankenhaus war nichts anderes als ein großer Raum, der mit Hilfe schmutziger Vorhänge abgetrennt worden war. Selma wurde angewiesen, auf einem der Stühle Platz zu nehmen, die aufgereiht im vorderen Teil des Raumes standen. Sie konnte Irma nicht sehen, da ihr der Blick durch einen der Vorhänge verwehrt wurde. Überhaupt konnte sie nicht viel sehen, dafür umso mehr hören und vor allem riechen.

Immer wieder drangen ein Wimmern, Stöhnen, Schluchzen oder einzelne Stimmen an ihre Ohren. Es lag ein schwerer, stechender Geruch in dem Raum, der ihr die Tränen in die Augen trieb. Neben ihr saßen weitere Menschen, die wahrscheinlich Angehörige der Patienten waren. Ihre Kleidung ließ darauf schließen, dass sie allesamt aus ärmlichen Verhältnissen stammten.

Selma hatte Angst um Irma. Sie wusste nicht, ob sie den Menschen vertrauen konnte, die jetzt hinter dem Vorhang an ihrer Schwester herumhantierten. Aber sie musste Efrem vertrauen, der gesagt hatte, sie würde an diesem Ort Hilfe erhalten.

Immer wieder kamen einzelne Patienten, die selbst noch laufen konnten, hinter den Vorhängen hervor. Manche sahen erleichtert aus, anderen waren die Schmerzen deutlich anzusehen. Doch es gab auch die, die durch eine angrenzende Tür hinausgetragen wurden. Wohin, konnte Selma nur mutmaßen.

Sie behielt den Vorhang, hinter dem Irma behandelt wurde, im Auge. Dahinter meinte sie die Schatten von zwei Personen zu erkennen. Ihre Anspannung wuchs. Es missfiel ihr, Irma diesen fremden Menschen zu überlassen. Mit jeder Sekunde, die verstrich, wuchs ihr Verlangen, von ihrem Stuhl aufzuspringen und nach ihr zu sehen.

Inzwischen waren alle Patienten hinter den Vorhängen einmal ausgetauscht worden. Ihr ungutes Gefühl wuchs. Ein Blick zur Seite, dann erhob sie sich.

Ihre Hand bereits am Vorhang, trat ihr eine dickliche Frau entgegen. Sie sagte etwas auf Russisch, was aus ihrem Schmollmund recht eigenartig klang. Selma verstand kein Wort. Dafür konnte sie endlich einen Blick auf Irma werfen.

Sie war wach und blickte ihr müde entgegen. Selma fiel ein Stein vom Herzen. »Irma, ich …«

»Ich bin froh, dass du da bist.« Irmas Stimme war schwach.

Selma schob sich an der dicken Frau vorbei und blieb vor Irma stehen. Erst jetzt bemerkte sie den Mann, der soeben eine Spritze aufzog.

»Du hast immer noch hohes Fieber.« Selma hatte Irmas Hand genommen und begutachtete den geschwollenen Arm. Ein sauberer Verband verbarg die Wunde. »Und die Schmerzen im Arm?«

»Sind kaum noch vorhanden. Sie haben alles gereinigt und neu verbunden. Ich musste Tabletten schlucken. Keine Ahnung, was das war.«

»Es wird gegen die Vergiftung in deinem Körper sein

oder gegen das Fieber.« Selma sah zu, wie der Arzt die Nadel der Spritze unterhalb Irmas Schulter ansetzte.

»Was ist das?«, fragte sie auf Russisch.

Der Mann mit dem grauen Vollbart und der schief sitzenden Brille sagte etwas, aber sie verstand auch ihn kaum.

»Kann ich nun zurück ins Lager?«, fragte Irma.

Selma wandte sich an die dicke Frau. »Was passiert jetzt?« Sie hoffte, dass ihr Russisch reichte.

»Sie hierbleiben«, sagte die Frau überraschenderweise auf Deutsch. Sie deutete mit zwei Fingern erst auf sich selbst, dann auf Irma.

»Sie wollen mich beobachten, aber ich will nicht …« Irma machte ein betrübtes Gesicht.

»Wir sollten uns dagegen nicht wehren«, sagte Selma. »Wir können ohnehin nicht zurück ins Lager.«

»Was meinst du?«

»Wir reden später darüber. Jetzt ruhst du dich erst einmal aus.« Selma schenkte ihr ein Lächeln.

»Ich ruhe mich immerzu aus.«

»Ich weiß, aber bald fahren wir nach Hause.«

»Wir alle zusammen?« Irmas Augen wurden größer.

»Ich arbeite daran.«

Die Schwester schob Selma zur Seite und löste die Bremse der Rollen, auf denen die Trage stand. »Wohin bringen Sie sie?«, fragte Selma.

»Zimmer.« Die Frau deutete in Richtung der Tür.

Selma folgte der Frau, während der Mann hinter ihr zurückblieb.

Irma ließ sie nicht aus den Augen. Die Angst, allein gelassen zu werden, war darin deutlich zu lesen. Die Frau schob die Trage durch die Tür. Dahinter lag ein schmaler Gang, dessen Putz die besten Zeiten lange hinter sich hatte. Eine Vielzahl an Türen flankierte den Gang. Vor einer blieb die Frau stehen und bedeutete Selma, sie zu öffnen.

Durch ein geöffnetes Fenster wehte die kühle Brise des hereinbrechenden Morgens in ein kleines Zimmer mit Bett. Zum ersten Mal machte sich Selma Gedanken über die Bezahlung. Sie trug nicht einen Rubel bei sich. »Geld?«, fragte sie.

Die Frau schüttelte sofort den Kopf. »Alles bezahlt. Keine Sorge.« Damit schien alles gesagt.

»Du Bett. Ausruhen. Ich sehen später.« Die Frau sah auf Irma herab.

Zu zweit hoben sie Irma auf das Bett. Kurz darauf ging die Frau ohne ein weiteres Wort.

»Da sind wir nun. In einem kargen Raum, am Ende der Welt.« Irma ließ ihren Blick durch das Zimmer schweifen. Es war halbwegs sauber, dafür kahler als eine Besenkammer.

»Der Raum ist allemal besser als das Lager, glaub mir.« Selma streichelte ihre warme Wange.

»Ich bin so müde«, flüsterte Irma und schloss die Augen.

Selma legte sich zu ihr auf das Bett. Irma bettete ihren Kopf an Selmas Brust. Bald war ihr gleichmäßiger Atem zu vernehmen, und auch Selma fielen langsam die Augen zu.

~

Sie erwachte erst, als die Sonne bereits den Zenit erreicht hatte. Irma lag zusammengerollt neben ihr und schlief noch immer. Das Fieber war gesunken. Die Tabletten schienen erste Wirkung zu zeigen.

Die Luft im Raum war stickig. Auf dem Nachtschrank

standen Wasser und ein Teller mit Piromi, einem recht schmackhaften Fladenbrot. Selma probierte von beidem, schälte sich aus dem Bett und öffnete eines der Fenster. Die kühle Luft streichelte ihre Wangen, und sie atmete einmal tief durch. Die Schwellung in ihrem Gesicht bildete sich langsam wieder zurück, und die Schmerzen waren nahezu fort. Außer der Schmach, von Jewa geschlagen worden zu sein, würde nicht viel zurückbleiben. Sie verharrte eine Weile vor dem Fenster und sah hinaus auf das Feld, das unmittelbar an das Gebäude angrenzte. Die Bäume am Rande waren wieder schneefrei, und Selma erkannte die ersten Knospen. Das Frühjahr stand in den Startlöchern.

Die Stunden im Krankenhaus kamen ihr wie eine Verschnaufpause vor. Zeit, um Kraft zu sammeln für den letzten Akt. Der Akt, in dem sie nach Hause fahren würden. Alle zusammen. Jeder Tag, den sie länger im Lager 1009 verbrachten, war, als würde sie an einem Felsvorsprung über einem Abgrund hängen, während ihre Kräfte langsam nachließen.

Sie dachte an Veniamin und ihr Versprechen. Die Familie Melnikow verfolgte sie seit dem Moment, als die Russen in Rumänien einmarschiert waren. Es war an der Zeit, sie abzuschütteln. Aber sie kam vorerst nicht dazu, ihren Gedanken zu Ende zu denken, weil es an die Tür klopfte.

Sie rechnete mit der dicken Frau, aber es war Efrem.

»Wie geht es ihr?«

»Ich glaube besser. Das Schlimmste ist abgewendet.« Selma schloss das Fenster und lehnte sich an das Fensterbrett. »Suchen Sie bereits nach uns?« Sie sah ihn fragend an.

»Das tun sie, und es wird nicht lange dauern, bis die Kommandantin persönlich nach euch sucht.«

»Also wird sie hierherkommen, um uns zurückzuholen?«

»Ganz genau und deshalb müsst ihr euch verstecken.«

»Verstecken?«

»Irina, die Krankenschwester, wird sich darum kümmern.«

»Warum sollte sie solch ein Risiko eingehen?«, fragte Selma.

»Weil sie es für mich tut.«

»Und was ist mit Ihnen?«

»Ich habe mich entschieden zu helfen«, antwortete Efrem. »Das fordert immer Opfer.«

Selma sah seinen Gewissenskonflikt. Er hatte seine eigenen Landsleute verraten, um einer Deutschen zu helfen. »Jetzt, wo es Irma besser geht, könnten wir ins Lager zurückkehren. Ich könnte sagen …«

»Es gibt kein Zurück mehr.« Efrem schüttelte den Kopf. »Ich habe euch aus dem Lager gebracht. Zurück könnt ihr nicht mehr. Jewa würde euch hart bestrafen.« Er trat näher. »Ich war in der Feseo.«

»Und haben Sie mit Veniamin gesprochen?« Selmas Miene hellte sich auf.

»Jewa wird bald hier sein. Sie darf euch nicht finden. Wenn das gelingt, besteht trotzdem noch das Problem, dass wir euch irgendwie in den Zug bekommen müssen. Und dazu noch diesen Jungen. Ich werde nicht noch einmal hierherkommen können.«

»War Stanis zwischenzeitlich zurück im Lager?«

»Nein.«

»Das ist gut.« Selma atmete erleichtert auf. »Mit welchem der Brigadiere hat sich Trude eingelassen?«, fragte sie unvermittelt.

»Trude? Wovon redest du?«

»Sagen Sie es mir einfach. Sie wissen doch davon, schließlich sind Sie ein aufmerksamer Mann.«

»Sie hat dir also von dem Papier erzählt.« Efrem seufzte. »Er ist einer meiner Männer, das muss dich nicht interessieren.«

»Bitte!«

Er kämpfte mit sich, ob er darauf eingehen sollte, dann gab er auf. »Sergej. Es ist einer der Unteroffiziere. Ich kann ihn nicht leiden. Er plappert wie ein Weib.«

»Aber Sie decken ihn?«

»Er denkt mit seinem Schwanz, aber ich bin für ihn verantwortlich. Ihn zu bestrafen, würde seine Zukunft zerstören. Warum willst du das wissen?«

»Er wird dafür sorgen, dass wir ungesehen zum Zug kommen.«

»Wie?«

»Sie lassen ihm keine Wahl. Die Liebschaft mit einer Arbeiterin dürfte seiner Karriere nicht bekömmlich sein. Am Tag der Abfahrt bringt er uns ungesehen zum Bahnhof, während Sie den Abtransport regeln. Wir werden dieses Papier nicht mehr benötigen.«

»Was ist mit dem Jungen aus dem Heim?«, fragte Efrem.

»Sie werden dafür sorgen, dass Mariannes Kind zu Veniamin kommt. Wer sollte den Säugling vermissen? Anschließend werden meine Schwester und die beiden eine nette kleine Familie abgeben, die dem Schwarzen Loch den Rücken kehrt.«

»Warum sollte ich all das tun?« Efrem schüttelte verständnislos den Kopf.

»Das Kind ist von Nikolaj.«

Er hob die Augenbrauen. »Ich verstehe.«

Irma war inzwischen wach geworden und hatte alles mitangehört. »So soll es laufen?«, fragte sie schlaftrunken. »Gisela muss doch trinken.«

»Sie ist inzwischen alt genug, um sie an festere Nahrung zu gewöhnen«, erklärte Selma. »Eine andere Möglichkeit sehe ich nicht.«

»Und was ist mir dir?«

»Trudes Name muss auf die Liste.«

»Warum sollte ich ihren Namen auf die Liste setzen?«, fragte Efrem stirnrunzelnd.

»Aus zweierlei Gründen: Sie weiß von Nikolajs Kind und schweigt nur, wenn ihr Name auf die Liste kommt. Und zweitens …« Selma sah beide verschwörerisch an. »Ich werde mich kurzerhand in Trude verwandeln. Ein Kopftuch und ein wenig Schmutz im Gesicht müssen genügen.«

»Das ist also dein magerer Plan?« Irma seufzte. »Deine Kaltschnäuzigkeit, was Trude anbelangt, erschreckt mich.«

»Manchmal ist das Hemd eben näher als der Rock«, erwiderte Selma nüchtern.

»Sobald sie den Schwindel erfährt, wird sie Alarm schlagen«, gab Efrem zu Bedenken.

»Sollte das tatsächlich ein Problem für Sie sein? Sie muss nur so lange in die Arrestzelle gesperrt werden, bis der Zug außer Reichweite ist. Anschließend kann sie so viel reden, wie sie möchte: Dann wird die kleine Gisela längst fort sein.« Selma warf ihm einen unmissverständlichen Blick zu. Es war alles gesagt. Ob es ein guter Plan war, wusste sie nicht, aber sie hatten nur den einen.

~

Irmas Arm erholte sich zusehends. Die Schwellung bildete sich zurück, und das Fieber fiel langsam aber stetig. Ihre Geduld hatte sich ausgezahlt. Auch ihre Geduld mit Efrem und der Glaube an seinen guten Kern. Sie hatte sich nicht in ihm getäuscht, als er sie und Irma damals von dem Schneefeld geholt hatte, auf dem sie mit großer Wahrscheinlichkeit erfroren wären.

Irma schlief sehr viel. Zwischenzeitlich hatte ein dürrer Mann in zerschlissenem Kittel eine zusätzliche einfache Matratze gebracht, auf der Selma schlafen konnte. Immer mit der Angst im Nacken, dass Jewa plötzlich im Türrahmen stehen konnte, schlief sie selbst nur sehr schlecht. Sie rechnete jederzeit mit dem Erscheinen der Kommandantin.

Am dritten Abend stand Selma wieder vor dem Fenster und beobachtete den Sternenhimmel, der sich ihr nach langer Zeit in voller Pracht präsentierte. Es dauerte nicht lange, und sie hatte die drei Sterne ausgemacht. Die Sehnsucht übermannte ihr Herz, und sie tat etwas, das sie schon lange nicht mehr getan hatte. Sie betete.

Nachdem die letzten Worte gesprochen waren, schlich sie an der schlafenden Irma vorbei hinaus auf den Gang. Irina saß in einem Nebenraum und kritzelte kyrillische Zeichen in eine Tabelle.

Es dauerte nicht lange, bis Selma ihr begreiflich machen konnte, was sie brauchte. Es war fraglich, ob sie überhaupt darauf eingehen würde, aber Selma wollte den Versuch wagen. Zu ihrer Überraschung glückte er. Die Schwester langte in eine Schublade und hielt ihr kurz darauf Papier und Stift hin.

Zurück im Zimmer musste sie sich zunächst sammeln, als sie vor dem leeren Papier saß. Die Stille half ihr dabei, sich auf das vor ihr Liegende zu konzentrieren, und die Sterne spendeten ihr die Zuversicht, die sie benötigte.

Ihre Hand zitterte beim Versuch, den Stift zu halten. Es kostete sie einiges an Kraft, ihn übers Papier zu bewegen. Sie starrte auf die ersten Worte und schluckte hörbar.

Mein liebster Johann …

Nach einigen Sekunden flog der Stift nur so über das Papier. Sie füllte es mit Worten, die lange Zeit in ihrem Kopf gereift waren. Sie las sie mehrfach, bevor sie das Papier faltete und zur Seite legte.

Erneut trat sie an das Fenster und blickte in die Nacht hinaus. Das Dunkel wurde in diesem Moment durch mehrere Scheinwerferstrahlen zerschnitten.

Sie reagierte instinktiv. Ihre wenigen Habseligkeiten landeten am Fußende von Irmas Bett, dann stürmte sie hinaus. Sie fand Irina noch immer im Nebenzimmer.

»Sie kommen!«, sagte sie auf Russisch.

Zu ihrem Erstaunen steckte in dem voluminösen Körper der Russin eine ungeahnte Beweglichkeit. Ihre Hand glitt zum Vorhang, und sie spähte aus dem Fenster. Es dauerte nicht lange, und sie stieß ein einzelnes Wort hervor. »Dawai!« Dann erhob sie sich von ihrem Stuhl und schob Selma hastig vor sich her.

In ihrem Zimmer löste Irina die Bremsen des Bettes und deutete zurück zur Tür. Selma hielt sie auf und Irina schob Irma nach draußen.

»Was ist los?« Irma erwachte und wollte vom Bett klettern, doch Irina bedeutete ihr sitzen zu bleiben.

»Jewa ist da«, sagte Selma. »Efrem hatte recht. Es war nur eine Frage der Zeit.«

Irina beeilte sich so sehr, als ginge es um ihr eigenes Leben. Efrems Anweisungen mussten nachhaltig gewesen sein. Sie folgten dem Gang bis zu einer Tür. Die Russin schloss sie mit ihrem großen Schlüsselbund auf und gab den Blick auf eine lange Rampe frei, die in die Tiefe führte. Zu ihrer Linken hing eine Öllampe, die Irina entzündete. Wortlos reichte sie sie Selma. Selma hatte keine Ahnung, wohin der Gang führte, aber ihnen blieb keine Wahl, als Irina zu vertrauen.

Am Ende der Rampe, die nur spärlich durch das tanzende Licht der Öllampe in Selmas Hand erleuchtet wurde, erwartete sie eine weitere Tür. Bevor Irina den entsprechenden Schlüssel in das Schlüsselloch schob, hielt sie sich demonstrativ ihren Unterarm vor Mund und Nase.

Selma und Irina warfen sich einen fragenden Blick zu. »Sei auf alles gefasst«, sagte Selma und folgte Irinas Wink. Irma tat es ihrer Schwester gleich.

Irina nickte zufrieden und schloss auf.

Das Erste, was Selma merkte, war, dass es hier deutlich kälter war. Das Zweite war der Gestank, der trotz ihrer Vorkehrung in ihre Nasen stieg. Selma hielt die Öllampe weiter in die Höhe, um mehr erkennen zu können.

Vor ihnen breitete sich ein quadratischer Raum mit niedriger Decke aus. In zwei Viererreihen standen Betten, auf denen Menschen lagen. Selma zuckte zurück, als sie blasse, nackte Fußpaare entdeckte, die unter schmutzigen Laken hervorlugten.

Irma musste sie auch entdeckt haben, denn sie war schneller von ihrem Bett runter, als man ihr zugetraut hätte. »Wo zum Teufel sind wir hier?«

»Ich vermute, in der Leichenkammer des Krankenhauses«, erklärte Selma und wagte es kaum, ihren Arm von der Nase zu nehmen.

»Was tun wir hier?«

»Uns verstecken.« Selma hielt die Lampe weiter hoch und entdeckte ein leeres Bett. »Leg dich hin.« Sie nickte in Irinas Richtung, um ihr zu signalisieren, dass sie verstanden hatten.

»Ich …«

»Schweig und tu es!«, unterbrach Selma ihre Schwester. »Die Toten beißen nicht.« Sie stellte die Lampe auf den Boden und entledigte sich ihrer Schuhe. Dann legte sie sich auf das leere Bett und zog das Laken über sich.

Irina machte ein zufriedenes Gesicht und schob Irmas Bett an eine freie Stelle. Irma wollte ein letztes Mal Widerstand leisten, doch Irinas unnachgiebige Hand presste sie rücklings auf das Bett. Den Zeigefinger vor die Lippen gepresst, packte Irina ihre Habseligkeiten und die Lampe. Dann zog sie die Tür hinter sich zu. Das Letzte, was sie hörte, war der Schlüssel, der im Schloss herumgedreht wurde. Dann herrschte für einen Moment Stille.

»Selma«, zischte Irma.

»Schweig! Für die nächste halbe Stunde bist du tot, verstanden?«

»Ich weiß nicht, ob ich den Geruch überstehe, geschweige denn die Gewissheit, dass wir von toten Menschen umgeben sind.«

»Du hast es bald geschafft«, flüsterte Selma in die Dunkelheit zurück. »Dann wird all dies hier wie ein schlechter Traum verblassen.«

Die nächsten bangen Minuten verstrichen, und Selma lauschte ihrem eigenen Atem. Der Geruch war wie eine faulige Hand, die ihr die Luft abschnürte, und sie betete, dass Irma still halten würde.

Irgendwann unterbrach ein Klappern die Stille. Selmas Nackenhaare stellten sich auf.

»Was war das?« Irmas panische Stimme drang an ihr Ohr.

»Sie kommen. Sei ganz still. Zieh das Laken über den Kopf.«

Ein Schlüssel wurde im Schloss gedreht, dann fiel ein Lichtschimmer in die Kammer. Russische Worte drangen an ihr Ohr, und sie erkannte sofort Jewas Stimme.

Schritte erklangen und verstummten unmittelbar neben ihrem Bett. Sie atmete so flach wie nur möglich, was ihr schwerfiel, da ihr Herz wild pochte und nach mehr Sauerstoff verlangte. Im Geiste betete sie unaufhörlich für Irma, die ebensolche Ängste und Nöte ausstehen musste.

Schon glaubte Selma, Jewa würde unter ihr Laken schauen, als die Schritte sich wieder entfernten. Kurz darauf wurde die Tür geschlossen, und sie lagen erneut in absoluter Stille. Allein mit den Toten.

Einige Zeit später wurde die Tür zum zweiten Mal geöffnet und ihr Laken gelüftet. Darauf vorbereitet, in Jewas Augen zu blicken, sah sie stattdessen Irinas Gesicht vor sich.

~

In den folgenden Nächten wurde aus einem Brief ein ganzer Stapel, den Selma in ihrem Koffer verstaute.

»Sicherlich wirst du mir nicht verraten, was drinsteht, oder?« Irma war aufgestanden und musterte die Briefe. Sie war deutlich kräftiger geworden. Die Vergiftung war aus ihrem Körper gewichen, und ihre Lungen erholten sich langsam. Obwohl Selma sicher war, dass sie ein Leben lang eine Erinnerung an das Schwarze Loch zurückbehalten würde.

»Nein, das werde ich nicht.« Selma grinste verschmitzt.

Irma zuckte die Schultern. »Wird es dir nicht langsam langweilig, immerzu das Kindermädchen für mich zu spielen?«

»Bald kann ich hoffentlich in Rente gehen.« Selma zwinkerte ihr zu.

»Glaubst du, dein Plan wird aufgehen? Wenn uns jemand erkennt oder …«

»Mach dir keine Sorgen. Efrem wird die Liste persönlich abhaken, und der Rest liegt in Gottes Hand.«

»Gibt es keine Möglichkeit für Marianne mitzukommen?«

»Sie wird mit dem nächsten Zug nachkommen. Oberste Priorität hat die kleine Gisela.«

»Warum tut Efrem das für uns?« Irmas Stirn zerfurchte sich.

»Das ist eine lange Geschichte, die ich dir erzähle, wenn wir im Zug sitzen.«

7

Gorlowka, Sowjetunion, heutige Ukraine
1948

Sergej, der Brigadier, war jung. Blutjung. Aber er besaß eine gewisse Ausstrahlung, die auf Trude anziehend wirken musste. Selma dachte nicht länger darüber nach. Sie fragte sich nur, wie lange sie mit dem Brigadier bereits das Bett teilte und wie sie es vor den anderen Frauen hatte verheimlichen können, aber vor Efrem nicht.

»Efrem schickt mich. Der Zug fährt in zwei Stunden ab.« Er sprach Russisch, aber Selma konnte ihn verstehen.

Irma sah misstrauisch zu ihrer Schwester. Sie sollten einem Mann trauen, den sie nicht kannten. Doch Selma redete sich ein, dass sie Efrem vertrauten, nicht Sergej.

»In Ordnung.« Selma nickte. Zu gerne wäre sie bei dem Gespräch zwischen den beiden Männern zugegen gewesen. Sie konnte ihm ansehen, dass er jung und aufstrebend war. Was ihn nicht davon abgehalten hatte, sich mit einer der Arbeiterinnen einzulassen. Er hatte sicherlich nichts dagegen, dass Trude noch etwas länger blieb. Was sie womöglich anders sehen mag, überlegte Selma.

Auf dem Weg nach draußen begegneten sie niemandem. Es war, als wären sie niemals in diesem Krankenhaus gewesen. Irina, bei der sie sich gerne bedankt hätte, war nirgendwo zu sehen.

Sergej war mit einem kleinen Lkw gekommen. Er deutete

auf die Ladefläche und wartete, bis Selma und Irma eingestiegen waren. Dann verschloss er die Abdeckung, und sie saßen im Dunkeln.

Der Motor wurde gestartet, und der Lkw setzte sich in Bewegung. Kurz darauf spürte Selma, wie Irmas Hand nach ihr tastete. »Ich habe Angst. Mehr noch als in der Leichenkammer.«

»Ich auch. Seit dem Moment, als Johann an die Front gezogen ist. Manchmal glaube ich, alles fing mit dem Kleid an.«

Irma lachte leise auf. »Das Kleid. Du sahst schön darin aus.«

Selma drückte Irmas Hand. »Bald sind wir wieder daheim. Dann erholst du dich, und wir nähen ein neues Kleid.«

»Wenn wir erst im Zug sitzen, werde ich jeden Meter genießen, den wir zwischen uns und das Schwarze Loch bringen.«

»Mama und Papa müssen vor Sorge vergangen sein. Für sie tut es mir am meisten leid.«

»Umso größer wird die Wiedersehensfreude sein.«

Selma nickte stumm.

Nach einer Weile stießen sie mit dem Kopf an die Rückwand, als der Lkw anhielt. Eng aneinander geschmiegt saßen sie in der Dunkelheit und warteten, wer die Plane öffnen würde. Selma schwitzte vor Aufregung. Sie fühlte sich an jene Nacht in Burgthal zurückerinnert, als ihr Vater nach draußen gelaufen war und sie im Dunkeln des Zimmers auf seine Rückkehr gewartet hatten.

Die Plane wurde zurückgeschlagen, und Sergej erschien. »Dawai! Los, kommt.«

Selma griff sich ihren Koffer. Das Licht blendete, und sie benötigte einige Sekunden, um sich zu orientieren. Der Lkw stand unmittelbar hinter dem Bahndamm. Vor Blicken vom Bahnhof aus sorgsam verborgen. Fürs Erste atmete Selma auf und warf Irma einen aufmunternden Blick zu.

Der Frühling zeigte sich bereits an den ersten Bäumen, trotzdem war es noch kalt, und Selma schlug ihren Mantel enger um den Körper.

»Dort drüben.« Sergej deutete zu einem niedrigen Gebäude. Er ging voraus und öffnete die Tür. Zu Selmas großer Erleichterung wartete darin Veniamin mit der kleinen Gisela auf dem Arm.

»Efrem hat dafür gesorgt.« Mit diesen Worten überreichte ihnen Sergej jeweils ein Kopftuch und ein Stück Kohle.

Selma drückte Veniamins Arm, der sie unsicher musterte. Er wirkte reichlich unbeholfen mit der schlafenden Gisela auf dem Arm. Dann machte sie sich daran, das Kopftuch überzuziehen und das Gesicht zu schwärzen. Irma tat es ihr gleich. Anschließend nahm Irma dem Jungen das Baby ab.

Selma nickte als Bestätigung, dass sie bereit waren, in Sergejs Richtung.

Sie verließen den Schuppen und traten nach draußen. Selma besah sich die frischgebackene Familie und war endgültig überzeugt, dass ihr gewagter Plan aufgehen würde.

»Ihr dort entlang, du hier entlang.« Sergej deutete in zwei verschiedene Richtungen.

Selma küsste zunächst die kleine Gisela auf die Stirn, dann Irma auf die Wange. »Wir sehen uns am nächsten Bahnhof. Wenn wir erst aus dem Loch raus sind, sehen wir weiter.«

»Ich habe immer noch Angst.« Irma machte ein trauriges Gesicht unter dem Kopftuch.

»Gisela wird auf dich aufpassen. Und jetzt geht! Mischt euch unter die anderen Familien. Efrem wird euch passieren lassen. Es wird alles gut!«

Selma sah ihnen noch einen Moment nach, dann folgte sie Sergej in die andere Richtung.

Der schwierige Teil stand ihr noch bevor. Sie musste es irgendwie bewerkstelligen, sich unbemerkt in die wartende Schlange der Arbeiter einzureihen, ohne für Aufsehen zu sorgen. Die pochenden Bauchschmerzen setzten erst ein, als sie die lange Reihe der Arbeiter sah, die sich auf der anderen Seite des Bahndamms langsam in Richtung des wartenden Zuges bewegte.

Sergej war jedoch brauchbarer, als sie angenommen hatte. Er hatte zunächst geduldig mit Selma hinter einem Baum gewartet und behielt das Geschehen im Auge. Zwei Brigadiere waren jeweils am Ende und am Anfang der Schlange postiert worden. Von ihrer Position aus konnte Selma weder die russischen Familien sehen, die in anderen Waggons untergebracht wurden, noch Efrem. Aber sie sah, dass es kaum eine Möglichkeit gab, von der Seite dazuzustoßen, ohne dass sie auffiel.

Sergej drehte sich zu ihr herum. »Du wartest hier«, sagte er auf Russisch. »Ich sorge für Ablenkung.« Sie verstand das letzte Wort nicht, aber übersetzte es im Kontext.

»Einverstanden.«

»Eine gute Heimfahrt.« Er schenkte ihr ein Lächeln, dann lief er los.

Verborgen hinter der Säule beobachtete sie, wie die Schlange aus Arbeitern langsam kleiner wurde. Die Brigadiere waren nach wie vor aufmerksam. Mit jeder Sekunde, die verstrich, wurde Selma unruhiger. Wo blieb Sergej nur? Hatte er sich verkalkuliert?

Ein lautes Hupen ließ sie zusammenzucken. Ein Lkw fuhr direkt auf die Schlange zu und blieb unmittelbar davor stehen. Es war Sergej. Die Sichtline zu den hinteren Brigadieren war vollkommen verdeckt, und die vorderen ließen sich für einige Sekunden von Sergejs Manöver ablenken.

Selma schluckte, griff den Koffer fester und rannte los.

~

Das Herz schlug ihr bis zum Hals, und sie sah einzig bunte Farbkleckse um sich herum. Sie erreichte die Schlange aus Arbeitern keine Sekunde zu früh. Die beiden Brigadiere vorn gestikulierten aufgeregt mit den Armen und bedeuteten Sergej, augenblicklich zurückzusetzen. Derweil kamen die beiden hinteren Bewacher nach vorne gelaufen.

Selma spürte den Ellbogen des einen, als er sie streifte. Sie hatte sich zwischen zwei Frauen gedrängt, die sie verwundert musterten. »Wo kommst du denn her?«

»Ich musste pinkeln. Auf einen Eimer im Zug kann ich verzichten.« Sie versuchte sich an einem Lächeln.

Als die Frau mit dem schmalen Gesicht es erwiderte, fiel ihr ein Stein vom Herzen.

Sergej fuhr rückwärts, wendete, und dann verschwand der Lkw hinter dem Bahndamm. Die Bewacher kehrten auf ihre Posten zurück. Die Schlange bewegte sich weiter vorwärts, und Selma war nun ein Teil von ihr.

»Bis du nicht …?« Die Frau neben ihr machte ein nachdenkliches Gesicht.

»Trude, aus Baracke 3.«

»Trude aus Baracke 3? Mmh, dann muss ich dich wohl verwechseln.«

»Scheint so.« Selma sah nach vorne und hoffte, dass die Frau fortan schwieg.

Sie bewegten sich langsam über einen Schotterweg auf den Bahnsteig zu. Und da erkannte sie eine weitere Gruppe von Menschen, die sich weiter hinten gesammelt hatte. Die Familien, für die die beiden letzten Waggons reserviert waren. Noch konnte sie Irma und Veniamin nirgendwo entdecken. Was aber auch kein Wunder war, denn aus der Ferne waren die Familien eine einzige Menschenmasse, aus der vereinzelt bunte Kopftücher herausstachen.

Instinktiv rückte Selma ihr eigenes Tuch zurecht und schob es tiefer in die Stirn. Die meiste Zeit über hielt sie den Kopf gesenkt und sah nur ab und an auf, um nach Efrem Ausschau zu halten.

Und dann sah sie ihn. Wie erhofft stand er auf dem Bahnsteig, umringt von drei weiteren Männern, damit beschäftigt, Namen auf einer Liste abzuhaken oder die Ausweise der Einheimischen zu kontrollieren. Unwillkürlich hielt Selma Ausschau nach Jewa, aber sie konnte sie nirgendwo entdecken. Sollte sie Efrem das Ruder komplett überlassen haben? War es tatsächlich so einfach? Selma konnte ihr Glück nicht fassen.

Stück für Stück schob sie sich der Freiheit entgegen, und das Einzige, was Wehmut in ihrem Herzen weckte, war der Gedanke, nicht noch einmal Giselas Grab besucht zu haben.

Die meisten Arbeiterinnen um sie herum schwiegen, nur wenige wechselten ein paar Worte. Ihnen waren die Strapazen der vergangen Jahre deutlich anzusehen, und Raum für

Freude oder Erleichterung fand noch keinen Platz in ihren Herzen.

Es ging nur langsam voran. Selma sah noch einmal zu den Familien hinüber, und sie war erleichtert, als sie meinte, Irma entdeckt zu haben. Sie war soeben im Begriff, in den Zug zu steigen. Selma atmete auf. All ihre Mühen hatten sich also gelohnt. Irma war wohlbehalten im Zug. Entgegen allen Widrigkeiten. Ihre geliebte Schwester, die niemals in die Ferne gedurft hätte und trotzdem so tapfer durchgehalten hatte.

Selma konzentrierte sich wieder auf das Geschehen unmittelbar vor sich. Acht Frauen waren noch vor ihr in der Schlange. Noch hatte sie keinen Blickkontakt zu Efrem aufgenommen, und sie fragte sich, ob er sie in ihrem Aufzug sogleich erkennen würde. Das würde er spätestens, wenn sie ihren Namen nannte. Denn es gab nur eine Trude Hermann auf der Liste.

Zwei weitere Arbeiterinnen passierten gerade Efrem, als Selma zwei Gestalten aus dem Augenwinkel wahrnahm. Es lief ihr wie glühende Lava den Rücken hinunter, als sie Jurij Melnikow und Jewa Bolschakow erkannte.

Mit lauter Stimme rief er einen Befehl auf Russisch über den Bahnhof. Sofort hielt alles inne. Selma duckte sich hinter den ohnehin schmächtigen Schultern ihrer Vorgängerin. Atemlos musste sie mit ansehen, wie Melnikow und die Kommandantin bis zum Waggon der Familien gingen und allesamt wieder aussteigen ließen.

Selma hörte Melnikow unverständliche Worte sprechen. Jedes Wort trieb ihr ein Messer in ihre Eingeweide. Sie hätte nicht hinsehen müssen, um zu wissen, dass er Irma, Gisela und Veniamin entdeckt hatte.

Mit angstverzerrtem Gesicht löste sich der Junge zuerst aus der Menge. Irma war neben ihm, die kleine Gisela schützend in ihrer Armbeuge.

Für Augenblicke herrschte Totenstille auf dem Bahnsteig, die erst endete, als Melnikow sich das Baby griff und es losbrüllte.

Selma biss sich auf die Lippe. Sie ballte die Fäuste. Sie musste irgendetwas tun.

»Nein!« Sie stürmte vorwärts. Sofort wandten sich alle Blicke in ihre Richtung.

»Selma Benning.« Melnikows Stimme bohrte sich wie eine Speerspitze in ihren Kopf. Ihre Gedanken und Gefühle wirbelten durcheinander. In ihren Ohren rauschte es. Wie von einem naheliegenden Ozean. Sie hatte immer zum Meer gewollt, das Wasser spüren, wie es ihre Füße umspülte. Sie war nie dagewesen und würde es wohl auch nicht nachholen können.

Ihre Beine gaben nach, und sie sackte auf dem Bahnsteig in sich zusammen. Der Koffer rutschte über den Boden. Kurz darauf wurde ihr Kinn nach oben geschoben. Seine Augen fixierten sie.

Melnikow grinste. »Eines haben wir Melnikows gemeinsam. Den Anblick einer schönen Frau vergessen wir nicht wieder.« Die kleine Gisela schrie noch immer auf seinem Arm.

Selma wurde schwindelig. Melnikows Gesicht verschwamm vor ihren Augen. Jemand stützte sie und half ihr auf. Es dauerte, bis sie merkte, dass es Irma war.

»Du hättest nicht versuchen sollen, mir meine kleine Enkelin vorzuenthalten.« Melnikows Stimme klang weit entfernt.

»Was Sie tun, ist falsch«, krächzte sie. »Der Säugling gehört nicht hierher. Lassen Sie meine Schwester und das Kind gehen. Ich bleibe stattdessen und arbeite doppelt so hart.« Ihre Stimme war nun flehentlich.

»Schweig, Weib!«, herrschte Melnikow sie an.

»Lass sie gehen!« Eine wohlbekannte Stimme erklang hinter Melnikow. Selma blickte auf und erkannte Stanis.

»Sie gehen lassen?« Melnikow machte eine konsternierte Miene. Offenbar war er keinen Widerspruch gewohnt. Am allerwenigsten von seinem eigenen Sohn.

»Ja, lass sie gehen, Vater.«

»Bist du vollkommen übergeschnappt?« Melnikows Stimme war wie ein Donnergrollen.

»Die Schwestern und den Jungen«, sagte Stanis. »Du willst doch nur das Kind und die Mutter.«

Selma sah zu ihm auf. Er wollte ihr also tatsächlich helfen.

»Nein, sie bleibt.« Melnikows Blick durchbohrte Selma. »Sie wird arbeiten, bis ihr Rücken krumm und die Hände blutig sind.«

Irma klammerte sich angstvoll an Selma. Ihre Lippen formten Worte. Tränen rannen ihre Wangen hinab.

»Vater …«, sagte Stanis.

»Ich habe hier den Befehl«, donnerte Melnikow. »Sie bleibt. Das ist mein letztes Wort.«

»Geh jetzt mit Veniamin.« Selma hatte sich zu Irma gebeugt, als sie ihr die Worte ins Ohr raunte.

»Aber …«, setzte Irma an.

»Du musst! Ich habe für deine Heimfahrt gekämpft. Hörst du?« Selma drückte Irmas Arm so fest, dass ihre Schwester aufstöhnte. »Ich werde nachkommen. Versprochen.«

Irma nickte mit tränenüberströmtem Gesicht.

»Leb wohl, Irma.« Selma küsste ihre Schwester auf die Stirn.

Efrem war unvermittelt zur Stelle und ergriff Irmas Arm. »Komm, in den Zug mit dir.«

Er hatte Selmas Blick richtig gedeutet. Jede Sekunde des Zögerns konnte Melnikows Entscheidung nichtig machen. Er sorgte dafür, dass ihre Schwester in den Zug gelangte, und dafür war ihm Selma unendlich dankbar.

Ein letzter Blick. Dann verschwanden Irma und Veniamin aus ihrem Sichtfeld. Selmas Schwester würde endlich in die Heimat zurückkehren. Wenn auch für einen hohen Preis. Einen Preis, den Selma und Marianne zahlen würden.

»Weitermachen. Dawai! Alle einsteigen.« Melnikow rief auf Russisch. So laut, dass die kleine Gisela vor Schreck erneut anfing zu schreien.

Man konnte sie noch hören, als zwei Soldaten Selma zu einem der wartenden Armeelaster begleiteten, der zurück zum Lager 1009 fuhr.

8

Gorlowka, Sowjetunion, heutige Ukraine
1948

Jewa begleitete Selma persönlich in die Baracke. Auf dem Weg vom Bahnhof zum Lager war ihr die Erkenntnis über den Verrat sehr schnell gekommen: Sergej hatte sich hinreißen lassen, Trude gegenüber zu plaudern. Diese Erkenntnis war bitter, weil Selma viel früher daran hätte denken müssen.

Die Vielzahl der Augenpaare, die sie mit einer Mischung aus Abneigung und Neugierde musterten, erschreckten Selma. Sie hatte sich auf dem Weg vom Bahnhof keine Gedanken über ihren neuen Status im Lager gemacht. Spätestens in dem Moment, als sie sich niedergeschlagen auf ihre Pritsche legte, kannte sie diesen.

»Was tust du noch hier?« Eine der Frauen stand neben der Pritsche. Es handelte sich um Hertha, die im Sommer bisweilen mit ihnen unter den Bäumen gesessen hatte. Anscheinend hatte sie sich zur neuen Sprecherin der Verbliebenen erhoben und wollte gleich für klare Verhältnisse sorgen.

»Wie meinst du das?« Selma lag zusammengerollt da. Ihr war nicht nach Konversation.

»Wir alle wissen, was geschehen ist. Du und deine Schwester, ihr wart mit Efrem fort. Er wollte euch hier rausbringen.«

Selma sah zu Hertha auf. Eine kleine, unscheinbare Person mit schmalen Lippen und einer viel zu großen Nase. Sie hatten bisher nur ein paar Worte miteinander gewechselt. »Du weißt gar nichts.«

»Ich weiß genug. Du solltest dich was schämen. Mit dem Brigadier anbandeln und eine von uns verraten.« Sie trat näher. »Nein, vielmehr hast du uns alle verraten.«

»Du sprichst von Trude? Du weißt gar nicht, was du da redest.« Selma wurde wütend. »Es ging nur um Irma. Sie ist krank. Efrem hat uns aus reiner Menschlichkeit geholfen.« Selma funkelte sie an, obwohl ihr nach Heulen zumute war.

»So nennst du es also?« Hertha schnaubte verächtlich. »Und was ist mit Trude? Du wolltest ihren Platz im Zug einnehmen.«

»Sie hatte niemals einen Platz im Zug«, erwiderte Selma.

»Sie stand drauf, und ihr habt sie darum betrogen. Du und Efrem.«

»Wo ist Trude jetzt?« Es kam Selma nicht in den Sinn, Hertha weiter aufzuklären.

»Trude? Sie ging gestern mit der Kommandantin.«

»Wohin?«

»Das weiß der liebe Himmel. Aber wenn ihr etwas zustößt, ist es deine Schuld. Du solltest an ihrer Stelle sein.«

»Stell Trude nicht als Heilige dar. Es war ihr Verdienst, dass Mariannes kleine Tochter nicht im Zug ist.«

Selma rollte sich von ihrer Pritsche und trat vor das Fenster. Sie würdigte Hertha dabei keines Blickes mehr. »Habt ihr Efrem gesehen?«, fragte sie und erwartete keine Antwort.

»Efrem?« Hertha warf den anderen Frauen in der Baracke einen Blick zu. »Er und Sergej werden bestraft.« Sie sagte es mit Genugtuung in der Stimme.

»Bestraft?«

»Sie haben sich gegen die Kommandantin aufgelehnt.« Hertha zuckte die Schultern.

»Und welche Strafe erwartet sie?«

Wieder sah Hertha zu den anderen, die ihrem Gespräch lauschten, als müsste sie sich deren Rückendeckung holen. »Dreißig Hiebe mit der Gerte.«

»Dreißig Hiebe?« Selma schluckte und wandte sich wieder vom Fenster ab.

»Die Wahrscheinlichkeit, dass sie es nicht überleben, ist hoch.« Herthas Mitleid hielt sich in Grenzen. »Die Russen scheinen nicht nur uns gegenüber hart zu sein.«

»Wo ist Efrem jetzt?«, wollte Selma wissen.

»Ich nehme an, die Kommandantin hat ihn seines Amtes entbunden.«

Selma wollte gerade an Hertha vorbei nach draußen laufen, als ihre Aufmerksamkeit von dem Geschehen vor dem Fenster eingenommen wurde.

Sie konnte beobachten, wie Marianne von zwei Soldaten zu einem Fahrzeug begleitet wurde. Als wüsste sie, dass Selma am Fenster stand, drehte sie sich noch einmal zu den Baracken um, bevor ein glatzköpfiger Mann mit abstehenden Ohren ihr bedeutete, auf der Rückbank Platz zu nehmen.

Selma blieb am Fenster stehen, bis der Wagen durch das Tor verschwunden war. Erst dann ließ sie sich seufzend auf ihr Bett sinken und starrte auf Irmas leere Matratze. »Das war allein Trudes Werk«, sagte sie in Herthas Richtung, die Mariannes Abtransport ebenso wie die anderen Frauen beobachtet hatte.

»Nein, all dies liegt in deiner Verantwortung, weil du

dachtest, etwas Besseres zu sein.« Hertha machte ein grimmiges Gesicht, bevor sie sich den anderen Frauen zuwandte. Sie begannen zu tuscheln und warfen Selma dabei immer wieder böse Blicke zu.

Selma meinte, kaum noch Luft zu bekommen. Sie lief hinaus vor die Baracke. Dreißig Hiebe mit der Rute. Sie hatte keine Ahnung, was dies mit einem Menschen anstellen würde. Aber die bloße Vorstellung jagte ihr einen Schauder über den Rücken. Vielleicht hatte Hertha recht gehabt. Um Irma und die kleine Gisela zu retten, hatte sie in Kauf genommen, dass nun drei andere Menschen leiden würden. Was sie selbst erwarten würde, darüber hatte sie noch gar nicht nachgedacht. Jurij würde ihr den Versuch, seine Enkeltochter aus dem Land zu schaffen, nicht durchgehen lassen.

Sie fand Efrem weder vor der Offiziersbaracke, noch konnte ihr einer der Brigadiere Auskunft geben. Auch in der Küche oder bei den Latrinen war er nicht. Es musste so sein, wie Hertha es gesagt hatte: Jewa hatte ihn bereits aus dem Verkehr gezogen.

Hilflos kroch sie zurück in die Baracke. Hertha und die anderen nahmen keine Notiz mehr von ihr, was sie begrüßte. Niedergeschlagen legte sie sich auf ihre Pritsche. Für den Tag der Abreise war ein arbeitsfreier Tag ausgerufen worden, den die meisten nutzten, um zu schlafen. Selma lag im Halbschlaf auf ihrer Pritsche. Sie sah zum Fenster hinauf. Anhand des Schattens, der über das schmale Fensterbrett wanderte, konnte sie abschätzen, wie die Zeit verrann. Zentimeter um Zentimeter, bis die Sorgen und Nöte der letzten Tage ihren Tribut zollten und ihre Augenlider schwer wurden.

Sie träumte von der Heimfahrt. Sie saß in einem endlos langen Zug und hörte das Rattern der Schienen und das Rauschen des Windes von draußen. Es herrschte die gleiche Enge wie auf der Hinfahrt. Doch irgendetwas war diesmal anders. Die Menschen um sie herum waren gesichtslos. Immer wenn sie genauer hinsah, verschwammen die Gesichter vor ihren Augen und wurden zu einem hellen Fleck in der Dunkelheit. Keine Stimmen erklangen. Nicht eine menschliche Regung war auszumachen. Panik breitete sich in Selma aus, und sie spürte, wie ihre Kehle langsam aber sicher zugeschnürt wurde. Die gesichtslosen Gestalten saßen weiterhin reglos da.

~

Als sie aufwachte, umgab sie das Halbdunkel der Nacht. Sie war verschwitzt und zitterte, weil sie ohne Decke dagelegen hatte. Ihr erster Gedanke galt Irma, die jetzt irgendwo im Zug saß, in Richtung Westen, gen Heimat. Dann dachte sie an Efrem.

Ihr Rücken begann zu schmerzen, weil sie den ganzen Tag und die halbe Nacht auf der harten Pritsche gelegen hatte. Sie beschloss, sich ein wenig die Beine zu vertreten.

Draußen vor der Baracke brannte ein einzelnes Licht, dessen Schimmer bis in das Innere fiel. Selma sah die Leiber der schlafenden Frauen. Viele Pritschen waren inzwischen leer.

Bevor das Gefühl von Wehmut sie überkommen konnte, schlüpfte sie in ihre Schuhe und griff sich ihre Strickjacke. Sie musste ihren Kopf frei bekommen, der voller düsterer und trauriger Gedanken war.

Die kalte Luft kühlte ihre erhitzten Wangen. Sie sah hinauf zum Himmel. Vereinzelte Wolken spielten mit dem Halbmond Versteck. Auf den Wachtürmen sah sie die Schatten der Soldaten. In der Ferne vernahm sie den Schrei eines Kauzes. Es war eine ruhige Nacht. Selma genoss die Stille.

Bis sie ein Geräusch hellhörig werden ließ. Zunächst war es nur ein leises Zischen. Dann wurde es lauter. Dazwischen meinte sie ein leises Stöhnen zu hören. Selma wandte sich nach links, in Richtung der Garagen, in denen die Laster und Jeeps untergebracht waren.

Niemand war auf dem Gelände auszumachen, und sie erwartete schon, von einem der Wachleute auf den Türmen angerufen zu werden, aber sie huschte wie ein Geist durch die Dunkelheit. Lautlos und unsichtbar. Ihre Neugierde war geweckt.

Schließlich gelangte sie zur Rückseite der Garage. Ein kleines Oberlicht spendete etwas Helligkeit. Sie kletterte auf zwei Altreifen, die übereinandergestapelt waren, und spähte vorsichtig ins Innere.

Ihre Mundhöhle wurde schlagartig trocken, als sie Einzelheiten erkannte.

Efrem stand mit entblößtem Oberkörper da. Seine Arme waren mit einem Strick an einen Dachbalken gebunden. Er hatte Mühe, mit den Fußspitzen auf den Boden zu kommen. Links und rechts von ihm standen zwei Soldaten. In seinem Rücken erkannte Selma die Kommandantin. Ihre Miene war ausdruckslos, als sie einen langen dünnen Rohrstock schwang und auf Efrems ungeschützten Oberkörper niederfahren ließ.

Die Strafe wurde still und leise vollzogen. Instinktiv hielt sie Ausschau nach Sergej, konnte ihn jedoch nirgendwo entdecken. Sie zuckte zusammen, als das zischende Geräusch zu vernehmen war, mit dem der dünne Stock durch die Luft sauste, um anschließend in einem weiteren hässlichen Geräusch zu münden, als er auf Efrems Haut niederfuhr.

Die Augen des Brigadiers waren halb geschlossen, aber sie sah, wie sich der Schmerz tief in sein Gesicht gegraben hatte. Bei jedem Hieb fuhr ein Schauder durch seinen sehnigen Körper. Doch seine Lippen blieben verschlossen, und nur gelegentlich drang ein langgezogenes Stöhnen hervor.

Selma zählte bereits acht Hiebe, die Jewa Bolschakow ausgeführt hatte. Ihre Augenlider zuckten, wenn die Gerte traf. Schweißperlen standen auf ihrer hohen Stirn. Breitbeinig stand sie da.

Selma musste an Herthas Worte denken. Dreißig Hiebe. Dreißig Hiebe, die nicht selten zum Tod führten. Sie dachte fieberhaft nach, aber es gab nichts, was sie für Efrem hätte tun können. Sie sah nur einen Teil seines Rückens, über den sich langgezogene Striemen zogen. Die Haut war geschwollen und an machen Stellen aufgeplatzt.

Bei jedem Hieb zuckte sie zusammen. Sollte sie nun Zeugin von Efrems Tod werden? Ohne noch einmal mit ihm gesprochen zu haben? Er hatte alles riskiert, um ihr, einer Deutschen, zu helfen. Was sollte aus seinen Söhnen werden, wenn sie nun auch noch ihren Vater verlieren würden? Selma kämpfte gegen die Tränen an, aber sie verlor den Kampf.

Nach dem dreiundzwanzigsten Hieb gaben Efrems Beine nach, und sein Gewicht wurde nur noch von seinen Armen gehalten. Benommen hing er am Seil. Seine Augen waren inzwischen geschlossen.

Jewa stand schwer atmend hinter ihm und ließ den Stock langsam sinken. Sie betrachtete ihr Werk und zog dabei die Stirn in Falten. Selma hätte nicht sagen können, ob sie über ihr eigenes Tun erschrocken war oder ob es Erstaunen war, was ihre Hiebe angerichtet hatten.

Aber es war noch nicht zu Ende. Plötzlich erhob Jewa erneut ihren Arm und schlug ein weiteres Mal auf den bereits leblosen Efrem ein.

»Nein!«, schrie Selma da und sprang von den Reifen herunter. Sie lief um den Schuppen herum und riss die Tür auf. »Aufhören. Bitte! Aufhören.«

Jewa fuhr herum. Ihre Augen spuckten Feuer. Sofort stürmten die beiden Soldaten auf Selma zu und packten sie. Sie machte sich so schwer wie möglich, und sie mussten sie über den staubigen Boden ziehen. Das Letzte, was sie sah, bevor man sie wieder nach draußen schaffte, war Efrems blutiger Oberkörper. Es schien kein Streifen unversehrter Haut mehr übrig zu sein. Die Gewissheit, dass dies kein Mensch überleben konnte, fraß sich den Weg in ihr Gehirn, und sie begann zu schreien und zu strampeln, bis etwas Hartes ihren Hinterkopf traf und die Welt um sie herum in Dunkelheit versank.

~

Sie erwachte mit fürchterlichen Kopfschmerzen. Blinzelnd öffnete sie die Augen und blickte sich um. Sie lag auf ihrer Pritsche in der Baracke, aber sie war allein. Keine der anderen Frauen war zugegen. Vor den Fenstern war es hell. Sie musste für einige Stunden bewusstlos gewesen sein. Vorsichtig setzte sie sich auf und befühlte die Beule an ihrem

Hinterkopf. Ihr erster Gedanke war Efrem. Der Anblick seines blutigen Oberkörpers. Und die Gewissheit, dass dies ihre Schuld war.

Schwankend kam sie auf die Beine und stellte sich vor das Fenster. Draußen war niemand zu sehen. Für Sekunden war sie versucht, zu denken, dass man sie allein zurückgelassen hatte und das Lager über Nacht geleert worden war. Aber dann sah sie Jewa, in ihrem Rücken ein glatzköpfiger Mann. Der Mann, der Marianne abgeholt hatte.

Selma erschrak und wich von dem Fenster zurück. Wenige Augenblicke später erschien die Kommandantin im Türrahmen. Sie musterte Selma wortlos, trat zur Seite und ließ den Glatzköpfigen vorbei.

Selma stieß einen spitzen Schrei aus, als er sie am Arm packte und mit sich zog. »Was haben Sie vor?«

»Mitkommen«, sagte der Mann auf Russisch und zog weiter.

Selma wollte Widerstand leisten, aber dann sah sie ein, wie zwecklos das war, und fügte sich. Zunächst.

Der Glatzkopf zog sie wie einen Esel hinter sich her. Über den verlassenen Hof des Lagers 1009. Es fröstelte Selma. Sie hatte Angst, doch gleichzeitig war sie innerlich ruhig, weil Irma im Zug saß und sie sich nicht mehr um sie sorgen musste. Der Gedanke spendete ihr Kraft.

Der Glatzkopf brachte sie zu einem Wagen, der im Schatten der Wachtürme parkte. Es war ein schwarzer Moskwitsch. Hoch gebaut mit langer Motorhaube und dicken Reifen. Er bedeutete ihr, auf der Rückbank Platz zu nehmen.

Sie musste an Mariannes Abholung denken und blickte sich instinktiv noch einmal um. Niemand sah ihr nach.

Noch immer war das Lager wie ausgestorben. Mechanisch stieg sie ein, und die Tür wurde hinter ihr geschlossen. Die anfängliche Stille wurde nur durch das Knirschen des Fahrersitzes gestört, auf dem der Glatzkopf Platz nahm. Auf seinem Nacken waren die Reste einer schlecht entfernten Tätowierung zu erkennen, und seine Ohren standen weit ab. Selma begegnete seinem desinteressierten Blick im Rückspiegel. Er startete den Motor und fuhr los.

Sie sah zum Fenster hinaus. Während der gesamten Fahrt, die sie über die Außenbezirke von Gorlowka tiefer in den Kern der Stadt brachte, brummte der schwere Motor wie ein Ungetüm und ließ ihren Körper vibrieren. Die meisten Häuser sahen ärmlich aus. Nur selten kamen ihnen auf den schmalen Straßen andere Autos entgegen. Zumeist waren es Pferdekarren. Oft mussten ihnen Menschen durch einen beherzten Sprung in einen Hauseingang ausweichen.

Die Straße, auf der sie fuhren, schlängelte sich stetig aufwärts. Bewegungslos saß sie auf der Rückbank und beobachtete die Menschen, die ihrem Tagewerk nachgingen. Sie fühlte sich in diesem Moment unendlich weit weg vom Leben.

Erst als der Wagen vor einem großen Gebäude hielt, erwachte sie aus ihrer Trance. Der Glatzkopf stieg aus und öffnete ihr die Wagentür. Sie saß da und blickte auf den mit grauem Schotter ausgelegten Weg, der zum Haus führte. Der Glatzkopf stand geduldig neben dem Wagen und wartete. Sie wollte sich bewegen, aber ihre Beine waren gefühllos, und sie meinte, mit der Sitzbank verschmolzen zu sein.

Noch einmal sah sie zu ihrem Fahrer auf. Sein Schädel war kantig. Er trug eine zerschlissene Armeeuniform, die an den Ärmeln deutlich zu kurz war. Er schien keine Eile zu haben und ließ ihr die Zeit, die sie brauchte. Schließlich stützte Selma sich auf der Rückbank ab und bewegte ihren müden Körper. Als sie aus dem Wagen stieg, machte sie die frische Luft für Sekunden schwindelig. Sie stützte sich an der Tür ab und sah zum Haus hinüber.

Es handelte sich um ein zweistöckiges Gebäude. Eingesäumt von einem weitläufigen Garten, der wiederum durch eine mannshohe Hecke begrenzt wurde. Alles wirkte sorgsam gepflegt. Helle Vorhänge hingen vor den hohen Fenstern. Der beige Anstrich des Hauses war frisch erneuert worden. Zu ihrer Rechten konnte sie auf einen Teil von Gorlowka hinabblicken. Das Anwesen thronte wie ein König über der Stadt. Die Häuser der Menschen in Gorlowka wirkten dagegen wie ein bettelarmes Gefolge.

Die Tür des Wagens fiel hinter ihr ins Schloss, und sie zuckte zusammen.

Ihr Fahrer fasste ihren Arm und ging auf den Eingang des Hauses zu. Hinter einem der Fenster meinte sie einen Schatten zu sehen, aber sie mochte sich irren.

Selma wusste längst, wohin man sie gebracht hatte, und fragte sich, was man auf dem Anwesen der Melnikows von ihr wollte. Sie hoffte, dass Stanis etwas damit zu tun hätte.

Der Glatzkopf schloss die breite Tür auf und führte sie über einen weitläufigen Hausflur mit langen Läufern und mannhohen Gemälden zu einer marmornen Treppe. Mit weichen Knien folgte sie ihm. Oben wartete ein breiter Flur auf sie.

Das Anwesen war von innen noch größer, als es von außen gewirkt hatte, denn sie bogen mehrere Male rechts und links ab, stiegen über eine weitere Treppe eine Etage höher und blieben dann vor einer Tür stehen. Der Glatzkopf klopfte an. Eine Stimme ertönte aus dem Inneren. Er öffnete und bedeutete ihr mit einem stummen Kopfnicken einzutreten. Selma schluckte und trat neben ihn.

Vor ihr erstreckte sich ein großer Raum mit hohen Bücherregalen. In der Mitte thronte ein großer Schreibtisch. Dahinter stand ein lederner Sessel. Darin saß Jurij Melnikow.

»Willkommen in meinem bescheidenen Heim, Selma Benning. Nehmen Sie doch bitte Platz.«

~

Der Sessel, auf den Selma sich setzte, fühlte sich warm und weich an. Das Polster schmiegte sich an ihre Wirbelsäule. Sie fragte sich, wann sie das letzte Mal so bequem gesessen hatte, und entspannte sich unwillkürlich ein wenig.

Der Schreibtisch war bis auf eine Schreibmaschine, eine kleine Lampe und einen Stifthalter leer. Auf den ersten Blick hätte Selma schwören können, dass keines der Dinge in der letzten Zeit angerührt worden war.

»Ich nehme an, Igor war nicht sonderlich gesprächig?« Melnikow schien diese Frage zu amüsieren.

»Weiß Stanis, dass ich hier bin?« Selma wollte gleich zum Angriff übergehen.

»Nein, Stanis ist nicht in Gorlowka. Er kommt morgen wieder.«

»Auf wessen Befehl wurde Efrem bestraft?«

»Efrem? Ich bin enttäuscht von diesem Mann. Sehr sogar. Aber seine Bestrafung habe ich der Kommandantin überlassen. Ihr obliegt die Führung des Lagers.«

»Sie hat ihn zu Tode geprügelt.«

»Nein, soweit ich weiß, lebt er noch«, entgegnete Jurij gelassen. »Was ein Wunder ist, denn allein die Schmerzen sollten genügen, um ihn zu töten.«

»Und das alles nur, weil er meiner kranken Schwester helfen wollte?«

»Nein, weil er sich Befehlen und Regeln widersetzt hat. Ganz abgesehen davon, dass er helfen wollte, mir meine Enkelin vorzuenthalten.«

»Und Trude? Wo wurde sie hingebracht?«

»Machen Sie sich keine Sorgen um Trude.«

»Das ist keine Antwort.«

»Eine bessere werden Sie vorläufig nicht erhalten.«

»Ich verstehe. Und Sergej?«

»Sergej? Sergej hat es nicht geschafft.«

Selma schlug die Augen nieder. Ihre Lippen bebten, und sie musste sich beherrschen, nicht aus dem Sessel aufzuspringen und mit bloßen Fäusten in Melnikows selbstgefällige Visage zu schlagen.

»Das ist Mord!«

»Mord ist das, was Ihre Landsleute tausendfach getan haben. Sergejs Tod ist etwas vollkommen anderes.«

»Was wird aus Marianne?«

»Marianne wird sich um meine Enkelin kümmern. So lange, wie ich es für nötig erachte. Anschließend geht sie zurück in eines der Lager, oder ich finde eine andere Verwendung für sie.«

»Sie wollen einem Kind die Mutter nehmen?« Selma war entsetzt.

»Das Kind wird sie nicht vermissen. Es wird nicht einmal eine Erinnerung an seine Mutter haben.«

»Und warum haben Sie meine Schwester fahren lassen?«

Selma wollte sichergehen, dass Irma tatsächlich im Zug saß. Sie spürte, wie ihr der Schweiß ausbrach.

»Sie ist wertlos für mich. Eine kranke Frau kann nicht arbeiten.«

Selma atmete innerlich auf. »Was wollen Sie also von mir?«

»Sie stellen viele Fragen.« Jurij schenkte sich etwas aus einer dunklen Flasche in ein Glas, das vor ihm stand. Er verzichtete darauf, ihr ebenfalls etwas anzubieten. »Stanis wollte Sie gehen lassen. Das bewundere und verabscheue ich gleichzeitig an ihm. Er war schon immer fürchterlich sentimental. Er macht es seinem alten Herrn damit alles andere als leicht.« Er nahm einen Schluck aus dem Glas.

»Warum haben Sie mich nicht gehen lassen?« fragte Selma. »Wollen Sie sich an mir rächen, weil ich das Kind Ihres missratenen Sohnes aus diesem Loch zu befreien versucht habe?«

Melnikow sah zum Fenster. »Nikolaj war ein Nichtsnutz. Saschka war ganz anders. Er war ein Sohn, wie man sich ihn nur wünschen konnte«, fuhr Melnikow fort. »Charakterlich gefestigt, intelligent und gutaussehend. Er hätte es weit bringen können. Nach einer militärischen Karriere hätten ihm alle Türen offengestanden. Politisch hätte er es sicherlich bis ganz nach oben bringen können. Stalin leckt sich nach Männern wie ihm alle zehn Finger. Manche glauben, ich hätte das ganz große Los gezogen, aber sind wir doch ehrlich. Stalin braucht Männer wie mich, um die Drecksarbeit zu erledigen.«

»Mit Drecksarbeit meinen Sie, die Peitsche zu schwingen, wenn es um die Frauen und Männer geht, die für den Krieg, der in ihr Land getragen wurde, nicht im Ansatz verantwortlich sind und trotzdem körperlich ausgebeutet werden?« Die Worte sprudelten einfach so aus ihr heraus. Sie fühlte sich mit einem Mal genötigt, auf seine Arroganz zu reagieren. »Oder meinen Sie die Menschen in den Gefangenenlagern, von denen nicht alle schuldig sind und die trotzdem tagtäglich drangsaliert werden? Oder etwa die Männer in der Feseo, die einer Gehirnwäsche unterzogen werden, um den Feind nachhaltig zu schwächen?«

»Der Krieg hat Saschka einen Strich durch die Rechnung gemacht.« Melnikow schien durch sie hindurch zu sehen. Sie war nicht sicher, ob er sie überhaupt gehört hatte. »Der Krieg hat mir alles genommen. Eine Frau und zwei Söhne. Deswegen bin ich froh, dass Stanis Arzt geworden ist. Aber er ist nicht wie Saschka. Er hat es nicht aus dem Loch herausgeschafft.«

»Warum haben Sie ihn nicht fortgeschickt, wie Sie es mit Nikolaj getan haben?«, fragte Selma provokant.

Melnikows Faust fuhr auf die Tischplatte, und sie zuckte zusammen.

»Sie wissen nichts über meine Familie. Sie sind nicht mehr als eine deutsche Frau ohne Rechte. Hierhergeholt, um die Schuld Ihres Volkes zu begleichen. Wir alle befolgen nur Befehle. So laufen die Dinge nun mal. Wir leben, um zu dienen. Auch Stalin dient, und auch Hitler hat es getan. Und wenn es nur das eigene Ego ist, dem diese Männer dienen. Oder Gott selbst.«

»Dann lassen Sie mich und Marianne mit dem Kind gehen. Machen Sie den ersten Schritt, den Kreislauf zu durchbrechen. Werden Sie zu dem Mann, der es besser weiß als die, die das System geschaffen haben. Trotzen Sie der Verlogenheit und dem Selbstzweck, dem all das dient.«

»Sie wollten mir meine Enkelin nehmen«, sagte Melnikow. »Nun sitzen Sie in meinem Haus, in meinem Sessel und stellen Forderungen? Ich denke, Nikolaj hat damals eine gute Wahl getroffen. Er hatte einen guten Riecher. Mit Ihnen kann man gutes Geld machen. Sie sind schön, wenn auch inzwischen reichlich abgemagert und blass, aber das lässt sich korrigieren.«

Selma schluckte hart, als die Erkenntnis sie traf. »Sie wollten sichergehen, dass es niemand erfährt. Damals in Kriwoj-Rog. Niemand sollte erfahren, in welche Geschäfte die Familie Melnikow verwickelt ist. Auch wenn Sie Ihren Sohn verstoßen haben, so wollte er Sie doch stolz machen, indem er die Machenschaften seines Vaters fortführte.«

»Das Leben ist wie ein Kreis und das Schicksal der Zirkel, der ihn zieht. Aus diesem Kreis gibt es kein Entkommen. Auch nicht für Sie. Doch es gibt Dinge im Leben, die das Herz eines Mannes erweichen. Ich bin Vater und Großvater zugleich. Viel ist mir nicht mehr geblieben. Außer einem Sohn und einer Bastardenkelin. Ich mache Ihnen also ein Angebot, weil ich nicht auch noch meinen letzten Sohn verlieren möchte.«

Selma begegnete seinen dunklen Augen und spürte instinktiv, dass die Wahl, die er ihr lassen würde, gleichermaßen grausam sein musste. Männer wie er waren wie Raubtiere. Und sie fühlte sich in diesem Augenblick mehr denn je wie eine Maus zwischen seinen Tatzen.

»Wenn Stanis morgen zurückkehrt, werden Sie ihm Ihre Entscheidung mitteilen.«

Selma wartete einen Augenblick, weil sie glaubte, er würde fortfahren, aber das tat er nicht. »Welche Entscheidung?« Sie wollte es aus seinem Mund hören.

»Wie ich bereits sagte, Stanis ist ein hoffnungsloser Fall aber ich weiß, dass man die Gefühle einer Frau gegenüber nicht rational erklären kann. Sie haben also die Wahl zwischen ihm oder einem meiner Kunden.«

»Sie wollen eine Deutsche in Ihrem Haus wohnen lassen? Die Hand ihres Sohnes in die Hände einer Deutsche legen?«

»Stanis ist auch nur ein Mann. Früher oder später wird er das Interesse an Ihnen verlieren. Das wird mich einige Rubel kosten, weil Sie für meine Kunden uninteressant geworden sind, aber dann haben Sie Ihre Pflicht erfüllt und mir weitere Enkel geschenkt. Wenn mein Sohn Sie erst aus dem Haus gejagt hat, werden Sie als mittellose deutsche Frau in einem Land wie Russland nicht weit kommen.«

»Sie sind ein Monster«, stieß Selma hervor.

»Gehen Sie jetzt«, sagte Melnikow vollkommen ungerührt. »Eine letzte Nacht im Lager. Genießen Sie diese Nacht, denn freier werden Sie niemals mehr in Ihrem Leben sein.«

9

Gorlowka, Sowjetunion, heutige Ukraine
1948

Selma fand Efrem wie erwartet auf der Krankenstation.

Igor hatte sie zurück ins Lager gefahren. Während der Fahrt war ihr mehrfach der Gedanke gekommen, aus dem Wagen zu springen, aber noch war nicht alles verloren. Obwohl der Kampf immer aussichtsloser erschien, war sie bereit, sich ein letztes Mal aufzubäumen.

Efrem war kaum wiederzuerkennen. Er lag unter einem dünnen Laken. Unter einem dicken Verband hob und senkte sich schwach sein Brustkorb. Als Selma neben sein Bett trat, konnte sie den metallischen Geruch wahrnehmen, der ihn einhüllte. Seine Augen waren geschlossen, die Wangen eingefallen und die Lippen rissig.

Sie nahm sich einen Stuhl und setzte sich neben ihn. Zum zweiten Mal saß sie am Bett eines Menschen, der mit dem Tod rang, und zum zweiten Mal war sie der Situation hilflos ausgeliefert.

Die Schwester hatte sie widerwillig vorgelassen, aber sie machte sich keine Illusionen. Wenn Jewa davon erfuhr, würde sie nicht erbaut sein. Ein Tag blieb Selma. Ein Tag, den sie nutzen wollte, so lange wie möglich bei Efrem zu bleiben. Das war sie ihm schuldig. Er hatte sein Leben für ihres und das ihrer Schwester riskiert.

Seine Hände ruhten neben seinem Körper. Sie zögerte

noch, dann nahm sie seine kalte Hand in ihre. Es fühlte sich an, als ob das Leben bereits aus seinem Körper gewichen wäre. Die Fahrt zum Krankenhaus kam ihr in den Sinn und das, was Efrem zu ihr gesagt hatte. Sie hatte nicht erst seit diesem Gespräch gewusst, dass Efrem ein guter Mann war. Alles, was er getan hatte, war aus Pflichtbewusstsein und Sorge um seine Familie geschehen. Umso größer wog sein Opfer, als er all das für eine Deutsche aufs Spiel gesetzt hatte.

Sie strich mit dem Daumen über seinen Handrücken. Erneut spürte sie die seltsame Verbindung zwischen ihnen. Es gab Dinge an ihm, die sie verabscheute, aber auch Dinge, die sie anzogen. Efrem war für sie immer der Mensch gewesen, der am ehesten das menschliche Dilemma verkörperte, in das der Krieg sie allesamt geführt hatte. In Efrems Gegenwart spürte sie besonders stark, dass innere Werte und äußere Rahmenbedingungen das Herz eines Menschen zerreißen konnten.

Ein Zucken durchlief seinen Körper, und ein Seufzer drang aus seiner Kehle. Selma sah sich nach der Schwester um, doch kurz darauf lag er wieder still. Sie konnte nur erahnen, welch fürchterliche Schmerzen er hatte erleiden müssen. Sie erhob sich und tastete nach seiner Stirn. Beruhigt stellte sie fest, dass er kein Fieber hatte. Sie bezweifelte, dass Efrem jemals wieder der Mann werden würde, der er vor dem Krieg und vor dem Lager 1009 gewesen war. Er rang nun mit dem Tod, und ob er den Kampf gewinnen würde, war äußerst fragwürdig. Der Kampf würde seine Spuren hinterlassen. Auf die eine oder andere Weise.

~

Sie verbrachte den Rest des Tages an seinem Bett. Arbeit war für sie keine mehr vorgesehen, und sie wurde nur hin und wieder von der Schwester gestört, die nach Efrem sah. Selma kümmerte sich eigenhändig darum, Efrem tröpfchenweise Wasser in den Mund zu geben. Er regte sich währenddessen kaum. Nur seine Augäpfel bewegten sich bisweilen hektisch unter den geschlossenen Lidern. Noch war Leben in ihm.

Dass Sergej an seinen Verletzungen gestorben war, zeigte, wie grausam die Gertenhiebe waren. Sie betete für Efrem. Gott musste einsehen, dass seine zwei Jungen noch ihren Vater brauchten.

Gegen Abend brachte ihr die Schwester etwas zu essen und eine Decke. Sie dankte es der Frau mit einem Lächeln. Mehr konnte sie nicht geben. Trotz ihrer großen Müdigkeit machte sie in der Nacht kein Auge zu. Das lag weniger an der Entscheidung, die sie treffen sollte, als an der Sorge, Efrem könnte einfach aufhören zu atmen.

Aber er atmete, immer weiter, bis in die frühen Morgenstunden. Bis Stanis plötzlich vor ihr stand.

»Was tust du hier?« Er trug einen sauber gebügelten Anzug. In der Hand seinen Koffer.

»Einem Menschen, der sich für mich eingesetzt hat, Beistand leisten.« Selma blinzelte ihm müde entgegen. Sie hatte die Nacht über nicht einen Gedanken an sein Erscheinen verloren.

»Ich wollte, dass du fährst. Ich hoffe, das weißt du?«

»Ich wusste, was für ein Mensch Nikolaj war, und ich weiß, was für ein Mensch dein Vater ist. Doch bei dir bin ich mir nicht mehr sicher.«

»Ein Mensch, der dich liebt. Ich wusste es von dem Moment an, als ich mit dir tanzte.«

»Aber wie sollte ich jemals das Gleiche für dich empfinden, nach alldem, was geschehen ist? Nach alldem, was deine Familie getan hat und noch tut?«

»Mein Bruder und mein Vater sind mein Blut, aber sie haben nichts mit mir gemein. Das musst du mir glauben.« Stanis stand vor ihr, und sie las in seinen Augen, dass er die Wahrheit sprach. Jurijs Schatten hatten sich noch nicht über seinen letzten Sohn gelegt.

»Ich habe mit deinem Vater gesprochen. Er hat mich vor eine Wahl gestellt.«

»Ich weiß, dass auch du etwas für mich empfindest«, sagte Stanis. »Dein Verstand stemmt sich jedoch dagegen. Vergiss meinen Vater und meinen Bruder.«

»Aber wie könnte ich das? Wie sollte ich mit diesem Mann unter einem Dach leben?«

»Wenn du meine Frau wirst, gehen wir fort. Ich werde nicht länger in seinem Haus bleiben. Glaube mir.«

»Das wird er nicht zulassen.« Selma dachte an Jurijs Worte.

»Lass mich nach Efrem sehen. In der Zeit pack deine Sachen.«

»Woher weißt du, dass ich mit dir gehen werde?«, fragte Selma.

»Du weißt, was mein Vater stattdessen für dich vorgesehen hat.«

»Und das lässt du zu? Du weißt von seinen Geschäften und lebst trotz allem unter einem Dach mit ihm?«

»Ihm verdanke ich, was ich bin. Ich heiße sein Tun nicht gut, aber solange ich mich nicht daran beteilige, ist meine Seele rein.«

»Bist du dir da sicher?«

»Ja, das bin ich.«

»Dann sieh jetzt nach Efrem. Ich gehe zur Baracke.«

Es war niemand dort. Die Frauen arbeiteten. Selma war froh, nicht noch einmal Herthas Anfeindungen ausgesetzt zu sein. Ihre Sachen waren schnell gepackt. Bevor sie wieder nach draußen ging, setzte sie sich auf ihre Pritsche und tastete unter das Futter ihres zerschlissenen Koffers. Ehrfürchtig berührte sie das Briefpapier und versuchte, sich Johanns Gesicht noch einmal ins Gedächtnis zu rufen. Die vermeintliche Entscheidung, die sie zu treffen hatte, war keine. Um Zeit zu gewinnen, musste sie mit Stanis gehen. Sie hegte keinerlei Gefühle für ihn, und die Vorstellung, seine Frau zu werden, jagte ihr mehr denn je einen eisigen Schauder über den Rücken. Aber inzwischen hatte sie längst keine Wahl mehr. Die Schlinge, die sich bereits vor fünf Jahren um ihren Hals gelegt hatte, war stetig enger gezogen worden. Und je mehr sie sich dagegen wehrte, desto enger wurde sie. Inzwischen blieb ihr kaum noch Luft zum Atmen, aber die Hoffnung, sie doch noch in letzter Sekunde abzustreifen, blieb. Und dafür musste sie mit Stanis gehen.

Zurück auf der Krankenstation wartete sie, bis er seine Untersuchungen abgeschlossen hatte.

»Wird er es überleben?«

»Schwer zu sagen.« Stanis verstaute sein Stethoskop im Koffer. »Er ist ein starker Mann. Die Wunden haben sich nicht entzündet. Wenn man die Verbände regelmäßig wechselt und die Wunden reinigt, könnte er sich erholen. Das Schlimmste werden die Schmerzen sein. Das Morphium wiederum wird sein Herz belasten. Sein Leben liegt in Gottes Hand.«

»Darf ich noch einen Augenblick mit ihm allein sein, bevor wir fahren?«

Stanis trat zurück und ging nach draußen.

Selma wartete, bis seine Schritte verklungen waren. Auf einer Anrichte lagen ein Schreibblock und ein Stift. Ohne zu zögern, schrieb sie einige Worte auf das Papier.

Efrem,
ich weiß, dass Sie wieder gesund werden und Ihren Söhnen der Vater sein können, den sie brauchen. Ich danke Ihnen für alles, was Sie getan haben. Sie sind ein guter Mensch, und das ist in dieser Zeit sehr kostbar.
Leben Sie wohl! Meine Gebete werden Sie begleiten.
Selma

Sie verharrte mit dem Stift über dem Papier. Schließlich setzte sie ein Postskriptum unter den Brief und malte an Stelle von Worten drei Sterne auf das Papier.

Anschließend faltete sie den Brief und legte ihn auf den Nachtschrank. Obenauf schrieb sie Efrems Namen.

Draußen wartete bereits Stanis vor seinem Wagen auf sie. Er lächelte, als er sie sah. Es war ein aufrichtiges Lächeln. In einem anderen Leben, unter andern Umständen, hätte es vielleicht sogar ihr Herz erreichen können.

~

»Igor hast du bereits kennengelernt. Du kannst dich jederzeit vertrauensvoll an ihn wenden.«

Selma saß auf dem Beifahrersitz neben ihm, als sie den selben Weg fuhren wie am Tag zuvor.

Stanis' Hand tastete nach ihr, ohne sie jedoch zu berühren. »Hör zu. Du gehörst ab sofort zu mir. Mein Vater kann dir nichts mehr anhaben. Er wird das akzeptieren müssen.«

»Wie viel Zeit gibst du mir?«, fragte Selma nach einer Weile.

»Alle Zeit, die du brauchst. Ich habe dir einst versprochen, dich aus dem Lager zu holen, wenn du mich nur lässt.«

»Werde ich meinen Eltern schreiben dürfen?«

»Aber selbstverständlich. So viele Briefe, wie du möchtest.«

Als sie das Anwesen der Melnikows erreichten, erwartete sie die erste Überraschung.

Anstatt die Tür selbständig zu öffnen, betätigte Stanis den Türklopfer. Es dauerte nicht lange, und eine junge Frau öffnete. Selma staunte nicht schlecht, als sie Trude wiedererkannte, die in der Kleidung eines Hausmädchens vor ihr stand.

»Willkommen«, sagte sie, als hätte sie bereits auf Selma gewartet.

»Trude? Ich dachte …«

»Was dachtest du? Dass ich irgendwo verscharrt in einer Grube liege? Nicht doch. Der Herr des Hauses hat sich erkenntlich gezeigt.«

»Erkenntlich?« Selma war erstaunt. »Wolltest du nicht zurück in die Heimat?«

»Ebenso wie du. Aber wie du siehst, kommt nicht immer alles so, wie man denkt.« Sie sagte es mit viel Verbitterung in der Stimme, und Selma spürte, dass der Groll gegen sie noch nicht seinen Höhepunkt erreicht hatte.

»Warum muss sie hier arbeiten?«, fragte Selma Stanis.

»Weil mein Vater es so wollte. Das letzte Hausmädchen wurde entlassen.«

»Sprich mit ihm«, sagte Selma. »Er soll sie nach Hause schicken. Ich will nicht, dass sie hier ist.«

»Nein, ich will keine Almosen von dir. Jetzt nicht mehr.« Trudes Blick war in diesem Moment kaum zu deuten. Sie schien irgendwie verändert.

»Komm jetzt, ich werde dir dein Zimmer zeigen«, sagte Stanis.

Selma wollte noch etwas zu Trude sagen, doch dann schluckte sie es herunter und folgte Stanis.

Die Kammer, in die er sie führte, lag unmittelbar unter dem Dach. Sie war klein, aber sauber und warm. Zu ihrem Erstaunen fand sie einen vollen Kleiderschrank vor. Kleider, Blusen und Hosen, warme Unterwäsche, drei Paar Schuhe und zwei Mäntel. Außerdem zwei Arbeitsschürzen und einen Kittel. Es musste sich um ein ehemaliges Bedienstetenzimmer handeln.

»Bestimmt möchtest du ein Bad nehmen. Eine Tür weiter findest du alles, was du brauchst. Fühl dich wie zu Hause. Ich komme später wieder.« Stanis wartete, bis sie zur Bestätigung nickte.

Bevor sie seinem Angebot folgte, trat sie ans Fenster und sah hinaus. Der Ausblick war gespenstisch und ließ das Schwarze Loch in einem noch beklemmenderen Licht erscheinen. Das Kohlenrevier lag nun wie ein gigantisches ausgehobenes Grab unter ihr. Die Häuser der Menschen muteten wie eine Trauergemeinde an.

Eine halbe Stunde später lag sie bis zum Hals in der Wanne und starrte auf ihre schmutzige Kleidung, die vor ihr auf einem Stuhl lag. Es war über vier lange Jahre her, dass sie das letzte Mal in einer Badewanne gelegen hatte. Zu einer Zeit, als ihre Zukunft bereits wie loses Mauerwerk vor ihren Augen zerbröckelte. Nun weilte sie im Anwesen der Familie Melnikow und machte sich selbst nichts vor. Sie hatte sich kopfüber in eine Schlangengrube gestürzt. Dass dies ihre einzige Option gewesen war, bewies nur, wie ernst ihre Situation war.

Mit Sorge dachte sie an Irma. War sie gut zu Hause angekommen? Wie würde das Wiedersehen ablaufen? Der Moment, wenn ihre Eltern erfuhren, dass sie noch in Russland war? Das musste ihnen das Herz brechen.

Als ihre aufgeweichte Haut zu kribbeln begann, stieg sie aus der Wanne. Bevor sie nach dem Handtuch greifen konnte, fiel ihr Blick in den Spiegel, der an der gegenüberliegenden Wand hing. Ihr eigener Anblick ließ sie innehalten. Das Wasser tropfte von ihrem nassen Körper und sammelte sich zu ihren Füßen. In den letzten vier Jahren war das Gefühl, eine Frau zu sein, in den Hintergrund getreten. Nun stand sie da und sah die zaghafte Wölbung ihres eingefallenen Busens über dem von Mangelernährung geblähten Bauch. Darunter die Hüftknochen, die spitz hervortraten. Zwischen den schmalen Oberschenkeln hatte sich ein faustbreiter Abstand gebildet.

Die letzten vier Jahre hatten an ihrem Körper gezehrt. Mit einer Hand berührte sie sich selbst am Busen und fuhr weiter hinab zu ihrem Bauch. Sie knetete die Haut zwischen Daumen und Zeigefinger. Dann befühlte sie ihre Hüftknochen, die sich hart anfühlten. Die Frage, ob sie jemals wieder sie selbst sein durfte, mochte sie nicht beantworten. Als schämte sie sich plötzlich vor sich selbst, raffte sie schnell das Handtuch um ihren Körper. Zögerlich trat sie näher an den Spiegel heran und besah sich ihr Gesicht. Die Haut war fleckiger geworden in den Jahren, und unter ihren Augen lagen Schatten. Das Haar hing ihr dünn und strähnig in die Stirn. Sie war außerstande, die Schönheit zu sehen, die andere Menschen vielleicht noch in ihr sehen mochten. Was war es, was Stanis dazu bewegte, sie zu begehren?

Langsam trocknete sie sich ab. Ihre frische Kleidung lag auf der anderen Seite des Raumes. Das Kleid und die neuen Schuhe passten besser als gedacht. Sie wagte einen erneuten Blick in den Spiegel, und ihr gefiel, was sie sah. So wie es auch Stanis gefallen wird, dachte sie flüchtig und trocknete ihr Haar, so gut es ging.

Als sie die Türklinke betätigte, stand Igor vor ihr, musterte sie einen Moment und ging stumm voraus. Reden schien nicht seine große Stärke zu sein.

Auf der unteren Etage angekommen, erwartete sie bereits Stanis.

»Du siehst besser aus denn je.« Er stand am Treppenabsatz und begrüßte sie mit einem Lächeln. »Du hast bestimmt Hunger. Es wird Zeit, dass du wieder etwas auf die Rippen bekommst.« Er hielt ihr seinen Arm hin.

Sie ergriff ihn, und er führte sie in ein Esszimmer, in dem auf einer länglichen Tafel bereits das Frühstück stand. Selma entdeckte Fleisch, Kartoffeln und dampfendes Kraut. Außerdem Saft, Tee und Wasser.

»Ich wusste nicht, was du am liebsten magst. Ihr Deutschen mögt doch Kraut, oder?«, sagte Stanis. »Bediene dich. Falls du etwas anderes wünschst, wird die Küchenhilfe dir gerne etwas bringen.« Stanis rückte einen der Stühle ab und wartete, bis Selma Platz genommen hatte. Es war für zwei Personen gedeckt, und er setzte sich ihr gegenüber.

Selma zögerte nicht lange, sondern griff zu. Sie probierte das Fleisch, die Kartoffeln und auch das Kraut, dabei kaute und schluckte sie schnell.

»Lass dir Zeit! Niemand hetzt dich. Es ist genug da.« Stanis lächelte und schenkte ihr Wasser nach.

Sie beachtete ihn nicht weiter und konzentrierte sich stattdessen auf das Essen und Trinken. Erst als sie sich halbwegs gesättigt fühlte und ihr Magen bereits drückte, lehnte sie sich zurück und wischte sich mit der Serviette über den Mund. »Ich weiß nicht, wann ich das letzte Mal so gut gegessen habe.« Das Gefühl der Sättigung war so wohltuend, dass sie zunächst die äußeren Umstände vergaß.

»Das freut mich zu hören.« Auch Stanis legte seine Serviette auf seinen Teller. »Ich wollte ungestört mit dir sein.«

»Ich werde mich noch daran gewöhnen müssen, hier zu sein und nicht im Lager.« Sie versuchte sich an einem Lächeln.

Stanis zuckte die Schultern. »Keine Wachtürme, Zäune oder Brigadiere, die dir im Nacken sitzen. Mehr Freiheit kann ich dir augenblicklich nicht bieten.«

»Bist du sicher, dass es kein goldener Käfig ist?« Sie dachte an Igor, der ihr auf Schritt und Tritt folgte.

»Mein Vater hat, was er will. Er wird sich daran gewöhnen müssen, dass du jetzt hier bei mir bist. Eines Tages wird er es akzeptieren und dir mit Freundlichkeit begegnen. Aber du musst verstehen, dass du dich in der Anfangszeit noch nicht so frei bewegen kannst, wie ich es mir wünschen würde.«

Sie schenkte ihm ein schwaches Lächeln. »Darf ich Marianne sehen?«

~

Ihre Freundin saß mit dem Rücken zu ihr, als Selma die Kammer betrat. Vor ihr stand ein Kinderbett. Mit leiser Stimme summte sie ein Lied. Als sie die Tür in ihrem Rücken vernahm, drehte sie sich herum.

»Selma?« Marianne sprang auf. Ihre Miene drückte Erstaunen und Freude, aber auch Angst aus. Mit einem Satz war sie bei ihr und fiel Selma um den Hals. »Was tust du hier?«

Selma vergewisserte sich, dass sie ungestört waren. »Wie ist es dir in den letzten Wochen ergangen?« Die Freundin war schmal geworden. Tiefe Sorgenfalten hatten sich zwischen ihre Augen gegraben.

»Sie haben mich gut behandelt, aber ich bin eine Gefangene.«

»Und die kleine Gisela?« Selma sah an Marianne vorbei in das Kinderbett, wo das Baby lag und schlief.

»Jurij will sie jeden Tag sehen. Anschließend riecht sie zwei Stunden nach seinem scharfen Rasierwasser, und ich bekomme Brechreiz.«

»Immer noch die Alte. Das freut mich.«

»Was tust du hier? Wieso haben sie dich aus dem Lager geholt?«

»Ich wohne jetzt hier. Genau wie Trude und du.«

»Du tust was?« Marianne machte große Augen.

Selma erzählte ihr alles. Einzig das Gespräch mit Melnikow ließ sie aus.

»Ist das dein Ernst?«

»Es ist meine Schuld, dass du mit Gisela hier bist. Wie könnte ich dich da allein lassen?«

»Unsinn. Trude hat geredet.«

»Aus Rache.« Selma nickte. »Weil ich ihren Platz im Zug

einnehmen wollte. Sie hat ihm etwas gegeben, das ich ihm verweigert habe.«

»Ja, aber findest du es nicht seltsam, dass er sie als Hausmädchen arbeiten lässt?« fragte Marianne. »Welchen Sinn soll das haben?«

Jetzt, da Selma um Melnikows Absichten wusste, fiel es ihr schwer, sich nichts anmerken zu lassen. Sie wollte Marianne nicht unnötig beunruhigen. »Siehst du sie oft?«

»Kaum.«

Selma beobachtete die kleine Gisela. »Melnikow wird uns nicht lange in Ruhe lassen.«

»Was hast du also vor?«, wollte Marianne wissen.

»Uns hier rausbringen, was sonst?«

»Was ist mit Stanis? Empfindest du etwas für ihn? Denn das wird er glauben, sonst hätte er dich wohl kaum hierhergeholt.«

»Nein. Obwohl es einen Moment gab, als sich Gefühle in mir regten«, erklärte Selma. »Als ich erfuhr, dass er Nikolajs Bruder ist, war ich erschrocken. Doch ich habe inzwischen eingesehen, wie unterschiedlich Brüder sein können. Er ist ein guter Mensch.«

»Aber wie willst du es anstellen? Ich bin bereits seit einigen Wochen hier und habe natürlich auch über Flucht nachgedacht. Dieser Igor ist wie ein Wachhund. Keine Chance, ungesehen aus der Villa zu kommen. Und selbst wenn, wo willst du hin? In kürzester Zeit werden sie uns wie streunende Köter eingesammelt haben.«

»Ich bin jetzt hier. Wir werden einen Weg finden. Glaub mir.« Selma nahm Mariannes Hand.

»Du hast keinen Plan?«

Selma senkte den Kopf. »Nein, noch nicht.«

Marianne zog ihre Hand zurück und sah zum Fenster. Hinter ihrer Stirn arbeitete es. »Doch, du hast einen Plan. Und das weißt du.« Marianne sah sie eindringlich an. »Es gibt nur einen Weg, uns hier rauszubringen.«

»Es muss einen anderen geben.«

»Nein, du wirst Stanis voll und ganz für dich gewinnen müssen. Du bist eine Frau, und das solltest du ausnutzen.«

~

Es war lange her, seit Selma zum letzten Mal in einem richtigen Bett geschlafen hatte. Ehrfürchtig strich sie über die weißen, frisch gewaschenen Laken. Der Geruch der Waschlauge, der im Stoff hing, erinnerte sie an zu Hause, und ein Gefühl von Wehmut überkam sie mit solcher Macht, dass ihre Finger sich tief in das Laken gruben.

Sie hatte sich gerade auf die Bettkante gesetzt, als es an die Tür klopfte.

Erschrocken zuckte sie zurück, als hätte sie etwas Verbotenes getan. »Herein.« Sie rechnete bereits mit Stanis, als sie Trude erblickte.

»Ich hoffe, ich störe dich nicht.« Unaufgefordert schlüpfte sie in die Kammer und schloss die Tür hinter sich.

»Trude …«

»Ich gebe zu, ich war auch überrascht, als ich hörte, dass du hierherkommst.« Trude trug ein langes Nachthemd. Sie war blass, aber ihre Augen sprühten vor Energie.

»Ich meinte es ernst, als ich Stanis bat, dich gehen zu lassen. Wir gehören nicht zusammen an diesen Ort.«

»Dafür ist es jetzt zu spät. Du hättest viel früher mit ihm sprechen sollen.« Trudes Miene verdunkelte sich. Sie setzte sich auf den Stuhl, über den Selma ihre Kleidung gelegt hatte. »Wir alle drei sind aus einem bestimmten Grund hier.«

»Ich werde meine Beweggründe nicht mit dir teilen.« Selma traute Trude zu, dass sie eins und eins zusammenzählen konnte.

»Natürlich nicht.« Trude verzog die Mundwinkel. »Deine selbstgefällige Art ist mir zuwider, Selma. Erst die Kommandantin, dann Efrem und jetzt Stanis. Bist du tatsächlich davon überzeugt, auch nur einen Deut besser zu sein als ich?«

»Es ging mir immer um meine Schwester.«

»Die nun auf dem Weg nach Hause ist.« Trude machte ein grimmiges Gesicht.

»Aber Marianne hätte ebenso in diesem Zug sitzen müssen.«

»Wie aufopferungsvoll du doch bist«, sagte Trude spöttisch. »Aber was ist mit dir?«

»Du weißt, warum ich hier bin«, entgegnete Selma. »Du bist berechnend, aber nicht dumm.«

Trude nickte. »Wieder hast du es geschafft, besser dazustehen als ich.«

»Du irrst dich.« Selma musterte Trude durchdringend. »Ich habe dich belogen.«

»Belogen?«

»Ich war nie mit der Kommandantin zusammen, auch nicht mit Efrem oder Stanis.«

Trude lachte auf. »Und das soll ich dir glauben? Du bist eine miserable Lügnerin.«

Selma griff nach Trudes Hand. Sie wollte sie zurückziehen, aber Selma hielt sie fest. »Hör mir zu! Wie du bereits sagtest, wir sind aus einem bestimmten Grund hier. Und dieser Grund wird uns nicht gefallen, weder dir noch Marianne oder mir.«

Trude wagte einen zweiten Versuch, ihre Hand wegzuziehen, aber noch immer hielt Selma sie fest. »Wir werden gemeinsam von hier fortkommen und unsere Familien wiedersehen. Hörst du mich? Wir sind keine Feindinnen. Das waren wir nie.«

Mit einem Ruck löste Trude ihre Hand aus Selmas. »Du irrst dich. Wir haben nichts gemeinsam. Du lächelst die Männer nur an, und schon bekommst du, was du willst. Ich hingegen musste meine Würde und meinen Stolz aufgeben, und was habe ich bekommen?« Tränen funkelten nun in ihren Augenwinkeln. Ihre Lippen bebten, als sie sprach. »Eine Tagesration extra. Ein paar Briefe in die Heimat. Und eine Vielzahl an Informationen, für die ich mir nichts kaufen konnte.«

»Sagtest du nicht, Informationen seien Gold wert?«

»Das sagte ich, und du hast sie ganz offensichtlich zu deinem Vorteil genutzt«, erwiderte Trude.

»Das habe ich hier und da, aber letztendlich sitzen wir doch hier und sind immer noch nicht zu Hause.«

»Deine Schwester schon.«

»Und wir werden ihr bald folgen.«

Trude erhob sich und straffte ihr Kleid. »Ich muss an die Arbeit. Mach es dir nur bequem zwischen den weißen, gewaschenen Laken. Aber wie du selbst bereits sagtest, die schöne Zeit wird nicht lange anhalten.«

»Trude …« Selma warf ihr einen flehentlichen Blick zu.

Doch Trude reagierte nicht mehr. Sie schlüpfte durch die Tür und verschwand wortlos.

Selma seufzte und erhob sich von der Matratze. Die

Freude über ein richtiges Bett war verflogen. So stand sie lange am Fenster, bis es sie fröstelte. Erst dann stieg sie zurück ins Bett und zog die Decke bis unter das Kinn. Aber die Wärme des Bettes vermochte das Zittern ihrer Glieder nicht zu vertreiben. Doch ihre große Müdigkeit ließ sie schließlich einschlafen.

~

Nachdem sie sich am nächsten Morgen gewaschen hatte, klopfte es an die Tür. Diesmal war es Igor mit einem Tablett in der Hand. Die Freude über Kaffee und frisches Brot war nicht sonderlich groß, da das Gespräch mit Trude wie ein fader Geschmack auf Selmas Zunge lag.

»Stanis?«, fragte sie, bevor Igor gehen konnte.

Er nickte.

Selma wusste nicht, ob er richtig verstanden hatte, denn es dauerte Stunden, in denen sie in der Kammer auf und ab ging und grübelte, bis Stanis endlich erschien.

»Du wolltest mich sprechen?« Er sah wie immer gut aus.

»Warum bin ich hier?« Sie fiel gleich mit der Tür ins Haus.

»Weil du es so wolltest. Weil ich dir meine Hand gereicht habe und du sie genommen hast.«

»Du wolltest, dass ich dir vertraue. Das tue ich, aber ich traue deinem Vater nicht.«

»Das ändert nichts daran, dass du bei mir sicher bist.«

»Ich bin aber nicht bei dir. Ich bin hier in diesem Haus. Im Haus deines Vaters. Wie könnte ich da sicher sein?«

Stanis trat näher und legte seine Arme um sie. Sie versteifte sich zunächst, doch dann ließ sie es geschehen. »Du hast Angst, und das verstehe ich. Aber das musst du nicht. Ich bin da.« Seine Lippen suchten die ihren, und sie gab nach einem kurzen Moment nach. Sie hielt es für angebracht, ihm keine offensichtliche Ablehnung entgegenzubringen und sein Spiel vorerst mitzuspielen. Ihre Zungen begegneten sich, und sie versuchte, sich zu entspannen. Nach einer Weile schob sie ihn sanft von sich.

»Ich möchte, dass du es tust.«

»Was?«

»Trude und Marianne zum nächsten Zug schaffen. Und Gisela.«

»Mein Vater …«

»Er muss davon nichts wissen.«

»Bist du nur deswegen mit mir gegangen? War das der Grund?«

»Hältst du mich für so eine Frau?«

»Nein, ich …«

»Dann erfülle mir diesen einen Wunsch. Ich bitte dich.« Sie versuchte, so schmeichelnd wie nur möglich zu klingen. Das Gespräch mit Trude lag wie ein dumpfer Schmerz in ihrem Hinterkopf, aber er bewirkte auch etwas. Nämlich, dass sie bereit war, ihre Stärken einzusetzen. Ganz so wie Marianne es vorgeschlagen hatte.

»Mit dem nächsten Zug also. Ich werde herausfinden, wann er abfährt.«

»Gut, tu das.«

»Aber anschließend möchte ich, dass auch du mir einen Wunsch erfüllst.«

»Das werde ich«, entgegnete sie mit fester Stimme, auch wenn ihr an den Händen der Schweiß ausbrach.

~

Es dauerte zwei Tage, bis sie wieder etwas von Stanis hörte. In dieser Zeit pendelte sie von ihrer Kammer in den Speiseraum, zu Marianne und wieder zurück. Trude sah sie nur selten. Sie huschte wie ein Gespenst durch das Haus und erledigte ihre Arbeiten als Hausmädchen. Es kam Selma nicht richtig vor, dass Trude arbeiten musste, wohingegen sie nichts tat. Ihr Zimmer lag nur zwei Türen weiter. Manchmal konnte sie sie noch spät am Abend hören. Sie war dann versucht, zu ihr hinüberzugehen, doch jedes Mal hielt sie etwas davon ab.

»In drei Wochen fährt der nächste Zug.«

Stanis' Rasierwasserduft wehte in ihre Richtung.

»In drei Wochen?« Drei Wochen waren eine lange Zeit. Doch lange genug, um Stanis um den Finger zu wickeln?

»Ich werde dir helfen. Denn ich will dir beweisen, dass ich es ernst meine.«

»Ich …«

»Beruhige dich, ich werde dich nach wie vor nicht drängen«, sagte Stanis schnell. »Lass uns uns sooft sehen, wie es meine Zeit zulässt. Wir speisen zusammen, erzählen, gehen spazieren, und dann wirst du merken, dass auch du Gefühle für mich hast. Gefühle, die du nur zulassen musst.«

»Ich danke dir.«

Er trat näher und streckte seine Hand aus, um ihre Wange zu streicheln. »Du bekommst von Tag zu Tag mehr Farbe. Das freut mich. Du bist wie Aschenputtel. Unter all dem Schmutz und Dreck verbirgt sich eine wunderschöne Frau. Das wusste ich von dem Tag an, als ich dich zum ersten Mal sah.«

Stanis hielt sein Wort. In den nächsten Tagen verbrachte er so viel Zeit mit ihr, wie er konnte. Währenddessen bekam sie den alten Melnikow nicht einmal zu Gesicht. Ein Umstand, der sie zunehmend beruhigte. Sie begann Stanis zu vertrauen.

»Stanis lässt mir nach wie vor Zeit«, sagte sie zu Marianne und beobachtete Gisela. Sie besuchte die beiden regelmäßig in ihrer Kammer. »Bis es so weit ist, finde ich einen Weg, uns gemeinsam hier rauszubringen.«

»Wie lange willst du noch warten? Bald wird Melnikow meine Dienste als Mutter nicht mehr benötigen …«

Selma hob eine Hand. »Lass das nur meine Sorge sein.«

»Wie du meinst.« Marianne setzte Gisela auf den Boden. Die Kleine hielt sich bereits vortrefflich und gackerte zufrieden vor sich hin.

»Es wird alles gut«, sagte Selma. »Glaube mir. Stanis wird einsehen, dass wir nicht hierhergehören. Er ist ein guter Mann. Das weiß ich.«

»Er ist und bleibt ein Melnikow«, gab Marianne zu bedenken. »Jeder Mensch trifft seine eigenen Entscheidungen. Das Böse liegt niemandem im Blut.«

»Du bist eine hoffnungslose Optimistin.« Marianne blieb skeptisch.

Inzwischen war der Frühling gekommen. Gisela wuchs weiter, und damit auch Mariannes Sorge, bald nicht mehr von Nutzen für den alten Melnikow zu sein. Selma sah Trude immer seltener, und wenn, dann ging sie ihr aus dem Weg.

Der Tag der Abfahrt rückte näher, und noch immer war Stanis rücksichtsvoll und charmant ihr gegenüber. Sie gingen häufig spazieren, und er zeigte ihr die Stellen, an denen er als Kind gespielt hatte. Sie ertappte sich dabei, wie sie bisweilen über seine Witze lachte und er ihr daraufhin verliebte Blicke zuwarf. Er genoss ihre Nähe sichtlich.

»Wie geht es Efrem?« Eine Frage, die ihr bereits seit Längerem unter den Nägeln brannte.

»Er hat es geschafft«, antwortete Stanis. »Sein Zustand bessert sich von Tag zu Tag.«

»Wird er weiterhin im Lager arbeiten, wenn er vollends genesen ist?«

»Ja. Was bleibt ihm anderes übrig? Schließlich hat er zwei hungrige Mäuler zu stopfen.«

Als sie an diesem Nachmittag weiter spazierten, war Selma gut gelaunt. Efrem würde ins Leben zurückfinden. Auf die eine oder andere Weise.

Am Abend stand Stanis vor ihrem Zimmer. Sie hatte ihn bereits erwartet. »Begleitest du mich zum Essen?«

Das Speisezimmer war reichhaltig gedeckt, und sie langte gut zu, weil der Spaziergang sie hungrig gemacht hatte.

»Stanis, ich …«, begann sie nach einer Weile.

»Ich weiß, was du sagen willst.«

»Ich mag dich. Das tue ich wirklich, aber …«

»Aber du liebst mich nicht.« Er sagte es wie selbstverständlich.

»Es …«

»Nein, sag es nicht.« Stanis stellte sein Weinglas ab. »Du musst nichts erklären. Ich werde dich gehen lassen. Ich gebe dich frei.«

»Ist das dein Ernst?« Selma hatte ihn immer für einen guten Menschen gehalten, doch sein plötzlicher Sinneswandel machte sie doch ein wenig skeptisch.

»Ich habe lange darüber nachgedacht. Doch jetzt, wo der Tag der Abfahrt kurz bevorsteht, habe ich eingesehen, dass es falsch war. Liebe kann man nicht erzwingen. Sie ist da oder eben nicht.«

»Ich bin froh, dass du es so siehst. Dafür bin ich dir unendlich dankbar.«

Später brachte er sie zurück zu ihrer Kammer. »Schlaf gut, Selma.«

Sie erwartete bereits, dass er sie küssen wollte, aber er verlangte nach nichts dergleichen und ließ sie stattdessen im Türrahmen stehen. Sie sah ihm nach, bis er auf dem Treppenabsatz verschwunden war.

~

In dieser Nacht wollte der Schlaf nicht kommen. Selma schob es auf die Aufregung vor der Abfahrt. Sollte sie nun tatsächlich nach Hause kommen? Unruhig schälte sie sich wieder aus den Laken und streifte ihren Morgenmantel über. Eine kühle Brise wehte vom halb geöffneten Fenster herein.

Es drängte sie nach draußen. Hatte sie in den vergangenen Wochen nie darüber nachgedacht, nachts ihre Kammer zu verlassen, aus Angst, Igor in die Arme zu laufen, war diese Furcht nun fort.

Sie spähte auf den Gang. Das Haus lag still da. Sie trat nach draußen und schloss die Tür hinter sich. Wie ein Geist schlich sie über die Dielen und hatte plötzlich das Gefühl, die Villa problemlos verlassen zu können, ohne dass sie jemand aufhalten würde. Gedankenverloren lief sie weiter und fand sich bald in einem Teil des Anwesens wieder, den sie bisher noch nicht betreten hatte. Sie war nie in Stanis' Zimmer gewesen, und sie wunderte sich rückblickend, dass er sie nie zu sich eingeladen hatte. Sie schrieb es seiner Höflichkeit und seinem Anstand zu. Nahezu drei Wochen hatte sie in dem Haus zugebracht. Sie hatte gut gelebt, wenn auch wie eine Gefangene. Inzwischen erschien ihr diese Zeit wie ein letztes Opfer, das sie erbracht hatte, um nun endlich nach Hause zu kommen.

Ein Geräusch ließ sie aufhorchen. Sie lauschte in den dunklen Gang zu ihrer Linken, und plötzlich kam sie sich wie ein kleines Mädchen vor, dass etwas Verbotenes tat. Sie wollte auf ihr Zimmer zurückkehren, als sie erneut etwas hörte. Es klang wie ein unterdrücktes Stöhnen.

Sie überlegte einige atemlose Sekunden, bis sie dem Geräusch folgte. Vor einer Tür blieb sie stehen. Der Atem stockte ihr, und sie fragte sich, was sie da gerade tat.

Wieder war das Stöhnen zu hören. Die Neugierde siegte, und sie legte ihre Hand auf die Türklinke. In ihrem Geist spielte sie etliche Szenarien durch, was sie hinter der Tür erwarten mochte.

Durch den geöffneten Spalt fiel mattes Licht. Atemlos spähte sie hindurch und erkannte ein großes Bett, auf dem sich zwei Gestalten wanden. Das Stöhnen eines Mannes wurde lauter, der ihr den Rücken zuwandte. Im nächsten Augenblick fiel das Mondlicht auf sein Gesicht. Als er es halb in ihre Richtung drehte, erkannte sie ihn: Stanis.

Erschrocken wich sie zurück. Die Diele unter ihren Füßen gab einen ächzenden Laut von sich. Stanis hielt sofort inne und fuhr herum. Die Tür glitt weiter auf, und Selma stand genau im Mondlicht.

»Selma …« Stanis sprang aus dem Bett. Nackt stand er nur wenige Meter vor ihr. Hinter ihm bemerkte Selma eine Frau, auch sie war nackt. Trude.

Selma wandte sich um und lief. Sie lief, so schnell sie konnte die dunklen Gänge entlang. Immer weiter, bis sie bemerkte, dass sie in die falsche Richtung gelaufen war. Als sie sich umwandte, prallte sie gegen jemanden.

Igor.

Er stand plötzlich vor ihr und starrte sie an. Sie konnte das Weiß seiner Pupillen wie zwei Flecke in der Dunkelheit ausmachen. Er war immer in ihrer Nähe gewesen. Stets bereit einzugreifen.

»Warum hast du sie nicht aufgehalten?«

Stanis tauchte hinter Igor auf. Als der massige Russe sich umwandte, erwischte ihn Stanis' schallende Ohrfeige, die er regungslos hinnahm.

»Bring sie auf ihr Zimmer. Sofort!« Noch immer war er nackt. Seine Augen funkelten bösartig. So wie Selma sie noch nie zuvor gesehen hatte.

Als Igor ihren Arm packte, ließ sie es geschehen. Sie vermied es, noch einmal Stanis' Blick zu begegnen, als sie nah an ihm vorbeiging und seinen Schweiß riechen konnte. Es fröstelte sie.

~

Die restliche Nacht verbrachte sie mit angezogenen Knien auf dem Fußboden. Wie ein kleines Mädchen wippte sie vor und zurück, das Gesicht zwischen ihren Knien vergraben. Sie hatte sich alle Mühe gegeben und an ihrem Glauben festgehalten, dass Stanis ein guter Mann war, doch schlussendlich war diese Hoffnung zerplatzt. Heiße Tränen rannen ihre Wangen hinab. Das Leben erschien ihr auf einmal sinnlos. Die Aussicht auf immer weitere Qualen tötete jeglichen Willen weiterzuleben in ihr ab. Sie würde niemals nach Hause kommen. Alles war eine Lüge gewesen. Sie war und blieb eine Gefangene. Nachdem sie nun wusste, dass Igor draußen lauerte, war das Gefühl, das Haus ungehindert verlassen zu können, fort. Ihr wurde mit einem Mal speiübel.

Langsam erhob sie sich und ging zum Fenster und öffnete es. Das Nachthemd flatterte im kühlen Luftzug der sternenklaren Nacht. Langsam kletterte sie auf den schmalen Fenstersims. Als sie im Fensterrahmen stand und der Wind an ihrem Haar nestelte, dachte sie noch einmal an ihre Eltern, an Irma und an Johann. Ein letztes Mal, bevor sich ihre Hand vom Fensterrahmen löste.

»Nein!« Jemand fasste sie im letzten Moment an den Hüften, als sie bereits nach vorne kippte.

Wie eine Puppe ließ sie sich vom Fenstersims heben und fand sich in Stanis' Armen wieder. Behutsam setzte er sie ab und schloss das Fenster. »Ich gebe dich frei und werde dich ziehen lassen. Wie ich es gesagt habe.«

»Einfach so?« Selma zitterte am ganzen Leib. Er hatte sie soeben vor dem sicheren Tod bewahrt.

»Es war falsch, dich hierherzubringen.« Zärtlich strich er ihr eine Strähne aus dem Gesicht. Sie zuckte zurück.

»Du lügst. Du hast immer schon gelogen.« Beiläufig nahm sie wahr, dass er sich zwischenzeitlich etwas übergezogen hatte.

»Nein, meine Gefühle für dich waren echt.«

»Und was ist mit Trude?«

»Trude? Sie hat mein Bett gewärmt. Heute und schon einige Mal zuvor. Aber sie bedeutet mir nichts.«

»Bitte sag es mir. Werde ich wirklich nach Hause kommen?«

»Das wirst du. Schon übermorgen. Daran ändert sich nichts.« Noch einmal strich er über ihre Wange. »Ich bin nicht wie mein Bruder. Ich würde niemals eine Frau gegen ihren Willen in mein Bett zerren. Du magst über mich denken, was du willst, aber diese Gewissheit sollst du haben.«

»Geh jetzt bitte. Ich werde keine Dummheiten mehr unternehmen.« Sie wartete, bis er ihrer Aufforderung gefolgt war. Dann kroch sie in ihr Bett und wurde erst aus ihren Gedanken gerissen, als sie erneut Schritte vor ihrer Tür wahrnahm. Kurz darauf stand Trude im Nachthemd vor ihr.

»Ich glaube, er liebt dich tatsächlich.«

Selma antwortete nicht. Sie sah Trude nicht einmal an. Was hätte sie auch sagen sollen?

»Du hättest nicht spionieren sollen. Nun hat es deine Illusionen zerstört.« Trude setzte sich auf die Bettkante.

»Welche Illusionen?«

»Dass Stanis anders ist. Aber auch er ist nur ein Mann.«

»Warum hast du es getan?« fragte Selma. »Was hat es dir eingebracht?«

»Die Erkenntnis, dass nie geplant war, uns nach Hause zu bringen.«

»Was sagst du da?« Jetzt hatte Trude Selmas volle Aufmerksamkeit.

»Deine Naivität kennt offensichtlich keinerlei Grenzen.« Trude schüttelte verständnislos den Kopf. »Du weißt, welches Schicksal uns erwarten sollte. Du wusstest es die ganze Zeit, aber hast nichts getan, um es abzuwenden.«

»Was hätte ich denn tun sollen?«

»Was ich getan habe.« Mit diesen Worten ging Trude zur Tür.

»Du hast mit ihm geschlafen, und deshalb lässt er uns gehen? Wer von uns beiden ist nun naiver?« Es fiel Selma schwer, einen klaren Gedanken zu fassen.

»Schlaf jetzt. Morgen ist es so weit.«

»Was ist so weit?«

»Wir fahren nach Hause. Ist es nicht das, was Stanis dir versprochen hat?«

Selma war verwirrt. »Doch, das hat er.«

Trude lächelte. »Gute Nacht.« Sie schloss die Tür hinter sich.

Selma lauschte in die sich anschließende Stille und fragte sich, ob Trude mit ihrem Vorgehen letztendlich doch mehr erreicht hatte als sie selbst? Sollte sich der Glaube an das Gute im Menschen doch nicht ausgezahlt haben?

10

Gorlowka, Sowjetunion, heutige Ukraine
1948

»Die Zugfahrt wird lang, und ich habe nur drei Tücher zum Wechseln.« Marianne blickte ratlos zu Selma und Trude.

»Wir werden eines der Bettlaken mitnehmen und es in Streifen reißen.« Selma zuckte die Schultern. Sie hatte alle Gedanken an die letzte Nacht verdrängt, vor allem an das, was Trude zu ihr gesagt hatte.

»Wann werden wir abgeholt?«, fragte Marianne. Selma hatte ihr nichts von den Erlebnissen der Nacht berichtet. Das hätte sie nur verunsichert. Auch Trude hatte geschwiegen.

»Morgen. Am späten Nachmittag«, antwortete Trude, die im hinteren Teil von Mariannes Kammer Platz genommen hatte.

»Ich kann es noch immer nicht glauben.« Marianne hielt Gisela den Zipfel ihres Kleides hin. Die Kleine grabschte glucksend danach. Gisela konnte inzwischen über den Boden krabbeln.

»Aber wir fahren endlich nach Hause.« Trude stand auf, trat neben sie und strich der kleinen Gisela über den Kopf. Dabei warf sie Selma einen Seitenblick zu.

»Ich weiß zwar nicht, was den alten Melnikow oder gar Stanis dazu bewegt hat, aber das spielt jetzt wohl keine Rolle mehr«, sagte Marianne glücklich.

Am nächsten Tag stand Stanis überraschend in Selmas Kammer. Auf seiner Hand balancierte er ein Tablett mit dem Frühstück. »Ich wollte mich verabschieden.«

»Ich danke dir.«

»Für das Frühstück?« Er stellte das Tablett ab und setzte sich auf den Stuhl.

»Nein, dafür, dass du mit deinem Vater gesprochen hast und er uns gehen lässt.«

»Er musste sich entscheiden: sein Sohn oder sein Stolz.«

»Ich rechne es ihm hoch an, dass er Marianne und Gisela ziehen lässt.«

»Du solltest jetzt frühstücken. Wenn ihr erst im Zug sitzt, werden die Annehmlichkeiten der letzten Wochen schnell vergessen sein.«

»Das befürchte ich. Aber es geht nach Hause, und das lässt die Schrecken der Hinfahrt verblassen.«

»Es tut mir leid.« Stanis erhob sich. »Dass du das mit Trude auf diese Weise erfahren musstet und dass nicht mehr aus uns geworden ist, wie ich es mir erhofft hatte.«

»Und mir tut es leid, dass ich …«

»Nicht.« Er schüttelte den Kopf. Ein sonderbares Lächeln zeichnete sich auf seinem Gesicht ab. »Leb wohl, Selma Benning.«

Keine Berührung mehr, kein letzter Blick. Er drehte sich einfach um und verschwand aus dem Zimmer. Selma starrte lange auf die geschlossene Tür. Als sie anfing zu frühstücken, war der Kaffee längst kalt.

~

Die letzten Strahlen des Spätsommers wärmten ihre Haut, als sie mit ihrem kleinen Koffer und den letzten verbliebenen Habseligkeiten vor die Pforte der Villa Melnikow trat. Trude und Marianne mit Gisela auf dem Arm gesellten sich zu ihr.

Igor stand neben dem dunklen Moskwitsch. Die Arme verschränkt, starrte er ihnen stumm entgegen. Weder Stanis noch Jurij waren gekommen. Stattdessen flog eine Schar Schwalben über das Anwesen hinweg und sandte ihnen einen letzten Gruß. Zu einer anderen Zeit, in einem anderen Leben wäre dieser Anblick womöglich schön gewesen, doch in diesem Moment war Selma einzig froh, der Villa den Rücken kehren zu dürfen. Die Menschlichkeit hatte gesiegt. Das war das Einzige, woran sie denken konnte.

Wie bei ihrer Ankunft meinte sie auch diesmal einen Schatten hinter einem der Fenster zu erkennen. Ob es sich dabei um Jurij oder Stanis handelte, vermochte sie nicht zu sagen. Im nächsten Augenblick war sie ins Auto auf die Rückbank gestiegen, während Igor ihre Koffer einlud. Marianne nahm mit Gisela auf dem Beifahrersitz Platz, und Trude setzte sich neben sie.

Selma vermied es, Igors Blick im Spiegel zu begegnen. Nichts konnte ihr jetzt noch Angst einjagen, außer den eisigen Augen des schweigsamen Russen.

Während sie die lange Straße runter in die Stadt fuhren, musste Selma an Efrem denken. Wie es ihm ergangen war, nachdem sie das Lager verlassen hatte. Hatte er sich bereits halbwegs erholt? Ob er ihre Nachricht erhalten hatte? Sie bedauerte es, sich nicht persönlich vom ihm verabschieden zu können. Zwischen ihnen war in all den Jahren ein eigentümliches Band entstanden. Sie wünschte ihm von ganzem

Herzen, dass seine Arbeit im Lager 1009 bald ein Ende finden und er seine Kinder wiedersehen würde.

Sie passierten den Friedhof von Gorlowka, und sie war versucht, Igor zu bitten anzuhalten. Sie wollte einen Strauß Blumen pflücken und ihn an Giselas Grab niederlegen, aber sie schluckte die Worte hinunter. Sie wollte kein Risiko mehr eingehen.

»Wir werden ihr Andenken bewahren«, sagte Marianne von vorne, als hätte sie ihre Gedanken gelesen.

»Das werden wir«, entgegnete Selma dankbar.

Als der Friedhof vorbeigezogen war, versuchte Selma, nach vorne zu blicken. In ihre Zukunft. An das, was sie erwarten würde. Und damit kamen auch wieder die Gedanken an Johann. Das letzte verbliebene Fünkchen Hoffnung, ihn doch noch wiederzusehen. Sie dachte an die Briefe, die sie in ihrem Koffer verstaut hatte, und stellte sich vor, Johann hätte sie gelesen. Sie blinzelte, als die untergehende Sonne sie blendete und die Landschaft an ihnen vorüberzog.

Irritiert nahm sie kurz darauf Trudes plötzliche Unruhe wahr.

Selma folgte ihrem Blick, und es dauerte eine Weile, bis ihr klar wurde, dass der Bahnhof in entgegengesetzter Richtung lag. Sofort glitt ihr Blick zum Rückspiegel, aber Igor blickte starr auf die Straße.

»Wir fahren falsch«, begehrte sie auf.

»Was?« Marianne drehte sich zu ihnen um.

»Igor, wohin fahren wir?« Selma wandte sich auf Russisch an ihn.

Aber er antwortete nicht. Stattdessen fuhr er stoisch weiter.

»Vielleicht fährt er zu einem anderen Bahnhof«, sagte Marianne.

Aber Igor lenkte den Wagen schon bald über einen unebenen Waldweg in Richtung einer Lichtung.

Selma spürte einen dicken Brocken in ihrer Magengegend, als sie den großen Lkw sah, der dort wartete. Die Plane der Ladefläche war geöffnet, und sie konnte eine Handvoll Frauen erkennen, die dort saßen.

»Er hatte nie vor, uns zum Bahnhof zu bringen.« Selmas Stimme war brüchig vor Angst. Bevor sie noch etwas sagen konnte, bremste Igor scharf, und sie sah einen stämmigen Mann vor ihrem Wagen stehen, in dessen Hand eine Pistole lag. Er sah weder aus wie ein Soldat noch wie ein Brigadier oder einer der Männer, die sie in den Lagern bewacht hatten. Ein böser Verdacht bemächtigte sich ihrer.

»Sie wollen uns verkaufen«, brachte Selma atemlos hervor. Der Alptraum war also noch immer nicht zu Ende. Er sollte erst beginnen. Stanis hatte sie betrogen. Die Erkenntnis brachte sie nahezu um den Verstand. Sie sah zu Trude und wurde blass.

»Was hast du getan?« Etwas schnürte ihre Kehle zu. Trude würdigte sie keines Blickes.

Selma entdeckte die dickliche, untersetzte Frau, die soeben um den Lkw herumkam. Sie und der Mann mit der Pistole schienen auf ihre Ankunft gewartet zu haben.

»Dawai!«

Selma zuckte zusammen, als Igors Stimme ertönte. Er öffnete die Tür und stieg aus. Er verzichtete darauf, den Motor abzuschalten. Offensichtlich sollte alles ganz schnell gehen.

»Was soll das?« Marianne machte ein entsetztes Gesicht, und Gisela fing an zu weinen.

»Nicht aussteigen!«, sagte Selma instinktiv zu Marianne und dachte fieberhaft nach. Aber es nützte nichts. Der Mann mit der Pistole hob seinen Arm und zielte durch die Scheibe genau auf Selmas Stirn.

Langsam stiegen die drei Frauen aus dem Wagen. Die fremde Frau kam auf Marianne zu und wollte ihr ihre Tochter aus dem Arm nehmen, doch Marianne hielt sie fest.

Der Mann mit der Pistole zögerte nicht und setzte Marianne den Lauf an die Schläfe. Gisela schrie inzwischen aus voller Kehle, und nun fing auch Marianne an zu weinen.

»Bitte lassen Sie mir mein Kind!« Derart verzweifelt hatte Selma Marianne noch nie erlebt.

»Es ist zu spät«, sagte Trude, weil sie längst Bescheid wusste.

Selma ballte die Fäuste. Sie war bereit, ihr die Augen auszukratzen. Trude hatte sie verkauft. Sie hätte am liebsten geschrien vor Wut über ihre eigene Dummheit. Aber sie versuchte, Ruhe zu bewahren. »Marianne, gib ihr das Kind, bitte«, sagte sie in beschwörendem Tonfall. Sie wusste keinen Ausweg, aber jede Sekunde zählte, und sie wollte auf keinen Fall, dass der Mann überreagierte.

»Ich kann nicht!« Marianne schluchzte.

»Du musst!«

Noch immer stand die Frau vor ihr und hielt demonstrativ ihre Arme ausgestreckt. Der Hahn an der Pistole des Mannes knackte, als er ihn spannte.

»Marianne!«, schrie Selma, und da reagierte die Freundin endlich. Sie ließ zu, dass die Frau ihr Gisela aus dem Arm nahm.

Langsam zog der Mann seine Waffe zurück. Selma rechnete nun damit, dass Trude ihre Maske endgültig fallenlassen würde, als sie aus dem Augenwinkel jedoch eine andere Bewegung wahrnahm. Eine der Frauen wollte offensichtlich die Verzögerung und die Ablenkung nutzen, um die Flucht zu ergreifen. Selma sah sie in höchster Not von der Ladefläche springen. Mit fliegendem Haar rannte sie ins Unterholz.

Der Mann mit der Pistole stieß einen Fluch aus und nahm die Verfolgung auf.

Selma blieb keine Zeit, die Flucht der Frau zu beobachten. Trude bewegte sich so schnell, dass sie die Pistole in ihrer Hand erst bemerkte, als sich ein Schuss löste und die Kugel sich in Igors Brust fraß.

Der stämmige Russe machte ein ungläubiges Gesicht, als er nach hinten kippte. Er fiel lautlos in den Staub, die Augen starr in den blauen Himmel gerichtet.

Selma sah ihn völlig erstarrt an, als in ihrem Rücken überraschend der Motor des Moskwitsch aufheulte. Erschrocken sprang sie zur Seite, als der Wagen einen Satz nach vorne machte.

»Schnell, rein in den Wagen!« Trude saß am Steuer.

Marianne reagierte noch vor Selma. Dieselbe Faust, die schon Gisela eine Rippe gebrochen hatte, landete seitlich an der Schläfe der Frau, die ihr das Baby weggenommen hatte und die ebenso überrascht von Trudes Tat war. Benommen torkelte sie rückwärts, und Marianne riss ihr die noch immer schreiende Gisela aus dem Arm.

Erst da reagierte Selma. Mit einem beherzten Sprung hechtete sie auf die Rückbank des Wagens, während Marianne mit Gisela vorne einstieg.

»Du kannst Auto fahren?«, brachte Selma ungläubig heraus.

»Wofür große Brüder manchmal gut sind«, erwiderte Trude.

Selma musste sich am Fahrersitz festklammern, als Trude nur eine Sekunde später den Rückwärtsgang reindrückte und Vollgas gab. Die Türen des Wagens schlugen zu. Kurz vor den Bäumen zog Trude mit einem kräftigen Ruck an der Handbremse, und der Wagen schleuderte herum. Mit einem Blick durch das rückwärtige Fenster sah Selma, dass der Mann mit der Pistole nun aus dem Wald gestürmt kam.

Er legte an und zielte. Mit einem Aufschrei warf sich Selma in den Fußraum zwischen die Sitze.

Als die Schüsse in das dünne Blech des Wagens einschlugen, klang es wie ein Wirbel auf einer löchrigen Blechtrommel. Selma zählte drei Einschläge, wovon der dritte so dicht über ihrem Kopf vorbeizischte, dass sie es pfeifen hören konnte.

Der Wagen schlingerte von rechts nach links, dann stabilisierte er sich, und außer dem röhrenden Motor war nichts mehr zu hören. Zu ihrem Erstaunen war selbst die kleine Gisela verstummt.

Langsam setzte sich Selma auf und blickte zurück durch die zertrümmerte Heckscheibe. Hinter ihnen waren nur noch Bäume und viel aufgewirbelter Staub zu erkennen.

»Wir haben es geschafft!«, rief sie noch immer überrascht von ihrem Irrtum, was Trude anbelangte, und blickte nach vorne.

Marianne hielt die kleine Gisela an sich gedrückt, während sie sich mit der anderen Hand an der Halteschlaufe festklammerte. Sie schienen unversehrt.

Trude hatte beide Hände um das Lenkrad geklammert.

Sie saß leicht vornüber gebeugt, die Lippen aufeinandergepresst. »Das haben wir«, erwiderte sie seltsam hölzern.

Erst da sah Selma das klaffende Loch in der Rücklehne des Fahrersitzes.

~

Trude fuhr so lange Vollgas, bis die Dächer von Gorlowka längst nicht mehr zu sehen waren. Neben einem einsamen Maisfeld kam der Wagen inmitten der mannshohen Stauden erst ins Schlingern und blieb dann stehen. Erschrocken sahen Selma und Marianne, dass Trude mit dem Kopf auf das Lenkrad gesackt war und die Hupe mit einer gequälten Leier ertönte.

»Trude!« Selma beeilte sich, aus dem Wagen zu kommen. Sie riss die Fahrertür auf und packte Trude an den Schultern. Die Hupe verstummte, und Trudes Körper kippte in Selmas Schoß. Sie hatte das Bewusstsein verloren.

»Was hat sie?«, fragte Marianne vom Beifahrersitz. Gisela hatte erneut angefangen zu weinen.

Selmas Befürchtung war zur bitteren Gewissheit geworden. Auf Trudes Brust hatte sich ein dunkler Fleck gebildet. Als sie vorsichtig mit der Hand danach tastete, sah es auch Marianne. »Oh, nein«, hauchte sie.

»Wir müssen die Blutung stillen.« Selma fasste die reglose Trude unter den Achseln und zog sie aus dem Wagen. Sie legte sie auf den Boden und begann den Stoff des Hemdes vom Kragen her einzureißen, um die Wunde sehen zu können. Überall war Blut. Das Einzige, was sie sehen konnte, war, dass die Kugel offensichtlich in die rechte obere Brust eingedrungen war.

»Sieh nach, ob die Kugel irgendwo steckt oder ob es ein

Durchschuss war.« Selma ging zum Kofferraum, öffnete ihren Koffer und nahm eines ihrer Hemden an sich. »Wir müssen das auf die Wunde pressen, um die Blutung einzudämmen.«

Als sie keine Antwort bekam, blickte sie auf und sah Marianne immer noch im Wagen sitzen. Ihr Gesicht war tränenüberströmt. »Marianne!«

»Mist, Mist, verdammter Mist!« Marianne hämmerte auf die Armaturen, und Gisela weinte ohne Unterlass in ihrem Arm.

Marianne starrte auf die Pistole, die Trude offensichtlich in den Fußraum geworfen hatte. »Wo hatte sie die bloß her?«

»Das muss dich jetzt nicht interessieren. Leg sie auf die Rückbank und tu, was ich dir gesagt habe.« Selma presste den Stoff auf Trudes Wunde. Sie versuchte, alles um sich herum auszublenden und sich auf das Wichtigste zu konzentrieren. Zumindest solange ihr dies möglich war.

Marianne gab sich einen Ruck und tat, wie ihr geheißen.

»Und?« Selma wischte sich mit einer Hand den Schweiß von der Stirn.

»Nichts. Keine Kugel.« Marianne hockte im Fußraum und tastete alles ab.

»Verdammt! Dann steckt die Kugel noch in ihrer Brust. Das ist schlecht.«

»Was heißt schlecht?«, fragte Marianne und kletterte aus dem Wagen.

»Schlecht eben.« Selma sah sich um. Noch waren sie allein. Kein Fahrzeug war an dem Feld vorbeigefahren. Ihr Glück war, dass der Wagen von den Stauden verdeckt wurde. »Wir müssen fort von hier.«

»Aber wohin?« Auch Marianne sah sich um.

»Du nimmst sie nach hinten und presst den Stoff weiter auf die Wunde. Ich werde fahren.«

»Hast du etwa auch noch einen großen Bruder?«

»Nein, aber so schwer kann das doch nicht sein.«

»Aber wohin willst du?«

»Ich weiß es noch nicht, zum Teufel nochmal!« Selmas Stimme überschlug sich. Ihre Hände zitterten, und sie hatte das Gefühl, sich übergeben zu müssen.

»Sie werden uns zurückholen, und dann Gnade uns Gott«, sagte Marianne.

»Ich gehe nicht wieder zurück. Lieber sterbe ich.« Selma packte Trude. »Leg Gisela in den Fußraum des Beifahrersitzes. Dort ist sie einigermaßen sicher, und dann hilf mir, Trude auf die Rückbank zu legen.« Sie nahm die Pistole und verstaute sie im Handschuhfach.

Nachdem Gisela im Fußraum lag, hievten sie Trude gemeinsam auf die Rückbank des Moskwitsch. »Pressen, so fest du kannst«, sagte Selma und wartete, bis Marianne sich zu Trude gesetzt hatte.

Gisela strampelte im Fußraum, aber sie hatte sich fürs Erste beruhigt. Selma setzte sich hinter das Steuer und legte ihre Hand auf den Schaltknüppel. »Dann wollen wir mal sehen …«

Der Rückwärtsgang wehrte sich, aber irgendwann ging er rein. Der Motor heulte auf, und der Wagen machte einen Satz nach hinten, als Selma die Kupplung unsanft betätigte. Nach mehreren Anläufen schaffte sie es irgendwie, den Wagen aus dem Maisfeld herauszumanövrieren und zurück auf die Straße zu bringen. »Wir fahren nach Westen.«

»Nach Westen?«, fragte Marianne von hinten.

»In Richtung Heimat. Das kann nicht falsch sein.« Selma

schaltete in den nächsten Gang und bekam langsam ein Gefühl für die Kupplung.

»Willst du mit dem Wagen bis nach Rumänien fahren?«

»Wenn ich das könnte, hätte ich nichts dagegen.« Selma sah in den Rückspiegel. »Bei der nächsten Gelegenheit halten wir und holen uns Hilfe.«

»Wer sollte uns denn helfen?«

»Das lass nur meine Sorge sein. Kümmere du dich um Trudes Blutung. Wir haben nicht mehr viel Zeit.«

»Ich hoffe, du hast diesmal einen richtigen Plan«, sagte Marianne.

»Einen Plan? Ja, und der lautet überleben und nach Hause kommen. Einen anderen hatte ich nie.«

~

Selma fuhr die schmale Straße weiter in Richtung Westen. Währenddessen sahen sie nur einen anderen Wagen, der in entgegengesetzter Richtung unterwegs war. Die Sonne stand hoch über den Feldern, die an ihnen vorbeiflogen, und wies ihnen den Weg.

Trude war noch immer bewusstlos, und die kleine Gisela weinte in regelmäßigen Abständen. Marianne drückte die Wunde ab, so gut es ging, und Selma konzentrierte sich auf die Straße. Immer wieder glitt ihr Blick in den Rückspiegel, um etwaige Verfolger auszumachen.

Der Fahrtwind zischte pfeifend an der zerstörten Heckscheibe vorbei, und sie hoffte, dass die Kugeln den Wagen ansonsten unbeschadet gelassen hatten. Stück für Stück schlich sich die Angst zurück in ihr Herz. Einzig ihr Wille zu überleben hatte die Angst verdrängen können, doch nun musste sie an Stanis und Jurij denken. An das, was sie ihnen antun wollten. Stanis hatte sich letztendlich auf die Seite seines Vaters geschlagen. Das entsetzte sie, doch eine Stimme in ihrem Inneren lachte sie dafür aus. Trude hatte immer recht gehabt. Doch Selma starb lieber unter dem Himmel Russlands, als sich selbst zu verkaufen.

»Dort drüben! Das Gehöft.« Marianne riss sie aus ihren Gedanken und deutete zur Seite.

Selma sah den Hof zwischen zwei Feldern, lenkte bei der nächsten Gelegenheit den Wagen nach rechts und steuerte auf das Gehöft zu.

»Ob jemand da ist, der uns hilft?« Marianne starrte durch das Fenster.

»Das werden wir in Kürze wissen.« Selma hielt neben einem rostigen Pflug und schaltete den Motor ab. Dabei fiel ihr Blick auf die Tankanzeige. Die Nadel hatte sich bei einem Drittel eingependelt. »Weit kommen wir nicht mehr.«

Bevor sie ausstieg, sah sie in den Rückspiegel. »Bleib bei Trude. Ich mache das.« Sie stieg aus, ging um den Wagen herum und holte Gisela aus dem Fußraum. Die Kleine wollte gleich wieder losbrüllen, aber Selma schob ihr den Daumen in den Mund.

Sie hatte keine zehn Schritte in Richtung des gedrungenen alten Hofes getan, als ein Mann heraus in die Mittagssonne trat. Er schirmte seine Augen mit der Handfläche ab und kam näher.

Selma drückte Gisela noch enger an sich und blieb stehen.

Der Mann war bereits älter. Er trug eine löchrige Latzhose und ein schmutziges Hemd. Seine Nase war so platt, dass er unmöglich Luft damit bekommen konnte. »Was wollen Sie hier?«, fragte er auf Russisch.

»Wir brauchen Hilfe«, versuchte es Selma auf Russisch.

Sie konnte sehen, wie der Mann aufhorchte, als er feststellte, dass Selma keine Russin war. »Wobei?«

Selma deutete zum Wagen. Der Mann schielte in die Richtung, dann zog er die Stirn kraus, setzte sich aber in Bewegung. Als er Marianne und die bewusstlose Trude sah, schreckte er zurück.

»Bitte, sie ist verletzt«, sagte Selma.

Einen Moment zögerte der Mann noch, dann nickte er und eilte, so schnell es seine alten Knochen zuließen, davon.

»Was hat er vor?«, fragte Marianne.

»Er wird uns helfen.«

»Deine Zuversicht möchte ich haben.«

Kurz darauf kam der Mann mit einer Schubkarre zurück. Selma und Marianne beeilten sich, Trude aus dem Wagen zu heben und auf die Schubkarre zu legen. Als der Mann das viele Blut sah, das Trudes Kleidung durchtränkt hatte, wurde er eine Spur blasser.

Trotzdem packte er die Griffe der Schubkarre und fuhr los. Marianne nahm Gisela auf den Arm, die Selma zwischenzeitlich auf den Boden gesetzt hatte, und gemeinsam folgten sie dem Mann.

Er war sich nicht zu schade, die Schubkarre bis in den Hauseingang zu schieben. Selma sah sich um. Alles um sie herum war mehr als baufällig, und es roch muffig, aber sie entdeckte ein uraltes löchriges Sofa, über das ihr Helfer kurzerhand eine staubige Decke warf.

Nachdem Trude darauf lag, ging der Mann in einen Nebenraum und kam mit einer Handvoll Leinentüchern und einer Flasche Wodka zurück. Selma fragte sich, ob der alte Mann ganz allein in dem Haus lebte, aber da sie niemanden sonst sah, ging sie davon aus. Weniger Menschen, weniger Fragen, dachte sie.

Der Mann war nicht sonderlich geschickt in dem, was er tat, aber sie schafften es, die Wunde ein Stück weit zu reinigen und anschließend einen Druckverband anzubringen. Inzwischen musste Trude eine Menge Blut verloren haben. Ihr Gesicht war weiß wie eine Wand, und ihr Puls war schwach. Sie war noch immer ohne Bewusstsein. Ihr Körper schien sich in einer Art Schockstarre zu befinden, nahm Selma an.

»Und was hast du jetzt vor?« Marianne sah Selma hilflos an. »Das hier wird ihr höchstens ein paar Stunden Aufschub gewähren.«

»Mehr können wir nicht tun«, sagte Selma. »Erst einmal müssen wir weg von hier.«

Ihr Helfer lauschte ihnen, auch wenn er offensichtlich kein Wort verstand. Selma wandte sich an ihn. »Wir müssen nach Kriwoj-Rog. Können Sie uns helfen?«

»Kriwoj-Rog?«, mischte sich Marianne ein, doch Selma brachte sie mit einer Handbewegung zum Schweigen.

»Kriwoj-Rog?«, wiederholte auch der Mann und schien sich nicht sicher zu sein, ob er richtig verstanden hatte.

»Ja«, sagte Selma. »Wir brauchen Benzin.«

»Benzin?« Der Mann schürzte die Lippen, dann rieb er Daumen und Zeigefinger aneinander, um anzudeuten, dass er Geld sehen wollte.

»Natürlich, so arm, wie der ist.« Marianne sah sich desillusioniert um. »Jetzt sitzen wir also fest.«

»Moment.« Selma griff in ihren Rocksaum und beförderte den Schlüssel des Moskwitsch zu Tage. Sie reichte ihn dem Mann. »Automobil.« Dann deutete sie auf sich, Trude und Marianne. »Kriwoj-Rog.«

Der Mann runzelte die Stirn und betrachtete skeptisch die kleine Gisela, die zwischenzeitlich auf Mariannes Arm eingeschlafen war. Plötzlich erhellte sich seine Miene, und er nickte, wobei er seine wenigen verbliebenen Zähne zeigte. »Kriwoj-Rog! Dawai!«

»Was hast du getan?«, fragte Marianne, die noch nicht verstanden zu haben schien.

»Er bekommt den Wagen, wenn er uns dafür nach Kriwoj-Rog bringt«, erklärte Selma.

»Und was wollen wir dort? Ich dachte, ich sehe diesen verfluchten Ort nie wieder.«

»Das dachte ich auch, aber jetzt benötigen wir die Hilfe einer Freundin.«

~

Ihr Helfer stellte sich als Fedor vor. Er war Bauer. Seine Frau war vor Jahren gestorben, und er versuchte, sich irgendwie über Wasser zu halten. Die Aussicht, den Moskwitsch zu Geld machen zu können, war für ihn eine glückliche Fügung des Schicksals. Dabei schienen ihn die Einschusslöcher und die Herkunft des Fahrzeuges herzlich wenig zu interessieren. Er fragte lediglich, ob Selma und ihre Begleiterin deutsche Arbeiterinnen wären.

Selma und Marianne sahen sich gegenseitig an, dann nickten sie. Auch Fedor nickte, zur Bestätigung, dass er sich das bereits gedacht hatte. Er grinste dabei wie ein Honigkuchenpferd. Offensichtlich schien ihm auch das egal zu sein.

Er saß am Steuer, während Selma sich nach hinten zu Trude gesetzt und Marianne mit Gisela auf dem Beifahrersitz Platz genommen hatte. Für die vierhundert Kilometer würden sie bis zum späten Abend fahren, wie Fedor erklärte. Er hatte einen Kanister mit Benzin in den Kofferraum gelegt, den er normalerweise für seinen Traktor benötigte. Selma verstand nicht alles, was er sagte, denn er war mit einem Mal erstaunlich gesprächig geworden, und die Wörter sprudelten nur so aus ihm hervor. Anscheinend fehlte ihm ein Gesprächspartner. Selma quittierte seine gelegentlichen Redepausen mit einem höflichen Nicken, wenn er zu ihr in den Rückspiegel sah.

Trude stöhnte hin und wieder auf ihrem Schoß. Selma versuchte, ihr regelmäßig einen Tropfen Wasser einzuflößen. Noch hielt der Verband. Es war kein weiteres Blut aus der Wunde ausgetreten. Aber die Kugel steckte noch immer in Trudes Brust, und das bereitete Selma große Sorgen. Mit ihrem beispiellosen Mut hatte Trude ihnen das Leben gerettet und sie vor einer schrecklichen Zukunft bewahrt. Selma war gewillt, alles zu tun, um ihr Leben zu retten. Alle vorangegangene Rivalität verblasste zu einer Nichtigkeit. Trude hatte das getan, wozu sie selbst niemals fähig gewesen wäre.

»Ich habe fürchterlichen Hunger«, sagte Marianne nach einer Weile.

»Das wird wohl noch etwas warten müssen.« Selma reichte ihr die Wasserflasche nach vorne.

Am Horizont senkte sich bereits die Sonne und tauchte das Land in die purpurne Röte, die Selma schon so viele Male betrachtet hatte. Nach einiger Zeit hielt Fedor am Straßenrand und füllte Benzin nach. Er schien es dabei nicht allzu eilig zu haben, was Selma nicht gefiel. Aber sie verkniff sich eine Bemerkung. Dass Fedor sie fuhr, war mehr Glück, als sie sich wünschen konnten. Also schwieg sie und wartete geduldig, bis Fedor sich wieder hinter das Steuer gewuchtet hatte. Er hatte die Scheibe ein Stück weit nach unten gekurbelt. Sein süßlicher Schweißgeruch wehte zu Selma nach hinten. Einen Augenblick lang befürchtete sie, er könnte gelogen haben und sie an einen anderen Ort fahren, wo er neben dem Wagen unter Umständen noch eine Belohnung einheimsen konnte. Aber sie versuchte, den Gedanken daran zu verdrängen, da ihnen nichts anderes übrig blieb, als sich dem alten Mann anzuvertrauen.

Trude regte sich erneut. Plötzlich schlug sie die Augen auf. »Wo bin ich?«

»Auf dem Weg zu einer Freundin.« Selma strich ihr beruhigend über die schweißnasse Stirn.

»Es tut so verdammt weh.«

»Ich weiß, aber dir wird bald geholfen.«

Trude schüttelte den Kopf. »Nein, wird es nicht. Ich komme nicht mehr nach Hause.«

»Doch, das wirst du.«

»Keine Lügen mehr.« Trude schloss die Augen, und Selma dachte bereits, sie wäre wieder eingeschlafen. »Es war der einzige Weg. Ich habe es getan, weil du es nicht konntest«, flüsterte sie kurz darauf.

»Was meinst du?«

»Meinen Körper benutzt, um seinen Verstand auszuschalten.«

»Die Pistole, die Gewissheit, dass sie uns verschleppen werden«, sagte Selma. »Das war der Grund, warum du …«

»Warum ich mich ihm hingegeben habe. Diesmal hat sich das Opfer gelohnt.«

»Du hättest es nicht tun müssen.«

»Doch, sonst wäre ich nie an seine Waffe gekommen, und wir wären jetzt in der Gewalt dieser Menschen.« Trude hustete und verzog das Gesicht.

Selma gab ihr einen Schluck Wasser. »Ich bringe dich nach Hause.«

»Es ist in Ordnung, dass du es nicht konntest«, sagte Trude mit schwacher Stimme.

»Aber …«

»Denke immer dran: Die Männer sitzen am Steuer, aber wir sind es, die lenken.«

»Ich habe nie geglaubt, etwas Besseres zu sein …«

»Ich weiß …« Trude versuchte sich an einem Lächeln. »Grüß deine Schwester von mir.« Sie schloss die Augen.

Selma presste die Lippen aufeinander und trocknete Trudes Stirn. Die Worte mussten sie sehr angestrengt haben.

Als die Dunkelheit sich längst über das Land gesenkt hatte und die Scheinwerfer des Moskwitsch die Straße vor ihnen erhellten, konnte Selma in der Ferne das Funkeln von Lichtern entdecken. Es waren die Lichter, die aus den Häusern einer Stadt drangen, und ihr Herz tat einen Sprung. Wenn ihr vor zwei Jahren jemand gesagt hätte, wie unendlich dankbar und erleichtert sie sein würde, Kriwoj-Rog wiederzusehen, dann hätte sie diese Person ganz sicher für verrückt erklärt. »Sag niemals nie«, flüsterte sie.

»Was?«, fragte Marianne nach hinten. Sie war kurz eingenickt. Auch Gisela schlief zufrieden in ihrem Arm.

»Wir sind da. Kriwoj-Rog.«

»Kriwoj-Rog.« Fedor nickte zur Bestätigung. Er hatte tapfer durchgehalten und war unbeirrt weitergefahren.

Am Rand der Stadt orientierte sich Selma, dann dirigierte

sie Fedor durch die Straßen, bis sie Wiktorias Haus erreicht hatten. Fedor hielt an, ließ den Motor aber laufen.

»Wo sind wir?«, fragte Marianne.

»Bei einer Freundin. Genügt das nicht?«

»Doch.« Marianne stieg mit Gisela aus.

Selma streichelte Trudes Wange. »Wir sind angekommen. Jetzt wird man dir helfen.« Trudes Haut war kalt. Instinktiv tastete Selma nach ihrem Hals. Schlagartig bildete sich ein schwerer Klumpen in ihrer Kehle, und es versetzte ihr einen Schlag in die Magengrube. »Marianne …«

»Was ist?« Marianne stand draußen vor dem Wagen.

»Trude …«

»Was? Oh, nein. Sag das nicht.«

»Ich habe es nicht einmal bemerkt«, sagte Selma niedergeschlagen.

Fedor beugte sich zu ihnen nach hinten und zeichnete ein Kreuz auf seine Brust. Selmas Herz krampfte sich zusammen, aber sie versuchte, mit fester Stimme zu sprechen. Es war nicht die Zeit, ihre Gefühle zuzulassen. »Warte hier.«

Behutsam legte sie Trudes Kopf ab. Dann stieg sie aus dem Wagen und schritt mit weichen Knien zu Wiktorias Haus. Sie atmete einmal tief durch, dann klopfte sie an.

Es dauerte, bis sie Schritte vernahm. Im nächsten Moment ertönte das Türschloss, und es wurde geöffnet.

Veniamin stand mit großen Augen vor ihr. Hinter ihm sah Selma Wiktoria. Da brach es aus ihr heraus. Ihre Knie gaben nach, und die Tränen suchten sich ungehemmt ihren Weg.

~

Trude lag im Nebenraum. Ihre Haut war wächsern, aber ihre Gesichtszüge wirkten entspannt. Es machte den Anschein, als würde sie einen schönen Traum erleben. Und das tut sie vielleicht auch, dachte Selma, die zurück zu Marianne in die angrenzende Kammer ging. Einen Traum von ihrer Heimat, ihrer Familie und allem, was sie zu Lebzeiten geliebt hat.

Marianne saß mit der kleinen Gisela in dem Zimmer, in dem Selma damals bereits mit Gisela ausgeharrt hatte. Wiktoria hatte ihnen etwas zu essen gebracht. Von Prochor war nichts zu sehen. Er war wie gewohnt in der Stadt unterwegs. Wiktoria versicherte ihnen, dass von ihm nichts mehr zu befürchten sei. Schließlich hatte Selma ihm seinen Sohn zurückgebracht. Veniamin war unterdes mit seinem kleinen Bruder in eine Kammer unter dem Dach gestiegen, damit sie ungestört waren.

Nachdem sie Trude aus dem Wagen getragen hatten, war Fedor davongefahren. Selma meinte noch, seine schwielige Hand zu spüren, als er sich von ihr verabschiedet hatte. Er hatte sein Wort gehalten. Sie waren in Kriwoj-Rog angekommen, aber für Trude war es zu spät gewesen. Vielleicht hätten ihr zwei Stunden geholfen, aber Selma wagte keine Einschätzung, da alles Grübeln nichts änderte: Trude hatte ihr Leben gelassen. Wie auch Gisela und viele andere, die ihre Heimat vor nahezu fünf Jahren verlassen mussten.

»Ich bin froh, dass ihr in eurer Not hierhergekommen seid«, sagte Wiktoria und setzte sich neben sie. »Es tut mir leid für eure Freundin, aber auch ich hätte nicht mehr viel für sie tun können.«

Selma nickte stumm. »Es darf nicht so enden wie beim letzten Mal. Diesmal müssen wir nach Hause.«

»Erzähl mir, wie es euch ergangen ist. Wo ist Gisela?«

Wiktoria bedachte die kleine Gisela mit einem liebevollen Blick. »Es scheint viel passiert zu sein.«

»Das ist es.« Selma erzählte ihr, wie es ihnen ergangen war, seitdem Efrem sie damals abgeholt hatte.

»Einen Teil der Geschichte kenne ich bereits von Veniamin. Er sagte mir, dass deine Schwester Irma ohne Zwischenfälle weiter nach Westen gefahren ist. Sicherlich ist sie bereits zu Hause angekommen«, sagte Wiktoria. Sie schlug die Augen nieder. »Es tut mir leid, was mit Gisela passiert ist. Das ist schrecklich.«

»Nun brauchen wir wieder deine Hilfe.« Selma sah sie müde an. »Wirst du uns helfen, Trude zu beerdigen?«

»Das werde ich. Das arme Ding.« Wiktoria sah mitleidsvoll in das andere Zimmer, wo Trude lag. »Bestimmt hast du bereits einen Plan, wie es danach weitergeht?«

»Du musst herausfinden, wann der nächste Zug in Richtung Westen vom Bahnhof abfährt.«

»Das kann ich euch gleich sagen. In den letzten Monaten fährt jede Woche einer«, gab Wiktoria Auskunft. »Sie transportieren inzwischen viele Menschen zurück in die Heimat. Die Arbeitslager werden eines nach dem anderen aufgelöst. Die Führung scheint endlich ein Einsehen mit den Menschen zu haben.«

»Das freut mich.« Selma war erleichtert.

»Mich auch, aber wie willst du es anstellen, auf einen dieser Züge zu kommen?«, wollte Marianne wissen.

»Es gibt noch einen Grund, warum wir hierhergekommen sind«, sagte Selma.

»Und der wäre?«, fragte Marianne.

»Du kannst bestimmt herausfinden, wo ein Brigadier namens Efrem seine Wohnung hat, Wiktoria.«

»Efrem?« Wiktoria zog die Stirn in Falten. »Was willst du von ihm?«

»Seine Kinder leben hier, und ich muss wissen wo.«

»Warum? Bist du verrückt geworden?« Marianne, die sich bisher zurückgehalten hatte, sah sie erschrocken an.

»Weil er uns helfen wird, den letzten Schritt zu gehen.«

»Aber Efrem ist noch im Schwarzen Loch«, begehrte Marianne auf. »Abgesehen davon, dass er uns bestimmt nicht helfen würde, wie soll er hierherkommen?«

»Wie gesagt: Seine Kinder leben mit seiner Cousine allein in der Stadt«, erklärte Selma. »Seine Frau ist gestorben. Das war damals, als er …«

»Ich habe verstanden«, fuhr Marianne schnell dazwischen.

»Wenn es seinen Kindern schlecht geht, wird er sich sofort auf den Weg machen«, erklärte Selma weiter. »Egal wie.«

»Aber …«

»Besteht die Möglichkeit, ein Telegramm in der Stadt aufzugeben?« Selma unterbrach Marianne und wandte sich an Wiktoria.

Die bejahte ihre Frage. »Natürlich geht das.«

»Dann musst du eine dringende Nachricht in das Lager 1009 nach Gorlowka senden und anschließend Efrems Cousine einen Besuch abstatten.«

~

Prochor kehrte spät in der Nacht zurück. Wiktoria fing ihn an der Schwelle ab und redete lange und eindringlich auf ihn ein. Selma konnte es durch den Türspalt beobachten. Sie lag mit Marianne und der kleinen Gisela in der Kammer.

Kurz zuvor hatten sie Trudes Leichnam in ein Leinentuch gewickelt und hinter das Haus getragen.

Als Prochor plötzlich in ihre Richtung blickte, erschrak Selma, weil sie sich noch zu gut an seinen Verrat erinnern konnte. Sie konnte ihm den Alkoholgenuss ansehen, als er Wiktoria zur Seite schob und in ihre Richtung kam.

Er begegnete Selma im Halbdunkel des Zimmers, als sie ihm mutig entgegentrat. Einen Augenblick sah er sie wie ein Gespenst an, dann sagte er: »Komm mit.«

Selma sah zu der schlafenden Marianne, die mit ihrer Tochter an sich gepresst hinter ihr lag.

Bevor sie etwas entgegnen konnte, trat Wiktoria hinter ihren Mann. »Geh mit ihm. Er wird dir mit Trude helfen.«

Selma verstand. Stumm folgte sie Prochor nach draußen. Sie konnte den Alkohol in seinem Atem riechen. Das schien ihn jedoch nicht zu hindern, dem Wunsch seiner Frau nachzugeben. So wie es aussah, hatte er seine Meinung über die Deutschen inzwischen geändert. Selma war erleichtert und dankbar.

Prochor drückte Selma eine Schaufel in die Hand und lud sich Trudes Leichnam auf die Schulter. Dann ging er voraus. Die Nacht war mild. Die Luft klar und wohlriechend. Der Mond leuchtete ihnen den Weg bis zu einer kleinen Kapelle. Ungestört transportierte Prochor Trudes Leichnam bis zu dem Friedhof, der dahinter lag. Behutsam legte er das Bündel neben eine freie Stelle zwischen den verwitterten Grabsteinen.

Wortlos nahm Prochor Selma die Schaufel aus der Hand und begann zu graben. Er grub, bis er ächzte und schwitzte. Dann nickte er in Selmas Richtung, die daneben gestanden hatte und sich reichlich fehl am Platze vorgekommen war.

Ihr war die schreckliche Vorstellung durch den Kopf gegangen, dass es ebenso gut Irma hätte gewesen sein können, deren Körper nun in die kalte Erde gelegt werden sollte. Sie schämte sich für ihre Erleichterung, dass es stattdessen Trude war. Trude, die ihr schnell unsympathisch geworden war, der sie aber die Freundschaft zu Wiktoria zu verdanken hatte und deren Verdienst es war, dass sie sich nicht in den Händen eines Frauenhändlers befand.

Als Prochor den Leinensack in das ausgehobene Loch hievte, faltete sie die Hände und sprach ein Gebet für die tapfere Trude. Dann trat sie vor und griff sich den Spaten. Ohne ihn noch einmal aus der Hand zu nehmen, schaufelte sie das Loch wieder zu und hielt erst inne, als der Grabhügel vollendet war und Trude ihre letzte Ruhestätte gefunden hatte.

Später kroch sie mit schmerzenden Armen zurück auf ihr Lager und schlief augenblicklich ein.

Am nächsten Morgen waren Wiktoria und Prochor bereits fort. Veniamin war aber zur Stelle und kümmerte sich um das Frühstück. »Meine Mutter ist beim Postamt und gibt dein Telegramm auf«, sagt er und reichte ihnen zwei dampfende Tassen.

Gegen Mittag kehrte Wiktoria zurück. »Ich habe getan, was du mir aufgetragen hast, nun heißt es abwarten.«

»Er wird kommen, ganz sicher«, entgegnete Selma.

»Wirst du mir verraten, was die drei Sterne unter dem Telegramm zu bedeuten haben?«

»Ein Zeichen, damit er weiß, dass die Nachricht von mir stammt.«

»Ich verstehe. Ihr werdet seine Hilfe brauchen. Nach dem, was du mir erzählst hast, wird dieser Melnikow Marianne und die kleine Gisela nicht einfach ziehen lassen. Wenn er so viel Macht besitzt, wie du sagst, werden sie die Kontrollen verschärft haben.«

»So ist es. Efrem ist unsere letzte Chance, hier wegzukommen.«

»Und ich werde alles tun, um euch zu helfen«, sagte Wiktoria. »Auch wenn das nicht viel ist.«

»Du beherbergst uns. Das ist mehr als genug«, erwiderte Selma.

Der nächste Zug sollte am Freitag am Bahnhof von Kriwoj-Rog halten. Mit ihm würden weitere Arbeiterinnen und Arbeiter aus dem Osten weitertransportiert werden. Die Lager um Kriwoj-Rog waren bereits weitestgehend geleert, aber es kamen immer noch ein paar arme Seelen hinzu, die ihre Zeit in der Ferne mehr als doppelt abgegolten hatten.

»Ich habe herausgefunden, wo Efrem seine Wohnung hat«, sagte Wiktoria am Mittwochmorgen. »Wenn du willst, kann ich sie dir in den Abendstunden zeigen.«

Mit einem langen Mantel ausgestattet, das Gesicht unter einer Kapuze verborgen, zog Selma am Abend mit Wiktoria los. Marianne war in der Wohnung geblieben.

»Wie kommt es, dass du einem Brigadier vertraust?«, fragte Wiktoria auf halber Strecke.

»Er ist nicht überzeugt von dem, was die Führung vorgibt. Er ist ein Mann mit Prinzipien, aufrecht und loyal. Aber über all dem steht seine Moral und Menschlichkeit.«

»Das mag alles sein, aber warum sollte er seine Existenz und vor allem die seiner Kinder wegen einer deutschen Arbeiterin aufs Spiel setzen?« Wiktoria hatte etwas Lauerndes in ihrer Stimme.

»Er wurde fast zu Tode geprügelt, als er mir half.«

»Ich verstehe, aber wenn er deinem Aufruf folgt, könnte er endgültig alles verlieren. Sie werden es als Desertion ansehen. Du weißt, was das bedeutet?«

»Was würdest du an meiner Stelle tun? Welche Optionen habe ich?«

»Vielleicht würde ich es genauso machen wie du, aber ich wollte dir in Erinnerung rufen, welch großes Opfer du von ihm forderst.«

»Es ist kein Opfer, im Gegenteil, ich rette damit seine Seele. Glaube mir.«

Wiktoria entgegnete nichts mehr, bis sie vor einem hohen Haus stehen blieb, dessen kleine Fenster zum Teil erleuchtet waren. »In einer dieser Wohnungen leben seine Kinder. Ich konnte in Erfahrung bringen, dass sie zur Schule gehen. Wahrscheinlich schickt Efrem ihnen und seiner verwitweten Cousine Geld nach Hause. Immerhin besser, als die Kinder im Waisenhaus unterzubringen.«

Selma sah zu den beleuchteten Fenstern empor. »Ich wurde von meiner Familie getrennt, von meinen Lieben, um hier zu arbeiten. Bei Efrem ist es dasselbe. Wir teilen im Grunde genommen ein Schicksal. Wir sind das beste Beispiel, dass es keine richtige oder falsche Seite gibt, keine Schuldigen oder Opfer. Wir alle, Russen und Deutsche, tun Falsches und Richtiges, sind schuldig, aber auch Opfer. Wichtig ist nur, dass wir das erkennen und trotzdem alles dafür tun, die Welt jeden Tag ein Stück besser zu machen.«

11

Kriwoj-Rog, Sowjetunion, heutige Ukraine
1948

Der Freitagmorgen war ein Tag mit strahlend blauem Himmel. Als wollte sich das russische Land noch einmal von seiner besten Seite zeigen.

Prochor schüttelte ihnen stumm die Hand, bevor sie Wiktorias Haus verließen. Veniamin hingegen nahm die Frauen in den Arm und drückte sie so fest, dass ihnen beinahe die Luft wegblieb.

»Wir sollten jetzt gehen. Wie versprochen, wird Veniamin sich um Trudes Grab kümmern«, sagte Wiktoria.

Selma trug ihren und Mariannes Koffer. Marianne hatte Gisela in ein Tuch gewickelt. Sie war schon so groß, dass der Weg zum Bahnhof beschwerlich werden würde. Wiktoria ging voraus, durch Gassen und über Wege, auf denen ihnen hoffentlich möglichst wenige Menschen begegnen würden.

»Es werden viele Menschen am Bahnhof sein. Was ist, wenn ihr Efrem nicht seht?«, gab Wiktoria zu bedenken.

»Wenn er da ist, werden wir ihn auch sehen«, erwiderte Selma selbstsicher.

»Ich werde für euch beten, dass alles gut geht.«

Als Erstes erblickte Selma die Armeelaster, die unweit des Bahnsteiges standen. Mehrere Soldaten waren damit beschäftigt, die aussteigenden Frauen und Männer in geordnete Reihen zu bringen. Der Zug war noch nicht eingefahren, aber auf dem Bahnsteig standen bereits zahlreiche Menschen. Selma entdeckte auch Einheimische, die etwas abseits standen. Unter ihnen hielt sie Ausschau nach Efrem, sah ihn jedoch nirgendwo.

»Was machen wir, wenn er nicht kommt?«, fragte Marianne.

»Darüber habe ich noch nicht nachgedacht«, gab Selma zu. »Aber wenn sie uns kontrollieren, ist es aus.«

»Ihr solltet euch dort drüben unter die Menschen mischen«, sagte Wiktoria neben ihnen. »Wenn wir hier stehen bleiben, fallen wir nur unnötig auf. Dort könnt ihr auf ihn warten.«

»Dann heißt es jetzt also endgültig Abschied nehmen.« Selma nahm Wiktoria in den Arm. Es fiel ihr schwer. die Tränen zurückzuhalten.

»Lebt wohl. Möge Gott euch schützen.« Wiktoria drückte auch Marianne. »Ich werde hier warten, und falls …«

»Nein, geh nach Hause. Du kannst nichts mehr für uns tun.«

»Nach dem, was du mir über ihn erzählt hast, wird er kommen.« Wiktoria sagte es mit fester Stimme und voller Überzeugung. Dann wandte sie sich um und verschwand zwischen den Menschen. Selma war sich sicher, dass sie Wiktoria, der Heilerin, nie wieder begegnen würde.

»Auf geht's«, sagte Marianne und steuerte auf den Bahnsteig zu. Sie stellten sich zwischen die Menschen und vermieden unnötigen Blickkontakt. Niemand sollte wissen, dass sie keine Russinnen waren.

Selma hielt unentwegt Ausschau nach Efrem. In der Zwischenzeit ertönte das Zischen und Fauchen der Lokomotive, als der Zug in den Bahnhof einfuhr. Wie auch in Gorlowka gab es einen Mann, der auf einer Liste die Namen abhaken und die Ausweise der Einheimischen kontrollieren würde.

Selma schluckte. Noch sah sie Efrem nirgends.

»Sie dürfen mir Gisela nicht wegnehmen«, flüsterte Marianne dicht neben ihr. »Oder uns zurück ins Schwarze Loch bringen.«

»Lieber sterbe ich«, flüsterte Selma zurück.

»Das baut mich nicht gerade auf.« Marianne machte ein betroffenes Gesicht.

Die Menschen um sie herum gerieten plötzlich in Bewegung. Irgendwoher ertönten laute Befehle, und die anwesenden Soldaten bildeten einen Halbkreis um die Wartenden.

»Was hat das zu bedeuten?«, raunte Marianne und drückte Gisela instinktiv noch enger an sich. Die Kleine blickte mit großen Augen in die Runde.

»Sie wollen niemanden mehr den Bahnsteig verlassen oder betreten lassen.«

»Da heißt mit anderen Worten, es gibt kein Entkommen mehr.«

»Das heißt es wohl.«

»Und Efrem? Wenn er …«

»Ich weiß es nicht.«

Wie auch in Kriwoj-Rog gab es eine Reihe mit Waggons, die den Arbeitern vorbehalten waren, und ein paar Waggons für die russischen Reisenden. Nichtdestotrotz wurden alle ausnahmslos kontrolliert.

Selma hatte sich bemüht, ruhig zu bleiben, Zuversicht auszustrahlen. Doch je näher sie dem Mann mit der Liste kamen, desto mehr bröckelte ihre Fassade. Der Versuch,

Efrem mit einem Telegramm nach Kriwoj-Rog zu holen, erschien ihr mehr und mehr lächerlich.

Ein lautes Weinen ließ Selma herumfahren. Eine der Frauen unweit von ihnen trug ebenfalls ein kleines Kind auf ihrem Arm. Einer der Soldaten hatte sie gepackt und es an sich genommen. Während er versuchte, das vor Schreck schreiende Kind zu beruhigen, prüfte sein Vorgesetzter die Papiere der Frau.

»Sie kontrollieren die Frauen mit Kindern besonders gründlich«, flüsterte Marianne. »Melnikows Arm reicht bis hierher.«

»Das tut er«, sagte Selma, und nun war es mit ihrer Selbstsicherheit vorbei. Sie spürte, wie ihr der Schweiß ausbrach, und sie blickte nervös von Soldat zu Soldat, weil sie inzwischen befürchtete, Stanis oder gar Jurij irgendwo zu entdecken. Sollten sich die Ereignisse am Bahnhof von Gorlowka wiederholen? Sollte ihr Versuch, nach Hause zu kommen, erneut scheitern?

Wo steckte Efrem nur? Hatte er das Telegramm nicht erhalten? Oder ihre Nachricht missverstanden? Sie blickte den langgezogenen Bahnsteig entlang. Wie weit würden sie kommen, bevor eine Kugel ihre Flucht jäh beendete?

Zwei weitere Frauen wurden aus der Reihe gezogen. Inzwischen waren die Waggontüren geöffnet worden, und man konnte die wartenden Gesichter der Menschen sehen, die bereits auf dem Weg nach Hause waren. Langsam füllten sich die letzten Lücken in den Waggons, als immer mehr Menschen an dem Mann mit der Liste vorbeischritten.

Es war wie ein nicht enden wollender Alptraum. Alles schien sich zu wiederholen. Selma hatte nun fürchterliche Angst und tastete nach Mariannes Arm. »Es war unsere letzte Chance. Ich habe es wirklich versucht. Glaubst du mir das?«

Marianne sah sie an und nickte. Sie zeigte noch einmal den Stolz und die Unnachgiebigkeit, die Selma inzwischen so vertraut waren. »Wir bleiben zusammen. Bis zum Schluss.«

Ein letztes Mal sah sich Selma um und hielt nach Efrem Ausschau. Er war nicht gekommen.

»Wenn wir laufen, werden sie uns erschießen, aber …«, begann sie.

»… aber es wäre das Beste.« Marianne folgte Selmas Blick gen Horizont. Dorthin, wo der Himmel strahlend blau und der Weg in die Freiheit zum Greifen nahe war.

Dann waren sie an der Reihe. Selma wagte es nicht, dem Mann in die Augen zu sehen.

»Ihre Papiere.« Man hielt sie tatsächlich für Russinnen.

Gerade wollte sie Mariannes Arm fassen und loslaufen, als eine andere Stimme ertönte, die sie innehalten ließ.

»Das wird nicht nötig sein. Es handelt sich um meine Frau, und das sind meine Schwägerin und ihr Kind.«

Es dauerte einige Sekunden, bis Selma registrierte, wer gesprochen hatte.

»Sie müssen sich ausweisen«, beharrte die Stimme des Soldaten.

»Das glaube ich kaum.« Efrem war wie aus dem Nichts aufgetaucht. Er stand vor dem Mann und hielt ihm einen Ausweis unter die Nase. Neben Efrem standen zwei kleine Jungen, vermutlich seine Söhne.

Selma konnte ihr Glück kaum fassen.

»Verzeihung, Herr Brigadier, aber das ist Vorschrift.«

»Sie verzögern also die Abfahrt des Zuges, weil Sie die Familie eines Brigadiers nicht passieren lassen wollen?« Efrem legte eine ungeduldige Miene auf. Er hatte es bisher vermieden, mit Selma Blickkontakt aufzunehmen.

»Darf ich fragen, aus welchem Grund Sie mit Ihrer Familie in den Zug wollen?«

»Nein, dürfen Sie nicht.«

Der Soldat und Efrem sprachen Russisch, aber Selma konnte sie gut verstehen. Efrem war überzeugend, aber sie bezweifelte, dass dies reichen würde. Melnikows Anweisungen mussten eindeutig gewesen sein.

»Geht nur, ich komme nach.« Nun wandte sich Efrem direkt an sie.

Selma sah ihn unsicher an. Beinahe hätte sie die Lippen geöffnet, um etwas zu erwidern.

»In den Zug mit euch! Ich kläre das hier.« Efrems Stimme wurde eindringlich.

Selma reagierte, ohne weiter nachzudenken. Sie streckte eine Hand nach Efrems Söhnen aus, während sie mit der anderen beide Koffer festhielt. Die Jungen sahen sie für den Bruchteil einer Sekunde skeptisch an, doch dann nahm einer der beiden den Bruder an die Hand und ergriff anschließend ihre.

Der Soldat sah ihnen hilflos nach, als sie in Richtung des Zuges gingen, gefolgt von Marianne mit Gisela. Erst als sie sich zwischen zwei stämmige Frauen in einen der Waggons für die Einheimischen geschoben hatten, blickte Selma auf den Bahnhof zurück.

Sie konnte Efrem wild gestikulieren sehen, und ihr Herz schlug ihr bis zum Hals. Dann wurde der Soldat mit der Liste abgelöst, und Efrem entfernte sich mit ihm, so dass Selma sie nicht mehr sehen konnte.

Sie hielt seine Söhne, die stumm vor ihr standen, noch immer an der Hand. Sie wusste nicht, was Efrem ihnen aufgetragen hatte, aber sie waren folgsam und machten keine Anstalten, zu ihrem Vater zurückzulaufen. Was hatte Efrem vor? Selma konnte unmöglich glauben, dass er seine Kinder mit diesem Zug davonfahren lassen würde.

Irgendwann hatte sich der Bahnhof geleert, und eine schrille Pfeife ertönte. Selma stand nach wie vor wie angewurzelt zwischen den Frauen. Als einer der Soldaten auf dem Bahnsteig in ihre Richtung kam, schnürte sich ihre Brust zusammen. Sie schloss für einen Moment die Augen, dann vernahm sie ein fürchterliches Quietschen. Als sie die Augen wieder öffnete, war der Soldat im Begriff, die Waggontür zu schließen.

Jetzt reagierten die beiden Jungen und riefen aus Leibeskräften nach ihrem Vater. Selma sandte ein Stoßgebet zum Himmel. Sie hatte sich vieles ausgemalt, aber dass sie nun mit Efrems Söhnen im Zug stehen würde, während er am Bahnhof zurückblieb, war keines der Szenarien gewesen.

Der helle Spalt wurde stetig kleiner, und das Rufen der Kinder lauter. In letzter Sekunde rissen sie sich von Selmas Hand los. Sie hatten lange ausgeharrt, doch die Aussicht, mit einer Fremden wegzufahren, gefiel ihnen ganz und gar nicht. Eine Fremde, die nicht ihre Mutter war und sich in Kürze auf dem Weg zurück ins Schwarze Loch befinden würde.

Selmas Beine drohten gerade nachzugeben, als die Kinder stehen blieben und Efrem im schmalen Spalt der Waggontür erschien.

»Sagte ich nicht, ihr sollt sie nicht im Stich lassen?« Efrem sah seine Söhne tadelnd an, dann stieg er in den Zug und stellte sich neben Selma. »Lasst uns fahren. Ein neues Leben wartet auf uns«, sagte er, und im gleichen Moment wurde es dunkel um sie herum.

~

Sie fanden Platz auf einer hölzernen Pritsche. Als der Zug anfuhr, tastete Selma nach Mariannes Hand und drückte sie. Nie zuvor in ihrem Leben war sie glücklicher gewesen. Langsam gewöhnten sich ihre Augen an die Dunkelheit.

Selma sah zu Efrem, der mit seinen beiden Söhnen neben ihnen hockte. »Danke«, flüsterte sie.

Er sah sie einen Moment lang an, dann blickte er zur Seite, als hätte er etwas sagen wollen und es sich doch anders überlegt.

»Ich dachte, Sie würden …«

»Efrem. Ich heiße Efrem.«

»Also gut, Efrem.« Selma musste schlucken, weil es sich ungewohnt anfühlte, ihn plötzlich zu duzen.

»Ich wandelte zwischen den Welten«, erklärte er zufrieden. »Aber der Gedanke an meine Söhne ließ mich durchhalten.«

»Hast du meine Nachricht auf der Krankenstation erhalten«?

»Das habe ich. Oder hätte ich sonst deinen Hinweis auf dem Telegramm verstanden?«

Selma lächelte. »Was hast du jetzt vor?«

»So weit wie möglich wegkommen von Arbeitslagern jeglicher Art. Ich werde untertauchen und mir eine Arbeit suchen. Vielleicht nimmt man mich als Zimmermann, denn das habe ich gelernt, bevor der Krieg ausbrach. Ich werde meine Jungs nicht mehr allein lassen. Nie mehr.«

»Was passiert am nächsten Bahnhof?«

»Die Waggons mit den Einheimischen werden abgekoppelt. Der Zug transportiert von dort an nur noch die Arbeiter bis zur Grenze. Wir verlassen den Zug, und ihr steigt um.«

»Einfach so?«

»Der nächste Halt ist an einem unbedeutenden Bahnhof. Niemand wird genau hinschauen. Es ist vorbei. Ihr fahrt nach Hause. Und jetzt schweig, bevor die Leute neugierig werden.«

»Willst du gar nicht wissen, wie wir nach Kriwoj-Rog gekommen sind?«

»Ihr seid hier. Das ist alles, was zählt.«

~

Der nächste Halt erfolgte am darauffolgenden Tag, nachdem der Zug ohne Unterlass den Tag und die Nacht über durchgefahren war. Die kleine Gisela schien ebenso erschöpft wie ihre Mutter. Sie schlief die meiste Zeit. Nur der Hunger plagte sie und die Milch, die Marianne noch hatte, befriedigte sie nur mäßig.

Selma fing Gesprächsfetzen auf, sah die Menschen Proviant verzehren und schlafen. Wohin es die Menschen trieb oder warum sie die beschwerliche Reise in dem unbequemen Zug auf sich genommen hatten, vermochte sie nicht zu sagen. Aber diese Art Züge waren sicherlich die günstigste Art und Weise zu reisen.

Wiktoria hatte ihnen eine kleine Wegzehrung mitgegeben, die sie untereinander aufteilten.

»Nachdem ihr umgestiegen seid, bekommt ihr wieder etwas. So lange wird es reichen müssen«, erklärte Efrem.

»Wie hast du es geschafft, den Soldaten zu überzeugen?«, fragte Selma unvermittelt.

»Melnikow mag einen langen Arm haben, aber ein kurzer Arm mit Geld in der Hand ist mehr wert.«

»Du hast ihn bestochen?«

»Die Hälfte meiner Ersparnisse. Aber das war es wert.«

Als der Zug anhielt, wurde Selma bewusst, dass der nächste Abschied bevorstand. Sie stiegen aus und streckten ihre müden Glieder. Der Hunger quälte sie, und Gisela weinte nun viel.

»Hier trennen sich unsere Wege«, sagte Efrem. »In den Waggon dort drüben müsst ihr. Ich werde den Soldaten in ein Gespräch verwickeln.«

»Du warst immer schon ein guter Mensch, hast dich aber so sehr dagegen gewehrt«, sagte Selma. »Warum?«

»Auf manche Fragen gibt es keine Antworten. Und nun macht, dass ihr wegkommt.«

Er wirkte niedergeschlagen. Selma sah ihm in die Augen, und er begegnete ihrem Blick. Sie brachte kein Wort mehr über die Lippen, obwohl sie so vieles zu sagen hatte. Schließlich räusperte er sich.

»Ich wünsche dir alles Gute, Selma Benning. Mögest du alt und runzelig werden.«

»Dasselbe wünsche ich dir auch, Efrem.«

Zögerlich machte sie einen Schritt in seine Richtung, dann breitete sie die Arme aus und umarmte ihn. Ihr Gesicht an seiner Schulter vergraben, flüsterte sie: »Danke!«

Er erwiderte ihre Umarmung, und einen Augenblick lang hatte sie das sichere Gefühl, er wollte sie nicht mehr loslassen. Langsam lösten sie sich voneinander. »Ich habe zu danken, und du weißt wofür«, sagte er. Sie mochte sich täuschen, aber sie meinte ein verräterisches Glitzern in Efrems Augenwinkeln zu sehen.

Dann bedachte Selma seine Söhne mit einem warmherzigen Blick. »Auch euch danke ich.«

Sie schenkte auch Efrem einen letzten Blick, ehe sie sich zusammen mit Marianne in Bewegung setzte.

Efrem, der Brigadier, blieb hinter ihnen zurück. Sie hörte noch seine Stimme, als er den Soldaten etwas zurief. Entschlossen fasste sie den Griff ihres Koffers fester und schritt neben Marianne in Richtung des anderen Waggons. Sie drehte sich nicht mehr um, wusste aber, dass Efrem ihnen nachsah, bis sie im Dunkel des Waggons verschwunden waren.

Wie auch auf der Hinfahrt gab es doppelstöckige Pritschen, die jedoch weiter auseinander standen. Als sie den Blecheimer neben dem Kanonenofen stehen sah, wusste sie nicht, ob sie lachen oder weinen sollte.

~

Zu ihrem Glück gab es in dem neuen Waggon, der den weiblichen Arbeitern vorbehalten war, noch eine freie Pritsche. Manche Frauen beobachteten sie skeptisch, aber niemand sagte ein Wort. Ob es die Erinnerung an die Hinfahrt war, die Erschöpfung der letzten dreieinhalb Jahre, die ihnen in den Knochen steckte, oder die Ungewissheit, ob der Zug sie wirklich in die Heimat zurückbringen würde, niemand sprach ein Wort. Manche hockten nur da und behielten die Waggontür im Auge, andere schliefen einfach weiter.

Zu ihrem Erstaunen bekamen sie noch vor der Abfahrt

Blechteller mit Krautsuppe gereicht, dazu ein Stück Brot. Viele aßen nur die Suppe und steckten das Brot hastig ein, weil niemand wusste, wie lange das Essen würde reichen müssen. Selma und Marianne löffelten die Suppe aus und gaben das Brot der kleinen Gisela.

Von draußen ertönte das Quietschen und Ächzen der Zugkopplungen, als sie voneinander gelöst wurden. Efrem hatte also recht gehabt mit seiner Vermutung. Selma sah ihn vor sich, wie er seine beiden Söhne an die Hand nahm und einer neuen Zukunft entgegenging.

Einige Zeit später wurde die Waggontür geschlossen. Das Rattern der Schienen setzte ein, und die Zugmaschine nahm rasch Fahrt auf. Selma legte sich auf die Seite und schob ihren Arm unter den Kopf. Sie konzentrierte sich auf ihre Erinnerungen an die Heimat. Die Gesichter der Menschen. Das Gefühl, durch die Straßen ihrer Heimat zu spazieren. Die Geräusche, die Gerüche, die sie tief in ihrem Inneren über all die Jahre bewahrt hatte. Es war alles noch da.

Mit diesen Gedanken fand sie ein wenig Schlaf und wurde erst wieder wach, als die Bremsen quietschten und sie beinahe von der Pritsche rutschte. Sie schlug die Augen auf, und kurz darauf wurde die Waggontür aufgeschoben. Ein russischer Soldat reichte einen Korb mit Kascha herein. Nun zögerten auch die letzten Zweifler nicht mehr, sondern bissen herzhaft in die Fladen.

So ging es mehrere Tage immer weiter Richtung Westen. Tagsüber war es recht warm in den Waggons, doch nachts kühlten sie rasch aus, und Selma fühlte sich an die Hinfahrt erinnert. In regelmäßigen Abständen hielt der Zug, und sie durften aussteigen, um sich zu erleichtern. Anschließend gab es für jeden von ihnen Krautsuppe, Kascha oder Brot. Selma war so erschöpft, dass sie das Gefühl hatte, den Rest ihres Lebens schlafen zu müssen.

Am dritten Tag hielt der Zug erneut. Selma bemerkte sofort, dass diesmal etwas anders war. Die Schienen verloren sich irgendwo am Horizont. Inmitten der Felder war nirgendwo ein Bahnhofsgebäude auszumachen. Der Zug schien im Nichts angehalten zu haben.

Sie bekamen die übliche Mahlzeit. Selma fragte den jungen Soldaten, der sie verteilte, ob irgendetwas nicht stimme, aber er wich ihr aus und erledigte stattdessen stoisch seine Aufgabe.

Im Waggon breitete sich Unruhe aus. Das Dampfen und Zischen der Zugmaschine war verklungen, man schien sie vergessen zu haben. Nichts rührte sich mehr. Die ersten Frauen im Waggon fingen an zu weinen. Nach dem, was sie erlebt hatten, hielten sie alles für möglich. Plötzlich wuchs die alte Angst erneut, niemals wieder nach Hause zu kommen.

Selma ließ ihre Hand über die Bettkante baumeln, und es dauerte nicht lange, bis Marianne sie von unten ergriff. Sie drückte sie, und so lagen sie abwartend da.

Kurz darauf wurden sie vollkommen überraschend aus ihrer Lethargie gerissen. Auf ein Knirschen folgte ein Kratzen, dann ein Zischen, und schließlich ruckte der Waggon an. Erleichterung breitete sich unter den Frauen aus.

Über weite Felder, sanfte Anhöhen, durch Wälder und an Seen vorbei, hier und da kamen sie durch kleine Städte oder Dörfer. Jedoch kam ihr noch immer kein Ort bekannt vor. Sie schienen sich nach wie vor in Russland zu befinden. Es kam ihr vor, als würde die ganze Welt nur noch aus

Russland bestehen und sie würden unweigerlich wieder am Bahnhof von Kriwoj-Rog ankommen.

Als der Zug ein weiteres Mal hielt, regnete es in Strömen. Sie wurden trotzdem aus dem Waggon gescheucht und mussten sich auf einem matschigen Acker, dicht aneinandergedrängt, aufstellen.

Selma versuchte, etwas zu erkennen, doch die dicken Regentropfen nahmen ihr die Sicht. Bald rann ihr das Wasser den Nacken hinab, über den Rücken bis in ihre Hose. Sie zitterte vor Kälte und Unbehagen. Der Zug stand keine zwanzig Schritte von ihnen entfernt. Die Lokomotive stieß schnaufend ihren Qualm aus und schien, ebenso wie sie, auf ein bestimmtes Signal zu warten. Doch dies erfolgte nicht.

»Was hat das zu bedeuten?«, zischte Marianne neben ihr, die kleine Gisela mit einem Tuch bedeckt.

»Ich habe keine Ahnung.« Selma zuckte die Schultern, auch wenn ihr plötzlich ein hässlicher Gedanke kam. Erschrocken hielt sie Ausschau nach den Soldaten, die bald mit Gewehren in der Hand anrücken mussten. Wie eine Herde Vieh, deren Zeit gekommen war, standen sie da, und der Regen weichte ihre Kleidung auf. Wenn man sie hätte loswerden wollen, hätte es zahlreiche Gelegenheiten gegeben. Sie waren von einem Nichts ins nächste gefahren, aber vielleicht war dieser Ort derjenige, für den man sich schlussendlich entschieden hatte. Sollte Irma dieses Schicksal bereits ereilt haben?

Selma zitterte immer stärker, wollte dies aber nicht Marianne zeigen.

»Sieh nur, da kommen sie.« Marianne stieß sie mit dem Ellbogen an.

Selma zuckte vor Entsetzen zusammen, musste jedoch überrascht feststellen, dass es nur zwei Männer waren, die keine Gewehre bei sich trugen.

»In Kürze werdet ihr den rumänischen Behörden übergeben. Sagt Mütterchen Russland Lebewohl!« Der Soldat, der gesprochen hatte, salutierte vor ihnen und wandte sich dann mit zackigen Schritten um.

Das war also der endgültige Abschied, dachte Selma. Ohne viele Worte. Geradlinig und schnörkellos wie alles, was sie in Russland erfahren hatte. Kurze Zeit darauf wurden sie zurück in die Waggons geschickt. Durchnässt kauerten sie sich auf ihre Pritschen und werteten die kurze Ansprache im Regen als letzten Nackenschlag, bevor man sie endgültig ziehen ließ.

~

Der Zug fuhr in den frühen Morgenstunden bis an die rumänische Grenze. Ab dort ging es aufgrund des anderen Schienensystems nicht mehr in den russischen Zügen weiter. Durch ein Loch in der Seitenwand des Waggons konnte Selma zum ersten Mal nach bald vier Jahren wieder rumänische Worte lesen. Sie fuhren in den Bahnhof bei Sighet Maramuresch ein. Nachdem der Zug zum Stillstand gekommen war, entließ man sie endlich aus den Waggons. Zwei rumänische Militärs ließen sie in Zweierreihen aufstellen und führten sie vom Bahnhofsgelände in eine Lagerhalle. Dort hieß es erneut warten.

Der Grund wurde schnell klar. Vor dem Weitertransport eilte eine Horde Frauen herein, von denen sie sich entlausen lassen mussten.

Mit Freuden lauschte Selma den Gesprächen um sich herum. Viele Verwandte, Bekannte und Freunde trafen sich erst jetzt nach langer Zeit wieder. An einem der Tische konnte sie den Worten eines alten Mannes lauschen, der offensichtlich nicht aus einem der Arbeitslager kam, sondern ein Heimkehrer aus russischer Kriegsgefangenschaft war. Selma horchte auf und musste sofort wieder an Johann denken. Neue Hoffnung flammte plötzlich in ihr auf. Sie sprang auf und lief zu dem Mann hinüber.

»Gibt es noch mehr Rückkehrer wie Sie? Wo sind die anderen«? Der Mann sah sie einen Moment lang an, bevor er mit bedächtiger Stimme antwortete. »Sicher gibt es noch andere. Aber wo die sind, das weiß der liebe Himmel. Wir wurden wie Pollen im Wind verstreut. Von meinen Kameraden, die überlebt haben, ist keiner hier.« Der Mann sah müde und abgemagert aus. Jedes Wort schien ihm schwerzufallen. Er hustete.

»Wie lange waren Sie in Gefangenschaft?«, fragte Selma.

»Fünf Jahre. Die besten Jahre sind dahin.«

»Warten jetzt eine Frau und Kinder auf Sie?« Selma versuchte, ihn aufzumuntern.

»Es gab ein Mädchen, aber zur Hochzeit ist es nie gekommen. Ich wurde vorher eingezogen.«

Selma sah ihn verständnislos an. »Sie wurden in Ihrem Alter noch eingezogen?«

Er lachte rau und zeigte dabei einige Zahnlücken. »In meinem Alter? Ich bin einunddreißig Jahre alt. Sicherlich nicht viel älter als Sie.«

Selma wurde blass. »Ich wünsche Ihnen auf jeden Fall alles Gute.«

Sie beeilte sich, zurück zu ihrer Bank zu kommen. Die Begegnung mit dem Rückkehrer aus der Kriegsgefangenschaft erinnerte sie an den fremden Johann, den sie in Gorlowka getroffen hatte, und an ihren Wunsch, dass Johann nicht das Gleiche erleiden müsse. Trotz alledem hoffte sie auch jetzt noch, ihn noch einmal wiederzusehen.

~

Sie mussten eine Woche in Quarantäne bleiben, bis man sicher war, dass sie ohne Läuse und vor allem frei von ansteckenden Krankheiten waren. Mit Lkws wurden sie in kleinen Gruppen nach Oradea transportiert. Von dort ging es mit einem Personenzug endlich nach Hermannstadt.

Kurz vor dem Bahnhof fing es wieder an zu regnen. Der Bahnsteig war überfüllt mit Menschen. Rufe erklangen. Es wurde gewunken. Die ersten Menschen lagen sich weinend in den Armen. Selma nahm die Koffer, Marianne die kleine Gisela, und sie stiegen gemeinsam aus.

Selma rechnete nicht mit bekannten Gesichtern. Niemand konnte wissen, dass sie nach Hause gekommen war, doch dann erblickte sie Irma. Sie sah aus, wie sie sie aus der Zeit vor ihrer Verschleppung in Erinnerung hatte. Mit vollen Wangen und einem glücklichen Lächeln. Selma rannte los und fiel ihrer Schwester in die Arme. Beide sprachen kein Wort und küssten einander unentwegt.

»Du bist hier?«, sagte Selma atemlos.

»Jedes Mal, wenn ein neuer Zug aus Russland kommt, bin ich hier.« Irma strahlte über das ganze Gesicht.

»Sieh, wen ich mitgebracht habe.« Selma machte Platz für Marianne.

»Marianne!« Irma umarmte auch sie. »Was für eine Überraschung. Und wer ist noch mit euch gefahren?« Sie blickte ihnen über die Schultern.

»Niemand mehr aus unserem näheren Umfeld. Ich erzähle dir alles, wenn wir zu Hause sind.«

Der Wagen, mit dem Irma gekommen war, parkte in einer Seitenstraße. Der Fahrer war ein Nachbar, der sich ein paar Leu mit Taxifahrten hinzuverdiente.

Der Regen machte die Straßen rutschig, und der Wagen geriet immer wieder ins Schlingern. Sie brachten zunächst Marianne nach Hause. Dann ging es weiter zu ihrer eigenen Familie.

Der Moment, als Selma ihrer Mutter und ihrem Vater gegenüberstand, war so überwältigend, dass sie sich später nur noch an das unbeschreibliche Hochgefühl erinnern konnte und daran, wie sie ihren Koffer fallen ließ, auf ihre Eltern zulief und sie umarmte. Alles andere kam in den nächsten Tagen: die Erleichterung, die Freude, das Glück und auch die Erschöpfung.

Sie schlief die nächsten Tage nahezu durch. Das kleine Haus, das Wilhelm Benning nach seiner Enteignung und Entlassung sowie der Übernahme der kommunistischen Regierung in Hermannstadt gekauft hatte, war alles, was ihnen noch geblieben war. Die Zeiten hatten sich nach Ende des Krieges für die Deutschen geändert, aber es war für ihre Familie lange nicht so schlimm gekommen wie erwartet.

~

Eine Woche später stand Irma am Morgen vor ihr. »Ich würde dir gerne etwas zeigen.« Sie beobachtete Selma, die begonnen hatte, ein neues Kleid zu nähen.

Gleich nach dem Frühstück brachen sie auf. Selma hatte keine Idee, wohin Irma sie führte. Dann erreichten sie den Friedhof von Hermannstadt. Die Gräber waren mit feinem Blütenstaub bedeckt, der durch die Luft flog und ihre Nase kitzelte.

»Hier drüben.« Irma blieb vor einem hölzernen Kreuz stehen. »Ich hoffe, du bist einverstanden.«

Selma las die Inschrift auf dem einfachen Kreuz.

Gisela Theil
Tochter, Schwester und Freundin
★ 24. 05. 1921
† 12. 09. 1947

»Hast du das gemacht?«, fragte Selma

»Machen lassen.« Irma nickte.

»Ich danke dir! Jetzt werde ich sie immer besuchen können.«

Selma legte den Arm um ihre Schwester und begann ein leises Gebet zu sprechen. Über ihnen rauschten die Baumkronen im Wind, und es fühlte sich an, als wäre Gisela ganz nah bei ihnen.

Hinter ihnen knirschte der Kies. Neugierig wandte sich Selma um und sah eine junge Frau, die einen kleinen Jungen an der Hand hielt.

»Luise!« Selma lief ihr entgegen und umarmte die Freundin fest.

»Woher wusstest du …?«

»Irma hat es mir gesagt.« Luise senkte den Kopf und sah auf den Jungen an ihrer Seite. »Darf ich dir jemanden vorstellen?«

Selma bückte sich und reichte dem niedlichen Kind mit den Sommersprossen auf der Nase ihre Hand. »Guten Tag.«

»Guten Tag«, sagte der Junge höflich und erwiderte zaghaft ihren Händedruck.

»Das ist Sebastian, mein Sohn«, sagte Luise.

Selma sah zurück zu Luise und schenkte ihr ein zufriedenes Lächeln. »Jetzt fehlt nur noch …«

Sie hielt inne, als sie Marianne entdeckte, die sich mit einem Kinderwagen unbemerkt genähert hatte. »Marianne.« Sie umarmte die Freundin und beugte sich anschließend zu dem kleinen Mädchen im Kinderwagen hinunter, das sie vergnügt anstrahlte.

»Wenn Gisela uns jetzt sehen könnte, wäre sie sicherlich ebenso glücklich wie ich«, sagte Selma.

~

Das Frühjahr in Rumänien war kein Vergleich zu den russischen Frühjahren. Die Sonne glühte weniger rot, wenn sie unterging, und das Morgengrauen war nicht so zartgolden. Selma verbrachte viel Zeit mit Irma beim gemeinsamen Nähen. Irmas Konstitution hatte sich stark gebessert. Die Jahre in Russland schienen sie abgehärtet zu haben. Nur ein gelegentlicher Husten war geblieben.

An einem Samstag im April kam Selma hinunter in die Wohnstube und sah gedankenverloren zu dem neuen Radio. Sie blieb im Türrahmen stehen und erinnerte sich an die glücklichen alten Tage.

Ihre Mutter trat hinter sie und legte ihre Arme um sie. »Endlich sind wir wieder vereint. Ich habe jeden Tag dafür gebetet.«

»Ja, und so schnell werde ich nicht wieder fortgehen.«

»Du hast noch so wenig davon erzählt, wie es dir in der Fremde ergangen ist. Das Erzählen würde dir bestimmt dabei helfen, es zu vergessen.«

Selma drehte sich zu ihrer Mutter herum. »Aber das möchte ich gar nicht.«

»Es mir erzählen?«, fragte ihre Mutter.

»Nein, vergessen. Diese Zeit gehört nun zu meinem Leben. Es war eine Erfahrung. Wenn auch eine schmerzhafte. Aber die Zeit hat mich geformt, mich stärker gemacht.«

»Es beruhigt mich, dass du es so sehen kannst.«

Gemeinsam standen sie noch eine Weile da und genossen den Augenblick, bis Irma und ihr Vater kamen, sie gemeinsam am Tisch Platz nahmen und das Abendessen zu sich nahmen.

»Ich werde in meinem Leben drei Dinge niemals wieder essen können«, erklärte Selma, nachdem sie sich mit dem Fleisch vollgestopft hatte. »Reis, Brot und Kartoffeln.«

Sie lachten gemeinsam und erzählten sich alte Geschichten, die den Krieg und alles, was danach gekommen war, ausklammerten. Es wurde eine lange Nacht.

Selma wachte erst am Mittag auf. Im Nachthemd und auf nackten Füßen schlich sie hinunter in die Stube und sah ihren Vater, der, ganz zum Leidwesen von Martha Benning, mit seinen Schnitzereien beschäftigt war. Der Boden zu seinen Füßen war übersät mit Holzspänen. Der Rohling zwischen seinen Händen musste erst noch eine eindeutige Form annehmen.

»Hallo Tati.« Selma setzte sich neben ihn.

»Tati … Wie sehr ich mich nach diesem Wort aus deinem Mund gesehnt habe.« Wilhelm Benning legte das Schnitzmesser zur Seite. »Es wird ein Flugzeug.« Er sah auf den Holzrohling hinab.

»Jetzt, wo du es sagst.« Selma zog ihre Knie an und umschlang sie mit beiden Armen. »Ich weiß, du hättest mir davon erzählt, aber ich frage dich trotzdem: Hast du jemals etwas von Johann gehört?«

Selma sah auf das Holzstück herab, was einmal ein Flugzeug werden sollte.

»Du hast ihn also nicht vergessen? Das ehrt dich, mein Kind.« Ihr Vater legte seine Arbeit zur Seite und ging an seinen Schrank. »Ich habe etwas für dich.« Er holte einen Umschlag heraus und überreichte ihn Selma. »Er kam an, als du bereits fort warst. Im allgemeinen Tumult des Umbruchs geriet er damals bei mir in Vergessenheit. Bitte verzeih mir.«

Selma nahm den Umschlag mit klopfendem Herzen entgegen. »Danke!« Sie brauchte nicht zu fragen, von wem der Brief stammte.

»Ich werde dich für einen Moment allein lassen, während du ihn liest. Einverstanden?«

Selma nickte dankbar, dann holte sie den Brief aus dem Umschlag und begann zu lesen:

Meine liebste Selma,
der Kalender zeigt den vierten März 1946, und ich schreibe Dir nach so langer Zeit, weil ich endlich wieder die Kraft gefunden habe, einen Stift zu halten. Meine Verletzung ist überwunden, doch meine Hoffnung, wieder in die Heimat geschickt zu werden, hat sich leider nicht erfüllt. Stattdessen bin ich nun im Arbeitslager untergebracht. Dieser Ort ist düster, trostlos und entbehrungsreich, aber eine Vorstellung lässt mich nach vorne blicken: Du in meinen Armen,

in jener Scheune, in der wir uns damals voneinander verabschiedet haben. Meine Liebe zu Dir ist hier in der Ferne weiter gewachsen und wärmt mich jeden Tag von innen. Sie ist wie ein Licht am Horizont, das ich nicht aus den Augen verlieren kann und das mich nicht die Orientierung verlieren lässt. Ich bete jeden Tag dafür, Dich irgendwann wieder in meine Arme schließen zu können. Halte durch, Selma, wo auch immer Du gerade bist. Ich denke ganz fest an Dich und sende Dir Kraft.

In Liebe, Dein Johann.

Selma ließ ihre Arme sinken und strich mit dem Finger über die Zeilen. Sie saß so lange regungslos da und versuchte, sich Johanns Gesicht vorzustellen, bis ihr Vater zurückkehrte.

»Gab es außer dem Brief noch ein Lebenszeichen?«, fragte Selma.

»In all den Jahren ist keiner der Soldaten nach Burgthal oder Hermannstadt zurückgekehrt«, erklärte ihr Vater. »Es gab Rückkehrer, wie ich hörte, aber die sind meist woanders hingekommen. Wenn er dabei gewesen wäre, so bin ich überzeugt, hätte er nach dir gesucht und wäre früher oder später zu uns gekommen.«

Selma senkte den Blick. »Hältst du mich für verrückt, weil ich ihn immer noch nicht vergessen habe?«

»Verrückt? Keineswegs. Du hast ihn geliebt. Da reichen fünf Jahre nicht, um zu vergessen.«

»Aber ich muss Gewissheit haben.«

»Gewissheit? Was hast du vor?«

»Glaubst du, ich könnte seine Eltern in Stuttgart ausfindig machen? Sie müssen etwas wissen.«

»Ich helfe dir«, entgegnete Wilhelm Benning sofort.
»Das hatte ich gehofft«, sagte Selma erleichtert.

~

Es dauerte eine Weile, bis sie Johanns Familie in Stuttgart gefunden hatten. Selma setzte sich sofort hin und schrieb einen Brief. Nachdem sie ihn abgeschickt hatte, fühlte sie sich an die Zeit vor Russland erinnert, als sie auf eine Nachricht von Johann gewartet hatte.

Als sie zwei Wochen später Post erhielt, bat sie ihren Vater, den Brief zu öffnen und ihn vorzulesen. Wilhelm Benning begann:

Liebe Selma,
auch wenn wir uns nie kennengelernt haben und Johann keine Gelegenheit hatte, uns von Ihnen zu berichten, freuen wir uns über Ihren Brief.
Heute, mit einem gewissen Abstand, kann ich diese Zeilen schreiben, die ich noch vor einem Jahr nicht auf das Papier gebracht hätte.
Am 23. April 1947 hat uns die Mitteilung erreicht, dass Johann über dem Feindgebiet abgeschossen wurde und mit dem Ende des Krieges in Gefangenschaft geriet. Einige Monate später hat ihn eine Lungenentzündung ereilt, von der sein geschwächter Körper sich nicht mehr erholt hat.
Es ist unendlich traurig, seine sterblichen Überreste nicht in unserer Nähe zu wissen, aber er wird für immer in unserem Herzen weiterleben. Der Tod des eigenen Kindes und der Schmerz darüber lassen sich nicht in Worte fas-

sen, aber der Gedanke, dass er geliebt wurde und nicht nur in unserer Erinnerung weiter existiert, spendet mir viel Trost.

Leben Sie wohl, Selma. Möge Gott Sie schützen.

Ihre Elizabeth Fröhling.

Wilhelm Benning schenkte Selma einen liebevollen Blick. »Es tut mir sehr leid.«

»Die Ungewissheit schmerzt mehr als die Gewissheit.« Selma konnte trotz allem die Tränen nicht zurückhalten. Sie versiegten nur langsam.

Selma streckte die Hand nach dem Brief aus. Sie fürchtete sich nun nicht mehr davor, ihn in Händen zu halten.

»Ich liebe ihn immer noch«, sagte sie mit fester Stimme. »Aber auf eine andere Art und Weise. Und so werde ich ihn bis an mein Lebensende lieben.«

Wilhelm Benning sah sie mitfühlend an.

»Damals, als er fortging, war ich jung und naiv. Ich war überzeugt, er würde eines Tages zu mir zurückkehren. Inzwischen weiß ich, dass eine Rückkehr schon damals sehr unwahrscheinlich war.« Sie musste an den Mann im Quarantänelager denken, der viel älter ausgesehen hatte, als er war.

»Nach der Sommerpause werden wir sehen, ob wir dich wieder in einem Kindergarten unterbringen können. Würde dir das gefallen?«

»Ich denke darüber nach, in Ordnung?«

»Du hast alle Zeit der Welt.«

Selma stellte ihre Füße zurück auf den Boden. »Weißt du eigentlich, wo mein Koffer hingekommen ist?«

»Dein Koffer?« Ihr Vater hob die Augenbrauen. »Den

habe ich in den Schuppen gestellt und tatsächlich dort vergessen. Er war voller Läuse.«

»Das wusste ich nicht. Darf ich ihn mir jetzt holen?«

»Wenn deine kleinen Mitbringsel inzwischen fort sind, gerne.«

Selma kleidete sich an und lief hinaus über den Plattenweg zum Schuppen. Ihr Koffer stand ganz vorne. Nachdem sie keine weiteren Läuse sah, nahm sie ihn mit auf ihr Zimmer, das sie sich wieder mit Irma teilte.

Sie legte den Koffer auf ihr Bett und klappte ihn auf. Dann nahm sie den Stapel Briefe heraus, die sie während Irmas Krankenhausaufenthaltes an Johann geschrieben hatte. Sie waren noch zu dem Paket geschnürt, das sie einstmals in dem Koffer verborgen hatte.

Sie löste die Verschnürung und zog den ersten Brief aus dem gelblichen Umschlag. Als sie anfing zu lesen, schien es ihr, als hätte sie die Zeilen erst soeben geschrieben. Einen nach dem anderen las sie, bis sie feststellte, dass es inzwischen Abend geworden war und Irma zu ihr hereinkam.

~

Die frühsommerliche Sonne hatte bereits genügend Kraft, um Selmas nackte Arme zu wärmen, als sie den ersten Junitag nutzte, um einen Spaziergang zu machen. Sie hatte ihre neuen Wanderschuhe angezogen und einen kleinen Rucksack mit ihrer Wegzehrung umgeschnallt.

Es gab einen ruhigen Fußweg, der von Hermannstadt nach Burgthal führte. Sie genoss die frische Luft und lauschte dem Zwitschern der Vögel. Nahezu vier Jahre waren eine lange Zeit, aber sie wollte ihr Glück versuchen.

In Burgthal kam ihr alles wieder sehr bekannt vor. Das eine oder andere Haus besaß einen anderen Anstrich, und sie meinte, mehr rumänische als deutsche Worte zu erkennen, doch im Großen und Ganzen schien in dem kleinen Dorf die Zeit stehengeblieben zu sein.

Das Haus, in dem sie früher gewohnt hatten, war unverändert. Einzig die bunten Gardinen an den Fenstern hielten sie davon ab, näher zu treten und einen Blick durch sie hineinzuwerfen. Sie wollte ungern dem neuen Besitzer begegnen.

Selma lief an dem ehemaligen Kindergarten vorbei, bis sie auf der anderen Seite des Dorfes in Richtung des früheren Bergwerks weiterlief.

Sie war nicht überrascht, als sie den alten Bauernhof aus der Ferne sah, aber ihr Herz schlug schneller. Das Gehöft hatte noch immer keinen neuen Besitzer gefunden und war über die Jahre immer weiter zerfallen. Aber es stand noch, und sie bahnte sich einen Weg durch die hohen Gräser bis hin zu der kleinen Scheune neben dem Gehöft, wo sie sich vor so vielen Jahren heimlich mit Johann getroffen hatte.

Die Verriegelung vor dem Scheunentor war längst durchgerostet und fiel bei ihrer Berührung zu Boden. Quietschend und knirschend bewegte sich das Tor unter ihren Anstrengungen zur Seite, und Selma trat ein. Das Stroh war restlos weggefault. Spinnweben, Mäusekot und zahlreiche Vogelnester befanden sich in dem trostlosen Gebäude. Das Dach war nur noch zur Hälfte vorhanden und offenbarte einen freien Blick in den blauen Himmel.

Selma probierte die Leiter, die zum Zwischenboden führte. Sie war morsch, hielt aber. Vorsichtig stieg sie nach oben und kroch auf allen vieren vorwärts. Das alte Holz trug sie noch, wenn auch mit einem hörbaren Knirschen. Erinnerungen wurden lebendig, und sie meinte, die Stelle wiederzuerkennen, an der sie mit Johann gelegen hatte, um das Lichtspiel der Sonne zu beobachten. An dem Tag, bevor er nach Russland aufgebrochen war und sie einander ein Versprechen gegeben hatten.

Sie nahm ihren Rucksack ab und legte sich auf den Rücken. Dann schloss sie die Augen und ließ ein letztes Mal jene unbeschwerten Tage mit Johann in ihrer Erinnerung lebendig werden. Sie sah noch einmal sein Lächeln, lauschte seiner Stimme und konnte sogar sein Rasierwasser riechen, das plötzlich überall in der Luft zu schweben schien.

Sie lag dort, bis es dunkel wurde und die Sterne über ihr zu glitzern begannen. Es waren nicht annähernd so viele wie am russischen Firmament, doch für sie waren nur drei Sterne wichtig. Drei schwach leuchtende Sterne, denen sie Namen gegeben hatte und die erst in den Wintermonaten zu voller Pracht kommen würden. Sie sprach die Namen aus, in der Gewissheit, dass die Sterne sie ihr restliches Leben lang begleiten würden, wohin das Schicksal sie auch verschlagen mochte.

EPILOG

Hamburg
2001

»Zwei Jahre später habe ich deinen Vater kennengelernt.« Damit beendete Selma König ihre lange Erzählung. Vor den Fenstern war es längst hell geworden.

Karoline hatte sich in eine Decke gewickelt und es sich in einer Ecke des Sofas bequem gemacht. Die Müdigkeit nagte an ihr, aber die Intensität, mit der ihre Mutter die Vergangenheit zum Leben erweckte, hatte sie wach gehalten. »Hast du jemals Nachforschungen angestellt, was aus Efrem geworden ist?«

»Efrem?« Selma griff zu dem Glas Wasser, das Karoline ihr zwischenzeitlich gebracht hatte. Sie wirkte hellwach und voller Energie. »Nein, ich habe nie wieder etwas von ihm gehört.«

»Wie schade. Ich nehme an, von den Melnikows ebenso wenig?«

Selma erhob sich, ohne eine Antwort zu geben, aus ihrem Sessel und trat an die hohe Schrankwand hinter dem Sofa. »Machst du uns einen Kaffee? Ich werde wohl einen Augenblick benötigen.«

Karoline schälte sich aus ihrer Decke. Es fröstelte sie leicht. Ein Blick nach draußen zeigte ihr, dass der Regen und der Wind nachgelassen hatten. Es kostete sie etwas Mühe, sich mit der altertümlichen Kaffeemaschine ihrer

Mutter auseinanderzusetzen, doch mit dem Ergebnis war sie zufrieden. Der Duft des Kaffees belebte ihre Sinne.

Als sie zurück ins Wohnzimmer kam, saß ihre Mutter wieder auf dem Sessel. Auf ihrem Schoß lag eine hölzerne Kiste. Selma betrachtete den Inhalt wie eine Archäologin, die einen seltenen Fund gemacht hatte.

»Was ist das?«

»Die Spuren meiner Vergangenheit«, antwortete Selma geheimnisvoll. Ihre altersfleckigen Hände strichen ehrfurchtsvoll über einzelne Papiere, die sie aber zunächst zur Seite legte. Sie kramte weiter, bis ihr offensichtlich etwas in die Hände fiel, das sie gesucht hatte. Sie starrte lange auf das einzelne Papier in ihren Händen und reichte es Karoline. »Das ist er.«

Karoline nahm es entgegen. Erst jetzt sah sie, dass es sich um einen ausgeschnittenen Zeitungsartikel handelte. Das Papier war stark vergilbt und die Druckerschwärze so blass, dass manche Buchstaben nur noch zu erahnen waren. Dafür war die Fotografie noch gut erhalten. Sie erkannte darauf einen stämmigen Mann mit schütterem Haar, der, von zwei Polizisten begleitet, ein Gebäude verließ. Die Aufschrift über dem Eingang war unkenntlich gemacht. Die Überschrift des Artikels lautete: *Einflussreicher russischer Herzchirurg als Hintermann eines internationalen Mädchenhändlerrings identifiziert*.

»Wer ist dieser Mann?«, wollte Karoline wissen.

»Das ist Stanis Melnikow.«

»Stanis?« Karoline sah zurück auf das Bild und versuchte, sich den Mann auf dem Foto, bestimmt jenseits der Fünfzig, als den jungen, gutaussehenden Mann aus Selmas Erzählung vorzustellen.

»Es war, als wollte mir das Schicksal einen Gruß senden. Deinem Vater war es immer wichtig, morgens eine Tageszeitung auf der Türschwelle liegen zu haben. Ich war nie die klassische Zeitungsleserin. Doch an jenem Morgen 1975 habe ich sie aus Langeweile aufgeschlagen. Über den Artikel bin ich eher durch Zufall gestolpert, aber das Gesicht, wenn auch gut fünfundzwanzig Jahre gealtert, habe ich gleich wiedererkannt.«

»Wo wurde diese Aufnahme gemacht?«

»In München. Auf einem internationalen Ärztekongress. Die Ermittler haben die Chance genutzt und zugegriffen. Das ging damals recht lange durch die Presse. Es gab ein ewiges Tauziehen zwischen den Behörden beider Länder. Soweit ich weiß, wurde Stanis schlussendlich ausgeliefert.«

»Anscheinend wollte man sich hierzulande nicht die Finger schmutzig machen«, mutmaßte Karoline.

Selma zuckte die Schultern.

»Hat dich die Erkenntnis sehr geschmerzt?«, fragte Karoline.

»Die Bestätigung, dass Stanis nie der gute Mensch war, den ich in ihm sehen wollte, oder dass es vielleicht meine Schuld war? Wäre ich bei ihm geblieben, wäre es unter Umständen niemals so weit gekommen.« Selma hielt ihre Kaffeetasse umklammert. »Ja und nein. Auf jeden Fall hat es meine Einschätzung von Menschen sensibilisiert. Wir können niemandem hinter die Stirn blicken. Doch ich stehe auch noch heute zu meiner Aussage von damals: Es gibt keine schlechten Menschen. Es gibt nur die, die dazu gemacht werden. Jurij hatte eine zu große Macht über seine Söhne.«

»Also hat er sie zu dem gemacht, was sie geworden sind?«

»Ja, wie es scheint. Aber Auslöser waren der Krieg und all seine Begleiterscheinungen. Seine Wut richtete sich gegen uns Deutsche, weil ihm sein Lieblingssohn durch die Kugel eines Deutschen genommen wurde. Der Krieg hat vieles kaputt gemacht, aber die eigentliche Zerstörung fand in den Herzen der Menschen statt. Und genau aus diesem Grund wollten sie auch uns Frauen demütigen. Um auch uns diesen Schmerz und die Verzweiflung fühlen zu lassen, die all die Ehefrauen und Mütter empfunden haben, als sie ihre Söhne im Krieg verloren haben.«

»Und Jurij? Was wurde aus ihm?«

»Er starb fünf Jahre, nachdem ich aus Russland fort war, an Lungenkrebs. Das Schwarze Loch hatte seinen Tribut gefordert. Dein Vater hat es recherchiert. Mich selbst hätte es nicht interessiert, aber ihm hat es wohl eine gewisse Genugtuung verschafft.«

Karoline blickte noch einmal auf den Zeitungsartikel, dann reichte sie ihn Selma zurück. »Was bewahrst du noch in dieser Kiste auf?«

Selma legte den Artikel neben sich und griff ein weiteres Mal in die Kiste. Diesmal beförderte sie einen ganzen Stapel verschlissener, vergilbter Umschläge zutage. Alle sorgsam mit einer Kordel zu einem kleinen Paket verschnürt.

»Sag bloß …«, setzte Karoline an.

»Ja, das sind die Briefe, die ich damals im Krankenhaus verfasst habe. Leider haben sie nie ihren Empfänger gefunden.« Selma strich liebevoll über das Papier. »Es hat gutgetan, sie zu schreiben. Es kam mir damals so vor, als würden die Worte Johann auf wundersame Weise erreichen. Sie enthalten all die Gefühle und Emotionen, die ich mir für ein Wiedersehen aufgespart hatte. Heute, mit dem entsprechenden Abstand, ist mir klar, dass ich damals schon wusste, dass ich Johann niemals wiedersehen würde. Auch wenn ich die Hoffnung nie aufgegeben habe.«

»Du musst ihn sehr geliebt haben, wenn du ihn während all der Jahre in der Ferne nie vergessen und aufgegeben hast.«

»Das habe ich. Noch heute trage ich ihn in meinem Herzen und bin ihm dankbar.«

»Dankbar?«

»Die Liebe zu ihm hat mir Kraft gegeben. Kraft, die ich benötigt habe, um den Strapazen zu trotzen.«

»Hast du Vater auch all das erzählt, was du mir erzählt hast?«

»Er wusste vieles, aber nicht alles. Vielleicht liegt das daran, dass ich inzwischen den nötigen Abstand habe, um jede Facette der damaligen Ereignisse noch einmal Revue passieren zu lassen.« Selma begann ihre gesammelten Erinnerungen zurück in die Kiste zu legen. »Bleibst du noch zum Frühstück?«

Karoline nickte.

»Wenn es aufgehört hat zu regnen, könnten wir einen Spaziergang unternehmen. Vor heute Nachmittag werde ich mich sicherlich nicht hinlegen können.«

»Du bist aufgewühlt.«

»Das Raubtier der Vergangenheit …« Selma seufzte. »Du hattest recht. Dir die ganze Geschichte zu erzählen, hat mir geholfen. Ich nehme an, damit dürften die Alpträume und das Schlafwandeln zunächst einmal passé sein.«

»Das freut mich. Und jetzt kümmere ich mich um das Frühstück.«

Gegen Abend, als Karoline, bereits seit zwei Stunden fort war, hatte sich Selma endlich bettfertig gemacht. Sie trug gerade ihre Gesichtscreme auf, als das Telefon klingelte. Kurz überlegte sie, ob sie sich überhaupt noch die Mühe machen sollte abzuheben, aber dann gab sie sich einen Ruck und ging hinüber in ihr Nähzimmer.

»König?«

»Mama, ich bin es noch mal.« Es war Karoline, die kein bisschen müde klang. »Ich habe noch eine Frage.«

»Ich wollte gerade ins Bett gehen«, sagte Selma.

»Wie hieß Efrem mit Nachnamen? Das hast du nicht erwähnt.«

»Efrems Nachname? Wie kommst du denn plötzlich darauf?«

»Neugierde?«

»Falls du versuchst, etwas über ihn herauszufinden, muss ich dich wohl enttäuschen. Es ist fünfzig Jahre her, seitdem ich mich an jenem Bahnhof von ihm verabschiedet habe. Selbst wenn er noch leben sollte, dann …«

»Sein Name, Mama.«

»Er hieß Koroljow. Efrem Koroljow.«

»Könntest du das buchstabieren?«

»Du besitzt die Sturheit deines Vaters.« Selma seufzte. »Hast du Papier und Stift?«

Rossoschka, nahe Wolgograd, Russland
2001

Der Fluss Rossoschka hatte sich an einer Stelle schleifenförmig fortgesetzt, um anschließend weiter ostwärts zu fließen. Die hohe graue Mauer war auf einer Anhöhe errichtet worden, von wo aus man das glitzernde Gewässer gut sehen konnte. Die dunklen Granittafeln auf der Mauer waren schon vom Ansatz des Hügels aus zu erkennen. Ein gepflasterter Weg führte ringförmig um die Anhöhe herum, dessen kreisrundes Zentrum die erst vor zwei Jahren eingeweihte Kriegsgräberstätte Rossoschka, nahe Wolgograd, markierte.

»Soll ich hier warten oder dich begleiten?« Karoline war stehen geblieben und sah ihre Mutter fragend an.

»Du hättest mich wohl kaum so weit gebracht, um jetzt hier unten auf mich zu warten.« Selma hatte den Fußweg bis zum Rand der Anhöhe wie eine junge Frau gemeistert und schien auch noch jetzt genügend Luft übrig zu haben, um die Anhöhe in einem Zug zu schaffen.

Mutter und Tochter folgten dem gepflasterten Weg, bis sie die Mauer erreicht hatten. Erst unmittelbar davor blieb Selma wie angewurzelt stehen. Sie streckte ihre Hand aus und fuhr ehrfürchtig über die eingravierten Namen auf den Platten.

»Fast fünfundzwanzigtausend Namen. Ich hoffe, du hast einiges an Zeit mitgebracht.«

»Im Ernst?«, fragte Karoline erschrocken.

»Das war ein Scherz. Ohne meine Brille könnte ich nicht einen von ihnen lesen.«

»Ich habe dir gesagt, nimm sie mit. Du wolltest nicht.«

»Du hast mich doch nicht überredet, nach Russland zu

fliegen, um endlose Listen von Namen zu studieren.« Selma folgte dem Weg, der unmittelbar um die Mauer herum führte, bis zum Eingang des Friedhofs.

»Fünfzig Jahre. Ein halbes Jahrhundert«, sagte Selma und sah über den Friedhof hinweg, dessen Gräber durch schlichte Kreuze markiert waren. »Klingt wie eine halbe Ewigkeit. Mir kommt es hingegen wie ein Wimpernschlag vor.« Sie nahm die Hand ihrer Tochter und drückte sie. »Ich danke dir. Dafür, dass du mit mir an diesen Ort gekommen bist. Ich habe davon gelesen, aber allein hätte ich niemals den Mut besessen, hierher zu reisen.«

»Es erschien mir wichtig. Dieser Ort markiert so etwas wie das letzte Kapitel in einem langen Roman. Die letzten Seiten waren noch nicht geschrieben.«

»Mit diesem Roman meinst du mein Leben?«, fragte Selma. »Glaubst du, mein Roman hat auch ein Happy End?«

»Ich denke schon.« Karoline nickte.

»Das denke ich auch. Eine Sache habe ich nämlich gelernt, und dieses Wissen ist für mich wie ein Happy End.«

Karoline folgte dem Blick ihrer Mutter, die über die weite Ebene jenseits des Grabhügels hinweg sah.

»Solange wir lieben, hört die Hoffnung niemals auf.« Selma lächelte. »Jetzt möchte ich noch eine Sache erledigen.«

»Was denn?«

»Warte es ab.«

Selma sah sich um, als würde sie nach etwas Bestimmtem Ausschau halten, dann schritt sie zu einem Steinquader, der zu einer Sammlung von weiteren Quadern gehörte, die auf einem freien Feld standen. Auf ihnen waren ebenfalls unzählige Namen eingraviert.

Dort angelangt ging sie vorsichtig in die Knie. Karoline stellte sich schweigend neben sie. Irgendetwas sagte ihr, dass dieser Moment etwas Magisches für ihre Mutter hatte, und das wollte sie auf keinen Fall zerstören. Selma fing plötzlich an, mit bloßen Händen ein Loch zu graben. Bald waren ihre Fingernägel schwarz, aber das schien sie nicht im Geringsten zu stören. Im Gegenteil, sie wirkte äußerst zufrieden.

Sie hatte ihre große Handtasche neben sich auf den Boden gelegt und griff nun hinein. Das Bündel Briefe kam zum Vorschein, die Selma an Johann geschrieben hatte.

Ohne große Eile bettete sie die Briefe in die Erde. Sorgsam schaufelte sie immer mehr zurück in das Loch, bis die Briefe darunter verschwunden waren. Dann nahm sie ein Taschentuch aus ihrer Tasche und wischte sich ihre Hände ab. Karoline half ihr aufzustehen. Fast schon glücklich blickte Selma auf den Steinquader und schloss für einen Moment die Augen.

»Ich wusste nicht, dass du sie mitgenommen hast«, sagte Karoline nach einer ganzen Weile.

»Diese Briefe mussten ihr Ziel erreichen. Solange sie sich in meinem Besitz befanden, fühlte es sich nicht richtig an. Denkst du nicht auch, dass dies ihr letzter Bestimmungsort sein sollte?«

»Doch, das denke ich, Mama.« Karoline hielt ihrer Mutter den Arm hin und wartete, bis sie sich untergehakt hatte. »Lass uns zurückgehen. Es ist schon spät.«

»Spät? Wir sind doch eben erst angekommen.«

»Ich möchte dir noch etwas zeigen.«

Selma zuckte die Schultern. »Wie du meinst.«

Sie ließen sich Zeit mit dem Rückweg. Als sie den Parkplatz erreicht hatten, war die Sonne zu einem dunkelroten Ball geworden, der bald am Horizont verschwinden würde. Selma dachte noch einmal zurück an die Sommer in Russland. Die Natur war schon damals beeindruckend gewesen und hatte ihr gezeigt, wie schön die Welt sein konnte, wenn man nur bereit war, diese Schönheit auch in sein Herz zu lassen.

Selma nahm den alten Mann erst wahr, als sie mit Karoline unmittelbar vor ihm stand. Sie begegnete seinem Blick, und in ihrem Inneren regte sich etwas. Er trug einen dünnen Mantel über einem Hemd mit gestreifter Krawatte. Der graue Vollbart war sauber gestutzt. Die dunklen Augen, umgeben von zahlreichen Falten, blickten sie trotz seines fortgeschrittenen Alters wach und aufmerksam an.

»Was möchte dieser Mann von uns?« Selma wandte sich an Karoline.

Die Miene des Mannes erhellte sich, und er nahm den Hut vom Kopf. »Hätte ich nicht sofort gewusst, dass du es bist, spätestens jetzt wüsste ich es.« Seine Stimme war rau und der starke Akzent nicht zu überhören.

Selma konnte es nicht glauben. Die drängenden Erinnerungen waren zu lebendig. »Efrem?«

»Selma.« Ein Lächeln flog über seine alten Züge. Er trat vor und reichte ihr die Hand. »Du bist noch immer so schön wie damals.«

»Wie hat Karoline dich gefunden?« Sie überging sein Kompliment, weil sie spürte, dass ihre Selbstsicherheit für einen Moment brüchig war. Das unerwartete Wiedersehen mit Efrem rührte tief in ihrem Inneren.

»Spielt das eine Rolle? Sie hat mich gefunden.« Efrem blickte kurz zu Karoline.

»Ich werde noch einen kleinen Spaziergang machen«, sagte sie und drückte Selmas Hand.

Selma wollte sie aufhalten, aber Karoline entzog sich ihr und ging davon.

»Fünfzig Jahre, und doch kommt es mir vor, als hätten sich unsere Wege erst gestern am Bahnhof getrennt«, sagte Efrem.

»Was dachtest du, als Karoline dich kontaktiert hat?« fragte Selma.

»Ich habe mich gefreut. Und ich habe nicht gezögert, ihrem Wunsch nach einem Treffen zu folgen.« Efrem hielt ihr den Arm hin. »Gehen wir ein paar Schritte?«

Selma hielt nach Karoline Ausschau, aber sie war nicht mehr zu sehen. Also hakte sie sich unter. »Ich weiß nicht, was ich sagen soll. Es ist …«

»Du musst nichts sagen.« Efrem zeigte ein zufriedenes Gesicht. »Ich soll dich von meinen beiden Söhnen grüßen. Sie sind inzwischen selbst Eltern. Beide sehr wohl geraten.«

»Wie es aussieht, hat es das Leben gut gemeint mit uns.«

»Ein Leben, für das wir gekämpft haben«, erwiderte Efrem.

»Hier sind wir nun also«, sagte Selma und blickte der untergehenden Sonne entgegen. »Es fühlt sich an wie das Ende einer langen Reise.«

Efrem blieb stehen. »Hören wir denn jemals auf zu reisen? Das Leben ist doch nur die erste Etappe.«

»Und was kommt danach?«, fragte Selma neugierig.

»Das kann ich dir leider nicht sagen, aber bestimmt nicht das Ende der Reise.«

NACHWORT

»Es klingt sehr unwahrscheinlich, was ich geschrieben habe, aber ein Mensch kann sehr viel mehr aushalten, als man denkt.«

Mit diesen Worten enden die Memoiren von Selma Benning, die in Wirklichkeit anders hieß.

Als ich Selma zum ersten Mal begegnete, lernte ich genau diese Frau kennen, wie ich sie in meinem Roman beschreibe: willensstark und charismatisch, den Blick immer optimistisch nach vorne gerichtet. Sie ließ sich von den Widrigkeiten des Schicksals niemals ihren Lebensmut und ihre besondere Leichtigkeit nehmen.

Es sollte einige Jahre dauern, bis ich mich entschloss, ihre Geschichte aufzuschreiben. Bei der Lektüre ihrer Memoiren habe ich sogleich gespürt, dass dies eine Geschichte ist, die es verdient, nicht nur im Kreise der Familie erzählt zu werden. Sie war so voller ergreifender Beschreibungen, dass ich wusste: Dies ist mehr als nur ein Stapel beschriebenes Papier. Ich wollte den Zeilen das Leben einhauchen, das sie verdienen. Sie als Leser sind dazu eingeladen, gemeinsam mit Selma zurück in jenes Jahr 1942 zu reisen, in dem ihre Geschichte begann. Direkt neben ihr zu stehen und alles aus nächster Nähe zu erleben. Mit ihr zu fühlen. Sich mit ihr zu fürchten, mit ihr zu lieben, mit ihr zu weinen und mit ihr zu lachen.

Die wahre Geschichte von Selma Benning musste ich an einigen Stellen, wo es für den Roman wichtig war, verändern. Tatsächlich ist Selma erst im Dezember 1950 in ihre Heimat zurückgekehrt. Aus dramaturgischen Gründen habe ich jedoch zeitliche Anpassungen vorgenommen. Des weiteren musste ich die Geschichten einiger Personen, die Selmas Lebensweg kreuzten, etwas ausschmücken. Hier und da habe ich Selmas Beschreibungen auf meine Weise interpretiert. Zudem haben Figuren den Weg in den Roman gefunden, die in den Memoiren nicht genannt werden, aber nun nicht mehr aus Selmas Geschichte wegzudenken sind.

Die russischen Begriffe entsprechen der Phonetik, wie Selma sie damals gehört hat.

Die Menschen in Selmas Heimatdorf Burgthal (dessen Namen ich ebenfalls geändert habe) gehören zu den Siebenbürger Sachsen, die in drei nicht zusammenhängenden Gebieten des mittelalterlichen Fürstentums Siebenbürgen siedelten. Sie sprechen die Reliktmundart Siebenbürgisch-Sächsisch. Diese deutschsprachige Minderheit ist seit dem zwölften Jahrhundert dort ansässig und kann mit Fug und Recht behaupten, die älteste noch existierende deutsche Siedlergruppe in Osteuropa zu sein.

Noch zum Ende des Ersten Weltkrieges wurde Siebenbürgen dem Königreich Rumänien zugeordnet. In der Hoffnung auf bessere Minderheitengesetze unterstützten die Deutschen dies. Stattdessen wurde die minderheitenfeindliche Politik durch die Bukarester Regierung weitergeführt. Nichtsdestotrotz stieg die demographische Entwicklung der Sachsen. Ende der dreißiger Jahre lebten knapp dreihunderttausend Sachsen in Rumänien.

Ab 1943 wurden die Rumäniendeutschen als Volksdeutsche politisch in das Deutsche Reich eingebunden. Schon 1940 wurde Siebenbürgen jedoch getrennt und existierte nun zum ersten Mal in zwei verschiedenen Staaten. Dieser große Einschnitt für die sächsische Bevölkerung wurde durch die Folgen des Zweiten Weltkriegs jedoch noch übertroffen. Für den südlichen Teil wurde eine sogenannte »deutsche Volksgruppe« eingerichtet. Ein Großteil der wehrfähigen Sachsen diente so bei deutschen Frontverbänden.

Der größte Einschnitt für die Sachsen erfolgte dann am 23. August 1944, als sich die rumänische Regierung entschied, auf Seiten der Alliierten weiterzukämpfen. Dies markierte den Anfang vom Ende der Gemeinschaft der Sachsen in Rumänien.

Am 7. September 1944 begann eine Fluchtwelle vor den sowjetischen Truppen. Teile erreichten Österreich und Deutschland, viele schafften es jedoch nicht und wurden in das Siebenbürger Gebiet zurückgebracht.

Die schwerste Zeit für die Sachsen begann Anfang 1945, als dreißigtausend Siebenbürger zur Zwangsarbeit in das Donezbecken und andere Gebiete bis zum Ural verschleppt wurden. Von der sogenannten »Aushebung« waren alle nicht eingezogenen Männer zwischen siebzehn und fünfundvierzig sowie alle Frauen von achtzehn bis fünfunddreißig Jahren betroffen. Die Verbleibenden wurden totalenteignet, zeitweise entrechtet und fortan diskriminiert.

Erst 1956 wurde ein Teil der von den Deutschen konfiszierten Häuser, insbesondere in den kleineren Gemeinden, den rechtmäßigen Besitzern zurückgegeben – im Gegenzug mussten diese dafür jedoch in die Kollektive der nun kommunistisch gelenkten Landwirtschaftsbetriebe eintreten.

Ende der fünfziger Jahre setzte die Familienzusammenführung mit den schon in Deutschland lebenden Siebenbürger Sachsen ein. Das markierte den Anfang einer großen Auswanderungsbewegung, die in den siebziger Jahren ihren ersten Höhepunkt erreichte.

Selma Benning besuchte 1961 mit ihrem Ehemann Ostberlin. Sie wurde Zeugin des Mauerbaus. Bei einem Besuch an der Mauer durfte sie mit ihrer Familie spontan nach Westberlin hinübergehen. Welches Glück sie damit hatte, wurde ihr erst viel später bewusst. Ihre Schwester durfte mit ihrer Familie erst zwanzig Jahre später Rumänien verlassen.

Irma verstarb im Jahre 2002 im Alter von zweiundachtzig Jahren, Selma folgte ihrer Schwester erst viele Jahre später im Jahre 2015 im Alter von vierundneunzig Jahren.

Sicherlich hatte Selma immer wieder großes Glück in ihrem Leben, doch dies ist ihr, wie ich glaube, nicht in den Schoß gefallen. Vielmehr suchte und fand sie durch ihre positive Lebenseinstellung das Glück. Sie gab die Hoffnung niemals auf und wurde dafür belohnt.

Ich widme diesen Roman in stillem Gedenken vor allem den beiden tapferen Schwestern, die bewiesen haben, zu was ein Mensch fähig ist.

Egal, was die Widrigkeiten des Lebens einem abverlangen oder wie sie einen verändern mögen, eine Erkenntnis bleibt doch haften:

»Solange wir lieben, hört die Hoffnung niemals auf.«

Maya Freiberger